3·1운동의 문학적 재인식

필자 소개 (논문순)

김영민(金榮敏, Kim Young Min) 연세대학교 국어국문학과 교수
이종호(李鐘護, Yi Jong Ho) 고려대학교 민족문화연구원 연구교수
김재용(金在湧, Kim Jae Yong) 원광대학교 국어국문학과 교수
한수영(韓壽永, Han Soo Yeong) 연세대학교 국어국문학과 교수
이현식(李賢植, Yi Hyun Shik) 인천문화재단 한국근대문학관 관장
유성호(柳成浩, Yoo Sung Ho) 한양대학교 국어국문학과 교수
김신정(金信貞, Kim Shin Jung) 한국방송통신대학교 국어국문학과 교수
양문규(梁文奎, Yang Mun Kyu) 강릉원주대학교 국어국문학과 교수
이경수(李京洙, Lee Kyung Soo) 중앙대학교 국어국문학과 교수
최현식(崔賢植, Choi Hyun Sik) 인하대학교 국어교육과 교수
즈덴카 크뢰슬로바(Zdenka Klöslová) 전 체코슬로바키아과학원 동양학연구소 연구원

3·1운동의 문학적 재인식

초판인쇄 2020년 2월 1일 초판발행 2020년 2월 10일
지은이 문학과사상연구회 펴낸이 박성모 펴낸곳 소명출판 출판등록 제13-522호
주소 서울시 서초구 서초중앙로6길 15, 1층
전화 02-585-7840 팩스 02-585-7848 전자우편 somyungbooks@daum.net 홈페이지 www.somyong.co.kr

값 27,000원 ⓒ 문학과사상연구회, 2020
ISBN 979-11-5905-497-6 93810

3 · 1운동의 문학적 재인식

A Literary Understanding of the 3·1 Movement

문학과사상연구회

소명출판

『3·1운동의 문학적 재인식』을 발간하며

　작년처럼 한반도를 둘러싼 국제정세가 급박하게 흘러간 적이 없었던 것 같다. 하기야 돌아보면 한반도를 둘러싼 국제정세는 언제나 급박했다는 느낌이 드는 것도 사실이지만 작년은 정말 의외였던 사건들이 많이 벌어졌다. 세기의 만남이라고 전 세계 외신의 주목을 끈 하노이 북미 정상회담의 결렬이 준 충격과, 뒤이어 판문점에서 남북미 정상이 한자리에 모인 것은 가히 해방 이후 처음 접하는 뉴스였다. 살다 보니 이런 일도 벌어지는구나 했던 게 지난해 여름의 일이었다.

　그러나 소문난 잔치에 먹을 것이 없다는 말과 같이 소문과 기대는 무성했으나 손에 잡히는 성과는 거두지 못한 채 아직도 지리한 물밑 탐색전만 이어가고 있는 듯하다. 그러나 돌이켜 생각해 보면 반세기를 훌쩍 넘긴 갈등과 불신의 고리가 그렇게 쉽게 풀릴 리는 만무하다. 1990년대 냉전 체제가 해체되어가는 와중에서도 한반도 문제는 쉽게 해결되지 못했었다. 2016년에서 2017년에 이르는 촛불혁명이 한반도의 남쪽에 새로운 질서를 만들어내고 변화를 모색하던 북측의 김정은 정권이 대화를 위해 과감하게 나선 것과 함께, 이 무렵 정말 기대도 하지 않았는데 마치 하늘이 도운 것처럼 그간의 전통적 국제질서의 논리로부터 결별한 미국 트럼프 정권이 북한에 손을 내밀었을 때 비로소 한반도의 질서가 변화를 향해 움직이려는 희미한 기운이 감돌기 시작한 것이다. 요컨대 한반도 문제는 남북 양측 내부의 각각 복잡한 사정과 상호 관계의 문제들, 그리고 이를 둘러싼 열강들의 이해관계가 엇물려 고차방정식 중에서도 가장 까다롭고 풀기 어려운 문제가 되었다. 최근 그 가운데에 가장 약한 고리인 한일관계가 갈등으로 외화된 것 역시 그런 문제 가운데에 하나이다. 한반도의 문제는 국내만의 문제나 남북 간의 문제, 동아시아 국제 관계의 문제만이 아닌 이 모든 것을 포함하면서 동시에 그것을 넘어서는 문제이다.

어쩌면 3·1운동이 일어나던 100여 년 전 역시 지금과 비슷하지 않았을까 생각해본다. 제1차 세계대전이 끝난 뒤 이의 뒤처리를 위해 파리강화회의가 열린 것이 1919년이었고 식민지 조선의 지식인들은 강화회의에 일말의 기대를 걸고 있었다. 그도 아니라면 1917년 10월 러시아에서 일어난 프롤레타리아혁명에서 어떤 가능성을 엿보고 있었을지도 모른다. 당시 국제 정세도 오늘 못지않게 만만치 않았다. 그러나 그때나 지금이나 현실은 우리의 바람대로만 진행된 것은 아니었다. 얼마 전 광화문 광장에 수많은 사람들이 촛불을 들고 나섰듯이 100여 년 전 3월 1일 서울을 시작으로 전국 방방곡곡에서 일어난 만세운동은 새로운 역사의 동력이 어디에서 비롯되어야 하는가를 보여주는 사건이었다.

3·1운동은 성공했는가, 실패했는가를 묻는 것은 우문이다. 성공과 실패의 프레임으로 3·1운동은 해석되지 않는다. 중요한 것은 3·1운동이 우리의 삶을 얼마나 바꿨는가이다. 우리가 이번에 『3·1운동의 문학적 재인식』을 출간하는 것은 그런 뜻이 있다. 3·1운동을 통해 우리의 어떤 것들이 바뀌었는지를 문학사를 통해 다양하게 접근하고 해석해 보았다.

1부는 3·1운동 전후로 발간되기 시작한 두 개의 잡지를 다룬 글들을 소개한다. 3·1운동 이후 이른바 동인지 시대라고 불릴 정도로 동인지가 우후죽순 격으로 출간되는데 그 가운데서도 김영민 선생은 『창조』를 다시 읽으면서 3·1운동의 자취가 어떻게 『창조』에 투영되어 있는지를 섬세하게 밝혀낸다. 왜 창조가 '인생을 위한 예술'을 표방하게 되었는지, 『창조』를 단순하게 순수문학으로만 읽어서는 안 되는 이유를 논증해내고 있다. 한편 이종호 선생은 상대적으로 덜 알려진 잡지 『삼광』을 집중적으로 분석했다. 『창조』 이전에 발간되었던 『삼광』을 통해 최남선, 이광수 중심의 『청춘』과 다른 논리를 이들이 어떻게 구축하려고 했었는지, 더 나아가 3·1운동 전야에 발간된 이 잡지가 그 운동이 지향하고자 했던 이념을 어떻게 구현하려 했었는지를 다룬다.

2부는 다소 독특한 구성이다. 모두 염상섭의 「표본실의 청개구리」를 다룬 글들인데 저마다 다른 독법으로 「표본실의 청개구리」를 해석하고 있다. 우선 김재용 선생은 「표본실의 청개구리」를 구미, 혹은 서구적 근대에 대한 비판으로 읽고 있다. 국민국가의 틀에 갇혀 문학을 읽지 말고 지구적 세계문학의 관점에서 작품을 읽을 때 새로운 해석의 장이 열린다는 필자의 평소 관점이 여기에서도 잘 드러나고 있다. 이에 비해 한수영 선생은 이 작품을 구체적인 폭력과 고문의 기억으로 읽는다. 기존의 문학사적 해석에 덧붙여 염상섭이 실제 경험했을 법한 당시 일제시기의 육체적 폭력과 고문의 기억이 「표본실의 청개구리」에 생생하게 살아있음을 주목해야 한다고 주장하고 있다. 이현식 선생은 「표본실의 청개구리」의 문학사적 가치가 일반인들에게 제대로 알려지지 못한 점에 주목하여 이 작품을 왜 우리나라 최초의 자연주의 작품이 아니라 3·1운동의 문학적 기념비로 읽어야 하는지에 대해 설명하고 있다. 세 편의 글들은 염상섭의 「표본실의 청개구리」를 저마다의 관점으로 읽어냄으로써 궁극적으로 3·1운동과 이 작품이 얼마나 관련되어 있는가를 역설적으로 드러내고 있다.

3부는 시와 관련된 글들이다. 유성호 선생은 3·1운동 이후 그로 말미암아 한국의 시가 어떻게 변했는지를 시사적 맥락에서 두루 정리하고 있다. 이른바 낭만주의적 경향의 시부터 전통적 민요조에 바탕을 둔 서정시, 그리고 현실주의적 지향을 강력하게 드러낸 시 등으로 범주화하면서 3·1운동 이후 한국 시단의 변화를 폭넓게 조망하고 있다. 김신정 선생은 검열과 통제 체제 아래에서 3·1운동이 제대로 발화되기 어려운 국내 사정에 주목하여 해외 한인매체에서 3·1운동 관련 내용이 어떻게 드러나고 있는지를 조사하였다. 시조, 가사, 창가에 이르기까지 당시 해외 동포들이 노래 형식으로 3·1운동을 어떻게 기억하고 어떻게 상징화하려 했는지를 꼼꼼하게 분석하여 우리에게 보여주고 있다.

4부는 해방 이후 3·1운동에 대한 기억 혹은 3·1운동을 어떻게 역사화하고 있는가의 문제를 다룬 글들이다. 3·1운동은 해방이 되고 나서야 비로소 금기에서 풀린 사건이 되었다. 그러므로 해방 직후 발표되기 시작한 3·1운동과 연관된 문학작품의 양상이 어떠했는가를 살펴보는 일은 단순 후일담에 대한 검토가 아니다. 해방과 함께 3·1운동은 비로소 다시 시작되었던 것이다. 우선 양문규 선생은 해방 직후 발표되었던 김남천과 함세덕의 창작 희곡작품에서 3·1운동 당시의 좌파 운동 세력이 어떻게 형상화되고 있는지를 분석한다. 글에 따르면 김남천, 함세덕 모두 좌파 지식인들을 그려낼 때 3·1운동 당시 광범위한 민중적 연대에 대해 깊이 있는 인식을 한 것까지는 그려내지 못하고 있는 한계를 보여주고 있다고 한다. 이를 통해 해방 직후 진보진영 작가들의 현실 인식을 우회적으로 확인할 수 있기도 하다. 이경수 선생은 해방 직후 문학가동맹에서 발간된 『삼일기념시집』을 집중 분석함으로써 3·1운동이 어떻게 당시에 문학적으로 표상되었는가를 꼼꼼히 살피고 있다. 새로운 국가 건설에 대한 꿈과 희망이 투영되어 있음을 확인하는 동시에 거기에 단일한 목소리가 아닌 균열의 조짐도 보이고 있다는 것이 분석의 내용이다. 마지막으로 최현식 선생의 글은 특히 필자의 공력이 돋보인다. 오랜 시간 우리에게 신화처럼 존재한 '유관순 누나 혹은 열사'가 어떻게 만들어지고 탄생되었는가를 밝힌 글이다. 유관순의 순국은 언제나 상찬받아야 하고 존경의 대상이 되어야 함은 의심할 나위가 없지만 그에 대한 영웅화 작업은 과연 유관순의 행동만큼 순수했던가가 이 글이 겨누고 있는 바이다. 이 글은 해방 직후부터 상당 기간 동안 유관순을 의도적으로 영웅화하고 그에 앞장 선 사람들의 실체를 드러냄으로써 3·1운동의 현재화에 얽힌 복잡한 과제도 아울러 드러내고 있다.

마지막으로 조금 특별한 글을 소개한다. '문학과사상연구회'의 회원이 아닌 이경수 선생과 이종호 선생께서 귀한 글을 보내주어 우리의 성과를 더욱 풍요롭게 해주셨는데 멀리 체코의 한국연구자인 즈덴카 크뢰슬로바Zdenka Klöslová(1935~) 여사께서 귀한 글을 보내주셔서 더없이 기쁘게 생각한다. 1919년부터 1920년까지 『체코슬로바키아 데니크(체코슬로바키아 일보)』에 실린 한국 관련 소식을 정리한 글이다. 고령에도 불구하고 지속적으로 연구하고 있는 여사는 짧지만 중요한 글을 통해 1919년 3·1운동이 체코에서 어떻게 보도되고 있는지를 잘 정리해 소개해주고 있다. 체코슬로바키아 군단에서 발간한 이 신문에서 3·1운동이 어떻게 보도되고 있는지 직접 일독을 권한다. 3·1운동에 대한 지구적 인식에 큰 도움을 주는 글이다.

　매년 이렇게 책을 내면서도 과연 우리의 연구가 한국문학 연구를 어떻게 진전·갱신시킬 수 있을 것인지 스스로 의심스러워할 때가 있다. 함께 가던 사람들이 점점 줄어들고 뒤따라오는 무리 역시 눈에 띄게 줄어들고 있기 때문이다. 글을 읽고 토론하고 분석하고 또 해석하는 일의 사회적 중요성이 퇴색되어가고 있는 게 솔직한 현실이다. 그래서는 안 되는 일이 실제로 벌어지고 있어서 안타까울 따름이다. 이럴 때일수록 우리의 작업을 응원하는 든든한 후원자 소명출판의 존재는 그 자체로 빛이 난다. 이번에도 우리의 성과를 세상에 알리는 데 도움을 주셨다. 함께 걸어가는 오랜 벗으로 남기를 기대하고 또 그러리라 믿는다.

2020년 1월
문학과사상연구회

차례

부록

러시아 체코슬로바키아 군단의 신문
『체코슬로바키아 데니크(체코슬로바키아 일보)』를 통해 본 한국 뉴스
(1919~1920)   즈덴카 크뢰슬로바/양문규 역

제1부

『창조』 다시 읽기

3·1운동과의 관계를 중심으로

김영민

1. 『창조』의 창간과 3·1운동

『창조』는 도쿄에 체류 중이던 김동인·주요한·전영택·최승만·김환 등이 주축이 되어 창간한 문학 동인지이다. 이 잡지 창간호는 1919년 2월 1일 발행되었다. 편집 겸 발행인은 주요한朱耀翰, 인쇄소는 요꼬하마橫濱 소재 복음인쇄합자회사福音印刷合資會社이다. 『창조』는 창간 이후 유학생 사회에서 적지 않은 호응을 받았다. 그러나 『창조』는 3·1운동 직후 발간한 제2호의 '사고社告'를 통해 다음과 같이 자신들의 미래에 대해 짙은 불안감을 토로한다.

여러분쎅서 다 아시는 바와 가치, 날로날로 急迫하여 오는 우리 事情은 到底히 이 둘재호가 탈업시 여러분의 손에 드러갈 運命을 주지 안는 것 갓소이다.

그러나 더욱 重하고 더욱 緊한 事勢가 우리 아페 이슬 째에, 이만 일을 무어슬 그리 근심하겟슴닛가. 언제나, 혹 한쥬일 후에, 혹 한달 후에, 혹 한해, 혹 십년 후에, 우리가 서로 다시 맛나뵈올지 지금은 아모도 想像할 수 없겟슴니다.

그러나! 우리의 '榮光의 날'은 긔어히 올 줄로 밋슴니다. 可憐한 運命을 가진 이 '創造'가 새로운 아츰을 향하야 여러분 아페 소리 노픈 활개를 칠 날이 머지 아는 줄 압니다.[1]

"날로날로 急迫하여 오는 우리 事情"은 2·8독립선언과 3·1운동 직후 『창조』가 놓이게 된 어려운 사정을 의미한다. 이로 인해 "到底히 이 둘재호가 탈업시 여러분의 손에 드러갈 運命을 주지 안는 것 갓소이다"라는 염려를 할 수밖에 없었던 것이다. 실제로 『창조』 제2호는 인쇄를 마친 이후 얼마 동안은 배포가 불가능했다. 당시의 상황에 대해 김동인은 다음과 같이 회고한다.

2호를 인쇄에 부친 뒤에 만세 사건이 일어났다. 여는 집의 전보로 급거히 귀국하였다. 우편으로 부친 2호를 집에서 보았다. 요한도 귀국하였다. 조선의 사정이 이렇게 된지라 2호는 인쇄는 끝이 났어도 그냥 본사에 가려 두기로 하였다.[2]

『창조』 동인들은 제2호의 배포를 뒤로 미루면서 "혹 한쥬일 후에, 혹

---

1 「여러분쯰 고告함」, 『창조』 2, 1919.3, 60면.
2 김동인, 「문단회고文壇懷古」, (『매일신보』, 1931.8.23~9.2), 『김동인 전집』 16, 조선일보사, 1988, 311면.

한달 후에, 혹 한 해, 혹 십년 후에, 우리가 서로 다시 맛나뵈올지 지금은 아모도 想像할 수 없겟습니다"라고 고백한다. 이는 잡지의 폐간까지도 염두 둔 발언이 아닐 수 없다. 하지만 이런 극심한 우려와는 달리 『창조』는 1919년 12월 제3호를 발간하고 다시 명맥을 이어갈 수 있게 된다.

3·1운동 직후 유학생 잡지의 일시 정간은 단지 『창조』에만 국한된 것은 아니었다. 이는 유학생 잡지 전반에 걸쳐 일어난 현상이었다. '조선유학생학우회'가 발행한 『학지광』역시 1919년 1월 3일 제18호를 발간한 후 약 1년여의 휴지기를 거쳐 1920년 1월 26일에야 제19호를 발간했다. '동경여자유학생친목회'가 발행한 『여자계』제4호는 원래 1919년 3월에 발간될 예정이었으나, 그보다 일 년 정도가 늦어진 1920년 3월에야 간행되었다.[3] 『여자계』역시 '우리 주위의 급박한 사정'에 의해 잡지의 정간停刊이 불가피했던 것이다.[4] '동경조선기독교청년회'

---

3 『창조』에 실린 다음의 광고를 보면 『여자계』제4호는 1920년 1월 발행을 목표로 삼아 제작되고 있었다는 사실을 알 수 있다. "女子界 / 年中三回發行 / 第四號 新年 一月 出刊 豫定 / 定價 每冊 參拾錢(郵稅二錢) / 우리 女子界도 여러분이 아시는 바와 갓치 우리 周圍의 事情으로 因하야 지난 三月에 發行하려다가 停止하엿든 第四號를 그냥 그대로 發刊하려하온즉 時代에 遲한 感이 잇삽기 다시 增補編輯하여 新年 一月에 새로운 面目으로 出現하려하나이다. / 社의 位置를 자조 變更하오면 여러가지 不便함이 만은 고로 社員들도 유감으로 생각하오나 우리는 學生의 身分임으로 一定한 住所에 오래 잇슬 수 없는 사세올시다 本社를 橫濱에 다시 左記番地로 옴기게 됨도 이러한 理由오니 情地를 살펴주시기외다." 『창조』3, 1919.12, 79면.
4 이에 대해서 「편집여언編輯餘言」은 다음과 같이 언급하고 있다. "우리 周圍의 急迫한 事情으로 因 하야 우리 『女子界』도 지나간 三月에 發行하려든 第四號를 지금이야 發行하게 되엿나이다. / 지나간 二月에 四號를 編輯하여서 印刷所에 보내여 初校正까지 하엿스나 여러분이 다 아시는 바 갓치 그 일노 因하야 不得已 停刊하엿삽더니 그째에 記事를 지금 그냥 그대로 發行하게 되면 '時代遲'의 感이 잇는 고로 削除할 것은 削除하고 다시 좀더 增補 編輯하여서 지금 發行합니다 弱한 우리 女子들 손으로 되는 것인고로 不完全한 것이 많을 줄 自認하오나 넓으신 사랑으로 용서하여 주시기를 바라나이다."(「편집여언編輯餘言」, 『여자계』4, 1920.3, 65면) 여기서 언급한 '주위의 급박한 사정' 및 '그 일'은 1919년의 3·1운동을 지칭한다.

의 기관지『기독청년』의 경우도 제14호는 1919년 2월 16일에 발행되었지만 다음호인 제15호는 그 해 11월 16일에야 발행이 된다.

3·1운동 이후 수개월간의 휴지기를 거쳐 재발행을 시작한『창조』는 제3호 '편집후기'에서, 자신들이 문예를 주안으로 삼은 잡지이기는 하나 우리 사회의 요구에 부응하기 위해 사상 방면의 글도 게재하려 한다는 의사를 표명한다.

> 本誌는 언제던지 물론 文藝를 主眼으로 삼지만은 우리 現社會의 要求에 應키 爲하야 이번 三號부터는 思想 方面(論, 評 等)의 글도 若干 記載하려고 합니다.[5]

그러나『창조』의 편집진은 이러한 의사를 오래지 않아 철회한다. 제5호의 「남은말」에서 이 잡지가 순문예잡지이므로 시국時局과 관련된 원고는 게재하기 어렵다는 사실을 밝히게 된다.

> △ 여러분 中에서 或 時局에 關한 말을 써서 보내시는 이가 게시지만은 우리 創造는 純文藝雜誌인고로 作者의 誠意는 감사하오나 記載할 수는 업싸오니 여러분은 注意하여주시기를 바라나이다.[6]

『창조』는 이렇듯 순문예잡지라는 사실을 강조하며 시국 관련 원고를 배제했음에도 불구하고 당국의 검열에서 완전히 자유롭지는 못했다.

---

5 동인同人, 「나믄말」,『창조』 3, 1919.12, 77면.
6 동인同人, 「남은말」,『창조』 5, 1920.3, 99면.

일부 원고에는 '당국의 검열로 인하여 삭제되었다'는 설명이 부가되어 있다.[7] 3·1운동 직후 유학생 잡지에 대한 검열 강화는 문예잡지라고 해서 결코 예외가 될 수는 없었던 것이다.

『창조』 발간의 주도적 역할을 했던 김동인은 잡지의 창간을 3·1운 동과 관련지어 다음과 같이 회고한 바 있다. 그런데,『창조』 창간과 3· 1운동의 관계에 대한 김동인의 회고는 다소 모순된다.

(가)

처음에는 우리들 새에는 아까의 집회의 이야기가 사회어졌다. 그 집회에 서는 徐椿이 우리(요한과 나)에게 독립선언문을 기초할 것을 부탁했었지 만, 우리는 그 任이 아니라고 사퇴(뒤에 그것은 春園이 담당했다)했었는데 사퇴는 하였지만 내 하숙에서 마주 앉아서는 처음은 자연 화제가 그리로 뻗 었다. 처음에는 화제가 그 방면으로 배회하였었지만 요한과 내가 마주 앉 으면 언제든 이야기의 종국은 '문학담'으로 되어 버렸다.

"정치운동은 그 방면 사람에게 맡기고 우리는 문학으로 ─ "

이야기는 문학으로 옮았다.

막연한 '문학담' '문학토론'보다도 구체적으로 신문학운동을 일으켜 보자 는 것이 요한과 내가 대할 적마다 나오는 이야기였다.

이 밤도 우리의의 이야기는 그리로 뻗었다. 그리고 문학운동을 일으키기 위하여 同人制로 문학잡지를 하나 시작하자는 데까지 우리의 이야기는 진 전되었다.[8]

---

7 "以下七行은 原稿 檢閱 中 當局의 忌諱로 因하야 削除되엿스니 그리 알고 닐거주시기외다." 유방惟邦,「누구를 위하야?」,『창조』 9, 1921.5, 38면.

(나)

잃어버린 국권을 회복하려는 '3·1운동'의 실마리가 표면화되기 시작한 것은 1918년 크리스마스 저녁이요, 민족 4천 년래의 신문학 운동의 봉화인 『창조』 잡지 발간의 의논이 작정된 것이 또한 같은 날 저녁이었다.

뿐더러 그 『창조』 창간호가 발행된 1919년 2월 8일은 또한 '3·1운동'의 전초인 '동경 유학생 독립선언문' 발표의 그날이었다.

조선 신문학 운동의 봉화는 기묘하게도 3·1운동과 함께 진행되었다.[9]

(가)에서 김동인은 『창조』의 창간 과정에서 "정치운동은 그 방면 사람에게 맡기고 우리는 문학으로"라는 판단을 한 것으로 회고한다. 이른바 '정치운동'인 3·1운동과 구별되는 '문학운동'을 위해 『창조』를 창간했다고 술회하는 것이다. 그러나 (나)에서는 3·1운동의 발아 및 진행 과정이 마치 『창조』의 탄생 과정과 정확히 일치하는 것처럼 서술함으로써, 두 사건 사이의 관계를 강조하려는 의도를 드러낸다. 3·1운동이 조선의 새로운 정치운동의 시작이라면, 『창조』의 발행은 조선의 새로운 문학운동의 시발점 된다는 것이다. 하지만, 『창조』 창간호의 발행일은 1919년 2월 8일이 아니라 2월 1일이다. 『창조』 발간에 대한 논의가 시작된 날짜와 3·1운동의 실마리가 표면화된 날짜를 맞추려는 김동인의 시도는 사실과는 거리가 있다. 동인지 『창조』 창간에 대한 논의도 1918년 겨울이 아니라 이미 그 전부터 진행되어 오고 있었던 일이었다.[10]

---

8 김동인, 「문단文壇 30년의 자취」(『신천지』, 1948.3~1949.8), 『김동인 전집』 15, 조선일보사, 1988, 315면.
9 위의 글, 316면.
10 전영택, 「창조시대 회고」(『문예』, 1949.12), 표언복 편, 『전영택 전집』 3, 목원대 출판

『창조』 창간 직전 서춘이 김동인과 주요한에게 독립선언문을 기초할 것을 부탁했고, 이들의 거절로 인해 그 작업을 이광수가 대신하게 되었다는 회고가 사실에 근거한 것인지는 알 수 없다. 다만, 「2·8독립선언문」의 초안을 이광수가 작성했다는 것은 이미 잘 알려진 사실이다.[11] 서춘은 2·8독립선언을 위한 실행위원 겸 11인 대표 가운데 한 사람이었다.[12] 서춘이 평안북도 정주의 오산학교를 졸업하고 일본에 유학했다는 사실을 참고로 하면, 평안남도 출신 유학생들인 김동인, 주요한과 가깝게 교류했을 가능성이 없지는 않다. 당시 유학생들의 교류가 무엇보다 지연에 근거를 두고 이루어졌기 때문이다. 2·8독립선언을 주도한 '조선유학생학우회'의 설립 또한 각 지역을 기반으로 활동하고 있던 소규모 단체들의 연합을 통해 이루어진 것이다.[13] 『학지광』에는 2·8독립선언으로 인해 옥고를 치르고 출소한 회원들에 대한 위로회 기사가 게재되어 있는 바, 서춘이라는 이름도 그 명단에 올라 있다.[14] 그런

부, 1994, 489면 참조. 『창조』의 창간 과정에 대한 회고 및 잡지의 서지와 관련된 더 자세한 논의는 김영민, 「문학동인지의 탄생과 근대소설의 변모―『창조』를 중심으로」, 『한국 근대소설의 형성 과정』, 소명출판, 2005, 195~204면 참조.

11 이와 관련된 상세한 내용은 김윤식, 『이광수와 그의 시대』 2, 한길사, 1986, 616면 참조.

12 서춘은 2·8독립선언 이후 체포되어 금고 9월형을 선고받았다. 출옥 후 교토제국대학 경제학부를 졸업하고 귀국하여 『동아일보』와 『조선일보』의 경제 전문기자로 활동했다. 1937년 중일전쟁을 전후해서는 조선총독부의 정책을 적극 지지하는 평론을 쓰고, 1940년 9월부터 1942년까지 매일신보 주필을 지내면서 시국강연 강사로 활동한다. 그의 생애 및 문필활동과 관련한 자세한 내용은 『친일인명사전』 2, 민족문제연구소, 2009, 272~276면 참조.

13 여기에 참여한 것은 함경도를 기반으로 한 '철북친목회', 평안도를 기반으로 한 '패서친목회'·'해서친목회', 경기도와 강원도를 기반으로 한 '동서구락부', 경기도와 충청도를 기반으로 한 '삼한구락부', 경상도를 기반으로 한 '낙동동지회', 전라도를 기반으로 한 '호남다화회' 등이었다.

14 "慰勞會. 昨年 二月八日부터 東京 監獄에서 苦生하시든 여러분 中 宋繼日 氏 는 身病으로 執行停止를 받아 昨年 十二月二十五日부터 北里養生園에 入院 治療하시다가 目下 芳州에서 靜養 中이며, 金尙德, 李琮根 兩氏는 今年 二月九日 滿期가 되야 出監하엿스며, 崔八鏞,

데 여기서 중요한 것은 서춘과 김동인 사이의 일화가 사실인가 아닌가 하는 점이 아니다. 그보다는 김동인이 의도적으로 『창조』의 창간 동기를 3·1운동과 관련지어 설명하고 있다는 점이다. 김동인이 굳이 언급하지 않아도 좋을 3·1운동 관련 일화를 비교적 상세히 설명하고 있는 것은 분명히 의도적이다. 김동인의 의식 속에는 3·1운동과 『창조』를 구별 지으려는 생각과 함께, 둘 사이의 연관성을 강조하려는 상호 모순된 생각이 함께 자리 잡고 있었다.

2. 『창조』와 '인생을 위한 예술'

『창조』의 창간은 그동안 '계몽문학' 중심으로 전개되어 오던 한국문학사가 '순수문학' 중심으로 전환되는 상징적 시도로 평가받는다. '민족사상을 계몽 설교하기 위한 문학이 아니고 근대 문예사조를 받아들인 순문학운동純文學運動'의 출발점을 이루는 것이 『창조』의 문학사적 의미가 된다는 것이다.[15] 1960년대의 대표적 문학사 연구자 백철의 이러한 논의는 이후 오랜 기간 동안 한국문학사에서 『창조』의 가치 평가

徐椿, 金喆壽, 白寬洙, 金度演, 尹昌錫 六氏는 今年 三月二十六日 滿期가 되야 出監하엿는데 去四月二十五日 우리 留學 中 有志者 五十餘人이 出監하신 여러분을 爲하야 우리 靑年會館 後園에서 記念撮影하고, 그날 下午 七時에 本鄕三丁目 燕窠軒에서 慰勞會를 開하엿다."
「재일경在日京 우리 유학생계留學生界의 소식消息」, 『학지광』 20, 1920.7, 60면.
15 백철, 『신문학사조사』, 신구문화사, 1968, 115~123면 참조.

를 위한 확고한 기준으로 자리 잡았다. 김동인의 이른바 유미주의 계열의 작품들을 그 중심에 놓고 해석하는『창조』론도 결국은 이러한 문학사적 평가와 관련이 있다. 당시 국내 문단에서 대중들에게 커다란 인기를 얻고 있던 이광수 문학에 대한 반발은『창조』창간의 중요한 배경과 계기로 알려져 있다. 실제로, 창간호의「남은말」에서 비판의 대상이 되고 있는 '도학선생'과 '통속소설'이라는 표현은 모두 이광수와 그의 작품들을 염두에 둔 것이다.『창조』의 동인들은 이광수의 문학에 대해, '철저한 계몽적 문학으로 특정한 사상과 주의를 전파하는 문학이며, 남녀 간의 연애문제를 다루어 독자의 흥미를 부추기는 문학'이라는 비판적인 생각 역시 지니고 있었다.[16]

그러나 창간호에 게재된 이광수 문학에 대한 비판과는 달리,『창조』동인들은 이광수를 자신들의 잡지에 끌어들이기 위해 적지 않은 애를 썼다.[17] 이광수에 대한『창조』동인들의 태도야말로 이율배반과 상호모순의 극치를 이룬다. 김동인은『창조』의 창간 당시 상황을 회고하면서, 잡지의 창간 당시부터 자신들이 이광수를 동인으로 끌어들일 생각

---

16 "무엇을 선전하는 수단이나 방편으로 여기는 데 반감을 품고 재래의 계몽문학이나 애정소설에 대하여 불만을 가지고, 자연과 인생을 그대로 표현하여 재창조에 있는 문학의 가치성을 인식하는 새로운 문학관을 가지고 그때 말로 '예술을 위한 예술'을 주장하는 소장파 몇 사람이 한국의 새로운 문학을 개척해 보려는 엉뚱한 야심을 가지고 출발한 것이 순문예잡지『창조』"였다는 것이다. 전영택,「『창조』」(『사상계』, 1960.1),『전영택전집』3, 512면 참조.

17 『창조』동인들이 이광수의 원고에 집착한 이유에 대해서는 다음의 지적 참조. "왜냐하면 최승구와 더불어 동경의 조선 유학생계를 주도했던 이십대 말의 춘원은 이미「무정」을 발표한 '조선 신문학계의 거성이요 기적'인 반면, 1900년생으로서 1919년 당시 겨우 열하홉 살에 불과했던 김동인 등의『창조』동인들은 대부분 문학 청년적인 수준이었던 때문이다." 이경훈,「춘원과『창조』」,『현대소설연구』14, 한국현대소설학회, 2001, 186면.

을 하고 있었다는 사실을 밝힌 바 있다.

　　그러면 그 자금은 내가 부담하기로 하고 자금도 자금이려니와 손 맞잡고
일해 나갈 동인을 고르고자 하여 늘봄(長春 田榮澤), 횐뫼(白岳 金煥), 崔承
萬 등을 우선 내일이라도 찾아가서 동인 되기를 권유하고 장차 孤舟 李光洙
를 끌어넣고 그때는 이 땅에 어찌도 엉성한지 이 이상 동인될 만한 인물을
찾아내기조차 힘들었다.[18]

　『창조』는 제2호 '편집후기'에서 이광수가 『창조』의 동인으로 참여하
게 된 것을 보고하는 '영광'에 대해 다음과 같이 서술한다.

　　지금 編輯人은 이번에 새로히 春園 李光洙 君이 우리 同人이 된 것을 報告
하는 榮光을 가졌습니다. 구[우]리가 同人이라는 일홈을 쓰는 것은, 이 雜誌
에 對하야 各各 平等的 責任을 가진 우리멧멧 中에서 所謂 主幹이니 主筆이
니 하는 일홈을 부치기를 全然히 실혀하는 까닭이올시다 하닛가 여러분씌
서도 그리 아라주시기를 바랍니다.[19]

　『창조』 동인들은 이광수의 글을 바로 잡지에 싣기 원했지만 이광수는
좀처럼 원고를 보내지 않는다. 이광수가 『창조』 동인으로 가담한 시기
는, 「2・8독립선언서」를 기초한 후 상해로 도피해 있던 때였다.[20] 도쿄

18　김동인, 「문단文壇 30년의 자취」, 앞의 책, 315면.
19　동인同人, 「나믄말」, 『창조』 2, 1919.3, 59면.
20　이광수는 2・8독립선언이 있기 직전인 1919년 2월 5일 상해로 도피했다. 김윤식, 앞의
　　책, 616~617면 참조.

의 『창조』 동인들이 상해에 있는 이광수의 글을 얼마나 간절히 기다렸는가 하는 사실에 대해서는 제3~5호의 '편집후기'에 다음과 같이 기록되어 있다,

前號에 發表한 우리 同人 中에 春園 李君의 글을 이번號에도 올니지 못함은 매우 遺憾임니다만은 엇재스나, 李君은 우리를 爲하야 달니 큰 努力을 하는줄 아라주시기외다.[21]

우리 同人 中에 春園 李君은 前號에 말슴들인 그 理由下에서 이번號에도 글을 니지 못하오니 한편으로는 좀 서어하기도 하지만은 그가 우리의 큰일을 爲하야 苦心努力하심을 생각하면 우리는 깃버하여야 될 줄 암니다.[22]

그러나 春園 君의 글이 미쳐 안 와서 이번에도 못낸거슨 매우 섭섭하외다.[23]

이광수의 글을 학수고대하던 『창조』는 결국 제6호에 그의 원고를 받아 수록한다.[24] 『창조』 제6호는 이미 편집이 끝난 후 도착한 이광수의 시 「밋븜」을 '특별부록'으로 꾸미어 수록하면서 다음과 같은 기사를 게재한다.

---

21 동인同人, 「나믄말」, 『창조』 3, 1919.12, 77면.
22 동인同人, 「남은말」, 『창조』 4, 1920.2, 62면.
23 동인同人, 「남은말」, 『창조』 5, 1920.3, 100면.
24 이광수의 원고 수록 과정에 대한 자세한 논의는 이경훈, 앞의 글, 183~204면 참조. 이 글에서는 이광수와 『창조』 동인 주요한의 관계 및 이광수의 오산학교 제자 이희철과의 관계를 중요시 한다.

朝鮮新文學界의 巨星이요 奇蹟인 春園 李君이 오랫동안 우리 文壇에서 자최를 심어 우리가 몹시 寂寞를 늦기든 바이오, 더구나 우리 創造 同人으로서 一週年 記念號를 發行한 今日까지에 아직 한번도 그 作品을 실어서 우리와 밋 讀者 여러분이 가치 同君의 驚異的 傑作을 넑는 즐거움을 가지지 못한 것은 크게 遺憾으로 생각하엿더니, 이번에 멀니서 多事한 中에서도 우리 創造에 玉稿를 보내 주섯기 우리는 깃쑴을 이기지 못하야 비록 印刷가 거의 마치게 되엿지만은, 보는 일에 밧붐으로 이번 號에는 原稿가 밋지 못할 줄 아랏든 요한 君의 詩와 合하야 特別附錄를 만드러 여러분의게 提供하는 바이올시다. 兩君의 글이 비록 간단하지만은 이로 말믜암아 오래 심어겻든 兩君과의 情誼를 새롭게 하고, 멧마듸 쩔은 詩에서 無限한 인상과 감격을 가질 줄 밋습니다.[25]

조선문학계의 거성이자 기적이라 할 수 있는 이광수의 글을 오래 접하지 못해 적막하던 중, 이번 『창조』에 옥고를 싣게 되어 기쁨을 이기기 어렵다는 것이 기사의 요지이다.[26]

이른바 순수문학을 표방하던 『창조』는 '통속소설'의 작가이자 '도학선생'인 이광수의 원고를 받기위해 부단히 노력했고, 그의 원고를 수록하며 감격해 했다. 여기서 더 나아가, 이광수가 본격적으로 효용론을 주장하게 된 계기를 이루는 글 「문사文士와 수양修養」을 『창조』를 통해 발표했다는 사실도 주목해 볼 필요가 있다. 「문사와 수양」에서 이광수는

---

25 『창조』 6, 1920.5, '특별부록'.
26 제7호에도 다음과 같은 이광수 관련 기사가 게재된다. "이번 七號에 春園 李君의 간단한 詩로써 頭卷를 裝式[飾]하게 됨을 無限히 깃버하는 同時에 오래 시드럿든, 우리 文壇 나무에 無窮花가 다시 피기를 始作한다고 생각합니다." 동인同人, 「나믄말」, 『창조』 7, 1920.7, 69면.

문학가가 취해야 할 궁극적 태도는 '예술을 위한 예술Arts for art's sake' 이 아니라 '인생을 위한 예술Arts for life's sake'이라고 주장한다.

> Arts for art's sake라는 藝術上의 格言은 藝術을 他部門의 文化(政治나 教育이나 宗敎나)의 奴隷狀態에서 獨立식히는 意味에 잇서서는 대단히 훌륭흔 格言이지마는 그 範圍을 지나가서 使用ᄒ면 이는 '個人은 自由라'ᄒ는 格言을 無制限으로 使用홈과 갓흔 害惡에 싸지는 것이외다. 生에 對ᄒ야 貢獻이 업는 것 더구나 害를 주는 것은 그것이 무엇이든지 다 惡이니 文藝도 만일 個人의 特히 우리 民族의 生에 害를 주는 者면 맛당이 두두려부실 것이외다. Arts for life's sake야말로 우리의 取홀 바라 홉니다.[27]

生生에 도움이 되지 않은 예술, 해를 끼치는 예술, 더구나 우리 민족에게 해가 되는 예술은 당연히 배척해야 한다는 것이 이광수의 주장이다. 「문사와 수양」은 '情의 만족' 등 그동안 다소 모호한 입장의 예술론을 펼치던 이광수가 예술의 공익성과 예술가의 사회적 역할을 일관되게 강조하는 방향으로 선회하는 계기가 되는 글이다. 그가 이러한 방향으로 문학관을 정리하게 된 데에는 2·8독립선언과 상해로의 도피, 그리고 흥사단 가입이라고 하는 일련의 사건과 체험이 자리 잡고 있었던 것으로 보인다. 『창조』가 이른바 순수예술을 지향하던 김동인이 주도해 창간한 잡지라는 사실을 염두에 두면, 이 잡지와 이광수라는 조합은 매우 낯설어 보인다. 『창조』와 '인생을 위한 예술'이라는 주장은 더

---

27 춘원春園, 「문사文士와 수양修養」, 『창조』 8, 1921.1, 11면.

욱 그러하다. 그런데, 『창조』에서 발견되는 '인생을 위한 예술'의 주장이 이광수에게만 한정된 것은 아니었다. 『창조』의 동인들은 창간 동기와는 관계없이 실제 작품의 창작과 문학관의 표출 과정에서는 계몽의 의지 및 사회와 현실에 대한 참여의 의지를 배제하기 어려웠다.

창간 동인이자 초기의 대표적 필자 가운데 한 사람이었던 최승만 역시 「문예文藝에 대對한 잡감雜感」에서 '인생人生을 위한 예술藝術'의 추구를 명시적으로 주장한다. 「문예에 대한 잡감」에서 최승만은 먼저 자연주의 문예에 대한 호감을 표현한다. 자연주의 문예가 중요한 것은 그것이 문예를 인간의 '노름거리'로 삼지 않았기 때문이다. 르네상스 이후에 일어난 낭만주의는 상고주의尙古主義 즉 고전주의의 규범과 인습을 타파하고 개성과 자유 그리고 독창성을 중시한다. 낭만주의는 인간의 자연스러운 정서를 중시한다는 특징이 있다. 낭만주의에 반하여 일어난 자연주의는 기교·습관·인습을 모두 배척하고, 현실을 중히 여기며 '진眞'을 추구한다. 자연주의는 현실적·이지적·객관적·무기교적·산문적·평범적이라는 특징이 있다. 이 가운데 가장 중요한 것이 현실적인 바, 이는 현실의 인생과 현실의 생활에 주의를 기울이는 것을 의미한다. 자연주의로 말미암아 예술은 실제 인생 생활과 밀접한 관계를 맺게 되었다. 따라서 "自然主義文藝는 娛樂인 藝術이 안이오 人生에 對하야 生活에 對하야 깁히 생각하게 하는 藝術"[28]이라 할 수 있는 것이다. 자연주의 문예는 사회문제에 대해서 직접적인 관심을 표명한다. 졸라는 소설 작품에서 냉정하고 과학적인 태도로 사회개량에 대한 의지

---

28 극웅極熊, 「문예文藝에 대對한 잡감雜感」, 『창조』 4, 1920.2, 50면.

를 드러낸 바 있다. 입센은 희곡에서 사회의 결함과 악덕을 묘사하여 개인해방, 부인해방 문제를 제기한 바 있다. 러시아의 투르게네프가 노예해방 운동에 적지 않은 원동력을 제공한 것도 모두가 아는 일이다. 그러나, 자연주의에 문제가 없는 것은 아니다. '있는 대로' '본 대로' 묘사하는 것이 자연주의의 본질이라고는 하나 이를 행하는 것이 쉽지 않기 때문이다. 여기서 최승만은, 인간이 아무리 객관적 묘사를 의도할 경우라도 주관성을 벗어나기 쉽지 않다는 우려를 표명한다. 동시에 그는 문예가 사회와 인생을 떠나 존재할 수는 없다는 생각을 드러낸다.

> 그러나 남은 듯든 안듯든 나는 이러한 말을 하고 십다. 藝術도 社會를 떠나서는 안이 되겟고 人生을 떠나서는 안이 되겟다고. 이 問題는 昨年인지 日本서도 文學者間에 大端히 떠들든 問題이지마는 何如間 나는 엇던 文藝나 社會나 人生 以外에 잇서서는 안이 되겟다고 한다. 또 社會와 人生을 떠난 藝術이 잇스리라고는 생각지 안는 바다. 이 意味에 잇서서 人類의 生活을 엇더케 하면 더 좃케 더 잘 만드러볼가 하는 改造의 意志의 理想을 根底로 한 藝術 곳 '人生을 爲한 藝術'을 말하며 '人生을 爲한 藝術'을 爲하야 努力하기를 바란다 하는 것이다.[29]

최승만이 제시한 결론적 주장은 '인생을 위한 예술'이다. 그가 비록 자연주의 문예가 지닌 한계에 대해 일정한 우려를 표명하고 있기는 하나, 이 우려는 다분히 수사적修辭的이라는 인상을 준다. 최승만이 동조

---

29 위의 글, 51면.

하고 추구하는 문예는 자연주의 정신에 바탕을 둔 현실개조와 사회개량의 문예, 즉 인간과 사회를 위해 존재하는 문예였던 것이다.

노자영 또한 「문예文藝에서 무엇을 구求하는가」에서 문예의 목적이 인간의 생명을 진실되게 표현하는 일에 있다고 주장한다. 그는 먼저 문예에서는 사상과 기교의 결합이 중요하다고 전제한다. 예술에서는 이 양자의 혼연일체가 필수적이라는 것이다. 이 둘이 결합하는 지점이 '생명'이다. "人의 生命이 가장 眞實이 가장 詳如이 또는 가장 氣運잇게 表現된 者라야 우리가 찻고 求하는 文藝"[30]가 되는 것이다. 예술이 생명의 표현인 이상, 예술은 인생 생활의 모든 방면을 있는 그대로 표현할 임무가 있다. 노자영은 이러한 전제를 바탕으로, 생명이 무한한 변화를 보임과 같이 예술 또한 무한한 변이를 보일 수 있다고 생각한다. 물론, 예술의 가치는 고정되어 있지 않다. 진실하게 인생의 일면을 그려내는 투르게네프의 작품이나, 기교를 중시하는 오스카와일드의 작품은 각각 그 자신들만이 지닌 가치가 있다. 이 가운데 어느 한 작가의 작품만이 절대적 만족감을 주기 어렵고, 따라서 모범적 예술은 존재하기 어렵다. 그럼에도 불구하고 예술이 지향할 바가 어디에 있는가 하는 점만은 분명하다.

훌능한 藝術은 그의 出現한 時代 그것을 그리는 者도 잇고 또는 先驅者가 되야 그 時代에 앞선 理想을 揭하는 者도 이서셔 그 點은 다르나 人間 生命의 現在 流波라든지 그 流波의 將次 나갈 方面을 表現한 者라든지 가장 훌융한 藝術家일다.[31]

---

30 춘성생春城生, 「문예文藝에서 무엇을 구求하는가」, 『창조』 6, 1920.5, 70면.
31 위의 글, 71면.

홀륭한 예술이란 결국 인간 생명의 현재 흐름 혹은 장래 그것이 나아갈 방향을 표현하는 예술이다. 훌륭한 예술가는 "自己 個性에 依하야 그 生命의 꽃을 잘 培養한 者"[32]이며, 독자가 작품에서 구하는 것은 작가의 개성의 충실한 표현이다. 이 글은 결론적으로 우리 자신의 개성과 작가의 개성, 즉 자기 생명과 작가의 생명의 접촉 교착의 필요성을 강조한다. 우리 자신의 생명을 가장 완전하게 길러가는 일이 곧 우리가 예술에서 구하는 궁극적 목적이 된다는 것이다. 노자영은 「문예에서 무엇을 구하는가」에서 문예의 목적이 인간의 삶을 진실하게 표현하는 데 있으며, 작가가 작품에서 개성을 드러내는 일이 가장 중요하다는 사실을 거듭 강조한다. '개성'에 대한 중시는 한국 근대 초기 문예이론에서 핵심을 이루는 사안 가운데 하나이기도 하다.[33]

---

32 위의 글, 71면.
33 참고로, 노자영의 이 글과 관련해서는 다음과 같은 해석도 있다. "말하자면 예술은 예술가가 사람의 내적 생명을 외적 형식을 통해 '표현한' 것이기도 하면서 표현에의 요구를 '반영'한 것이기도 하다. 따라서 예술가의 '표현'은 예술가의 자율적 선택에 의한 것이기보다는 숭고한 명령에 복종한 결과인 것이다. 이 지점에서 생명은 주관의 영역을 벗어나 절대적이고 객관적인 미에 도달한다."(박슬기, 「1920년대 초 동인지 문인들의 예술론에 나타난 예술과 자아의 관계 - 예술의 미적 절대성의 획득과 상실의 과정」, 『개념과 소통』 12, 한림과학원, 2013, 57면) 노자영의 글에서 예술은 "생명의 구체적 표현"으로 전환된다는 것이다.

3. 「생명의 봄」과 예술의 정체성

예술의 사회적 역할에 대한 고민은 평론뿐만 아니라 소설 작품을 통해서도 여실히 드러난다. 『창조』의 동인 중 문학과 예술의 사회적 역할에 대한 정체성의 고민이 컸던 작가 가운데 한 사람으로 전영택이 있다. 전영택은 『창조』 동인으로 활동하기 이전 '조선유학생학우회'의 주요 구성원으로서 이광수, 최승만과 함께 『학지광』의 편집에 관여했다. 그는 2·8독립선언의 준비에도 적지 않은 역할을 했던 것으로 알려져 있다. 그러한 전영택이 3·1운동 직후 순수문학을 지향한다는 동인지 『창조』를 통해 문필 활동을 펼치면서 이른바 현실에 대한 고민이 없었을 리 없다. 『창조』 제5호부터 제7호까지 3회에 걸쳐 발표된 중편소설 「생명의 봄」은 3·1운동 직후를 살아가는 문학가의 정체성에 대한 고민이 가장 잘 드러난 작품이다. 「생명의 봄」은 전영택의 실제 경험을 바탕으로 재구성된 자전적 작품이기도 하다.

「생명의 봄」이 연재되기 시작했던 『창조』 제5호의 「편집후기」에서 전영택은 이 작품을 엄숙한 마음으로 읽어줄 것을 독자들에게 당부한다. 이는 작품 속 P목사의 장례식이 실화라는 사실 때문이다.

> 「生命의 봄」은 좀 嚴肅한 마음으로 닑어주십쇼. 英淳의게는 生命의 봄이 채 오지아녓습니다. 아직도, 이 압헤도 그의게는 죽음의 그림자가 잇습니다. 다음號를 보아주십쇼. 그 中의 P牧師의 葬式은 事實이외다.[34]

전영택은 이 작품에 등장하는 장례식이 실화라는 사실과 함께, 아직은 봄이 오지 않았고 죽음의 그림자가 존재한다는 점 또한 강조한다. 「생명의 봄」은 모종의 사건으로 인해 체포되어 감옥에 갇혔던 두 인물에 대한 에피소드를 중심으로 전개되는 작품이다. 한 인물은 주인공 나영순이 다니는 교회의 P목사이고, 또 다른 인물은 그의 아내 영선이다. 작품의 서두는 P목사가 '○○○○○○ 사건'에 연루되어 감옥살이를 하다가 병으로 인해 세상을 떠나게 되어 그의 장례식을 치르는 장면으로부터 시작된다. 여기서 '○○○○○○ 사건'은 '기미독립만세 사건'으로 해석된다.

先生이 救世濟民의 大志를 成就하기 爲하야는, 後日에 萬難을 除하고 海外에 遊學하야 더욱 學問을 배호고 人格을 修養하랴고 하엿스나, 아 - 이 壯志를 일우기 前에, 이번 ○○○○○○ 事件에 逮捕되야 入監하셧스니, 그 鐵窓의 몹슨 苦楚로 因함인지 千萬不幸히 病魔의 侵襲을 밧아서 마참내 自己의 生命을 일엇스니, 이런 切切히 원통하고, 한업시 압흔 일이 어대 잇스리요.

이 句節을 다 마치기 前에 앗가브터 훍훍 늣기며 참고 잇든 울음이 一時에 터져서,

아이고 — 아이고

堂內에 가득한 數千名 會衆은 모도 목을 노아 큰 소래로 痛哭한다. 이못퉁이 저못이에서 엉엉 우는 소래 훍훍 늣기는 소리는 卒然이 그치지 아니한다.[35]

---

34 늘봄, 「마금나믄말―교정校正을 마치고」, 『창조』 5, 1920.3, 100면.
35 늘봄, 「생명의 봄」, 『창조』 5, 1920.3, 4면.

「생명의 봄」이 다루고 있는 두 인물의 에피소드는 모두 실화에 바탕을 두고 있다. P목사의 장례식뿐만 아니라, 주인공의 아내 영선의 투옥 또한 실제 있었던 사건에 근거해 서술된 것이다. 이에 대해 전영택은 다음과 같이 회고한다.

나는 그때에 「생명의 봄」이라는 제목으로 어떤 여학교 교사 노릇하던 여선생으로 만세를 부르다가 잡혀서 감옥 생활을 하는 내 아내의 이야기로 세 번인가 네 번인가 연재해서 쓴 일이 있다. (…중략…) 이튿날 아침 가족들과 아침을 막 먹고 났는데 밖에서 서투른 남자 두 사람이 와서 내 아내를 찾는다. 평양서에서 잠깐만 오라는 것이다. 아내는 반지를 뽑아놓고 옷을 갈아입고 형사의 뒤를 따라갔다. 그 이튿날 아침 나는 경찰서 문밖에 갔다가 방화범이라는 여자 한 사람과 같이 아내가 박승에 얽어매여서 감옥으로 가는 것을 보았다. 나는 감옥 문밖까지 따라가서 전송하고 돌아올 수밖에 없었다. 그리고 가끔(한 달이나 두 달에 한번씩) 맨발에 나무비녀 꽂은 아내를 면회하는 일과 서책과 그밖에 약간 필요한 것을 차입시켜주는 것이 내 의무일 수밖에 없었다. (…중략…) 어쨌든 나는 이런 비상한 역사와 환경 속에서 쉽지 아니한 경험을 가진지라 기어이 써보고 싶어서 쓴 것이다. 이 「생명의 봄」은 현역 작가 박영준 씨의 선친 박석훈 목사가 만세사건으로 옥사하셨을 때 전교회와 시민이 합세하여 눈물로 장례식을 거행하는 광경으로 첫 장면이 시작된 것인데, 이것을 읽은 주요한 군이 평하기를 소설로서의 결점이 많고 스스로 흥분하고 스스로 울었으나 무슨 까닭에 흥분하고 우는지 독자는 알 수 없으나 몸소 지낸 감격이기 때문에 실實이 있는 기념할만한 작품이라고 하였다. (나는 지금 마침 3·1절에 옛일이 감격스러워 너무 장황하게

해서 지면을 허비한 것을 독자는 이해하시라.)[36]

작품 속 P목사의 실제 모델이었던 박석훈朴錫薰 목사는 후일 소설가
로 활동하게 되는 박영준의 부친이다. 박석훈이라는 이름은 3·1운동
직후『매일신보』기사 중「평양 및 원산 검사국 송치 3·1운동 관련자
명단」에서도 확인할 수 있다.[37] 박석훈 목사는 피검된 후 평양형무소에
서 옥사했다.[38] 그는 평양 감리교회의 창건과 발전에 공로가 많은 인물
이었다.

그러나 平壤의 基督教會라 하면, 長老教會가 잇는 밧게 北監理教會가 또
잇는 것을 알지 아느면 안될 것이다. 이 監理教會는 平壤에 드러 온 年代가
長老教會보다 몇 해를 뒤진 關係로, 스스로 布教上의 地盤을 일허, 그만 長老

---

36 전영택,「나의 문단생활 회고」(『신천지』, 1950.4), 표언복 편, 앞의 책, 493~494면.
37 『매일신보』, 1919.3.12 참조.
38 「박영준 생애 연보」,『박영준 전집』1, 동연, 2002, 541면. 박석훈 목사는 1919년 3월
   1일 평양 남산현교회당에서 독립선언서를 낭독한 후 다음날 경찰에 체포되었다. 이후
   재판 결과 15년형을 선고받고 복역 중 고문에 따른 복막염으로 사경을 헤매다 11월에
   가석방되었으며 삼일 후 세상을 떠났다. 그의 장례식은 감리회 평양지방회장으로 치렀
   는데, 그 행렬이 10리에 이르렀다고 한다(김요나,『순교자 전기』11, 대한예수교장로회
   총회 순교자기념사업부,1999, 165면 참조). 다음의 서술 또한 참조. "평양 지역에서 3·
   1독립운동으로 말미암아 천도교나 장로교회가 입은 피해도 막심했지만 감리교회가 입
   은 피해는 더 막심하였다. 3·1독립운동 직후 평양 지방회가 개최되었을 때 한국인 목사
   한명이 감옥에 있는 목회자가 많아 차라리 감옥에서 지방회를 개최하자는 의견까지 개
   진될 정도였다. 평양지역 감리교회에서 수난당한 목회자와 평신도들이 많이 있지만, 특
   히 필자는 평양 지역 3·1독립운동에 주도적인 역할을 하여 평양 경찰서에 수감되었다
   가 옥중 순국한 것으로 유추되었던 평양 남산현교회의 부담임이었던 박석훈 목사가 옥
   중 순국한 사실을 1919년 11월 26일 자『기독신보』를 통해서 좀 더 확연하게 확인할 수
   있었다." 「3·1 독립운동 민족대표 33인-동오 신홍식 목사 고찰(2)-평양지역 감리교
   회의 3·1독립운동 주도」,『기독교타임즈』, 2005.3.17.(https://kmctimes.com/new-
   s/articleView.html?idxno=16381)

派에 뒤짐이 되엿다. 이제 그 敎會의 過去와 現在를 一瞥하면 1892年 壬辰에 北監理派의 米人宣敎師 施蘭敦, 趙元始 等 5人이 平壤으로 來往하며, 布敎를 始하야 30年 後의 今日에는 平壤府 內에만 敎會가 16處 (南山峴, 履鄕里, 磚九里, 借貫里, 柳町, 新陽里)에 信徒 2,300餘名이 잇는데, 過去의 創建及 發展期에 잇서 第一 功勞가 만흔 이로는 金昌植, 吳錫亨(死), 朴錫薰(死), 가튼 이가 잇스며, 現在에 敎會의 主力이 된 이는 張樂道, 金弘植, 朱基元, 安昌鎬, 尹鳳鎭, 金昌林 主管牧師를 爲始하야, 金貞善, 金炳淵, 金得洙, 宋基昌, 尹滋謙 等 여러 사람이 잇다.[39]

P목사의 장례식을 마친 주인공 영순은 '산 사람은 구해야 한다'라는 생각을 하게 되고, 이내 황급히 아내 영선이 갇혀 있는 평양 감옥으로 향한다. 여기서 나영순의 아내 영선이 곧 전영택의 아내 채혜수蔡惠秀임은 두말할 나위가 없다. 전영택의 아내 채혜수는 3 · 1운동에 관여한 혐의로 두 사람의 결혼식 다음날 체포되어 수감된 바 있다. P목사의 장례식에서 추도문을 낭독하고, 아내를 구해야 한다는 생각으로 감옥을 향해 달려가는 주인공 나영순 또한 3 · 1운동 직후 방황하던 전영택의 모습을 그대로 그려낸 것이다. 이와 관련해서는 다음과 같은 또 다른 회고가 있다.

그래서 나는 마침내 이 때에 만세운동의 실패와 일제의 악착한 탄압과 결혼한 아내를 빼앗긴 울분과 가슴을 억제할 길이 없어서 붓을 들었던 것이다.

---

39 「조선문화기본조사朝鮮文化基本調査(8)」, 『개벽』 51, 1924.9, 63면.

이 때에 만세운동을 지도하다가 잡혀가서 복역 중 옥사한 박석훈 목사(감리교)의 장례식이 남산현교회에서 거행될 때에 평양의 각 교회신자는 물론이고 전시민이 철시撤市를 하고 이 장례식에 따라 나가서 동교당同敎堂에서부터 20리 밖에 있는 묘지까지 연달아 나갔다. 남학생들은 상여를 메고 흰옷입고 흰댕기를 단 여학생들은 울면서 뒤를 따랐다. 이 때에 필자는 추도문追悼文을 울면서 낭독하고 온 회중은 다 같이 통곡하였다. 나는 장지에 가려던 발길을 돌이켜 감옥으로 아내를 면회하려 갔다.[40]

전영택이 회고하는 장면들은 「생명의 봄」 도입부의 내용과 그대로 일치한다. 박석훈 목사의 장례식에서 추도문을 낭독하는 등, 「생명의 봄」 자체가 전영택이 겪은 실화를 바탕으로 재구성한 작품이라고 보아도 무방한 것이다. 그 점에서 「생명의 봄」에 담긴 주인공 나영순의 고뇌는 곧 작가 전영택의 고뇌이기도 하다.

P목사의 장례 행렬을 따라 거리를 가던 영순은 갑자기 발길을 돌려 아내가 갇혀 있는 평양감옥으로 향한다. 그의 머릿속에는 'P목사도 옥에 갇혔다가 죽었으니 연약한 아내 영선도 옥에서 고생하다 죽을지 모른다'는 불길한 생각이 가득하다. 잠깐 면회한 아내는 병색이 짙다. 영순은 아내를 면회하고 돌아와 '차고 괴로운 겨울, 모든 물건을 잡아매고 모든 생명을 죽이는 겨울'을 증오한다. 괴로워하는 영순에게 누이동생 은순은 '생명의 봄'에 관한 노래를 불러 위로한다.

---

40 전영택, 「『창조』와 『조선문단』과 나」, (『현대문학』, 1955.2), 표언복 편, 앞의 책, 500면.

은순은 목소리를 약간 놉혀서 마그막 絕을 부른다.

십자가 후에 승리잇고

죽음이 가고 부활이 오며

죽음의 겨울이 지나가면

生命의 봄이 도라오네[41]

영순은 '생명의 봄이 온 후에는 평화의 세계가 돌아올 것이라는 희망을 굳게 가지고' 생명의 봄을 기다리기로 한다. 하지만 그는 이내 다시 '생활의 중심'을 잃고 방황하게 된다. 아내에 대한 생각은 '개인의 생활을 지배할 뿐만 아니라 사회적 생활까지 지배'하게 된다.

그가 生活의 中心을 일허버린 原因은 勿論 新婚한 안해를 일허버린 것이 그 한가지다. 안해의 사랑은 그 個人의 生活을 支配할 쑨안이라 社會的 生活까지 支配하엿다. (…중략…) 다음에 그가 요새 生活의 中心을 일허버린 거슨 이거시다. 그의 個性의 發展 – 人格의 發揮, 나아가서는 社會的 奉仕의 方向을 일허버린 거시다.[42]

전도사이자 교회학교 교사인 영순은 점차 종교적 열정까지 식어가는 자신을 발견하고 괴로워한다. 그 상황에서 억지로나마 자신의 마음을 지배하고 위로가 되는 것이 있다면 그것은 예술이다.

---

41 늘봄, 「생명의 봄」, 『창조』 5, 1920.3, 18면.
42 늘봄, 「생명의 봄」, 『창조』 6, 1920.5, 28~29면.

그러면 다른 方面으로 그의 마음을 支配하고 生活을 占領하는 무엇이 잇너냐 하면 그것조차 잇다고 할 수 업다. …… 억지로 차즈면 그거슨 藝術이다. 藝術的天分은 그가 어려슬 째브터, 自己스사로 쏘는 그의 父兄과 친구가 웬만큼 認定하는 거시엇다. 그는 틈잇는 째에는 붓을 잡으면 詩도 좀 지어보고, 感想文도 좀 지어보고 短篇小說도 지어본다. (…중략…) 그의 作品이라고는 南山峴教會 靑年會 機關雜誌 「大同江」에 내인 「平壤城을 바라보면서」라는 小說과, 그가 同人으로 잇는 조선에 하나밧긔 업는 (서울서 하는) 純文藝雜誌 「創作」에 「吳東俊」이라는 短篇小說 한 개를 보여슬 분이다. 그거슨 寂寞하든 文壇에페 注意쌈, 말거리가 되엇고, 一部社會에 말성을 니르켯다.[43]

　여기서 영순이 순문예잡지 『창작』에 투고한 단편소설 「오동준」은, 실제로는 전영택이 『창조』 제3호에 발표한 단편소설 「운명運命」을 말한다. '오동준'은 전영택의 단편소설 「운명」의 주인공의 이름이다. 「운명」에서 주인공 오동준은 경성감옥에 갇혀 자신의 약혼자 H가 면회 오기를 기다린다. 오동준이 감옥에 갇히게 된 이유는 명시적으로 나타나 있지 않다. 단지, 그와 함께 수감되어 있는 R목사가 '서북지방에서 이름난 목사인데 역시 이번 '○○사건'으로 들어와서 자기와 한 방 한 자리에 앉게 된 사람'이라는 서술이 있을 뿐이다. 「운명」이 발표된 때가 3·1운동 직후인 1919년 12월이고, 탈고 일자가 1919년 11월 5일로 적혀 있는 점 등을 생각하면 '○○사건'은 '만세 사건'이 된다. 오동준은 수감 이후 백일 만에 출소하여 H를 찾아 동경으로 향한다. 하지만, 그

43　위의 글, 29~30면.

는 H가 그 사이 다른 사람을 만나 동거를 하고 있다는 사실을 알게 된
다. 그가 동경에서 돌아온 뒤 H로부터 한 통의 편지를 받는 것으로 작
품은 마무리가 된다.

「운명」은 『창조』 동인 가운데 한 사람인 동원東園 이일李一의 일화를
모델로 한 작품이다.[44] 이에 대해 김환은 "運命은 長春君이 엇던 친구의
일을 모델노 하여 쓴 것이올시다"[45]라고 구체적으로 밝힌 한 바 있다.
김동인도 이러한 사실을 염두에 두고, 이일의 시 「동경東京아 잘 잇거
라」를 '동정하는 마음으로 읽어줄 것'을 권유한다.

> △ 東京아 잘 잇거라는 東園 李君 이 自己의 過去를 도라보고 未來를 헤아
> 리는 同時에 東京 단녀간 事實을 詩로써 發表한 것이오니 여러분은 不幸한
> 李君의게 同情하는 맘으로 닑어주시기와다.[46]

「운명」에서는 3·1운동을 비롯한 사회적 격변이 연애의 단절 등 개
인의 운명을 바꾸는 계기가 된다. 그런 점에서 이 작품이 "식민지 지식
인의 자유롭고자 하는 욕망이 현실의 가혹한 식민지 지배로 인해 좌절
되었음을 드러낸다"[47]라는 지적은 설득력이 있다. 그럼에도 불구하고
「운명」의 서사 전개는 H의 변심의 원인이 마치 그녀의 욕망 때문인 것
처럼 해석될 여지가 크다. 이는 작품 「운명」이 지닌 가장 큰 약점 가운

---

44 작품 「운명」의 특질과 모델 이일 등과 관련된 상세한 논의는 이경훈, 「『『창조』와 실
연」」, 『현대문학의 연구』 61, 한국문학연구학회, 2017, 109∼116면 참조.

45 동인同人, 「나믄말」, 『창조』 3, 1919.12, 78면.

46 위의 글, 77면.

47 오창은, 「식민지 지식인의 근대 인식과 윤리의식―전영택 초기 단편소설 연구」, 『한국
문학논총』 52, 한국문학회, 2009, 198면.

데 하나이기도 하다. 「운명」이라는 작품 전체를 실화로 이해하려는 독자들로 인해 작가 전영택은 다음과 같은 해명을 내놓지 않을 수 없었다.

△ 三號의 「運命」에 對하아서 쐐 말셩이 잇는 거슬 저는 몹시 반가워하는 바외다. 그러한 反響이 업스면 무슨 재미가 잇겟습닛가. 前號의 에덴君과 本號의 琴童人君의 評은 반가히 감사히 바닷습니다. 特別히 童人君의 가라침은 고맙습니다. 늘 (이번에도) 가라쳐 주소서.

(…중략…)

△ 「運命」 內容에 대하야 한마듸 할 것슨 그 材料가 엇든 事實인 거슨 숨길 것 업스나 吳와 H의 愛事가튼 거슨 全혀 想像이오, 마그막 H의 自白 편지는 作者가 지은 거신 거슬 發表합니다. 讀者 中에 그 편지가 實物인 줄노 생각하는 이가 이스면 誤解외다. 새상 사람 가온데 「運命」 全體가 主人公 吳東俊 本人의 作品이라 생각하는 이가 잇는 거슨 더구나 큰 誤解외다. 마그막 그거슨 全혀 藝術品小說을 爲해 쓴 거시오 다른 意味는 업든 거슬 말하고 그만 둡니다.[48]

「생명의 봄」에서 영순이 쓴 소설 「오동준」이 문단에서 이야깃거리가 되고, 일부 사회에 말썽을 일으켰다는 것은 이와 관련된 사실을 언급한 것이다.

그런데 여기서 주목해 보아야 할 것은, 영순이 '교회'와 '예술'을 양립하기 어려운 긴장관계로 생각하고 있다는 사실이다. 영순은 점차 '교회에도 충실치 못하고 예술에도 충실치 못한' 생활 속에서 갈등한다.

---

[48] 동인同人, 「남은말」, 『창조』 5, 1920.3, 108~109면.

그는 교회에 가면 진실한 종교가가 되고 싶고, 문예 활동을 일삼는 친구에게로 가면 문사가 되고 싶다. 영순은 이런 자신에 대해, 남을 속이고 또 스스로를 속이고 있다고 자책한다.

> 이리하는 가운데 그는 머릿속에 늘 무서움과 不安이 이섯다. 하나님을 써 난 것 갓고 그의 버림을 밧은 갓해서. 一편으로는 文藝에 忠實한 態度를 가 지고 나아가는 친구를 보면 속으로 붓그러운 생각이 늘이섯다. 그러나 거츠 로 그는 敎界에 가면 가쟝 眞實한─市內 屈指의─宗敎家가 되고, 文藝를 일삼는 친구새에 가면 쏘한 有數한 文士에 참예하엿다. 말하면 그는 남을 속 이고 쏘 스사로 속여왓다.[49]

이후 아내는 가출옥假出獄을 하게 되지만, 감옥에서 걸린 유행성독감이 폐렴으로 번지면서 병원 신세를 지게 된다. 병원에 입원해 사경을 헤매게 된 아내 앞에서 영순은 '나는 먼저 사람이 되어야겠소. 진실하고 생명 있는 사람이 되어야겠소'라고 다짐을 하고, 아내는 '생명있는 사 람이 되어서 부디 조선 사람을 위하여 무엇이든 유익한 일을 많이 할 것'을 당부한다. 병원에서 여러 환자가 죽어 나갔지만, 아내는 다행히 회생하여 퇴원을 하게 된다. 아내는 '불쌍한 동포와 조국을 위해 무엇 이건 힘써 일할 것'을 다짐한다. 아내가 퇴원한 이후 집에 영순의 문사 文士 친구인 '창작사 동인' T가 찾아온다. 아내는 T와 함께 외출한 남편 이 종교와 문학 사이에서 번민한다고 생각한다. 아내 영선은 남편이

---

49 늘봄, 「생명의 봄」, 『창조』 6, 1920.5, 30면.

'예수를 떠나지 말고 교회를 떠나지 말 것'을 간절히 기도한다. 영선은 남편 영순에게서 차츰 종교열이 식어가고 문학에 대한 생각이 커져간 다는 것을 알고 걱정한다.

> 英善은 긔왕에는 文學이라면 찬미를 짓고 죠혼 노래를 짓고 高尙한 思想
> 으로 論說을 짓고, 社會를 感化하야 善導할만한 小說도 짓고 하는 것인줄노
> 만 아랏섯다. 그러나, 남편의 感化와, 가라침으로, Life is short, art is long
> 이란 말도 듯고 씸볼니즘이니 로만티시즘이니 自然主義니 寫實主義니 하는
> 말도 만히 듯고, 그 뜻도 대강은 짐작하엿다. 남편의게 늘 들어서 藝術이라
> 는 거시 무어신지도 희미하게나마 짐작하엿다. 그러나 어려서브터 純全하
> 게 宗敎的으로 자라난 그는 宗敎 外에 다른 세계를 생각할 수 업섯다. '藝術이
> 라는 거시 재미잇는 거시려니' 이러케는 생각하지만 그것의 高貴한 價値는
> 생각지 못한다. 그리고 自然主義니 寫實主義니 하는 거시나, Art is for art's
> sake니 하는 생각은 다 宗敎에 違反되는 危險한 생각인 줄을 아랏다. 엇잿든
> 지 文學에 너머 치우치면 危險한 줄을 分明히 아랏다. 그는 그런 前例를 본 까
> 닭이다.
> 英善은 남편이 차차 宗敎의 熱이 식어가고 文學에 치우치는 거슬 알고 몹
> 시 걱정한다.[50]

아내의 시각을 통해 전달되는 영순의 갈등은 작가 전영택이 현실에 서 겪었던 갈등으로 보인다. 아내의 시각으로 재해석된 영순의 갈등의

---

50 늘봄, 「생명의 봄」, 『창조』 7, 1920.7, 16~17면.

실체는 종교와 문학 사이의 갈등이다. 후일 전영택의 술회를 참고로 하면, 신학생 전영택에게는 『창조』 동인이 되어 소설을 쓴다는 행위 그 자체가 모험이었다.

이때는 소설이라면 의례히 연애소설로 알고 정치를 논하고 종교를 설設하는 일류 학생들과 소위 지사로서는 배척을 하고 멸시하는 것이요, 더구나 교회방면에서는 소설을 쓰는 일을 죄악시하고 소설을 쓰는 사람을 타락한 사람으로 여기던 시절이었다. 이것은 특히 이광수가 「무정」 「개척자」 같은 연애소설을 발표하여 청년들의 인기를 끌고 여자중심론을 써서 유림간儒林間에 문제를 일으키던 때였기 때문에 일부 지도층에서는 소설이나 무릇 문예창작을 일삼은 이상한 눈으로 보았고 심지어 유학생계에서도 그런 경향이 있었던지라, 그때에 청산학원(지금 대학) 신학부에서 신학공부를 하고 장차 목사가 되려는 사람으로 문예잡지를 내는 데 참여한다거나 소설을 쓴다는 것은 일종의 모험冒險이었다.[51]

당시 종교계의 분위기에서는, 소설을 쓰는 행위 자체가 죄악이고 타락이기도 했다. 거기에 더해, 순수예술의 세계를 지향하는 『창조』 동인들과의 사이에서 전영택이 예술의 가치 문제로 갈등했을 개연성 또한 없지 않다. 「생명의 봄」에서 아내 영선은 원래 문학이란 '고상한 사상으로 논설을 짓는 일, 사회를 감화하여 선도할 만한 소설을 짓는 일'로만 알고 있었다. 그러나, 남편 영순의 가르침으로 인해 'Art is for art's

---

51 전영택, 「『창조』와 『조선문단』과 나」(『현대문학』, 1955.2), 표언복 편, 『전영택 전집』 3, 목원대 출판부, 1994, 498면.

sake(예술을 위한 예술)'의 존재에 대해서도 알게 된다. 그러나, 남편 영순의 가르침과는 달리 영선은 '예술의 고귀한 가치'와 'Art is for art's sake'에 대한 주장이 종교에 위반되는 위험한 것이라고 생각한다. 번민하던 영순은 자신의 정체성을 찾아 어디론가 떠나기로 결심한다. 「생명生命의 봄」에서 전영택은 삶의 의미에 대해 어떠한 결론도 제시하지 않는다. 다만, '죽음의 겨울이 지나가면 생명의 봄이 돌아오네'라는 구절을 반복함으로써 미래에 대한 희망을 버리지 않고 있음을 보여줄 뿐이다.[52]

「생명의 봄」에서 3·1운동과 그로 인한 P목사의 죽음이라는 사건은 단순한 에피소드가 아니라 작품 전체를 관통하며 구성의 중심축을 이루는 핵심 소재이다. 감옥에 갇힌 아내를 생각하며 주인공 영순이 느끼는 불안은 P목사의 죽음으로 인해 계속 증폭된다. 아내의 회생은 P목사의 죽음과 대비되면서 그 의미가 극대화된다. 살아있는 자가 해야 할 일이 무엇인가에 대한 고민이 멈추지 않는 가장 큰 이유는 영순이 주변에서 수많은 죽음을 목격했기 때문이다.

---

52 「생명의 봄」의 결말이 의미하는 바에 대해 전영택은 스스로 다음과 같이 해설한 바 있다. "만세운동은 실패하여 죽음과 겨울 같은 압제와 고난이 닥쳐왔으나 이제 생명의 봄이 돌아올 날이 멀지 않았다는 것이 이 소설의 결말이었다."(전영택, 「나의 문단 자서전」,『자유문학』, 1956.6), 표언복 편, 『전영택 전집』 3, 목원대 출판부, 1994, 508면) '생명의 봄'이라는 구절이 의미하는 바에 대해서는 다음과 해석도 있다. "그는 '죽음의 겨울'이 지나가면 '생명의 봄'이 돌아오는, 계절 순환을 더 이상 범상하게 받아들이지 않는다. 죽음으로 뒤덮인 대지에 생명이 움트는 자연의 섭리는 박영순에게 일종의 "묵시黙示"와도 같은 것이어서, 그것은 허망한 죽음으로 인해 빠져든 절망의 나라로부터 그 자신과 민족을 구원해 줄 새로운 약속이 된다. 3·1운동의 좌절이라는 민족적 비극과 아내의 투옥이라는 개인적 비극이 서로 중첩되는 상황 속에서 박영순이 예감하고 있는 그 같은 낙관적 전망은 동시대의 다른 작품들에서 쉽게 찾아보기 힘든 것이다. 자신을 둘러싼 식민지 현실을 '죽음' 그 자체가 아닌, 미래의 '생명'을 현시하는 하나의 豫表로 받아들이는 태도야말로 작가 전영택이 시라카바파 혹은 다이쇼기 문화주의로부터 전수받은 미덕에 속한다." 이철호, 「1920년대 동인지 문학에 나타난 생명의식 – 전영택의 생명의 봄을 위한 서설」, 『한국문학연구』 31, 동국대 한국문학연구소, 2006, 209면.

「생명의 봄」은 3·1운동을 전면에 내세워 그 역사적 의미를 다룬 작품은 아니다. 민족의 고뇌를 거시적 안목에서 조망한 작품 또한 물론 아니다. 하지만, 3·1운동 직후에 발표된 작품 중 이만큼 이 사건과 직접 연루된 인물들을 등장시켜 그들의 고뇌를 다룬 작품은 많지 않다. 전영택은 3·1운동 직후 주변 인물들의 죽음과 회생을 목격한 뒤 바로 「생명의 봄」을 집필했다. 「생명의 봄」에는 죽음과 회생의 목격자로서의 전영택의 고뇌, 그리고 신학생이자 소설가로서의 정체성에 대한 고민과 갈등이 그대로 드러나 있다. 이는 예술과 문학의 정체성, 그리고 문학인의 위상 및 역할에 대한 고민과 갈등의 문학적 표출이기도 했다.

「생명의 봄」이 『창조』에 연재되던 바로 그 시기에 전영택은 잡지 『현대』에 3·1운동을 소재로 삼은 또 하나의 작품 「피」를 발표한다. 이 작품은 지금까지 문학사에서 거의 주목받지 못했고 『전영택 전집』에도 수록되어 있지 않다.[53] 「피」는 3·1운동 직후 고향을 떠나 '문화운동'에 헌신하다 병을 얻어 입원하게 된 한 인물에 관한 이야기이다. 이 작품 속에는 민족자결주의로 상징되는 '월슨의 사진', 그리고 세계 평화 보장을 위한 '국제연맹의 신결의'가 함께 등장한다. 이 작품을 통해서는 당시 작가 전영택이 민족자결주의론에 거는 기대가 적지 않았음을 유추할 수 있다. 모든 민족은 자신의 정치적 운명을 결정할 권리가 있으며, 다른 민족의 간섭으로부터 자유로울 권리가 있다는 주장에 희망을

---

53 이 작품은 1920년 6월 『현대』 제6호에 발표되었다. 『전영택 전집』 연보에는 이 작품의 제목만 기재되어 있다. 전집에서는 이를 1922년 작품으로 추정한다.(표언복 편, 『늘봄 전영택 전집』 5, 목원대 출판부, 1994, 29면 참조) 다음 연구가 이 작품의 존재에 대한 유일한 언급으로 보인다. 서은경, 「1920년대 유학생 잡지 『현대』 연구」, 『근대 초기 잡지의 발간과 근대적 문학관의 형성』, 소명출판, 2017, 346면.

걸고 있었던 것이다. '문화운동'은 1910년대 말 일본 유학생 사회에서 사회진화론적 사고에 대한 대안으로 제시된 것이기도 했다. 그 점에서 보면, 「피」는 전영택 개인의 관심사와 당시의 사회적 관심사가 적절히 융합되어 탄생된 단편소설이라 할 수 있다.

4. 마무리

1910년대 후반의 한국 근대문학사는 3·1운동에서 자유로울 수 없다. 이 시기 발행된 모든 매체들은 직·간접적으로 3·1운동의 영향을 받았다. 이른바 순문예잡지로 평가 받는 『창조』의 경우도 여기서 예외일 수 없었다.

이광수는 문학의 사회적 효용성과 '인생을 위한 예술론'을 주창한 글 「문사와 수양」을 『창조』에 발표한다. 「문사와 수양」을 통해 이광수는 본격적으로 계몽주의적 문학이론가의 길을 가게 된다. 예술의 역할에 대해 다소 모호한 입장을 취하던 이광수가 예술의 공익성과 예술가의 사회적 역할을 일관되게 강조하는 방향으로 선회하게 되는 것이다. 그가 이러한 방향으로 문학관을 정리하게 된 데에는 2·8독립선언 이후 상해로 도피하면서 겪었던 일련의 사건과 체험이 자리 잡고 있었던 것으로 보인다. 최승만 또한 『창조』의 창간 동인 겸 주요 필자로 참여하면서, '인생을 위한 예술을 위해 노력할 것'을 주장했다. 노자영도 문예의 목적이 인간의 생명을 진실 되게 표현하는 일에 있다고 주장한다.

『창조』 동인들의 예술과 사회의 관계에 대한 고민은 소설 작품을 통해서도 여실히 드러난다. 『창조』 동인 중 전영택은 문학과 예술의 사회적 역할에 대한 고민이 매우 컸던 소설가이다. 전영택은 「운명」에서 3·1운동이라는 역사적 사건이 한 개인의 삶을 어떻게 무력화시켰는가를 보여준다. 「생명의 봄」에서는 3·1운동 직후를 살아가는 지식인의 고뇌와 갈등을 심도 있게 그려낸다.

『창조』의 창간 동기와 잡지의 지향성에 관한 여러 회고들, 그리고 동인지 『창조』에 담긴 예술관과 문예 활동의 궤적은 확신보다는 갈등과 고뇌, 혹은 방황의 모습을 보여준다. 이는 더러는 일관성마저 결여되고 상호 모순적으로까지 보이기도 한다. 그러나, 상호모순성은 문학동인지 『창조』뿐만 아니라 1910년대 유학생 잡지가 전반적으로 드러내고 있는 일반적 특징 가운데 하나이기도하다. 1910년대 유학생 잡지가 보여주는 상호모순성의 원인은, 당시 구성원들의 연령과 학문적 경험 등으로 미루어 볼 때 이들의 사고 체계가 일관된 모습을 갖추기 쉽지 않았다는 점, 1910년대가 일본의 다이쇼大正 데모크라시의 시대로 정치와 사회·문화 등 여러 방면에서 변화가 급격히 모색되고 다양한 견해가 충돌하던 시기였다는 점 등 여러 측면에서 그 원인을 찾을 수 있다.

동인지 『창조』가 당시 여타 잡지에서는 찾아보기 어려운 순수예술 지향의 문학론을 게재하고, 유미주의 계열의 작품을 게재한 것도 분명한 사실이다. 그러나 이들만을 선별해 제시하면서 『창조』가 마치 '예술을 위한 예술'의 세계를 향해 일관된 태도로 나아간 순문학 잡지라고 정의 내리는 것은 문학사적 사실에 부합하지 않는다. 『창조』에는 '계몽'

과 '순수'의 문학이 공존했다. 양적으로 보더라도 문학론에서나 소설 창작에서 예술가의 사회적 책임에 관한 논의가 적지 않다. 동인지 『창조』에서는 '인생을 위한 예술' 이론과 이를 창작물로 구현하려는 시도들을 어렵지 않게 발견할 수 있다. 『창조』는 잡지 창간 직후에 마주친 3·1운동의 파장을 쉽게 비켜갈 수 없었다. 3·1운동은 『창조』의 발간 여건뿐만 아니라 동인 상당수의 삶에도 적지 않은 영향을 미쳤다. 『창조』에는 이로 인한 갈등과 고민이 때로는 우회적으로 혹은 직설적으로 표현된다. 동인지 『창조』를 예술의 독자성을 옹호하는 전형적인 순수 문학 계열의 잡지였다고 정리하는 문학사적 평가는 분명히 재고되어야 한다. 그보다는 오히려 『창조』가 지닌 다양성을 선입견 없이 이해하고, 그 다양성의 가치를 이해하려는 새로운 시각이 필요해 보인다.

'청춘靑春'이 끝난 자리,
계몽과 개조의 사이에서*

잡지 『삼광』을 중심으로

이종호

1. 3·1운동의 전야, 『청춘』과 『무정』을 읽은 사람들

1918년 9월 26일, 최남선이 주재한 잡지 『청춘靑春』 제15호가 신문 관新文館에서 발행되었다. 여기에는 제1차 세계대전 이후의 인플레이션으로 인해 "구가舊價대로는 체형體刑을 유지하기 만난萬難함으로 세부득이勢不得己하여 래來 제16호부터" "정가를 개정"한다는 사고가 게재된다.[1] 1914년 10월 1일 창간호를 발간한 이래로 만 4년 만의 가격인상

---

* 이 글은 '한국문학연구학회 제95차 정기 학술대회-계몽과 청춘의 종언, 신문학의 시 발점들'(한양대, 2018.6.16)에서 발표된 원고(「잡지『삼광三光』연구-계몽과 개조 사이에서」)를 기반으로 하여 작성되었으며, 『현대문학의 연구』 66(한국문학연구학회, 2018)에 발표된 논문을 수정·보완한 것이다. 부족한 글을 살펴주시고 좋은 조언을 해주신 토론자 선생님과 심사위원 선생님들께 감사 인사를 드린다.

1 「『靑春』定價改正(來拾六號爲始)」, 『청춘』 15, 1918.9, 8면.

예고였으며, 그리하여 자연스럽게 다음호인 제16호의 발행이 예정되어 있었다. 하지만 이 계획은 실현되지 못했다. 일제의 무단통치하에서 창간된 이래로 정간·허가취소·속간 등의 굴곡을 겪으면서 명맥을 유지해온『청춘』은 "일제의 탄압으로" 인해 통권 제15호로 폐간되었다.[2] 최남선은 1908년 신문관을 창립한 이래로 "사회 장래의 추축樞軸을 담임할 청년에게 정당한 자각과 질실質實한 풍기를 환기하기 위하여 잡지『소년』을 발간"[3]했고, 그 목표와 지향을『붉은 저고리』(1913),『아이들보이』(1913),『새별』(1914),『청춘』등 일련의 잡지 미디어들을 통해 여러 형태로 갱신하면서 지속시켜나갔다. 이런 맥락에서『청춘』의 폐간은 한 개별 잡지의 중단을 의미하는 것이 아니라, 최남선이 10년 남짓의 시간 동안 불굴의 의지로 추진해온 계몽의 기획과 형식이 일단락되거나 휴지기를 맞이하는 것을 의미했다. 조선에 대한 일본의 실효적 지배 및 식민지화가 강하게 예감되던 시기에 기동된 최남선의 기획은, 일제의 무단통치 10년을 가로질러 바야흐로 3·1운동의 전야에 닿고 있었다. 말하자면『청춘』의 종언은 (의도했던 것은 아니었으나 결과적으로 그리고 사후적으로 볼 때) 무단통치를 통한 일제의 지배와 계몽의 기획으로 그것에 대응한 식민지 조선 지식인의 방략 모두가 획시기적 전환을 예고하는 상징적 사건이었다.

식민지 권력의 검열에 의해 마지막권이 된『청춘』제15호에, 한국 최초의 근대 장편소설로 평가받는 초판본『무정無情』에 관한 여러 형식의

---

2   김근수,『한국잡지개관 및 호별목차집』, 영신아카데미 한국학연구소, 1973, 118~119면 참조.
3   「십년」,『청춘』14, 1918.6, 7면.

글들이 게재되었다는 사실은 자못 극적인 데가 있다. 주지하듯이 단행본『무정』의 초판본은 1918년 7월 20일에 발행되었다.[4] 대략 2개월 뒤에 발행된『청춘』제15호에, 최남선은 '한샘'이라는 필명을 사용하여 초판본『무정』의 머리에 붙였던 '서문序'을 재수록한다. 뿐만 아니라 그는 잡지 한 면 전체를 할애하여 전면 광고를 싣고, 또한 출간도서를 홍보하는 '신문관 출판시보'란에도 관련 소식을 게재하였다. 즉 최남선은 하나의 잡지에서 활용할 수 있는 거의 모든 형식과 방법을 동원하여 전방위적으로『무정』을 홍보했던 것이다. 그 구체적인 표현들을 살펴보면, 그가 얼마나 단행본『무정』에 심혈을 기울이고 있었는지 짐작해 볼 수 있다. 최남선의 표현에 따르면,『무정』은 "참 우리의 보배"이자 "나라의 꽃"인 춘원 이광수가 울리는 "동트는 기별" 혹은 "우리의 마음의 움이 눈트는 기별"이며,[5] "조선 신문학사상의 가장 중요한 지위를 점유할 명저"로 "상원想園 최대의 수확"이자,[6] "강호의 환영"과 "주문이 답지"하는 "소설계의 신등록新謄錄"[7]으로 평가되었다. 즉『무정』은 문학성과 대중성을 겸비한 당시 최고 수준의 조선 근대문학으로 홍보되고 있었다. 이것은, 육당이『소년』창간호에 「해에게서 소년에게」라는 신체시를 발표하며 시작한 근대문학 형성을 향한 여정이 춘원의『무정』에 이르러 하나의 대단원을 맞이하는 순간이기도 했다.[8] 이른바 문학사 및 문단사에

---

4   춘원,『무정』, 신문관·동양서원, 1918.7.20(여기서는 태영사(1985) 영인본 참조). 초판본『무정』의 발행과 그 전후 사정에 관해서는 다음을 참조. 박진영, 「『무정』이라는 책의 탄생 전후」,『책의 탄생과 이야기의 운명』, 소명출판, 2013.
5   「我觀―『無情』序」,『청춘』15, 1918.9, 6~7면 참조.
6   「춘원 이광수 작『무정』광고」,『청춘』15, 1918.9.
7   「신문관 출판시보」,『청춘』15, 1918.9, 61면 참조.
8   물론 1910년대 최남선의 잡지 및 출판 활동을 이와 같은 방식으로 단선적으로 간단하게 수렴하여 정리할 수는 없다. 그것이 지니고 있는 '세계적 지식으로서의 문명화', '근

서 종종 서술되곤 했던 "육당·춘원의 2인 문단기"[9]가 정점에 이르는 장면을『청춘』제15호는 상징적으로 보여주고 있다.

실제로 최남선의『청춘』을 비롯한 잡지들과 이광수의『무정』을 비롯한 소설들은, 1920년대 문인으로 성장하게 될 많은 청년들에게 다대한 영향을 끼쳤음은 잘 알려진 사실이다. 최남선이 작성한 서문과 광고 문구에 걸맞게,『무정』이 발행되고 열흘도 지나지 않아 일본에 체류하면서 다섯 시간 만에 그것을 독파한 주요한의 감상문이『매일신보』로 당도하기도 했다.[10] 그 감상문에서 주요한은『무정』이 "우리 문단의 제일성第一聲"임을 강조하며, 여러 면에서 자신을 "기쁘게 하고 공명하게" 하였다면서 작가에게 "무한한 감사를" 표하는 동시에 강력하게 "청년들에게" "꼭 한번 보기를 권"장한다. 1910년대 주요한은 잡지『소년』은 잘 모르고 있었지만,[11] 일본 "동경에서『아이들보이』와『청춘』을 구독할 정도로 신문관 잡지의 열렬한 독자이자 투고자"였다.[12]『아이들보

대지식으로서의 문학', '번역과 근대문학', '문화운동', '한국 근대문학의 형성'의 등의 다층적인 측면에 관해서는 다음의 연구를 참조. 한기형, 「최남선의 잡지 발간과 초기 근대문학의 재편―『소년』,『청춘』의 문학사적 역할과 위상」,『대동문화연구』45, 성균관대 동아시아학술원, 2004; 「근대잡지와 근대문학 형성의 제도적 연관―1910년대 최남선과 竹內錄之助의 활동을 중심으로」,『대동문화연구』48, 성균관대 동아시아학술원, 2004; 「근대 초기 한국인의 동아시아 인식―『청춘』과『개벽』의 자료를 중심으로」,『대동문화연구』50, 성균관대 동아시아학술원, 2005; 권두연,『신문관의 출판 기획과 문화운동』, 고려대 민족문화연구원, 2016; 이경현, 「1910년대 신문관의 문학 기획과 한국 근대문학의 형성」, 서울대 박사논문, 2013 등 참조.

9　백철,『조선신문학사조사』, 수선사, 1948, 83~91면; 조연현,『한국 현대문학사』, 성문각, 1995(11판), 143~196면; 김병익『한국 문단사(1908~1970)』, 문학과지성사, 2001, 30~34면 등 참조.

10　주요한, 「『무정』을 읽고」·「『무정』을 보고」(전5회),『매일신보』, 1918.8.7~18(주요한은 이 감상문은 1918년 7월 27일에 작성하였다고 글 말미에 기재하고 있다.)

11　주요한, 「어렸을 때 본 책」,『조선문단』, 1927.1, 31~32면.

12　이하 주요한이 신문과 발행의 잡지를 구독하고 현상문예에 투고한 구체적인 이력에 대해서는 다음을 참조. 권두연, 앞의 책, 534~537면.

이』에 시를 투고(1913)하기도 했으며, 『청춘』제11호에 '주낙양朱落陽'
이라는 이름으로 투고한 시 「마을집」이 당선작으로 게재되기도 하였
다. 이러한 사실들로 미루어 짐작컨대, 그는 『청춘』을 통해 이미 이광
수의 단편소설 및 문장을 접하고 있었으며, 또한 관련 광고 및 기사를
통해 단행본 『무정』을 읽게 되었을 것이다.

당시 "문학과 관계가 있는 잡지 중에, 가장 청년 사이에 세력이 있는
것은 『청춘』"이었다.[13] "1917년 5월, 정간 후 2년 2개월 만에 속간된
『청춘』제7호의 경우 발간 후 얼마 되지 않아 매진사태가 벌어지며 수
천부의 판매가 이루어진 것"으로 알려져 있는데, 이후 유통망이 전국적
으로 확장되며 사회적인 영향력이 확대되어 갔다.[14] 구체적으로는 평
균 2천 부 정도 발행하였으며, 특집호의 경우 4천 부까지 판매하였다고
하는데, 그에 해당하는 독자들을 확보하기 위해서도 지속적으로 투자
를 한 것으로 알려져 있다.[15]

1920년대 조선의 초기 프롤레타리아문학을 이끄는 맹장이 될, 소년
박영희도 그 2~4천 명의 『청춘』독자들 가운데 한 사람이었다. 회고적
성격을 지닌 글이기는 하지만, 「초창기의 문단측면사」에서 박영희는
『청춘』과 『무정』을 통해 최남선의 논문과 이광수의 소설을 읽었던 흥
분과 기억을 생생하게 기술하고 있다. 그는 『붉은 저고리』를 시작으로
『청춘』의 열정적인 독자가 되었으며, 특히 "잡지가 오면 먼저 춘원의

---

13 編輯課, 「現代の朝鮮文學」, 『朝鮮彙報』, 1920.3, 130면.
14 한기형, 「근대잡지와 근대문학 형성의 제도적 연관」, 『대동문화연구』48, 성균관대 동
    아시아학술원, 2004, 53~54면 참조.
15 「삼천리기밀실」, 『삼천리』, 1935.11, 21면; 「돈먹는 출판, 『청춘』『동광』『조선지광』
    『개벽』『조선문단』『고려시보』들은 얼마?」, 『삼천리』, 1937.5, 41면. 여기서는 이경
    현, 앞의 글, 211~212면 참조.

글을 찾았고 그 다음으로 육당의 논문을 찾았다"고 기억한다.[16] 박영희는 이광수의 「어린 벗에게」, 「윤광호」, 「동경에서 경성까지」 등의 소설과 기행문을 인상적으로 읽으며 "구도덕의 속박"으로부터 벗어난 "자유스러운 감정의 용출湧出"에 빠져들었다고 그 감상을 서술한다. 즉 그는 먼저 "작품이 가지고 있는 내용", "자유연애"나 "계몽적 인생관" 등의 근대적 사유에 깊은 인상을 받았다. 또한 "구어체의 평이한 문장"이 자신을 "황홀케 하였으며 가장 새롭고 신선하게 하였다"고 고백하기도 했다. 박영희를 근본적으로 매료시켰던 것은 '새로운 내용을 담은 새로운 문장'이었다.[17] 그리하여 그는 "육당이 신문장의 개척자라고 하면 춘원은 신문장의 완성자"라는 평가를 통해 근대적 문장과 문체가 주었던 강렬함을 반복하여 강조하기도 한다. 『청춘』과 『무정』을 통한, 봉건적 질서와 도덕에 대한 비판과 근대적인 사상과 문장에 대한 학습은 대체로 공통된 의견이기도 했다. 박영희와 더불어 초기 카프를 이끌었던 김기진 역시도 "춘원의 구도덕에 대한 뜨거운 반항의 관념과 이상주의적 인도주의적 사상"과 "어문일치의 현대문의 형식"의 수립을 높이 평가하는 논의를 남긴 바 있다.[18]

다소의 단순화를 무릅쓰고 말하면, 최남선과 이광수의 후배 세대들은 식민지라는 조건에서 『청춘』을 통해 근대문학의 내용과 형식을 배우고 『무정』을 통해 자유연애와 근대의 감수성을 학습했다고 말해도

---

16 박영희, 「초창기 문단측면사」, 임규찬 편, 『현대 조선문학사(외)』, 범우, 2008, 231 ~ 248면 참조.

17 조영복, 『1920년대 초기 시의 이념과 미학』, 소명출판, 2004, 14~18면 참조.

18 김기진, 「10년간 조선 문예 변천 과정」, 『김팔봉 문학전집』 2, 문학과지성사, 1988, 18~ 21면 참조.

좋을 것이다. 즉『청춘』과『무정』은 근대문학을 교육하는 입문서 혹은 교과서와 같은 역할을 했던 셈이다.『청춘』이 끝나기 전에 마지막으로 견인했던『무정』에 환호와 감동을 연발하는 애독자의 탄성은 우연이 아니다. 그 문장들 속에 담겨 있었던 구도덕에 대한 비판과 계몽적 인생관 등은 성장과 발전 담론에 기초한 문명화의 기획으로 수렴되는 것이었으며, 자유연애 및 감정의 용출은 개인이라는 주체의 형성과 맞닿아 있는 것이었다. 주요한 등의 유학생들과 박영희 · 김기진 등의 조선 청년들이『청춘』과『무정』에 보내었던 환호와 감탄은, 그들이 자연스럽게 인지하게 된 식민지 조선과 제국주의 일본 사이에 놓은 문명화의 간극을 최남선과 이광수의 근대화와 계몽의 기획을 통해 좁힐 수도 있다는 기대와 그 가능성을 둘러싼 또 다른 표현이었을 것이다.

그런데 당시 문학장에서는『청춘』과『무정』에 대한 환호와 감탄만이 존재했던 것은 아니다. 특히『무정』에 대한 이질적인 목소리도 존재했다. 주요한이『무정』의 감상문을『매일신보』에 연재한 후 열흘이 지난 시점에, 일본 도쿄에 거주하고 있었던 황석우가 동일한 지면에 '상아탑 象牙塔'이라는 필명으로 「현대조선문단」이라는 제목의 글을 이틀 연속으로 게재한다.[19] 당시 '현대조선문단'을 일별해보겠다는 야심찬 의도가 깃들여 있는 제목에 비하면, 다소 짧은 글이었으며 그 분석의 밀도 역시 높다고는 할 수 없었다. 다만 당시『청춘』과『무정』에 대한 높은 평가를 통해 조선 문단의 상황을 이해하고 있었던 일반적인 관점과는 다른 시각을 보여주고 있다는 점이 흥미롭다. 황석우는 "금일의 조선

---

19 상아탑, 「현대조선문단」, (전2회), 『매일신보』, 1918.8.28~29.

문단처럼 감상력 없는— 이해력 없는— 자부광自負狂이 심한 자輩는 없다"고 신랄하게 일축하며, 조선의 문단 및 문학 수준이 과대평가되고 있는 현상에 대해 일침을 놓는다. 다음은 그가 진단하는 조선 문단의 현상과 문제점에 대한 서술이다.

소위 현대조선문단은 아직 문단으로서는 극히 미미치치微微稚稚한 자輩이나 그 자부광—과장광의 태도와 망평妄評에는 극히 우慮치 않음을 얻지 못하겠다. (…중략…)

조선문단에는 춘원 군의 습작 『무정』이란 소설 밖에는 아직 하나도 꼽을 만한 변변한 창작이 없다. 번역에도 그렇다. 그러나 이 비례로는 '가家', '대가大家' 등의 참솔僭率이 너무 많다. 예컨대 소설대가—문학대가—음악대가—번역대가로부터 심함에는 법률대가 민법대가 형법대가 수학대가 기타 하하何何 대가와 같다. 일종 '대가국大家國'을 이름과 같다.

잡지 『청춘』의 영향력 확대와 단행본 『무정』의 출간으로 한층 고무되고 있었던 당시 문단 상황과 대비하면, 이러한 서술은 상당히 이례적인 것이며 또한 인색한 평가이다. 한편으로 당시 문단의 역량과 성과가 육당과 춘원으로 수렴되고 있었던 점을 감안하면, 이러한 평가는 곧 그 두 사람을 향하고 있었다고 이해할 수 있다. 황석우는 조선문단의 문제점을 세 가지 정리하고 있다. 하나는 근대문학에 걸맞은 작품이 부재하다는 것이다. 당시 "문단 창유創有의 명저"[20]로 상찬받고 있던 『무정』에 대

20 「춘원 이광수 작 『무정』 광고」, 『청춘』 15, 1918.9.

해서도 마지못해 인정하면서 '습작' 정도로 평가 절하한다. 두 번째로 그는 제대로 된 번역문학이 없음을 지적한다. 이러한 평가는 최남선이 『소년』과 『청춘』 등을 통해, 이솝, 스위프트, 데포, 톨스토이, 유고, 세르반테스, 초서, 모파상, 밀턴 등의 문학작품을 번역하고 '세계문학'의 기획을 불완전하나마 지속해온 행위[21]를 부정하는 것이기도 했다. 세 번째는 문단의 문학자 혹은 예술가들이 그가 드러낸 역량보다 상당히 과대평가받고 있다는 것이다. 구체적인 고유명이 언급되고 있지는 않지만, 주되게는 당시 『무정』으로 한층 고평되고 있었던 이광수 등을 겨냥한 발언이라는 점은 쉽게 짐작할 수 있다. 황석우의 이러한 평가와 지적의 근저에는 그 자신이 추구하는 문학에 대한 지향점이 간접적으로나마 피력되어 있다고 보아도 좋을 것이다. 즉 그는 조선문단의 현재를 고찰하며, 본격적인 근대문학의 도래를 요청하고 있으며 온전한 번역문학의 필요성을 강조하며 나아가 과잉된 평가를 넘어서 객관적으로 문단의 현재를 응시할 필요가 있음을 주장하고 있는 셈이다.

일견 황석우의 이러한 서술은 상당히 오만해 보이며, 당시 조선의 문학과 문단의 상황을 제대로 파악하고 있는가 하는 의구심을 불러일으키기도 한다. 그러면서도 한편으로 세계문학과 조선문학을 비교하며 창작·번역·문학자의 문제를 언급하고 나아가야할 바를 거론하는 그의 식견은 당대 조선의 근대문학의 처해있는 상황을 단적으로 짚고 있는 것이라고 할 수도 있다.

---

21 『소년』과 『청춘』의 번역문학에 대해서는 다음의 논의를 참조. 김병철, 『한국근대번역문학사연구』, 1988, 을유문화사, 280~302면; 한기형, 「최남선의 잡지 발간과 초기 근대문학의 재편―『소년』, 『청춘』의 문학사적 역할과 위상」, 『대동문화연구』 45, 성균관대 동아시아학술원, 2008, 252면; 박진영, 『번역과 번안의 시대』, 소명출판, 2011.

이와 같이 『청춘』과 『무정』을 둘러싼 다양한 사건과 흐름을 다음과 같이 정리해볼 수도 있을 것이다. 3·1운동의 전야, 『청춘』과 『무정』은 일제의 통치권력과 식민지 지식인이라는 두 층위의 독자를 대면하고 있었다. 통치권력으로서의 일제는 검열을 통해 『청춘』의 임계를 확인하고 있었고, 『무정』의 경우 『매일신보』의 연재를 통해 그 임계 안에서 허용·포섭을 하고 있었다. 식민지의 후배 지식인들은 1910년대 내내 지속되었던 계몽의 형식에 기반을 둔 봉건질서의 타파와 문명화의 전략 그리고 근대적 개인이라는 주체 형성에 여전히 환호를 보내고 있었으나, 거기에는 미묘한 균열이 발생하고 있었으며 정연되지 않은 비판의 목소리가 돌출하고 있었다. 다시 말해 무단통치 기간 동안 최남선·이광수를 중심으로 전개되어져온 식민지 조선에서의 문화운동의 형식과 내용은 일정한 한계에 다다르고 있었다고 할 수 있다. 그것을 지배의 관점에서 통제·관리해야 하는 통치권력에 있어서도, 그리고 그것을 발판으로 삼아 '식민지 조선'이라는 현재와는 다른 미래를 구성하고자 했던 식민지의 청년 지식인에 있어서도, 그것은 모두에게서 변화를 요청받고 있었다.

한국 근대문학사에서 이러한 변화의 욕구와 지향은, 일반적으로 3·1운동 이후 『창조』·『폐허』·『백조』라는 세 동인지의 성립을 통한 문단의 형성으로 현실화되었다고 설명되곤 한다. 좀 더 구체적으로는, 이광수의 계몽주의에서 김동인의 예술적 자율성으로의 전환이라고도 말해지기도 한다. 그리고 이러한 전환은, 미디어적으로는 잡지 『청춘』에서 동인지 『창조』로 나아가는 단선적으로 흐름으로 이해되었다. 이러한 서술과 이해의 배면에는, 3·1운동을 분수령으로 하여 한국 근대문학은 비로소 정치·사회적 욕구를 포괄하는 글쓰기 일반에서 분화되어 전문화되기 시작했다는 분과적 시각이 자리하고 있다. 그런데 이러한 한국 근대문학사의 통상적인 이해방식은, 2000년대 이후 미디어와 인적 네트워크에 주목한 이 무렵에 대한 확장적·포괄적 연구들을 통해 지속적으로 비판받아 왔다.[22] 이러한 연구들은, 편차가 존재하기는 하지만, 대체로 계몽주의 이광수에 대한 비판이 바로 문학적 자율성의 옹호와 같은 문학주의의 귀속으로 이해될 수 없다는 것, 그리하여 문학적 실천과 사회(주의)적 실천을 분리해서 이해하기보다는 복합적·융합적으로 이해할 필요가 있는 것, 미디어적으로는 『청춘』에서 『창조』로 이어지는 단선적인 이해보다는 3·1운동을 전후한 시기의 여러 잡지들의 경합과 다층적인 복수의 흐름으로 이해되어야 한다는 것 등으로 논의가 모아진다.

이 글에서는 『청춘』이 끝난 자리에서, 다소 비약적인 논리와 선정적인 주장을 통해 그것을 비판했던 황석우의 선線을 따라 그 정연하지 않은 언어의 배면에는 무엇이 놓여있었는지, 그리하여 궁극적으로 말하고자하는 바는 무엇이었는지, 즉 『청춘』과 『무정』 이후의 전망을 구현하고자 했던 식민지 조선의 지식인 청년 일군의 언어와 사유를 좇아보고자

---

22 대표적으로 정우택, 조영복, 한기형 등의 연구를 들 수 있다. 정우택은 황석우의 활동과 인적 네트워크, 『문우』에서 『백조』로 이어지는 일련의 흐름 등을 통해, 당시 동인지에 미학적 열정과 정치적 열정(아나키즘·사회주의)이 함께 동거하고 있음을 논의했다. 조영복은 『삼광』·『폐허』·『신생활』, 『장미촌』 사상적·인적 연속성을 통해 범사회주의적 실천이 잠복해 있음을 주장했다. 한기형은 『신청년』·『삼광』 등에 관한 연구를 통해, 『창조』 중심의 동인지 서술과 문학주의 경향을 상대화하면서 당시 문학의 사회운동적 지향을 강조한 바 있다. 정우택, 『황석우 연구』, 박이정, 2008; 「『문우』에서 『백조』까지-매체와 인적 네트워크를 중심으로」, 『국제어문』 47, 국제어문학회, 2009; 조영복, 앞의 책; 한기형, 「근대잡지 『신청년』과 경성청년구락부」, 『서지학보』 26, 한국서지학회, 2002, 12; 「초기 염상섭의 아나키즘 수용과 탈식민적 태도-잡지 『삼광』에 실린 염상섭 자료에 대하여」, 『한민족어문학』 43, 한민족어문학회, 2003 등 참조.

한다. 구체적으로는 당시 황석우가 주도적으로 참여했던 잡지『삼광三
光』을 그 대상으로 삼는다. 그리고 그 과정에서 앞서 언급한 한국 근대문
학사의 통상적인 서술 및 이해방식을 재고해 볼 수 있기를 기대한다.

2. '『삼광』 동인'의 춘원 · 육당에 대한 비판적 인식

황석우는 1916년 1월 일본에서 아나키즘에 기반한 사상적 · 인적 네
트워크를 통해『근대사조近代思潮』를 발간하여, 사상적으로는 국가주의에
반대하고 세계주의를 지향하는 논의를 번역하여 소개하고 문학적으로는
자유시의 이론과 형식원리를 이론화하고자 시도하였다.[23] 이후 1918년
무렵 일본의 상징주의 시인 미키 로후三木露風의 문하에서[24] '미래사未來
社' 동인으로 활동하며 동인지『리듬リズム』에 시를 발표하고, 또한 난파
蘭坡 홍영후와 교류하며 동경음악학교東京音樂學校, 上野音樂學校 기관지『음
악音樂』에도 시를 발표하기도 한다.[25] 당시 일본의 대표적인 상징주의

---

23 『근대사조』에 관해서는 다음을 참조. 정우택, 「소월 최승구 · 아나키즘 · 『근대사조』」,
『한국 근대시인의 영혼과 형식』, 깊은샘, 2004; 조영복, 「황석우의『근대사조』와 근대
초기 잡지의 '불온성'」,『한국현대문학연구』 17, 한국현대문학회, 2005; 정우택, 「『근
대사조』의 매체적 성격과 문예사상적 의의」,『국제어문』 34, 국제어문학회, 2005.8.;
이종호, 「일제시대 아나키즘 문학 형성 연구―『近代思潮』『三光』『廢墟』를 중심으로」,
성균관대 석사논문, 2006.2.
24 황석우, 「시화」,『삼광』 3, 1920, 15면.
25 황석우, 「『자연송』에 대한 주군朱君의 평評을 궤독跪讀하고서 (상)」,『동아일보』,
1929.12.24. 황석우가 미키 로후의 문하생으로 그리고 동인으로 활동하였다는 언급은
여타의 다른 회고들에서도 서술된다. 백대진, 「낙백落魄시인 황석우」,『현대문학』,

시인들의 동인으로 활동하고 그 동인지에 시를 발표했다는 이력은, 황석우 스스로를 고무시켰을 뿐만 아니라 유학생 사회 내에서도 인지도를 높여주었을 것이다. 그의 당대 조선의 문단에 대한 선정적인 비판은, 비록 일본을 경유하기는 했지만 자신이 근대문학적인 것을 몸소 보고 체험했으며 또한 거기에 직접 참여한 행위자라는 인식과 무관해 보이지 않다. 이러한 조건과 자부심을 바탕으로 하여 홍영후와 교류하는 가운데 동인지 『삼광』의 창간으로 나아갔다.

『삼광』은 1919년 2월 10일 일본 동경에서 창간되었다. 창간호의 경우 난파 홍영후가 편집 겸 발행인으로 나섰고, 황석우, 유지영 등이 참여하는 가운데 '재동경 조선유학생 악우회樂友會' 명의로 발행되었다. 발행소는 동경의 삼광사三光社로 되어 있으며, 발매는 광익서관廣益書館이 담당하였다. 3·1운동을 한 달도 채 남겨 두지 않은 시점이었다. 애초에는 월간지를 표방하였으나 통권2호(제2년 2호)는 열 달을 넘긴 1919년 12월 28일에 발행되었고, 마지막으로 통권3호(제2년 1호)는 1920년 4월 15일에 발행되었다. 창간호부터 통권3호에 이르기까지 많은 글들을 홍영후가 집필했다. 그런 의미에서 그가 『삼광』의 실질적인 중심활동을 담당했다고 할 수 있다. 하지만 통권2호에는 염상섭과 김형원이 동인으로 참여하고 통권3호에는 『여자시론』 창간호(1920.1)의 주간이었던 이종숙李鍾肅 등이 잇달아 가세하였으며, 또한 정치성을 지닌 논설과 소설들이 게재되기도 하였다.

1963.1; 임종국·박노준, 「황석우 편」, 『흘러간 성좌―오늘을 살고 간 한국의 기인들』 1, 1966.

『삼광 발행 시기 및 주요 필진들』

통권	『삼광』 발행 시기	편집 겸 발행인	주요 필진
1호	1919.2.10	홍영후	홍영후, 황석우, 이병도, 유지영
2호	1919.12.28	황석우	홍영후, 황석우, 유지영, 염상섭, 김형원
3호	1920.4.15	홍영후	홍영후, 황석우, 유지영, 염상섭, 김형원, 이종숙

정기적인 발행, 체제와 형식의 통일, 동인 구성의 점진적 확산 등을
통해, 월간지로서의 안정적인 발행을 추구한『삼광』이었지만 그 안정
성은 계획대로 담보되지 못했다. 창간호가 발행된 뒤 다시 2호가 발행
되기까지는 10여 개월을 필요로 했다. 2호의 권두언에서는 발행이 지
연된 이유를 구체적으로 밝히고 있지는 않지만, "주위의 사정과 내외의
형편"으로 인한 것이었다고 언급한다. 여러 정황상 짐작컨대 그 사정과
형편이라는 것은 3·1운동과 관련된 것일 테다. 여러 증언들이 엇갈리
기는 하지만 3·1운동에 홍난파가 직·간접적으로 참여했거나, 그로
인해 일신상의 큰 타격을 받게 되었다는 정도로 의견이 모아진다.[26] 황
석우는 3·1운동이 조성한 변화들 속에서 염상섭을『삼광』동인으로
포섭할 수 있었고, 또한 염상섭이 계획하고 있었던 '3·19오사카독립
선언'에 직·간접적으로 영향을 주게 된다. 2호부터 동인으로 참가하
게 된 염상섭은 오사카에서의 독립선언으로 말미암아 구속되기에 이른
다.[27] 이처럼 3·1운동은 주요한 동인들의 삶의 조건을 변화시켜 놓았
고, 독립선언의 열기와 의지는『삼광』의 내용에도 적지 않은 영향을 주

---

26 김창욱,『홍난파 음악연구』, 민속원, 2010, 43~44면 참조.
27 '3·19오사카독립선언'을 전후한 시기의 황석우와 염상섭의 교류와 영향에 관해서는 다
   음을 참조. 이종호,「염상섭 문학의 대안근대성 연구」, 성균관대 박사논문, 2017, 133~
   140면.

게 된다. 잡지 발간을 주도했던 홍영후가『삼광』의 항상성을 유지하기 위해 애를 썼다면, 동인을 확장하려고 애를 썼던 황석우와 새로 영입된 염상섭 등은 예술잡지에 사회운동적 경향을 인입하면서 새로운 기운을 불어넣었다. 단순히 글의 분량만을 놓고 보면 홍영후의 것이 압도적이지만, 여기서는 새로운 방향성을 제시하고자 했던 다른 동인들의 논의들과 그것이 지닌 역동성에 좀 더 주목해보고 싶다. 운동성 혹은 벡터의 측면에서만 보자면, 황석우와 염상섭의 글들이 강한 긴장을 가지고 있었다. 또한『삼광』이 이후 동인지『폐허』의 모태가 되기도 한다는 점에서,[28] 그리하여 그 인적 구성과 사상적 경향이 이어졌다는 점에서 특히 황석우와 염상섭의 활동은 주목해 볼 필요가 있다.

『삼광』과 그 동인들은 당대 문단의 중심이었던 춘원과 육당에 대한 공식적인 입장을 표명하지는 않았지만, 앞서 황석우의 사례를 통해서도 알 수 있듯이 주요한 동인들은 비판적인 입장을 취하고 있었다. 구체적으로는 유지영, 염상섭, 황석우의 논의를 살펴볼 수 있다.

유지영의 경우 〈이상적 결혼〉이라는 희곡을 세 차례로 나누어 통권 1~3호에 연재한다. 이 희곡은 주인공 '애경'이 전근대적인 결혼방식이 아니라 "신랑을 골라" "당사자끼리 합의하여", 그리고 "부모의 승낙을 받아서" 결혼을 한다는 내용으로 이루어져있다. 봉건적인 관습으로부터 벗어나서 개인의 의사를 존중하는 방식의 결혼을 이상적인 형태로 제시하지만, 그렇다고 해서 무분별한 이혼과 자유연애로 치닫는 방식의 결혼에 대해서는 경계의 시선을 보내고 있다. 당시 조선사회에서

---

28 김윤식,『염상섭 연구』, 서울대 출판부, 1987, 124~126면 참조.

"이혼문제가 꼭 밭에 뿌린 종자가 부슬비 맛을 본 것 같이 그저 이곳저곳에서 삐죽삐죽 내밀"듯이 유행처럼 대두되고 있었던 상황을 충분히 고려하면서도 점진적인 방식으로 해결하려는 작자의 지향이 투영되어 있다. 전근대적 결혼관습이 "불가불不可不 이혼"으로 귀결될 수밖에 없음을 인정하면서도 또한 "불가불 도덕이라는 것을 따뜻한 품에 품"는 방식으로 이루어야 한다는 온건한 입장을 표명한다. 그러면서 도덕을 상실한 대표적인 이혼문제 사례를 다음과 같이 제시한다.

> 어느 곳에서 공부하는 유학생인데, 무슨 문학대가이니 무슨 천재이니 무엇이니 하고 떠드는 생원임이 자식까지 낳고 살던 아내더러 너는 사람이 아니니 가거라 해놓고 아직 이혼도 다 되지 아니하였는데 그저 이 처녀 저 처녀에게 참사랑을 가졌다하며 결혼청구를 한다더라, (…중략…) **(가) 자기가 그 같은 일을 하더라도 아직도 덜 깬 우리 조선사회에서는 반대치 않도록 하겠다는 주의이더라.** 그 문학대가는 도덕을 등지는 자요, 그 가슴 속에는 더러운 야심만 잔뜩 품은 미친 문학가요, 머리 썩은 천재이다. (…중략…) 그러면 그자의 야심은 가히 알 수가 있지 아니하랴, 그리고서야 자기가 무슨 사회를 위하여 일하느니 뭘 하느니 하겠니? (…중략…) 그 자를 문학대가라 아니하고 색마대왕이라고 하겠다.[29]

허구적인 문학작품에 등장하는 한 대목이지만, 당대 현실에 실제로 존재하는 인물을 염두에 두고 문학적으로 형상화한 것으로 보아야 할듯

---

29 유지영, 〈이상적 결혼〉, 『삼광』 1-1, 1919.2, 37면. 강조는 인용자.

하다. 앞서 황석우도 '대가'라는 호칭을 문제 삼고 있지만, 당시 유학생으로 '천재' 혹은 '문학대가' 등으로 불리며, 이혼과 새로운 결혼 사이에서 '참사랑'을 갈구하고 있었던 인물로는 '이광수'를 들 수밖에 없을 듯하다.[30] 1918년 10월 이광수는 허영숙과의 약혼문제로 번민하다가 장래를 약속하고 함께 북경으로 애정도피를 하였으며,[31] 조선의 조혼 문제를 비판하는 일련의 논설들을 발표하기도 하였다. 유지영은 봉건적인 결혼제도를 비판하는 입장이었지만, 이광수를 조혼의 희생자로 보기보다는 비도덕적인 야심가이자 위선자로 신랄하게 비난하고 "문학대가라 아니하고 색마대왕이라 하겠다"고 조롱한다. 논설이 아닌 문학작품에서 굳이 현실의 이광수를 끌어들일 필요는 없으며, 또한 전체 이야기의 전개상 이광수의 사례가 필수불가결한 요소도 아니다. 그럼에도 작자는 이광수의 윤리적 태도를 문제 삼으면서 강한 반발심으로 표출하고 있다. (가)는 사실상 이광수가 피력했던 조혼과 결혼을 둘러싼 논의를 염두에 둔 것이다. 달리 말하면, 유지영의 〈이상적 결혼〉이라는 희곡은 당시 이광수의 이혼과 결혼에 관한 주장과 행동을 비판 대상으로 삼아 그와는 다른 방식의 대안을 내어놓은 것으로도 볼 수 있을 것이다.

이러한 이광수에 대한 비판은 황석우의 제안을 받아 『삼광』 동인에 가담하여[32] 통권2호부터 글을 게재한 염상섭의 논의에서도 매우 명료하게 드러난다. 염상섭은 『삼광』 창간호를 읽고 「상아탑 형께」라는 글을 『삼광』 통권2호에 게재한다.[33] 이 글은 "「정사丁巳의 작作」과 〈이상

---

30 서은경, 「1910년대 후반 미적 감수성의 분화와 '감정'이 부상되는 과정—유학생 잡지 『삼광』을 중심으로」, 『현대소설연구』 45, 한국현대소설학회, 2010, 27~28면 참조.
31 「연보」, 『이광수전집』(별책), 1971, 삼중당, 163면.
32 염상섭, 「부득이하야」, 『개벽』, 1920.10, 128면.

적 결혼〉을 보고"라는 부제를 통해서 드러나듯이, 황석우의 시와 유지영의 희곡에 대한 감상 및 비평을 기재한 글이다. 그런데 전체 글 가운데 앞의 3분의 1은 고유명을 직접적으로 언급하고 있지는 않지만 이광수를 비판하는 데 할애하고 있다. 글에서 직접 언급하고 있듯이, 염상섭은 일본에 체류하면서도 "근자近者까지 5, 6년간 조선청년과 절연을 하고" 있었기 때문에 1918년 봄 무렵까지 이광수의 존재를 모르고 있었다. 그 이후 "대천재·대문호"라고 이광수를 상찬하는 이야기를 주위에서 듣고 잡지 등을 구해서 그의 작품을 읽어보게 된다. 직접적으로 잡지명이 언급되어 있지는 않지만, 여러 정황상 그 잡지는 『청춘』임이 유력해 보인다. 그리하여 염상섭은 다음과 같이 평가를 내리고 있다.

나는 만족한 감흥을 얻음보다도 실망함이 오히려 많았소이다. (…중략…) 우리는 첫째 문학인 것은 능필能筆·달필達筆이거나, 미문美文을 쓰는 것이 아니라는 것을 깨달아야 하겠소이다. 미문을 가려내거나 혹은 달필을 가지고 최고표준을 삼으면, 하루에 적어도 수삼백 행行을 1, 2시간 동안에 써내는 신문기자도 대문학가라 하겠소이다. 문장이란 것은 문장 자신으로 제일의第一義일지 모르나, 문학이란 것으로 보면 제이의第二義라고 생각합니다. (…중략…) 우리의 생활과 아무 교섭이 없으면, 아무리 능란한 미문을 써 놓았더라도, 결국은 미장美裝한 '현대여자'요, 청보靑褓에 개똥 싼 것이요, 빈탕이 아닐지요. 나아가 그의 작作 ─ 단편소설과 일 소서신小書信 ─ 을 보

<hr/>

33 이 글은 원래 염상섭이 『학지광』에 투고한 원고였는데, 학지광 편집부에서는 황석우가 『매일신보』에 투고하였다는 이유로 그에 대한 염상섭의 글도 『학지광』에 게재하기를 거부하였고, 그리하여 최종적으로 『삼광』 2호에 실리게 되었다. 염상섭, 앞의 글 참조.

고 나서 생각한 것은 이것이외다.[34]

이광수의 단편소설과 짧은 서신을 보고 염상섭이 가장 먼저 주목한 것은 문장이었다. 앞서 언급했듯이 박영희 등의 소년 독자들이 그러했던 것처럼, 염상섭도 그 '구어체의 평이한 문장', 즉 '능란한 미문'에 적잖은 인상을 받은 것은 분명해 보인다. 하지만 그는 신문기사와 문학은 다른 것이라고 비유하면서, 문장은 문학을 평가하는 데 있어 가장 중요한 요소가 아니라고 분명히 말한다. 염상섭이 보기에 이광수의 소설의 가장 큰 문제점은 "우리의 생활과 아무 교섭이 없"다는 것이다. 그의 이러한 평가를 조금 적극적으로 이해해보면, 이광수 소설의 계몽성이 실제 조선사회의 현실과 밀접하게 맞물리면서 그 실효성을 발휘하고 있지는 못하다는 의미로도 이해할 수 있을 것이다. 달리 말하면 "사회의 진상을 뚫지 않고" "인생과 인생의 기미機微에 부딪히지 않는" 문장에 머무르고 있다는 진단이다. 그런 의미에서 이광수는 "인조적 천재, 속성 문학대가"에 지나지 않으며, 그의 작품은 "청보에 개똥 싼 것"처럼 겉모습만 화려하고 실질적인 내용은 공허한 것이 되고 만다. 여기서는 문학의 계몽성과 예술적 자율성의 긴장·대립이라는 익숙한 프레임보다는, 실제 현실과 문학이 어떻게 관계 맺을 것인가 하는 문제의식이 주요한 요소로 등장한다. 이러한 염상섭의 사유는 당대 현실 및 사상의 변화와 긴밀하게 연관되어 있었다. 즉 당시는 제1차 세계대전의 종전과 1917년 혁명 그리고 1918년 다이쇼 데모크라시의 민중 소요, 1919년

---

34 제월, 「상아탑 형께」, 『삼광』, 1919.12, 38~39면.

독립선언 등으로 이어지는 가파른 운동의 기세와 그와 더불어 등장한 여러 유형의 개조론의 전개 속에서 급진적인 형태로 대두한 현실세계의 리얼리티와 변혁의 욕망이 시대를 압도하고 있었다.

앞서 살펴보았듯이, 황석우는 식민지 조선에서 발행되는 미디어에 처음으로 발표한 글에서 당대 조선 문단의 성과를 전반적으로 부정하는 인색한 평가를 가한 바 있다. 그가 『삼광』에 게재한 글 중에는 『매일신보』에 발표한 시론[35]을 수정·보완하여 다시 게재한 「시화詩話」가 있다.[36] 이 글은 상징주의 시론에 기초하여 작성되어진 것으로 이원론적 세계관에 기초해 있다. 당시 상징주의 시를 추구하던 황석우는 자유시의 발상을 프랑스 상징주의에서 찾으면서, '상징주의≒자유시'라는 인식을 드러낸다.

제군이여! 최근 우리 조선에는 신체시란 말과 그 시풍詩風의 유행이 각 지식계급에 만연되어 있습니다. 나는 그 '말'을 들을 때마다 혼도昏倒할 만치 더 큰 고통을 느낍니다. 제군이여 신체시라는 말은 일본 명치 초기 시단에 이르는 말이니 (…중략…) 『新體詩抄』를 효시로 하는 자者입니다. (…중략…) 제군이여! 우리 시단은 적어도 자유시로부터 발족치 않으면 아니 되겠습니다. (…중략…) 적어도 우리가 일본시단, 세계시단에 대립하며 나가는 데는 (…중략…) 우리 개성의 독특한 새 시형을 세우지 않아서는 아니 되겠습니다.[37]

---

35 상아탑, 「시화詩話」·「시화詩話(續)」, 『매일신보』, 1919.9.22·10.13.
36 황석우, 「시화詩話」, 『삼광』 3, 1920.4, 13~16면.
37 상아탑, 「조선시단의 발족점과 자유시」, 『매일신보』, 1919.11.10.

식민지 조선에서 '신체시'라는 명칭은, 황석우가 언급한 일본의 『신체시초』의 영향 속에서, 최남선이 『소년』 제2년 제1권(1909.1)에 「신체시가新體詩歌 대모집」 광고를 내면서 사용되기 시작한다.[38] 이러한 명칭과 장르 구분은 『청춘』 제15호(1918.9)의 「매호 현상문예 쟁선응모」까지 지속되었다.[39] 즉 신체시의 생산은 최남선을 비롯하여 이광수, 현상윤 등의 '청춘 그룹'에 의해 주로 이루어졌으며, 특히 현상문예 제도를 통해 장르화하고 독자투고를 독려함으로써 그 재생산과 대중적 확산을 도모할 수 있었다. 황석우의 신체시 폐기론은 근본적으로는 "조선의 전통적 양식을 바탕으로 신시를 구상하려는 시도"가 "조선에서도 그 근대적·진보적인 의의가 없다는 입장"에 놓여 있는 것이었는데,[40] 당시 문단적 상황으로는 자연스럽게 최남선·이광수·현상윤 등에 대한 비판으로 이어질 수밖에 없는 것이기도 했다. 황석우는 '청춘 그룹'의 계몽성에 기초한 신체시의 "전제시형專制詩形에 반항하여" "그 율律의 근저를 개성에 치置"한 자유시, 특히 상징시의 창작을 주장했던 것이다.

『삼광』의 지향이 육당과 춘원으로 대표되는 '청춘 그룹'에 대한 비판과 대타적 의식을 표출하는 것에 있지는 않았다. 그리고 동인들은 통일되고 집단적 목소리를 통해 그들을 비판했던 것은 아니다. 하지만 주요한 필진들은 당시 선배 세대라고 할 수 있는 최남선과 이광수를 다양한 측면에서 비판하는 공통점을 표출하기도 했다. 한편으로는 분명 '인정투쟁'에 가까운 측면도 없지 않았다. 그 비판의 언어 어딘가에는 내가

---

38 김학동, 『한국개화기시가연구』, 시문학사, 1981, 94~110면 참조.
39 「每號 懸賞文藝 爭先應募」, 『청춘』 15, 1918.9, 94면.
40 정우택, 「신시논쟁과 자유시론」, 『황석우 연구』, 박이정, 2008, 86면.

진정한 근대문학을 보았고 알고 있다는, 그리하여 발전론적으로 앞선 미래의 시간을 선취했다는 선각이나 자만이 자리 잡고 있었을 것이다. 하지만 이들의 비판이 그것에 머물지만은 않았던 것 같다. 이들은 3·1 운동을 전후하여 그 이전 시기와는 다른 사유를 접하고 있었다. 제1차 세계대전 이후, 하나의 진리처럼 여겨졌던 사회진화론적 세계관은 그 설득력을 상실해가고 있었고, 그에 조응하여 근대적 물질문명을 부정하고 그것을 극복하고자 하는 다양한 개조론이 전개되고 있었다. 이러한 조류는 러시아혁명, 다이쇼 데모크라시, 3·1운동과 연쇄적으로 조우하고 증폭되면서 새로운 사유로 자리 잡아가고 있었다.[41] 가령 황석우는 문학적 상징주의에 정치적 아나키즘을 공명시키면서[42] 개인이라는 주체의 급진화의 길을 열고 있었고, 염상섭은 독립선언에 노동운동의 흐름을 접합시키면서 자본주의에 기초한 근대적 삶형식에 문제를 제기하고 있었다. 이들의 사유와 논리는 오늘날의 시점에서 보면 다소 비약적이고 엉성한 것으로 보이기도 한다. 하지만 그러한 불완전성 속에서 그들은 새로운 형식의 근대적인 시형詩形이 요청하기도 했고, 좀 더 현실의 문제를 감싸 안는 문학을 주장하기도 했으며, 근대적인 관습과 도덕을 개인의 위선을 가리는 방패로 삼지 않는 문학자의 윤리의식을 구하고 있었다.

---

41 제1차 세계대전 이후 확산된 개조론과 조선 지식인의 논의 지평에 관해서는 다음을 참조. 허수, 「제1차 세계대전 종전 후 개조론의 확산과 한국 지식인」, 『한국근현대사연구』 50, 한국근현대사학회, 2009; 이태훈, 「1910~20년대 초 제1차 세계대전의 소개양상과 논의지형」, 『사학연구』 105, 한국사학회, 2012; 차승기, 「폐허의 사상―'세계 전쟁'과 식민지 조선, 혹은 '부재 의식'에 대하여」, 『문학과사회』 27-2, 2014.
42 조두섭, 「1920년대 한국 상징주의시의 아나키즘과 연속성 연구」, 『우리말글』 26, 우리말글학회, 2002 참조.

3. 계몽의 언어에서 개조와 해방의 언어로

앞서 서술했듯이, 『삼광』은 매월 1회 1일 발행하는 월간지로 기획되었으나, 애초의 의도대로 지켜지지는 않았다. 1919년 2월에서 1920년 4월까지 14개월간 총 3권이 발행되었고, 발행 빈도는 매우 불규칙적이었다. 그런 와중에도 동인과 필진의 수는 줄어들지 않고 계속 증가하면서 발행을 이어갈 수 있었다. 무엇보다 매호 많은 양의 원고를 기재했던 홍영후의 주도적 역할이 지대했다. 그는 도스토옙스키의 『가난한 사람들』을 번역해서 연재했고, 꾸준히 음악 관련 원고를 게재하면서 잡지의 연속성과 항상성을 담보하고자 하였다. 그리고 지속적으로 시詩를 싣고 2호의 발행을 담당한 황석우의 역할도 그에 못지않았다. 그리고 유지영 역시도 희곡 〈이상적 결혼〉을 세 차례에 걸쳐 나누어 연재함으로써 잡지의 연속성을 형성하는 데 기여하였다. 당시는 전세계적으로도 그리고 동아시아 지역적으로도 격변의 시기였다. 통권1호와 2호 사이에는 3·1 운동이라는 사건이 놓여 있었고, 다이쇼 데모크라시의 영향 속에서 형성된 개조론이 지속적으로 영향을 끼치고 있었다. 3·1운동 이후 2호부터 글을 싣기 시작한 염상섭은 이러한 시대적 변화에 능동적으로 조응하면서 다양한 형태의 글들을 게재하였다. 1919년 2월에서 1920년 4월에 이르는 짧지만 격변의 시간 속에서 『삼광』의 성격은 점진적으로 변모하게 된다. 난파가 안정적인 원고 게재와 발행을 통해 『삼광』의 항상성과 안정성을 도모했다고 한다면, 증가하는 필자와 정치성이 가미된 형태의 글쓰기는 역동성을 생성시키고 변화를 만들어갔다고 할 수 있다.

『삼광』창간호는 "음악＝미술, 문학의 3종 예술을 주체로 한 순예술 잡지"로 그 성격을 규정한다. 그리고 투고범위를 '시사정담時事政談'을 제외한 음악, 미술, 시가, 소설, 논문, 산문 각본 등으로 제시했다.[43] 기존의 『소년』과 『청춘』이 박물학적 지식들 중 하나로 예술을 배치하며 근대문명의 한 요소로 상정한 것과는 큰 차이가 있다고 할 수 있다. 최남선은 "문학을 근대문명과 근대지식의 관점에서 사고"하고 있었으며 그리하여 "근대문명의 전면화를 위한 실천적 매개체라는 사명을 문학에 부여"하였다고 한다.[44] 이런 점에서 『삼광』이 예술이라는 범주를 독자적으로 사유하며 '순수예술 전문잡지'를 표방한 것은 확실히 『청춘』 등에서 보여주었던 문학과 예술의 범주화 방식과는 구별된다. 그런데 다음과 같은 창간사를 살펴볼 때, 선배 세대들이 말하고 있었던 그러한 계몽의 자장에서 완전히 벗어났다고는 보기 어려운 지점이 있다.

우리 조선은 깨는 때올시다. 무엇이든지 하려고 하는 때올시다, 할 때올시다. 남과 같이 남보다 더 낫게 할 것이올시다. 암흑에서 광명으로 부자유에서 자유로 나가야합니다. 퇴패頹敗한 구습舊習과 고루한 사상을 타파하고 새 정신, 새 사상, 훌륭한 욕망, 위대한 야심을 집어넣어야 할 것이외다. 그리하여 우리의 실력을 건전하고 충실하게 양성하여야 합니다. 이것 이곳 우리 악우회의 출생된 동기이며, 삼광을 우리의 손으로 쓰게 된 까닭이라 합니다. (…중략…) 그럼으로 우리의 실력을 양성하고 태서의 신문화를 가져오려 할진대 불가불 음악의 힘을 빌지 아니치 못하겠다고 합니다.[45]

---

43 「편집여언」・「투고주의」, 『삼광』 1, 1919.2, 39~40면.
44 한기형, 앞의 글, 225~226면 참조.

창간사에는 예술을 통해 암흑에서 광명으로 나아가면서, 실력을 양성하고 근대적 민족 및 국민 형성에 이바지하겠다는 실력양성론 내지는 문화민족주의적 경향성이 한편으로 드리워져 있다. 즉 홍영후는 예술을 여타를 다른 근대적 지식과 구별 짓고 그 독자성을 형성하는 데로 나아 갔지만, 여전히 예술의 의의를 계몽의 자장 속에서 사유하고 있었다고 할 수 있다.

이러한 경향은 통권3호에 이르면 변화하기 시작한다. 여기에는 『삼광』 발행 2주년을 기념하는 「제2년을 영迎함」이라는 기념사가 권두언으로 게재된다. 여기서 『삼광』은 "세계의 대전이 끝나고 평화가 극복克復"된 세계 "개조"의 맥락에서 의미화된다. 그리하여 1919년 기미년은 "삼광아三光兒가 탄생한 해"이며, 베르사유조약으로 제1차 세계대전이 일단락된 "세계의 평화가 극복된 해"이며 또한 3·1운동을 통해 "우리에게 생生을 준 해"로 맥락화된다. 즉 통권3권에 오면, '삼광'이라는 표제는 다이쇼 데모크라시 및 개조의 맥락에서 보다 강하게 의미화 된다. 달리 말하면 통권3호에 오면, 계몽성보다는 현실 변혁을 둘러싼 이념적 밀도가 높아지고 그러한 정치성이 부각되기 시작하는 것이다.

동일한 잡지 내의 이러한 경향은, 홍영후가 번역한 도스토옙스키의 『가난한 사람들』에도 일부 반영되었던 것으로 보인다.[46] 그는 번역을

---

45 「창간의 사辭」, 『삼광』 1, 1919.2, 1면.
46 홍영후가 저본으로 삼았던 것은 다음의 일본어판이었던 것으로 추정된다. 그가 한국어 번역의 첫머리에 붙인 '머리의말'은 일본어판 'はしがき(머리말)'와 상당 부분 일치하며, 본문 역시도 구문과 단어 등에 있어서 일치하는 바가 많다. ドストエフスキー, 広津和郎 訳, 『貧しき人々』, 天弦堂, 1915. 역자 히로쓰 가즈오広津和郎는 머리말 말미에서 다음의 영역본을 참조하여 중역했다고 밝히고 있다. *Poor Folk*, Translated by Lena Milman, 1894.[1915]

통권1·2·3호에 나누어 연재하였는데, 「사랑하는 벗에게」(1호) → 「사랑하난 벗에게」(2호) → 「빈인貧人」(3호)으로 각각 제목을 변경하여 게재하였다.[47] 난파가 '머리의 말'에서 "2인의 빈한하고 가련한 남녀의 연정을 묘사"한 것이라고 압축적으로 요약하고 있듯이, 소설 전체를 관통하는 키워드는 '사랑'과 '가난'이라고 할 수 있다. 번역자는 원작의 제목을 수정해가면서까지 '사랑'이라는 키워드를 선호하다가 3호에 와서 갑자기 '가난'이라는 키워드를 선택하여 원작에 가까운 제목을 선택한다. 이러한 변화는 한편으로는 번역자 개인의 주관적인 변화라고도 할 수 있지만, 다른 한편으로는 잡지의 정치성이 강화되는 가운데 선택되어진 결과라고도 할 수 있다. 『삼광』 3호는 권두언에서부터 '개조'라는 개념어가 여러 차례 반복되고, 사회주의적인 내용을 함의하고 있는 「마르크스와 엥겔스의 소전小傳」과 같은 글도 게재되기 시작한다. 그리고 예고상으로는 3호에 게재되기로 되어 있었던[48] 염상섭의 「도수자屠獸者」는 검열의 수위를 의식한 듯 "시사에 편偏한 혐嫌이 유有하여 정지" 되기도 한다. 요컨대 짧은 기간 동안 잡지 전반에서의 논조가 변화하고 역동성이 강화되는 가운데, 홍영후도 이에 발맞추어 번역 작품의 제목을 변화를 준 것으로 보인다.

『삼광』 1~3호에 실린 글들 가운데 직접적으로 가장 급진적인 논의를 전개하고 있는 것은 염상섭의 「이중해방」이다.[49] 이 글의 말미에는

---

47 홍영후의 도스토옙스키 『가난한 사람들』의 번역과 단행본 출판에 대해서는 다음을 참조. 박진영, 「홍난파와 번역가의 탄생」, 『코기토』 70, 부산대 인문학연구소, 2011. 이 논문에 따르면, 최종적으로 출간된 단행본의 제목은 『청춘의 사랑』(1923.6, 신명서림; 1934.11, 세창서관)이었다고 한다.

48 「신년호 요목 예고」, 『삼광』 2, 1919.12, 10면.

49 염상섭, 「이중해방二重解放」, 『삼광』 3, 1920.4. 필자는 기존의 연구에서 두 차례에 걸쳐

1919년 11월 26일에 작성하였다고 날짜가 기록되어 있다. 염상섭은
'3·19오사카독립선언'으로 체포되었다가 재판에서 무죄를 판결을 받
고 6월 9일 출옥하였고, 이후 동경에서 요시노 사쿠조吉野作造와 만난
뒤 그의 제안을 거절하기에 이른다. 이후 무산자운동에 자극을 받고 노
동운동에 공명하여 그것을 실천하기로 결심하고 일본의 노동운동활동
가들과 접촉을 하는데, 이 무렵 그가 작성한 글이 「이중해방」이다. 이
글에는 제1차 세계대전 이후의 세계사적인 변화와 더불어 3·1운동 이
후 다양한 형태의 개조론을 접하는 가운데 생디칼리슴 경향의 노동운
동으로 경사되어간 염상섭의 개인사적인 변화가 겹쳐져 있다.

전쟁이 끝났다. 파리의 소위 미증유하다는 세계개조의 회의도, 푸르락불
그락 하면서도 하여간 무사히 최후의 막이 내린 모양이다. 그 결과 세계지
도의 빛色이 변하였다. (…중략…)

전쟁이 끝났다. 파리에 모였던 귀빈들이, 다 헤어졌다. 그러고, 또 다시 북

부분적으로 염상섭의 「이중해방」에 대해 논의한 바가 있다. 첫 번째는 일본 아나키스트
오스기 사카에大杉榮의 논의와 겹쳐 읽으며 아나키즘의 맥락에서 분석하였다.(이종호,
「일제시대 아나키즘 문학 형성 연구」, 성균관대 석사논문, 2006, 77~88면 참조) 두 번
째는 3·1운동·봉기·민주주의라는 주제와 관통시키며 대안근대성의 사유로 나아가
는 초기 사유로 의미화하였다.(이종호, 「염상섭 문학의 대안 근대성 연구」, 성균관대 박
사논문, 2017, 162~165면 참조) 여기서는 필자가 행한 두 차례의 기존의 연구를 참조
하되, 계몽 담론에서 개조 담론으로 사상적 지형도가 변화하는 흐름을 보여주는 대표적
인 텍스트로 의미화하면서, 잡지 『삼광』이 앞선 세대인 최남선·이광수가 전개했던 담
론들과 어떤 차이를 노정했는지를 밝히는 데 초점을 맞추었다. 그리고 그의 개조론이
당대 일반적인 개조론과 구별되는 차이를 그 해방적 지향 혹은 혁명적 지향에서 찾음으
로써, 『삼광』이 단지 문학·예술적 성격의 잡지일 뿐만 아니라 사회운동적 측면을 부분
적으로 함의하고 있다는 점을 부각시키고자 하였다. 즉 최남선·이광수의 『청춘』 이후,
문학과 예술은 (계몽 담론하의 문학·예술과 달리) 체제를 넘어서고자 하는 사회운동
적 담론과 긴밀히 연결되는 가운데 전개되었다는 논지를 전개하고 있는 것이다.

미北米로 모여들어서, 노동자를 위하여(?) 만찬의 연宴을 베풀었다. 그 결과,
노동자는 8시간만 일하여도 좋게 될 듯하고, 부인과 유년자는 야업夜業할 필
요가 없고, 15세까지는 굶어죽더라도 노동을 못하게 되는가보다.

위의 인용은 당시 염상섭이 지니게 된 급진적 사유가 어떠한 세계사
적 변화 속에서 이루어진 것인지를 명확하게 보여주는 대목이다. 이 글
은 제1차 세계대전 이후 전후처리를 위해 개최된 파리강화회의에서 체
결된 '베르사유 조약'(1919.6.28)과 그에 근거하여 설립된 '국제노동기
구ILO'의 창립회의인 '워싱턴국제노동회의'(1919.10.29)에 대한 비판적
논평으로부터 시작된다. 제1차 세계대전이라는 참화가 불러온 비극성
에 비례하여 새로운 국제질서에 대한 기대와 이상은 높았지만, 그것은
차가운 현실정치 앞에서 얼어붙었다. 일례로 3·1운동의 한 사상적 근
거가 되기도 했던 윌슨의 민족자결주의는 패전국에만 적용되었고, 그
리하여 승전국이었던 일본의 식민지 조선에는 적용되지 않는 원칙이
적용되었다. 1917년 러시아혁명의 영향과 전쟁을 전후하여 국제적으
로 활성화된 노동운동으로 기대가 높았던 새로운 노동질서의 구성은
사실상 자본주의적 노동의 안정적 확립으로 귀결되고 말았다. 이러한
전후처리 상황을 바라보면서 염상섭은 1919년 무렵에 재구축되고 있
었던 제국주의적 체제와 자본주의적 체제에 매우 비판적인 입장을 취
한다. 이와 같은 사유에서 1910년대 유행했던 사회진화론이나 문명론
에 기초한 계몽의 기획은 더 이상 발견되지 않는다. 오히려 그러한 사유
의 연장을 비판하는 논리와 수사가 주조를 이룬다.
　염상섭의 비판적 인식은 비단 당대의 현실정치에만 한정된 것은 아

니었다. 그는 제1차 세계대전을 전후하여 대안으로 부상되었던 이른바 '개조론' 일반에 대한 비판으로 나아가는데, 이것이 더욱 중요한 지점이다. 그는 "또 다른 새로운 화근을 잉태한 개조인 까닭"에 "'해방'을 전제로 하지 않는 개조, '해방'을 의미치 않는 개조, 부분적·비세계적 개조는 쓸데없다"고 일축한다. 말하자면 염상섭은 당시 다양한 형태로 유행하고 있었던 개조론을 해방의 유무를 기준으로 "사이비 개조"와 "'해방'을 의미하는 개조"로 나누고, 전자는 아무런 의미가 없으며 그리하여 후자를 지지하는 쪽으로 나아간다. 그가 말하는 해방이란, 역사적으로 반복되어온 "권위의 교대"라는 고리를 끊어내는 것이다. 즉 지배와 피지배의 관계로 반복되어온 계급투쟁의 역사를 해소시키는 것으로, 사실상 기존의 권력관계 및 그 제도적 토대를 허물어 내고 재구성하는 '혁명'에 근접하는 의미인 것이다.

특이하게도 염상섭은 그 해방의 구체적인 내용을 함의하기 마련인 실질적인 주체성을 어느 하나로 초점화하지 않고 다층적으로 제시한다. 이러한 점은 프롤레타리아를 노동자라는 범주로 수렴하고, 이를 주체로 하여 혁명으로 나아가려고 했던 사회주의운동 혹은 맑스주의운동의 문법과는 구별되는 차이이기도 하다. 구도덕의 질곡으로부터 새로운 시대의 신인을 호출하고, 늙은 부형父兄으로부터 청년을, 가부장적 남성으로부터 여성을, 고루한 인습에 사로잡힌 가정으로부터 개인을, 노동과잉과 생활난으로부터 직공을, 자본주의로부터 노동자를, 전제 정치로부터 민중을 각각 해방시킴으로써 "모든 권위로부터 민주 데모크라시democracy에 철저히 해방"하고자 한다. 그는 당시 전근대적 맥락에서 그리고 근대적 맥락에서 또한 가부장적/젠더적 맥락에서 억압받고 있었던 모든 행위자들을 불러내고 그들이 다 같이 한꺼번에 '해방'되기를 방략으로 내세웠다. 이러한 해방의 기획 속에서는 시간은 직선으로도 그리고 단계적으로도 흐르지 않는다. 이러한 점들에 주목해서 보면, 염상섭이 일으켜 세우고자하는 행위자 혹은 주체성은 봉건적 전근대를 극복하고 문명화된 근대로 나아간다는 익숙한 서사와는 미묘하게 갈라 서 있음을 발견하게 된다. 그는 전근대의 부정성과 근대의 부정성 양자 모두를 비판의 대상으로 삼고, 억압받고 있는 모든 주체성을 동시다발적으로 해방하고자하는 방략의 기동을 염두에 두고 있었던 것이다.

염상섭의 이러한 강한 정치성의 발현은 『삼광』의 성격이 단일한 것으로 수렴되고 있지 않다는 것을 보여주는 것이기도 한다. 홍영후의 경우 예술적 자율성과 문화민족주의적 경향의 중첩을 보여주었다면, 염상섭은 문학을 예술적 자율성으로 수렴하기보다는 정치사회적으로 확산시키면서 현실적인 부면을 확장시켜 나가려고 했다. 그리고 이는 당시 문학적으로는 상징주의를 지향하고, 정치적으로는 아나키즘적 경향을 보여주고 있었던 황석우의 사유와도 일정한 부분에서 공명하는 것이기도 했다. 다시 말해 『삼광』은 당시 급박하게 전개되던 사회적 변동 속에서, 호를 거듭하여 3·1운동 1주년에 즈음한 3호(1920.4)에 이르러서는, 창간 당시의 계몽 담론을 완전히 탈피하지 못한 '순수예술잡지'라는 취지를 초과하는 사회적·정치적 담론(개조론·해방론)을 전반적으로 함유하게 된다. 그중에서도 염상섭의 「이중해방」은 그러한 점이 가장 두드러지는 글이었다.

4. 반反식민과 사이비 근대 비판─결론을 대신하여

『삼광』 3호에는 염상섭의 「박래묘舶來猫」[50]라는 우화에 가까운 미완의 소설이 실려 있다. 소설의 말미에 계속 이어질 것이라는 표식[續]이 있는 것으로 보아서는 『삼광』이 중단되지 않았더라면, 그 내용이 계속 되었을지도 모른다. 이 짧은 소설은 오랫동안 염상섭의 습작기 우화소설 정도로만 이해되었고,[51] 미완인 까닭에 크게 주목을 받지 못했다. 최근 들어 잡지 『삼광』이 새롭게 조명을 받으면서, 여러 층위에서 연구되어 왔다. 제목을 통해서도 짐작할 수 있듯이, 이 소설은 나츠메 소세키夏目漱石의 『나는 고양이로소이다吾輩は描である』로부터 직접적으로 영향을 받아 모방으로 지어진 작품이다.[52]

'박래묘'라는 고양이를 화자로 등장시켜 제국주의 일본과 식민지 조선의 현실을 관찰하면서 근대의 부정적인 현상을 풍자적으로 비판한

---

50 이 「박래묘」에 대한 기존의 연구를 살펴보면, 연구 초기에는 염상섭의 습작기 우화소설로 이해(김종균, 『염상섭연구』, 고려대 출판부, 1974, 387~388면; 조석래, 「염상섭의 「박래묘」에 대하여─한국 근대작가의 습작품의 문제」, 『도남학보』 2, 1979)하는 경향이 두드러졌다. 최근에는 잡지 『삼광』에 새롭게 주목하면서 서구적(박래적) 근대 및 다층적인 권위를 비판하고 부정하는 소설의 내용에 주목하여, 아나키즘의 자장에 놓인 탈식민적 실천으로 해석(한기형, 「초기 염상섭의 아나키즘 수용과 탈식민적 태도─잡지 『삼광』에 실린 염상섭 자료에 대하여」, 『한민족어문학』 43, 2003)하는 작업, 나쓰메 소세키의 소설과의 영향 관계를 살피는 비교문학적 작업(최해수, 「나츠메 소오세키夏目漱石와 염상섭문학의 영향관계 연구」, 『일본근대문학』 3, 한국일본근대문학회, 2004), 초기 염상섭의 문학관을 살펴보는 작업(서은경, 앞의 글) 등이 진행되어 왔다.

51 김종균, 앞의 책, 387~388면; 조석래, 앞의 글 참조.

52 최해수, 앞의 글 참조. 염상섭은 살아생전 나쓰메 소세키를 높이 평가하고, 그의 작품을 많이 읽고 사조상·기법상으로 많은 영향을 받았다고 언급한 바 있다. 염상섭, 「배울 것은 기교─일본문단 잡관」(전6회, 『동아일보』, 1927.6.7~13), 『염상섭 문장 전집』 1, 소명출판, 630~634면 참조.

다. 그 비판의 층위는 크게 "근대성에 내재한 위계화, 일본적 근대 혹은 박래적 근대, 그리고 그것을 맹목적으로 추정하는 식민지 조선의 부르주아들"[53]에 대한 것으로 나누어 살펴볼 수 있다.

소설 속에 등장하는 고양이는 고려시대에 한반도에서 건너 간 조상의 후예로 그려지고 있으며, 또한 나쓰메 소세키의 『나는 고양이로소이다』에 등장하는 고양이의 손자로 설정되어 있다. 말하자면 제국 일본의 국민작가, 나쓰메 소세키의 문학을 가능하게 했던 것이, 식민지 조선에서 건너간 고양이라는 설정이다. 이렇게 되면, 제국 일본과 식민지 조선 사이에 놓여 있는 엄격한 문명화의 위계 정도가 역전되는 묘한 상황이 발생한다.[54] 즉 염상섭은 여기서 오랫동안 세계를 이해하는 진리로 이해되어온 문명화론의 논리적 근거를 뒤틀어 놓으면서 그것을 비판하고 있는 것이다.

소설의 또 다른 내용은 일본에서 진행된 근대화에 대한 비판에 할애되고 있으며, 근대적 인간형 그 자체에 대해서는 줄곧 비판적 시선을 유지한다. 이러한 근대 비판적 시선은 식민지 조선에 대해서도 그대로 이어진다. 즉 '박래적 근대'라는 사이비 근대에 흠뻑 젖어 있는 식민지 부르주아지 남성과 여성을 한껏 조롱하면서, 배면에서는 물질문명에 침

---

53 이종호, 앞의 글, 170면. 필자는 이 논문에서, 「박래묘」에 나타난 근대 인식에 관해 다음과 같이 논의한 바 있다. 「박래묘」에는 당시 실제 현실에서 형성되고 있었던 근대적 문명과 제도에 대한 비판이 강력하게 깃들어 있다. 일본의 제국주의적 근대화에 대한 비판뿐만 아니라 식민지 조선에서의 박래적 근대에 대한 비판 또한 가해진다. 그럼에도 이러한 일련의 근대화에 대한 비판이 전근대성에 대한 옹호로 나아가지는 않는다. 염상섭이 목도했던 현실은 대체로 '사이비 근대'로 인식되었으며 그것에 들려 있는 맹목적인 인물들은 신랄하게 풍자된다.(169~171면 참조)
54 한기형은 이러한 지점에 주목하여, 「박래묘」를 아나키즘의 자장에 놓인 탈식민적 실천으로 이해한 바가 있다. 한기형, 앞의 글 참조.

윤되어 있는 근대에 성찰적 시선을 유지한다. 이러한 염상섭의 문학적 형상화를 이광수의 『무정』과 비교하는 것은 무리가 있지만, 근대를 둘러싼 시선은 확실히 상반되는 것이 사실이다. 『무정』의 '청춘'들이 계몽을 통한 문명화를 통해 부흥과 발전의 전망을 역설하고 있다면, 염상섭은 「박래묘」에서 당대의 현실을 자연주의적으로 관찰하면서, 사이비 근대가 만연하는 현실의 병폐를 날카롭게 풍자하면서 그 부정성에 대한 성찰을 촉구하고 있다. 앞서 살펴본 「상아탑형께」(『삼광』 2)라는 글에서 염상섭이 이광수 소설에 대해 현실 생활과 유리되어 "사회의 진상을 뚫지 않고" "인생과 인생의 기미機微에 부딪히지 않"고 있다고 비판하는 내용은, 이런 맥락에서 이해할 수 있을 것이다.[55] 그리고 이러한 사이비 근대에 대한 비판은, 한편으로 유지영이 이광수를 비판하는 맥락, 즉 근대적 연애관이라는 방패 뒤에 숨어 자신의 비윤리적 행위를 정당화하는 태도에 대한 비판과 연결되는 것이기도 하다.

요컨대 「박래묘」는 '『삼광』 동인'들이 추구했던 문학관, 근대에 대한 입장, 춘원과 육당에 대한 태도, 제국 일본에 대한 입장, 식민지 조선의 근대화 및 문명화에 대한 인식을, 직접적이지는 않지만 우회적으로 보여주고 있는 작품이라고 할 수 있다. 즉 근대 초기부터 한일병합 이후 10여 년 남짓에 이르는 시기 동안 지속되어져온 계몽의 담론이 지닌 한계가 구체적 현실 속에서 인식되어 문학적으로 형상화되고, 개조와 해방의 담론에 기반을 둔 사유로 전환되고 있는 한 단면을 보여주고 있는

---

55 서은경은 「박래묘」를 "현실에 대한 인식을 심화시키는 염상섭 문학관의 한 도정"으로 평가하면서, 염상섭 소설의 리얼리즘적 성격의 한 출발로 이해한 바 있다. 서은경, 앞의 글, 196~199면 참조.

것이다.[56] 『삼광』 동인이 그려내고자 했던 개조와 해방 담론의 구체적이고 포지티브한 면모는 인적 구성과 사상적 경향에서 연속성을 보여주었던 동인지 『폐허』에 이르러 보다 명확하게 드러나게 될 것이었다.

일반적인 한국 근대문학사는 1919년을 전후한 시기를 육당과 춘원의 『청춘』에서 김동인의 동인지 『창조』의 이행으로 서술한다. 그리하여 1920년대 초반에 3·1운동 이후 변화된 물적 토대 위해서 생성된 『창조』·『폐허』·『백조』라는 세 동인지를 중심으로 문단이 본격적으로 형성되었다고 말해진다. 달리 말해 이광수의 계몽주의 문학에서 김동인으로 대표되는 예술적 자율성에 기초한 문학으로 전환하였다고 논해진다. 그것은 한편으로 문학이 분과적인 형태로 전문화되는 것을 의미했지만, 다른 한편으로 사회적인 실천 행위로부터 문학이 멀어짐을 의미하는 것이기도 했다. 그런데 지금까지 『삼광』을 통해 살펴보았듯이, 3·1운동 전야의 이행과 변화는 그렇게 단조롭지는 않았던 것 같다. 무단통치에서 문화정치로의 이행 전부터, 새로운 흐름들이 생겨나고 있었으며 그것은 좁은 의미의 분과적인 문학적 실천에 한정된 것이 아니라 사회적 실천을 함의하는 가운데 형성된 것이었다. 1910년대 『청춘』의 계몽적 기획이 끝난 자리에 들어선 것은 전문화된 문학주의라기보다는 사회적·정치적 실천을 함의한 개조와 해방의 담론에 기초한 문학과 예술이었다. 그리고 동인지의 출발로 말해지곤 하는 『창조』는

---

56 권보드래는 3·1운동 이후 분기하는 문학적 경향의 특성을 '반反 식민과 반反 이광수'로 규정하고 '성장의 서사' VS '회귀와 비약의 서사'로 의미화한 바 있다. 권보드래, 「동인지 청년들, 반反 식민과 반反 이광수—3·1운동 이후의 문학적 분기」, 『서정시학』 24-3, 2014 참조. 이러한 논의를 참조하는 가운데, 『삼광』을 그러한 경향의 단초를 보여준 미디어로도 이해할 수 있을 것이다.

신화화될 정도로 우세한 흐름이기는 했지만, 『청춘』이 끝난 자리를 대신하는 유일한 흐름은 아니었다. 다양한 미디어의 실험과 욕망들이 복합적·복수적으로 경합을 벌이고 있었고, 육당과 춘원의 계몽주의를 비판하면서 그와는 층위를 달리하여 문학을 통한 사회적 실천을 기동하고 있었던 것이다. 이 글에서 살펴본 『삼광』은 그러한 흐름들 가운데 하나라고 할 수 있을 것이다.

제2부

구미 근대 비판으로서의 「표본실의 청개구리」

제1차 세계대전, 3·1운동 그리고 한국 현대문학

김재용

1. 지구적 맥락에서 본 3·1운동 전후의 조선사회와 문학

한국 근대문학을 해석하는 데 아주 익숙한 틀은 여전히 국민국가의 관점이다. 서구근대에 편입된 이후 한국 근대문학을 주로 국민어와 국민문학을 중심에 놓고 이해하려고 하는 이러한 태도는 매우 강력한 지지를 받아 오늘에 이르고 있다. 국민국가에 기초한 서구근대의 충격을 받으면서 자신의 문학적 전범을 만들어내야 했던 비서구의 한 변방에 거주하던 이들이, 일본의 식민지까지 겪게 되자 이러한 관점은 한층 강한 설득력을 갖게 되었다. 해방이 된 후 사정이 나아질 것 같지만 오히려 더 강화되었다. 식민지 시대에는 그나마 일본을 통해서라도 세계에 접속되는 바가 적지 않았기 때문에 개중에는 국민국가의 틀을 벗어난

다른 해석의 지평도 모색하던 이들이 적지 않았다. 하지만 독립 이후에는 분단을 극복한 통합국가에의 열망으로 인하여 국민국가론 이외의 다른 상상력이 들어설 여지가 오히려 좁아져 버렸다.

국민어와 국민국가의 틀에서 한국 현대문학을 해석하려고 하는 노력은 그 부분적인 설득력에도 불구하고 대단히 편협하고 불충분하다. 한국 현대문학의 주요한 문학인들은 자신의 문학적 성찰을 결코 국민문학의 틀에 가두려고 하지 않고 지구적 맥락에서 창작을 했기 때문이다. 오히려 과도한 코스모폴리타니즘과 국제주의로 인하여 구체적 지반을 잃고 좌초하는 일이 벌어질 정도였다. 그런데 이러한 것을 후대의 문학사가나 연구자들이 국민문학의 틀에서만 읽으려고 할 때 그 문맥을 제대로 읽어내기가 어려운 것은 너무나 당연하다.

한국 현대문학사 전반이 그러하지만 특히 3·1운동을 전후한 시기의 문학을 읽어낼 때 이러한 관점을 더욱 중요하다. 왜냐하면 3·1운동 자체가 제1차 세계대전을 마무리하는 국제 정치적 차원에서 발생하였고 또한 이 시기 한국의 많은 작가들은 이러한 지구적 맥락 속에서 자신과 공동체를 바라보았기 때문이다. 3·1운동을 기획한 일본의 유학생들과 해외의 지사들은 하나같이 파리에서 진행되었던 강화회의의 큰 자극을 받았다. 물론 한국의 지식인들에게 제1차 세계대전에의 관심은 강화회의 이전에도 존재하였다. 제1차 세계대전이 구미뿐만 아니라 일본 등 동아시아 국가들도 연루된 일이기에 조선의 지식인들도 관심을 가지지 않을 수 없었다. 최승구가 1915년 학지광에 「벨지움의 용사」를 썼던 것도 구미 전쟁 자체에 대한 관심에서만 나온 것만은 아니었다. 또한 제1차 세계대전의 한 부분으로 동아시아에서 일어난 일본과 독일과의 전쟁에서 일본이 청도를 점령한 것을 예의주시하였던 것도 향후 일본 제국의 동아시아 지배와 조선의 독립을 염두에 두었던 것이기 때문이다. 일본이 중국에 대하여 21개조 요구를 하였을 때 이를 일본이 중국을 식민지하려고 하는 것의 시작이라고 본 일본 유학 조선인 청년들이 중국과 대만의 청년 유학생들과 일본에서 신아연맹당을 만든 것은 그 대표적인 경우이다. 하지만 이러한 것들은 조선의 지식인들이 강화회의에 주목하였던 것에 비할 바가 못 된다. 강화회의가 시작되면서 미국의 윌슨이 민족자결주의를 내걸자 조선의 지식인들은 이 사태가 몰고 올 영향을 감지하고 모든 관심을 여기에 집중하였다. 실제로 일본에 머물던 조선인 지식인들이 이 주장에 호응하는 차원에서 만세운동을 기획하였던 것이나 해외에서 이 소식을 접한 지사들이 앞 다투어 대표를 보내려고 하였던 것은 모두 이 강화회의의 결정이 조선의 운명을 좌우할 수 있는 결정적인 일이라고 믿었기 때문이다. 그렇기 때문에 3·1운동을 전후한 한국의 문학을 해석하기 위해서는 우선 이 제1차 세계대전 강화회의의 과정과 의미를 비서구 식민지의 관점에서 짚어야 한다.

2. 비서구 식민지에서 본 제1차 세계대전과 강화회의

1870년 독일이 통일되자 자본주의 팽창의 길에 나선 유럽 나라들은 유럽 내에서는 더 이상 영토의 확장이 어렵다는 것을 깨닫고 바깥으로 진출하였다. 공업화로 인하여 상품의 수출시장과 원료 공급지의 확충이 시급한데 중부 유럽이 독일의 통일로 영토가 확정되면서 더 이상 유럽 내부에서 새로운 땅을 찾기는 현실적으로 어렵게 되었다. 결국 전 유럽은 아시아 아프리카를 향하게 되었지만 서로 자기의 이익을 앞세우다 보니 절충과 타협이 어렵게 되었다. 일시적으로는 신사적 해결이 가능한 것처럼 보이기도 하였다. 1884년 독일의 베를린에서 유럽 각 나라들이 모여 아프리카를 자로 재듯이 나눈 것은 그 대표적인 경우이다. 국가 간의 전쟁을 피하면서도 아프리카의 땅을 나누어 갖는 절묘한 타협을 발휘하였던 것이다. 실제적으로 식민지 쟁탈전이었음에도 불구하고 문명화와 진보로 포장하였기에 내부의 모순이 드러나는 것을 감출 수 있었다. 하지만 아프리카뿐만 아니라 아시아 등지를 식민지를 하려고 하였던 유럽 국가들은 결국 자신들의 상충된 이익을 조정하는데 실패하고 충돌하였는데 그것이 바로 제1차 세계대전이다. 오스트리아 헝가리 이중 제국의 한 영토였던 사라예보에서 시작되었지만 그 핵심은 내셔널리즘에 입각한 유럽 제국주의 국가들의 충돌이었던 것이다.

제1차 세계대전이 터지자 아시아의 지성인들은 더 이상 유럽에 희망을 갖지 않았다. 그동안 아시아 나라들은 유럽의 근대에 매혹되어 무조건 추종하려고 하였다. 영국의 공업화와 프랑스의 공화국의 이념은 아시아 각 나라들이 배우려고 하였던 모델이었기에 아시아의 지성들은 하나같이 유럽의 근대를 배워 따라잡으려고 온갖 애를 썼다. 물론 그 과정에서 베를린회의를 목격하면서 근대 유럽 문명에 대해 다소 의아한 느낌을 가졌지만, 일시적이고 우연한 것으로 간주했기에 여전히 유럽의 근대에 강한 신뢰를 가지고 있었다. 하지만 제1차 세계대전이 터지는 것을 보면서 유럽의 근대에 환상을 갖는 일은 더 이상 가능하지 않게 되었다. 유럽이 내세운 문명화와 진보라는 것이 사실은 허울에 지나지 않는 것이며 유럽 바깥의 식민지를 획득하려는 투쟁에 불과하다는 것을 깨닫게 되었다. 유럽의 이러한 일탈에 일침을 가한 아시아의 지성이 바로 타고르이다. 타고르 역시 한때 유럽 근대의 맹렬한 추종자였다. 영국의 뱅골 분할을 목격하면서 영국 제국주의에 대해서 비판적 시선을 가졌던 타고르는 제1차 세계대전이 터지자 본격적인 유럽 비판에 나섰다. 1917년에 출판한 『내셔날리즘』은 이러한 비판을 집대성한 것이다. 구미의 내셔날리즘 비판에 국한하지 않고 유럽의 제국주의를 그대로 본받고 있는 일본 제국주의의 내셔날리즘에 대해서도 강한 비판을 하였다.

제1차 세계대전 강화회의를 지켜보던 한국의 지식인들은 유럽의 근대에 대해 더욱 강한 불신을 가졌다. 윌슨의 민족자결주의에 희망을 걸고 거족적인 만세운동을 기획하였던 조선의 지식인들은 강화회의의 과정을 보면서 유럽에 더 이상 희망을 가지지 않았다. 가장 주된 것은 승전국의 태도였다. 윌슨의 민족자결주의는 원래 모든 식민지에 해당되는 것이었지만 파리에서의 회의를 거치면서 유럽 지역의 패전국 식민지에만 해당되는 것으로 둔갑해버렸다. 패전국이었던 오스트리아 헝가리 이중제국의 식민지이었던 체코가 독립은 얻은 것은 바로 이러한 맥락에서였다. 그런데 같은 유럽의 나라이지만 승전국이었던 영국의 식민지인 아일랜드는 독립을 얻지 못하였다. 영국이 승전국이기 때문에 해당하지 않는다는 것이었다. 하물며 비서구의 식민지는 완전히 관심 바깥이었다. 승전국의 식민지는 말한 나위도 없고 패전국의 식민지조차 독립을 얻지 못하였다. 아시아와 아프리카에서 패전국 독일의 식민지 나라들은 독립은커녕 승전국의 식민지로 둔갑하였다. 아프리카의 카메론의 경우 승전국인 영국과 프랑스가 분할 통치하는 기현상까지 벌어졌다. 아시아에서 패전국 독일의 식민지였던 중국의 청도는 승전국이었던 일본이 차지하였다. 이런 일이 벌어지니 일본의 식민지였던 조선의 독립은 전적으로 불가능한 것이었다. 파리강화회의의 이러한 결과를 목격한 조선인 지식인들은 차츰 세계관을 바꾸었다. 유럽의 근대는 결코 우리가 따라야 할 문명의 전범이 더 이상 아니라는 것이다. 인류는 기존의 유럽이 펼친 세계와는 다른 새로운 세계를 상상하여야 한다는 것이다. 미국을 중심으로 만들어진 국제연맹도 겉모양만 바꾼 것이기에 이러한 구미의 흐름에 지나지 않는다는 것이다. 폐허에서 새롭게 시작해야 한다는 당시의 외침은 바로 이러한 맥락에서 나왔다.

3. 구미 근대의 비판으로서의 「표본실의 청개구리」

염상섭의 「표본실의 청개구리」를 지배하는 정조는 우울이다. 화자가 서울을 떠나 평양을 거쳐 남포의 김창억을 만나러 간 것도 우울을 벗어나기 위한 기분전환이었다. 남포에서 김창억을 만나고 귀경한 이후에도 이 우울은 쉽게 가라앉지 않는다. 물론 김창억을 만난 이후 이런 사람이 조선에 존재하고 있다는 것 자체를 알고 다소의 위안을 받지만 불투명한 미래로 인하여 여전히 우울에 시달린다. 하지만 화자는 김창억처럼 정신줄을 놓치는 않는다. 세계와의 불화를 이기지 못하여 그 속으로 달려가 몸을 태운 김창억과 달리 화자는 자신과 세계의 거리를 정확하게 잰다. 때로는 그 거리가 너무 멀어 주저앉고 싶은 생각도 치밀지만 원점으로 돌아가 자신을 지킨다. 때로는 그 거리가 너무 좁아 자신을 그 속으로 던져 세상을 바꾸고 싶은 유혹은 느끼지만 세상은 바꾸지 못하고 자신만 사라질지 모른다는 위험을 감지하고 원래로 돌아간다. 하지만 화자는 긴장의 끈을 끝까지 놓치지 않는다.

정작 우리가 이 우울의 정체를 확인할 수 있는 것은 화자가 아니라 그가 만난 김창억을 통해서이다. 김창억은 3·1운동으로 피검되어 수감 생활을 하다가 풀려나 현재 남포에서 광인으로 살고 있는 인물이다. 그가 왜 미쳤는가를 살피는 것은 이 소설을 읽는 하나의 실마리이다. 3·1운동의 참여로 옥중생활을 하는 과정에서 가족을 잃고 만다. 아내가 다른 남자와 바람이 나자 그나마 자신을 떠받쳤던 가느다란 희망의 끈을 놓치고 만다. 세상을 포기하고 싶은 유혹이 들 정도로 이 짐은 무겁다. 그렇기 때문에 이 소설을 읽는 이들은 김창억의 우울과 광기를 3·1운동의 실패와 결부시키려는 유혹을 얻게 되는데 이러한 해석은 나름 근거를 갖는다. 조선의 독립을 외쳤지만 독립은커녕 자신의 몸만 구속당하고 가족마저 해체당하는 슬픔을 겪은 나머지 정신을 잃었기 때문이다.

하지만 이러한 해석은 국민국가의 틀에서만 보려고 하는 상상력의 소산이다. 김창억에게 일본이란 제국은 분명 커다란 벽임에는 틀림없지만, 넘어서기 힘든 그러한 장애물은 아니었다. 정작 김창억이 괴물로 인식한 것은 일본 제국이 아니라 내셔날리즘과 제국주의로 무장한 구미의 근대였다. 이 점은 김창억이 국제연맹을 비판하면서 동서친목회의 간판을 내건 점에서 확인할 수 있다. 광기의 김창억이 삼층집을 짓고 동서친목회라고 불렀는데 이것은 현실에서 극복하기 힘든 것을 환상 속에서 해결하려고 노력하는 것을 상징하는 것이라 할 수 있다. 국제연 맹이란 구미 제국주의 국가들의 신장개업에 지나지 않는다. 윌슨의 민 족자결주의가 사라져 버린 자리에 들어선 것이 바로 국제연맹이다. 승 전국들은 패전국에서 뺏은 식민지까지 합쳐 더욱 강한 제국이 되려고 하였고 그 과정의 이해관계를 조정해주는 것이 바로 국제연맹이었다. 영국과 프랑스는 제1차 세계대전 종전 이후 더욱 제국을 넓혀나갔다. 제1차 세계대전 이전에는 아프리카의 북부 일부와 남부 일부만이 영국 의 식민지였기 때문에, 세실 로즈가 공공연하게 외쳤던 이집트 카이로 에서 남아공 케이프타운까지의 철도 건설을 통한 영국 제국의 팽창의 꿈은 불가능한 것처럼 보였다. 하지만 중부 아프리카의 독일 식민지를 가로챈 영국이 이 지역을 자국의 식민지로 만들어냄으로써 세실 로즈 의 꿈이, 철도가 아닌, 식민지 차원에서 실현되는 양상을 보여주었다. 프랑스는 베르사이유 회의 이후인 1922년에 마르세이유에서 국내식민 지박람회를 열었으며 1931년에는 '단 하루만에 세계를'이라는 구호를 내걸고 파리에서 국제식민지박람회를 개최할 정도로 제국의 식민지 쟁 탈에 열을 올렸다. 이 모든 것을 논의하고 관리하는 것이 바로 국제연맹 이었던 것이다. 일차대전 이후 유럽에서 미국으로 헤게모니가 이전된 것을 빼고는 거의 달라진 것이 없었다. 김창억은 이를 너무나 잘 알고 있기에 구미의 국제연맹을 비판하고 그 대안으로 동서친목회를 환상의 차원에서 만들었던 것이다.

작중 화자는 김창억의 세계인식에 크게 공명한다. 베르사이유 강화회의와 그 결과로서 나온 국제연맹이 과거 구미 제국주의의 신장개업에 지나지 않기에 비서구 식민지의 자기인식이 없이는 도저히 세계의 평화를 가져 올 수 없다는 사실이다. 세계의 운명을 더 이상 구미의 세력에 맡길 수 없기에 비서구 식민지의 이해를 담은 새로운 지구적 차원의 조직을 만들어야 한다는 것이다. 김창억과 대화를 나눈 후에 서울에 있는 친구에게 보내는 엽서에서 "나는 암만하여도 남의 일같이 생각할 수 없습디다"라고 적을 정도로 화자인 나는 김창억의 세계인식을 공유한다. 다음 두 대목은 그 공감의 주된 내용이다.

불의 심판이 끝나지 않았습니까 구주 대전의 그 참혹한 포연탄우가 즉 불의 심판이외다그래. 그러나 이번 전쟁이 왜 일어났나요. 이 세상은 물질 만능 금전만능의 시대라 인의예지도 없고 오륜도 없고 애도 없는 것은. 이 물질 때문에 사람의 마음이 욕에 더럽혀진 까닭이 아닙니까. 부자 형제가 서로 반목질시하고 부부가 불화하며 이웃과 이웃이 한 마을과 마을이⋯ 그리하여 한 나라와 나라가, 서로 다투는 것은 결국 물욕에 사람의 마음이 가리었기 때문이 아니오니까. 그리하여 약육강식의 대원칙에 따라 세계 각국이 간과로써 서로 대하게 된 것이 즉 구주대란이외다그래. 그러나 이제 불의 심판도 다 끝났다.

회명은 무엇이라고 할까? 국제연맹이란 것은 있으니까 국제평화협회? 세계평화회? 그것도 아니되었어! 동서양이 제일에 친목하여야 할 것인즉, '동서친목회'라 하지.

전자의 인용문은 제1차 세계대전에 관한 것이고 후자의 인용문은 파리강화회의 이후 결성된 국제연맹에 대한 것이다.

화자는 김창억의 현실비판을 공유하지만 삼층집을 지어놓고 거기에 동서친목회의 간판을 거는 환상적인 방식에 대해서는 공감을 하지 않는다. 이러한 발상은 세계를 변화시키지는 못하고 결국 자기에 대한 폭력만을 낳는 어처구니없는 일종의 자기위안에 지나지 않는다는 것을 알기 때문이다. 삼층집을 짓고 간판을 내거는 방식보다는, 현실과 세계와의 팽팽한 긴장 속에서 괴물의 정체를 파악하고 이를 허물 수 있는 지구적 차원의 방안을 강구하는 실천이 더욱 중요하다는 것을 알고 있기에 김창억과는 거리를 둔다. 김창억을 만나기 전에는 자신이 겪는 우울의 정체를 뚜렷하게 파악하지는 못하였다. 김창억과의 만남 이후 이 정체를 확실하게 알게 되면서 김창억의 길과는 다른 길을 선택한다. 머리가 말끔해진 것은 아니지만 예전에 겪던 그러한 우울은 더 이상 아니다. 여행 출발점에서의 우울과 종결점에서의 우울은 성격이 다르다. 칠성판 위에 무방비로 놓였다는 위기감에서 오는 것이 아니고 새로운 미래를 준비하는 과정에서 느끼는 막연함에서 오는 우울인 것이다.

4. 구미 근대 이후를 찾아서

구미의 근대에 대해서 환멸을 갖는 것이 일반적인 일이 될 정도로 제
1차 세계대전과 그 강화회의는 아시아 지식인들에게 큰 충격을 주었다.
문제는 그 이후를 찾는 것이었다. 구미 근대 이후 과연 어떤 세계가 가
능한가에 대해서는 다양한 논의가 펼쳐졌지만 그렇게 쉽게 합의를 구
하기는 어려웠다. 구미의 근대를 비판하는 일도 물론 쉬운 일은 아니지
만 구미 근대 이후의 새로운 세계를 구하는 일은 더욱 어려웠기 때문이
다. 당면의 논쟁은 소련이 과연 그러한 세계인가였다. 일차대전 와중에
러시아에서 혁명이 일어나 사회주의 소련이 성립되자 많은 세계의 지
식인들은 이것을 구미 근대 이후의 새로운 세계라고 간주하고 여기에
격렬하게 뛰어들었다. 제1차 세계대전을 경험한 루카치가 유럽 자본주
의에 회의를 느끼면서 급격하게 사회주의 소련에 기운 것은 그 대표적
인 일이다. 루카치는 그 유명한 『소설의 이론』을 쓸 무렵만 해도 사회주
의에 대해서 거의 관심이 없었다. 하지만 유럽국가들이 제국주의적 이
익을 위한 식민지 쟁탈 과정에서 전쟁이 터지자 레닌의 제국주의론에
급격하게 기울면서 소련 사회주의로 급선회하였다. 독일 등 유럽에서
기대했던 사회주의적 변혁이 일어나지 않자 레닌은 비서구 식민지의
반제국주의운동에 큰 기대를 걸었고 특히 아시아의 민중들을 동원하였
다. 1920년 아제르바이잔의 바쿠에서 이슬람계 나라들이 주축이 된 회
의를 하고 1922년에는 모스크바에서 동아시아가 주를 이룬 회의를 개
최하였다. 루카치는 이러한 레닌의 노력을 대안으로 생각하였다.

소련 사회주의를 구미 근대의 대안으로 삼지 않는 이들도 속출하였다. 가장 대표적인 이가 제1차 세계대전을 전후하여 새로운 세계를 찾기 위해 분주하게 지구를 뛰어다녔던 타고르이다. 아시아에 큰 희망을 품고 여러 지식인들을 만나 새로운 길을 모색하고자 하였다. 파리 강화의에서 참여하였다가 유럽 나라들의 행태를 보면서 회의장을 박차고 나온 양계초가 1924년에 타고르를 중국에 초청하여 인류의 미래를 논하려고 하였던 일 역시 타고르의 이러한 면모를 존중한 데서 나온 것이다. 타고르는 일차대전과 파리강화회의를 목격하면서 구미 근대에 환멸을 느끼고 이를 극복할 수 있는 새로운 지구적 차원의 노력을 모색하였던 인물이지만 결코 소련 사회주의를 그 대안으로 생각하지 않았다.

타고르의 소설 『집과 세상』이 독일어로 번역되어 유럽에 퍼지자 루카치가 이를 비판한 글을 썼던 것은 구미 근대 이후를 상상하는 이 두 가지 흐름의 분출 사이에서 제기된 긴장을 지구적 차원에서 극적으로 보여준 일이라 할 수 있다. 염상섭은 기본적으로 사회주의 자체의 지향을 긍정한다는 점에서 루카치와 가까운 입장이지만, 비서구 식민지를 세계혁명에 동원하려는 소련의 사회주의적 지향에 대해서 비판적이었다는 점에서 타고르와 가까웠다. 1925년에 쓴 단편소설 「윤전기」에서 노동자들의 기본 입장에 서 있으면서도 그들에 대해 거리를 두려고 하였던 것은 바로 이러한 입장의 표현이었다. 윤전기가 서면 더 이상 총독부로로부터 허가를 받을 수 없게 되는 식민지의 처지를 이해하지 못하는 노동자들을 안타깝게 바라보는 시선은 바로 여기에서 나온 것이다. 이러한 염상섭이 상상한 것은 새로운 민주주의였다. 이 시기에는 명시적으로 드러나지 않다가 해방 이후 확고하게 드러나는 이 개념은 평생에 걸쳐 지속된 염상섭의 지향이었다. 이 역시 바로 제1차 세계대전 이후의 세계에 대한 자신의 독특한 통찰에서 나온 것임은 더 말할 나위도 없다. 「표본실의 청개구리」는 그의 문학의 출발이자 한국 현대문학의 시작이다.

'죽음의 집'의 기억

염상섭의 「표본실의 청개구리」 다시 읽기

한수영

1. 폭력의 경험으로서의 3·1운동과 소설 재해석의 시좌

이 글은 염상섭의 초기 단편 「표본실의 청개구리」를, 지금까지 한국 문학사가 읽어 온 맥락과는 조금 다른 각도에서 재해석하기 위해 쓴다. 「표본실의 청개구리」에 관해 이미 우리는 풍성한 해석의 수원지를 확보하고 있다. 그 수많은 해석의 계보와 내용들을 모두 검토하기는 어렵거니와, 이 글의 논점과 직접 연관이 있는 두 가지 정도의 해석 범주를 살펴보면 다음과 같다.

첫 번째는 「표본실의 청개구리」를 한국 근대문학에 있어서 자연주의의 가능성, 혹은 그 결여와 과잉을 검증하는 시금석으로 읽는 방식이다. 이것은 실험, 관찰, 환경, 유전, 과학적 인과율 등을 근간으로 한 서구 자연주의의 사조적 특성을 한국 근대문학에 대입하여 읽는 방식이라고 볼 수 있는데, 「표본실의 청개구리」는 늘 이 논의에 동원되는 중요한 근대문학 초기 텍스트였다.[1] 최근에는 자연주의 수용 여부에 머물지 않고, '근대성'의 한 축을 담당하는 근대 과학담론의 수용 태도, 혹은 그것이 규율담론으로서 지닌 권력에 대한 문학적 대응 양상으로서 이 소설의 가능성과 임계점을 연구하는 방향으로 확장되고 있다. 예컨대, 이 소설의 개구리 해부 장면을 "과학과 권력의 연합 레짐 하에 있는 인간에 대한 은유"로 보고, '검역'으로 제유된 규율권력과 '메스'로 상징된 근대과학이 혼융된 것이 해부의 이미지라고 해석한다든지,[2] 이 소설에 등장하는 '해부'는 단순한 소재나 모티프에 국한되지 않고, 염상섭 소설의 전체를 가로지르는 글쓰기의 방법론적 핵심이거나 작가의식의 표상[3]으로 확장하여 읽은 관점들이다.

또 다른 해석의 계보는, 이 소설의 화자인 '나(X)'의 과민한 '신경증', 소설 내화內話의 주인공격이라 할 '김창억'의 '광기'를 둘러싼 해석의 계보라고 할 수 있다. 이 해석의 계보 또한 매우 다양한데, '신경증(혹은 신경쇠약)'이나 '광증'을 작가의 개인적 기질로 환원시켜 이해하는 방식[4]

---

1 「표본실의 청개구리」를 중심으로 한국 근대문학에 있어서의 자연주의의 가능성, 혹은 자연주의의 '과잉/결핍'을 살펴본 연구사의 계보는 백철의 『조선신문학사조사』(수선사, 1948)를 비롯하여, 강인숙의 『자연주의문학론』(고려원, 1991), 김치수의 「자연주의 재고」(김용직 외, 『문예사조』, 문학과지성사, 1977)로 이어진다. 이에 대한 상론으로 손종업, 「표본실의 해부학-한국 자연주의 담론 속의 식민주의와 그 대안」, 한국근대문학회, 『한국근대문학연구』 3, 한국근대문학회, 2002, 58~82면을 참조하기 바람. '자연주의'와 관련된 해석의 다른 한 계보는 '사실주의'나 '리얼리즘'의 논의로 뻗어 나간다. 이 글의 논점과 직접 연관되지 않은 까닭에 생략하는 점을 이해하기 바란다.
2 황종연, 「과학과 반항-염상섭의 "사랑과 죄"다시 읽기」, 한기형 · 이혜령 편, 『저수하의 시간, 염상섭을 읽다』, 소명출판, 2014, 95면.
3 이철호, 「해부와 허언-염상섭소설의 근대 생명정치의 한 기원」, 『상허학보』 56, 상허학회, 2019, 189~221면.
4 김윤식은 「표본실의 청개구리」의 '나'의 '우울증'을 '3·1운동'의 좌절로 인한 식민지

을 비롯하여, '김창억'의 광기는 일종의 '정치적 광기'로서, '광인'의 입을 빌려 3·1운동 이후의 정치담론을 설파한 것[5]으로 보는 관점까지 그 스펙트럼이 넓다. 그러나 소설 속 두 인물의 신경증과 '광기'는, 비록 그 증상은 다르나 식민지 지식인의 울분과 비애, 특히 3·1운동의 좌절을 경험한 피식민지인의 정신 상태를 반영한 것이라는 해석[6]이 일반적이다. 최근에는 신경의학이나 정신분석학의 이론과 접속, 단순히 3·1운동 전후로 한정짓지 않고, 근대인 특유의 정신병리학적 증상으로 확장하는 관점도 종종 눈에 띈다.[7]

「표본실의 청개구리」에 관한 이 다양한 해석의 변주는 무엇보다도 이 소설의 도입부가 던져 주는 강렬한 인상, 그리고 소설의 외화外話와 내화內話를 구성하고 있는 두 주인공의 파격적인 '성격character'에서 비롯되고 있다. 이 소설이 3·1운동과 관련되어 있다는 해석은 대부분의 연구사에서 발견되는 매우 상식적이고 보편적인 전제인데, 그럼에도 불구하고 기존의 해석사는 그 '연관성'이 너무 추상화 또는 간접화되어 있다는 점을 지적하고 싶다. 「표본실의 청개구리」는, 분명히 3·1운동을 다룬 일종의 '후일담문학'이되, 우리가 읽고 해석해 온 것보다 훨씬 더 절박하고 비장한 목소리로, 운동 과정에서 발생한 피해와 고통을 '고발' 내지 '증언'하고 있는 소설이다. 화자인 '나'의 신경증 증세를

적 현실에 기인한 것이라는 '통설'을 '막연한 추측'이라고 비판하고, 그의 개인사적 사실로부터 기인된 '기질적인 것'으로 봐야 한다고 주장한다. 김윤식, 『염상섭연구』, 서울대 출판부, 1987, 143면.

5 이보영, 『난세의 문학—염상섭론』, 예림기획, 2001, 80~96면.
6 송기정, 「「표본실의 청개구리」와 시대적 우울」, 『문예운동』, 2011.12, 39~49면.
7 이수형, 「근대문학 성립기의 마음과 신경」, 『한국근대문학연구』 24, 한국근대문학회, 2011, 393~396면.

'시대의 우울'이나 '피식민지 지식인의 고뇌'로, 혹은 근대인 특유의 정신병리학의 문학적 은유로 일반화시키는 것으로는 이 소설이 재현하고자 하는 바를 충분히 읽어내기는 힘들다. 김창억의 '광기' 역시, 제 정신으로 살기 힘든 암울한 시대상의 반영이거나, 혹은 미치광이의 입을 통해서가 아니면 결코 정치담론을 발설하기 힘든 식민지적 억압이 만들어 낸 소설적 장치 정도로 한정하기에는, 그 인물이 지닌 의미의 무게가 훨씬 엄중하다.

염상섭은 일찍이 이 소설을 두고 "거기에 나오는 인물이나 사건이 모두 실재의 인물이요, 작자의 체험한 사실이었다"[8]고 밝힌 바 있다. 물론, 이 발언의 맥락은 자신의 창작방법을 둘러싼 자연주의 혹은 사실주의의 이입移入여부나 수용에 대한 것이며, 「표본실의 청개구리」의 인물과 사건의 '실제/허구'에 방점을 찍은 것은 아니다. 그럼에도 불구하고, 같은 글에서 염상섭이 재삼 역설하고 있듯이, 소설장르의 특징을 "시대상과 사회 환경을 더욱 반영하는 것"[9]이라 규정했던 그의 강조점을 다시 한번 되새김할 필요는 있다.[10]

8　염상섭, 「나와 자연주의」, 『서울신문』, 1955.9.30. 여기서는 한기형 · 이혜령 편, 『염상섭 문장 전집』 3, 소명출판, 2013, 300~301면에서 가져 옴.

9　염상섭, 「나와 자연주의」(『서울신문』, 1955.9.30), 한기형 · 이혜령 편, 『염상섭 문장 전집』 3, 소명출판, 2013, 300~301면..

10　권보드래는 광범위한 자료를 검토하면서, 이 소설의 실제 모델이나 사건이 무엇인가를 직접 규명하고자 애쓴 바 있다. 『3월 1일의 밤』, 돌베개, 2019, 542~547면. 소설과 실제 사건의 동일성이나 세부의 일치 여부를 밝힐 수는 없었으나, 「표본실의 청개구리」의 무대인 진남포에서의 시위 관련 자료를 추적하면서 사건을 재구성한 시도가 돋보였다. 그러나 '김창억'의 '광증'을 '3 · 1운동'이라는 사건의 일반성에 연결 지은 점은 아쉽다. "김창억은 화자인 X의 학생 시절 박물학 교사, '해부'라는 근대 과학의 분석적 시선을 상징하는 인물을 빼닮은 존재로서, 근대의 최대치란 근대의 궁경窮境일 수밖에 없음을 보여주는" 것이라고 정리함으로써, 기존 해석의 범주에서 크게 벗어나지는 못했다.

3·1운동이 당시의 조선인들에게 끼친 영향이 무엇이었는지, 그중에서도 가장 충격이 컸던 것이 무엇이었는가를 한 마디로 단정 짓기는 어렵다. 관점과 방법에 따라 그 영향과 내용은 사뭇 다양하게 제기될 수 있기 때문이다. 그러나 만세시위가 본격적으로 시작된 3월 1일 이후부터 조선의 각지에서 나타난 즉각적인 반응들을 일별할 때, 당시 만세시위에 적극 가담한 조선인이든, 혹은 목격하거나 방관하던 조선인이든, 시위 현장이나 경찰서에서의 경험 중 가장 크게 충격을 받은 것은 미증유未曾有의 '폭력'의 경험이었다. 그것은 헌병경찰의 폭력적 진압과정에서도 그러했거니와, 그 '폭력'의 경험 중에서도 경찰서와 유치장에서 맞닥뜨리게 된 무자비한 '고문'이야말로, 사상범이거나 범죄자가 아니었던 일반 조선인들에게는 초유의 경험이었다. 3·1운동 이전에도 일본 경찰의 '고문'은 관행으로 굳어져 있었지만, 그러한 '폭력'의 경험이 조선인 절대다수가 공유하게 되는 '전면성全面性' 혹은 '확장성'의 차원에서 3·1운동은 초유의 계기라고 할 수 있다. 이 '폭력의 경험'은, 3·1운동이 처음부터 '비폭력주의'를 내걸었던 사실과 정면으로 배치背馳됨으로써 더욱 극명한 콘트라스트를 빚어냈다.

3·1운동 이듬해인 1920년, 비록 해외이긴 했지만 박은식이 당시로서는 동원할 수 있는 국내외의 모든 공식·비공식의 자료를 수합해 썼던 『한국독립운동지혈사』의 상당 부분도, 일본 경찰의 폭력적 진압 및 고문을 고발하는 내용으로 구성되어 있다. '고문'으로 대표되는 이러한 폭력의 피체험은, 특히 3·1운동의 재현 과정에서 그 사건을 '기억'하고 '재구再構'하는 중요한 기제로 작용한다. 문학작품이나 영화와 같은 재현의 매체의 경우, 운동의 대의나 이념과 같은 추상적인 가치보다도,

'고문' 장면을 전경화前景化함으로써, 제국주의 일본과 조선인을 가학과 피학, 혹은 '선/악'의 구도로 배치하고, '고문'의 고통에 대한 공감共感을 일깨워 영화의 메시지에 집중하도록 만드는 경우도 자주 보인다.[11]

3·1운동 이후 벌어진 폭력적 진압과 '고문'에 대한 다양한 기록 중에서, 그 폭력의 광범위함과 일상성을 증언하는 가장 흥미롭고 역설적인 텍스트는 아마도 윤치호가 남긴 일기가 아닐까 생각한다. 물론 그의 일기는 당시에 공간公刊되지 않은 개인의 내밀한 기록이었다.[12] 경찰의 폭력적 진압과 고문에 관한 내용은 3월 5일 자 일기부터 등장한다. 내가 여기서 이야기하려는 것은, 3·1운동 때의 '고문'사실을 가장 먼저 문제 삼았다는 시간의 선차성이나 용기에 대해서가 아니라, 그의 텍스트에 나타나는 일종의 균열과 그것이 야기한 역설적 결과에 대해서이다. 잘 알려져 있다시피, 윤치호는 3·1운동 준비 단계부터 여러 차례에

---

11 한국문학사에서 3·1운동 과정의 '고문'과 '폭력' 나아가서 '감옥' 체험을 문학이라는 의장意匠을 통해 가장 먼저 성공적으로 재현한 것은 아마도 김동인의 「태형」일 것이다. 「태형」은 1922년 11월~이듬해 1월에 걸쳐 주간 잡지『동명』에 발표되었다. '고문' 과정의 예술적 재현으로 가장 최근의 작품에 해당하는 것은 3·1운동 100주년 기념으로 제작된, 유관순을 다룬 두 편의 영화 〈항거-유관순이야기〉(감독 조민호, 2019)와 〈1919유관순-그녀들의 조국〉(감독 신상민, 2019)일 것이다. 두 영화 모두 유관순 및 옥중에 갇힌 시위참가자들이 당한 고문을 매우 사실적으로 공들여 재현하고 있다. 해방 직후에 김남천이 창작한 희곡 〈3·1운동〉에도 무대에서 실제로 배우들이 공연할 수 있을까 염려스러울 정도로 사실적인 '고문'장면을 배치해 두고 있다. 이것은 모두 '사건'을 '기억'하고 '재구'하는 목적과 관련되어 있다. 사건의 객관적 사실이나 역사적 의미와는 별도로, 예술적 재현은 독자(혹은 관객)들이 감각적으로 공명하면서 '사건'의 의미를 재구하도록 만들어야 하며, 이럴 경우 당시에 권력이 자행하고 피체자들이 감당했어야만 하는 '고문'은 매우 중요한 요소라는 점을 보여주는 증좌다.

12 3·1운동과 관련된 일기자료의 전반적인 개관 및 그 의의에 대해서는, 정병욱, 「1919년 삼일운동과 일기자료」, 고려사학회,『한국사학보』73, 고려사학회, 2018, 203~236면을 참조 바람. 이 글에서『윤치호일기』는 '3·1운동'과 관련하여 비중 있게 다루어지고는 있으나, 윤치호가 당시의 일본헌병 및 경찰의 고문과 악행에 대해 일기에서 얼마나 주목했던가에 대해서는 자세한 분석이 없다.

걸쳐 동참을 요구받았으나 단호히 거절했으며, 오히려 그 거사를 반대
하기까지 한 것으로 유명하다.[13] 그런데, 3·1운동에 대한 반대 입장 표
명과는 별개로 자신의 일기에는, 3월 5일 자부터 지속적으로 일본 경찰
과 헌병의 체포, 구금 및 고문에 대해 비분강개한 어조로 고발·비판하
는 내용을 적어 나갔다. 고문에 대한 비판은 그해 12월까지 계속 등장
한다. 해당되는 구절의 일부를 옮겨 보면 다음과 같다.

①

경찰 수사관들이 죄수들, 특히 여학생들에게 온갖 종류의 야만적인 행위
를 저질렀다고 한다. 내가 들은 얘기들 중에 사실이 아닌 것도 있겠지만, 난
이 고통을 말로는 도저히 표현할 방법이 없다는 걸 잘 알고 있다. 그들의 고통
에 대한 상념을 떨쳐버릴 수가 없다. 그저 이 용감한 남녀들 중 단 한 명도
나의 그릇된 약속이나 조언 때문에 고통을 겪고 있는 건 아니라는 점을 위
안으로 삼을 뿐이다.(91면, 3월 19일)

②

선교사들이 일본인들의 잔학행위를 보고 일본의 시책에 완강히 반대하기
시작했다. 일본 군인, 헌병, 경찰, 그리고 날품팔이들이 남녀노소를 가리지
않고 찌르고, 쏘고, 걷어차고, 곤봉으로 내려치고, 갈고리를 휘두르는 잔학

---

13 일기에 의하면 그는 1919년 1월부터 3·1운동에 동참하기를 직간접으로 요구받은 것
으로 보인다. 그리고 그는 일관된 몇 가지의 이유로 그 거사에 동참을 거부하고, 또한
계획하는 거사가 성공하지 못할 것이므로 취소하는 게 좋다는 생각을 피력한다. 3·1운
동에 관한 그의 발언 중 가장 결정적으로 비판을 받게 된 것은 "경성일보"에 보도된 그
의 인터뷰 때문이었다. 번역텍스트는 김상태 편역, 『윤치호일기』, 역사비평사, 1988.
이하의 일기 인용문은 각주 대신 괄호 안에 면수와 날짜를 적은 것으로 대신함.

행위는 독일인들이 벨기에에서 자행한 무자비한 행위의 복사판이다. 오죽하면 친일파로 여겨졌던 게일 박사조차 비무장 조선인들에 대한 일본인들의 잔학행위에 염증을 느끼는 것 같다. **훈방된 여학생들이 언급한 것처럼, 영웅적인 소녀들이 수사관들의 손아귀에 고문을 당하고 있다는 사실이 일본 지지자들의 속을 뒤집어 놓았다.**(94면, 3월 28일)

③

몇 년 전 아카시 장군은 도쿄제대의 어느 교수에게 보낸 장문의 편지를 통해 **조선의 정치범들을 수사하는 과정에서 고문이 자행되었다는 사실을 완강하게 부인했다.**(105면, 4월 24일)

④

며칠 전 만세를 불렀다는 이유로 체포되었던 세브란스병원 간호사 4명이 오늘 풀려났다. 하지만 4명은 아직도 수감되어 있다. **예나 지금이나 경찰서에서는 고문이 가해지고 있다.** 신임 총독이 야만적인 관행을 송두리째 뿌리 뽑겠다고 천명했지만, 그건 단지 대외 홍보용이었을 뿐 실천에 옮기겠다는 의지는 조금도 없었던 모양이다.(158~159면, 12월 5일) (강조는 인용자)

인용문 ①의 밑줄 친 부분을 보면, 윤치호 자신도 고문당한 경험이 있음을 짐작할 수 있다. 실제로, 그는 1912년 신민회사건, 이른바 '105인사건'으로 불리는 시국사건의 주모자로 지목되어 체포된 후 6년형을 받아 복역중 1915년 특사로 출옥했다. 만 3년의 수형생활이었다. 그러나, 그의 일기 어디에도 이 기간(복역중인 동안에는 당연히 일기를 쓸 수 없었을 것이다)에 당한 고문과 감옥생활에 대한 회고가 없다.[14] 이것 역시 다소 의외다. 공간公刊되는 인쇄물이 아니라 개인의 내면을 쓰는 일기라면, 응당 그러한 체험을 부분적으로라도 피력하는 것이 인지상정이 아닌가. 경험을 기술하지 않는 이 '침묵'과, 그럼에도 3·1운동 직후부터 일기에 지속적으로 '고문당하는 자'들에 대한 연민과 공감共感을 투사하는 윤치호의 태도는, '고문' 체험의 언어적 재현 과정에서 나타나는 일반적인 목적의식이나 기대효과와는 다소 어긋난다. 그러나 텍스트가 노정하는 이러한 '균열'에도 불구하고, 아니 바로 그러한 '균열'로 인해, 당시의 일경의 폭력의 양상과 그 정도가 얼마나 가혹했는지, 그리고 고문이 얼마나 광범하고 일상화 되어 있었는지를 역설적으로 추정할 수 있다. 동시에, 3·1운동의 근본 취지에 동의하지 않을 뿐 아니라, 다양한 매체를 통해 '3·1운동'을 공개적으로 비판했음에도 불구하고,[15] 내밀한 기록인 '일기'에 이토록 지속적으로 '고문'을 폭로하고 비판했던 것은, 일경의 잔학하고 폭력적인 진압 과정과 일상적으로 자행된 피체자에 대한 고문에 그가 얼마나 충격을 받았는지를 여실히 증명한다.

안타까운 일이지만, 3·1운동과 관련된 시위횟수, 시위참가자수, 피

---

14 신민회사건으로 체포·구금당했던 인사들의 고문 체험은 여러 사람들의 회고에 의해 그 규모와 강도를 짐작할 수 있다. 가장 널리 알려진 것이 김구의 『백범일지』다. 백범은 평생 세 번에 걸쳐 체포, 투옥되는데, 그 첫 번째가 일본인 스치다土田讓亮를 죽인 이른바 '치하포사건'으로 1896년이며, 안중근의 이토 히로부미 저격사건에 연루되어 1909년 두 번째 피체, 그리고 '신민회'사건으로 체포된 1911년이 세 번째이다. 두 번째는 한 달 여만에 불기소로 처분되어 그의 『백범일지』에도 아주 소략하게 기술되어 있지만, 첫 번째와 세 번째에 관한 회고는 무척 자세하고 길다. 자세한 것은 김구, 『백범일지』, 도진순 주해, 돌베개, 2007(25쇄), 220~228면 참조 바람.
15 윤치호는, '3·1운동'에 관한 자신의 이런 입장 때문에 다양한 비판과 위협에 노출되었음을 일기의 여러 곳에서 밝혀 적고 있다.

체자수, 사망자 및 부상자 숫자 등에 관한 정확하고 공식적인 통계자료는 아직 없는 상태이다. 관련 통계의 근거는, 주로 박은식의 『한국독립운동지혈사』(1920)나 조선헌병대사령부와 조선총독부정무총감부에서 공동작성한 『조선소요사건일람표』(1919)에 제시된 것인데, 두 자료의 통계차이가 매우 클 뿐 아니라, 통계의 추정 근거도 불확실하다. 2019년에 국사편찬위원회가 3·1운동 100주년을 맞아 다양한 근거자료를 바탕으로 새롭게 조사하고 정비하여 공개한 잠정통계에 의하면, 시위(관련사건으로서의 철시, 파업, 휴학, 휴교 등 포함) 건수는 2,464건, 시위 참여 인원은 799,017명(최소추정치)~1,030,073명(최대추정치), 사망자 수는 723명(최소추정치)~934명(최대추정치)이다. 통계 자료 중에서 최소치라고 할 수 있는 '조선소요사건일람표'(1919)의 통계자료에 의하면 3월 1일부터 4월 30일까지 시위횟수 848회, 참여인원 587,641명, 이 가운데 13,157명을 검거했으며, 당시 만세 시위 과정에서 일제 군경에게 목숨을 잃은 사람은 553명, 다친 사람은 1,409명이라고 밝히고 있다. 박은식의 『한국독립운동지혈사』의 통계는 시위 참여자 수 2,023,098명, 사망자 수 7,509명, 체포 46,948명으로 적고 있다.[16] 각각의 자료마다 인원이나 기간 등에서 통계수치의 차이는 있지만, 한 가지 확인할 수 있는 분명한 사실은, 이토록 많은 조선인들이 이토록 짧은 기간에 경찰과 사법당국으로부터 '폭력'을 경험했던 사례는 전무후무하다는 점이다. 더욱이, 이 전면적이고 광범위한 '폭력'의 경험에 관한 수치 데이

---

[16] 이상에서 언급한 통계자료는 국사편찬위원회의 3·1운동 관련 데이터베이스로부터 가져온 것이다. 해당 사이트의 주소는 다음과 같다. http://db.history.go.kr/samil/home/introduce/introduce_content.do;jsessionid=B2F66BFDAFD7438BDDAD30DCCC3C0083

터에 대해 우리가 각별히 성찰해야 할 지점은, 이 데이터로는 그 무수한 경험자들의 '사건 이후'를 알 수 없다는 사실이다.

이 글은 염상섭의 「표본실의 청개구리」를 이러한 '폭력'의 경험자, 좀 더 구체적으로 표현하자면 '고문'의 후유증으로 정신이상이 되었을 뿐 아니라 가족마저 풍비박산 해체되는 고통을 겪은 한 사나이의 이야기로서 '다시 읽기'를 시도하고자 한다.[17] 이후의 논의에서 좀 더 자세히 살펴보겠지만, 이 소설은 '고문'과 관련하여, 그것을 '견뎌낸 자'와 '스러진 자'의 이야기로 구성되어 있다. 화자인 '나(X)'는 그 가혹한 폭력의 과정을 '견뎌낸 자'이다. '김창억'은 견뎌내지 못하고 '스러진 자'이다. 대체로 고문을 견뎌내지 못하고 '스러진다는 것'은 두 가지 경우밖에 없다. 그것은 '죽거나', 혹은 '미치거나'이다.[18] 김창억은 후자에 해당한다. '견뎌낸 자'인 '나' 또한 정신과 육체가 온전한 것은 아니다.

---

17 이혜령은 3·1운동을 '폭력의 경험'으로 환원하여 재독할 필요가 있음을 역설한 바 있다. 이혜령, 「正史와 情史 사이─3·1운동 후일담의 시작」, 박헌호·류준필 편, 『1919년 3월 1일에 묻다』, 성균관대 출판부, 2009. 그는 "3·1운동은 무차별적 죽음과 공포를 야기한 사태인 만큼 육체로서 존재하는 인간 삶의 지극한 세속성 혹은 세속적 기반을 단번에 직면하도록 만든" 사태였기 때문에 중요하다는 점을 강조하면서, '3·1운동'의 육체성, 혹은 신체와 관련된 직접성에 대해 주목할 것을 주문했다. 본 논문과 관련하여 매우 중요한 선행연구라 할 수 있다. 그러나, 중요한 문제의식에도 불구하고, 「표본실의 청개구리」를 그것과 관련하여 읽지는 못했다. 그가 주목한 것은, 오히려 후일담으로서의 『재생』(이광수)과 「만세전」(염상섭)이었다. 이 소설들에 비하면, 「표본실의 청개구리」의 직접성은 훨씬 강렬하다고 생각한다.

18 '고문'을 견디지 못한 또 다른 경우도 있다. 예컨대, '고문하는 자'가 '고문'을 통해 얻고자 하는 소기의 목적을, '고문당하는 자'가 제공함으로써 '고문'으로부터 놓여나는 경우이다. 이른바, 변절·누설·자백·전향 등으로 명명되는 경우이다. 그러나, 이 글에서 '견디다/스러지다'를 나누는 중간항의 '슬래시(/)'는 '고문에 관한 기록, 증언의 가능성' 여부를 뜻한다. '고문'에 관한 대부분의 '기록'이나 '증언'은, '고문을 견딘 자'들의 것이다. '고문에 스러진 자', 즉 '죽거나 미쳐버린 자'들은, 결코 그것을 기록하거나 증언할 수 없다. 위에서 말한 변절·누설·자백·전향 등의 방식으로 '고문에 스러진 자'들 역시, 기록하거나 증언하기 어렵다. 즉, 이 경우는, 「표본실의 청개구리」에 직접 제시되어 있는 이항대립인 '신념이냐 광기냐'의 어느 쪽에도 해당하지 않기 때문이다.

'나'는 '온전함'과 '광인'의 경계에 있다. 그러나, '나'는 자신의 경험에 대해 직접 진술할 수 없다. 가장 근본적인 이유는 '검열' 때문이었을 것이다. 그러므로, '견뎌낸 자'인 '나'는, '나'의 경험을 말하지 못하는 대신, 견뎌내지 못하고 '스러진 자'의 이야기를 대신함으로써, '스러진 자'의 고통을 대리代理함과 동시에, '나'의 이야기를 에둘러 재현한다. 「표본실의 청개구리」가 액자소설 형식으로 구성되어 있는 근본적인 이유가 여기에서 비롯된 것이라고 추정한다.

아울러, 이 소설은 '3·1운동'의 '기억'과도 관련된다. '기억'을 말하기에는, 이 소설의 발표시점과 실제 사건이 있었던 시점의 간격이 너무 가깝지만, 그럼에도 소설에 등장하는 '나(x)'의 친구들이 떠맡고 있는 역할은 그 '사건'과 사건의 피해자들에 대한 당대의 때 이른 망각, 무관심 혹은 '냉소'와 연결되어 있다.[19] 작가는 '김창억'을 통해 다시 '3·1운동'을 소환하고자 한다. 그 사건으로부터 고통받은 자를 '기억'한다면, '나'의 일행들과 같은 반응을 보일 수는 없다는 것, 그래서는 안 된다는 것이 작가의 생각이다. 그래서, '김창억'에 대한 '나(x)'의 태도는

---

[19] 3·1운동 때 '갇힌 자'들의 모습과 고통을 생생하게 재현한 김동인의 단편 「태형」에도 이 '잊혀짐'에 대한 두려움이 등장한다. 감방 진찰감에서 만난 '아우'가 '나'에게 "그런데 집에선 면회는 왜 안 오는지…"라고 하자, '나'는 "글쎄 말이다. 모두들 죽었는지…"라고 답한 후 다음과 같이 '나'의 상념이 이어진다. "문득 아직껏 생각도 해보지 않은 일이 머리에 떠오른다. 석달 동안 바깥 사람이라고는 (涼水 한 모금 주지 않는 박정한) 간수들밖에 보지 못한 우리에게는 바깥이 어떤 형편인지 도무지 모르는 바이다. 성안은 아직 우리가 여기 들어올 때와 같이 撤塵을 하고 음흉한 기운이 市街를 두르고 있는지, 혹은, 전에와 같이 거리에는 흥정이 있고 집안에서는 웃음소리가 터지며, 예배당에는 결혼하는 패도 있으며, 사람들은, **석달 전에 일어난 그 사건을 거반 잊고 있는지**, 알기는커녕 짐작도 못할 일이다. 친척이 죽었는지 살았는지는 더구나 모를 일이다.", 김동인, 「태형」, 『동명』 2-4, 1922.12.1, 9면. 해당 구절은 인용자가 현대어 표기에 맞게 고쳐 옮겼고, 강조도 인용자의 것이다. 판본에 따라 해당 부분은 『동명』 원본과 다소의 차이가 있다. 여기서는 '개작'의 양상에 대해서는 언급하지 않는다.

시종일관 친구들의 그것과 완전히 상반된다. 친구들이 '김창억'을 조롱하고 농담거리의 대상으로 삼으며 희화화한다면, '나(x)'는 그에게 공감하고 동정하며, 미안함과 경건함으로 대한다. 화자인 '나'가 소설 속 인물 '김창억'과 유지하는 '거리distance'[20]의 친밀도는 '논리'나 '합리'에 근거하고 있지 않다. 다시 말하면, '나'가 유지하는 '김창억'에 대한 친밀한 '거리'는, '김창억'의 논설이나 주장에 '동의'하기 때문이 아니다. 많은 해석자들이, 소설 속 '김창억'의 발언을, 한낱 '정신병자'의 발언이 아니라, '정신병자'의 발언을 빌려 작가 염상섭이 당대의 사건과 국제 정세와, '3·1운동 이후'에 도래할 '어떤 세계'의 지향으로 읽어내고자 노력했다. 요컨대, '김창억'의 발언은, 비록 표면상으로는 '미친 사람'의 발언이긴 하나, 그렇게만 치부할 수 없는, 정상인인 '나'와 동료들이 감히 파악할 수 없는 더 큰 세계에 대한 안목과 통찰을 보여주는 것이라고 읽고자 애써 온 셈이다. 그러나 그렇게 읽을 경우, '김창억'은 '광인'의 가면을 쓴 '현자賢者'가 되고 만다. 지금까지의 해석은, 종국에 가서 가면으로서의 '광인'을 지우고, '김창억'의 진짜 얼굴인 '현자'를

---

20 이 '거리distance' 개념은 웨인 부스Wayne Boothe의 『소설의 수사학』에서 가져온 것이다. 웨인 부스는 서사정보를 제공하는 소설의 '화자'에 대한 독자의 신뢰도를 중심으로 '믿을 만한 화자reliable narrator'와 '믿을 수 없는 화자unreliable narrator'로 나누고, 그 '화자'와 다른 등장인물들 사이에 형성되는 '친밀도'를 중심으로 '거리'라는 개념을 만들었다. 이 '거리'는 윤리나 정서, 혹은 논리에 의해 다양한 방식으로 형성된다. 예컨대, 주요섭의 「사랑방손님과 어머니」의 화자인 '옥희'나 채만식의 「치숙」의 화자인 '나'에 대해, 독자들은 기본적으로 화자가 제공하는 서사정보를 '믿지 못하며', 그 정보를 뒤집거나 변형시켜 접수한다. 따라서, 「사랑방 손님과 어머니」나 「치숙」의 '화자'와 다른 등장인물의 '거리'는, 독자가 다른 등장인물들에 대해 유지하는 '거리'와 비례하지 않는다. 「표본실의 청개구리」에서 화자인 '나'가 '믿을 만한 화자'라고 가정한다면, '김창억'에 대해 유지하는 '거리'의 친밀성은, '김창억'의 발언이 지닌 합리성이나 논리가 아닌 다른 데서 그 근거를 구해야 한다는 것이 핵심이다. '거리' 개념의 자세한 내용은, 웨인 C. 부스, 이경우·최재석 역, 『소설의 수사학』, 한신문화사, 1987을 참조하기 바람.

발견함으로써, 화자인 '나'의 관심과 '존경'의 이유를 설명하고자 했던 것이다. 그러나 '나'의 '김창억'에 대한 좀 더 지배적인 정조는 '동정'과 '연민'이다. 그리고 그 정조는 막연한 것이 아니라 내밀한 '친연성'에 의해 형성된 것이다. 그 '친연성'은 소설의 표면에 드러나 있지는 않다. 결국, 이 소설은 '나'와 '김창억'의 관계, 혹은 '나'가 유지하는 '김창억'에 대한 '(친밀한) 거리'의 비밀을 따로 해독^{解讀}하지 않으면 안되게끔 구성되어 있고, 그 지점을 읽어 낼 필요가 있다는 것이 이 글의 문제의식이라고 할 수 있다.

2. 신념이냐 광기냐─고문의 '기록/증언'의 가능성과 불가능성

한국 근현대사를 가로지르는 '고문'의 문제를 다양한 사례와 이론으로 정리한 박원순의 『야만시대의 기록』 1·2권은 이 분야의 가장 탁월한 저서의 하나임이 분명하거니와, 본 논문의 문제의식과 관련해서는 서문에 밝힌 집필의 동기가 무엇보다 인상 깊다.

내 고등학교 동창 중에는 두 명의 구씨 성을 가진 친구가 있다. 구^具씨 성을 가진 한 친구는 민청학련사건 당시 고등학교 조직을 책임진 이른바 '고교책^責'으로 활동하다가 매우 심한 고문을 받고 15년형을 선고받았다. 그 후에도 오랫동안 멀쩡하게 우리 주변을 오가던 그 친구가 어느 날 갑자기

사라졌다. 오랜 세월이 지난 후 우리는 그가 어느 시골 정신병원에 있다는 사실을 알게 되었다. 친구들의 도움으로 십시일반 돈을 모아 정신병원 치료비도 대고, 또 어느 땐가는 출판사에 취직시켜 잠시 일하게도 했지만 그의 병은 영원히 완치가 불가능한 듯하다. 구(具)씨 성을 가진 또 다른 친구는 고등학교 때인 1972년 무렵 유신 반대 유인물을 뿌리다가 발각되어 포고령 위반으로 재판을 받았다. 너무 어린 나이에 군 수사기관의 폭력과 위협 앞에 놓인 그의 여린 영혼은 일그러졌다. 대학을 나오고 고등학교 선생까지 하던 그는 결국 정신질환이 도져 사회생활을 접고 유폐생활을 보내야만 했다. 두 사람 모두 똑똑하고 리더십 있는 친구들이었다.

어쩌다 보니 내 주변에는 이런 사람들이, 이런 소식들이 많다. 1980년대 이른바 인권변호사 시절에 내가 변론했던 사람들 중에도 고문피해자들이 적지 않았다. 그리고 그들 가운데 지금까지 후유증으로 고통받는 사람들도 있다. 이들의 고통을 미리 막지 못하고 지금도 함께하지 못한다는 죄책감이 크다. 이번에 이 책을 정리하면서 수많은 고문사건과 피해자들의 이야기를 들으며 다시 내 마음에 사그라졌던 분노가 일렁여 내내 잠을 잘 이룰 수가 없었다. 매일 악몽도 꾸었다. (…중략…) 사실 참혹한 고문을 당하고도 언론에 보도되지 않았거나 자신이 체험 기록을 남기지 않은 사건은 내가 알 도리가 없다. 그런 사건이 비일비재할 것이다. (…중략…) 지금도 고통 받고 있는 그 사람들에게 (…중략…) 이 땅 어느 곳에서 그들과 가족들은 여전히 한숨짓고 고통의 나날을 보내고 있는데 (…후략…)[21]

---

21 박원순, 『야만시대의 기록』 1, 역사비평사, 2006, 17~19면.

경찰과 검찰, 혹은 정보기관이나 군 수사당국 및 군 정보기관 등에 의해 저질러진 무수한 고문이 세간의 관심과 주목을 받고, 그것이 '인권'이나 '민주주의' 혹은 '자유'와 같은 보편적인 가치체계와 매개되어 논의된 것은, 한국 사회를 중심으로 생각할 때 그리 오래된 일이 아니다. 피해자의 생생한 증언과 다양한 증거가 있음에도 불구하고, 가해자에 해당하는 수사기관의 궁색한 변명과 거짓말, 그리고 발뺌은 이 문제가 언론과 시민사회의 조명을 받기 시작한 이후 수도 없이 목격해 온 바이다.

박원순은 이 '고문'으로 점철된 한국 현대사의 이면을 처음으로 통시적으로 정리해 내면서, 그 첫머리를 고문의 고통으로 정신병자가 된 두 명의 동창 이야기로 시작하고 있다. 이를테면, 이들은 고문에 스러진 자들이며, 따라서 이들은 자신의 고통의 원인과 과정, 그 결과에 대해 기록하거나 증언할 수 없다. 그것은 온전히 그 주변 사람의 몫이다. 그래서 대리기록자이자 대리증언자인 저자 박원순은 그 작업의 과정에서, '분노'와 '불면'과 '악몽'에 시달렸다고 고백하고 있다. 그리고 고문피해자들과 그 가족들에게 여전히 지속되는 이 '일상'으로서의 후유증에 대해, '죄책감'을 느끼고 있다.

엄연히 인권과 자유, 그리고 민주적 가치가 '헌법'에 보장되어 있는 현대 사회에서조차 이러할진대, 그 모든 것이 극도로 제한되었거나 금지되어 있던 식민지시기, 특히 '3·1운동'과 같이 초유의 거족적인 운동을 치른 다음에야 오죽했겠는가. 그런 점에서, 우리는 「표본실의 청개구리」를 읽기 위해서는, 지금보다도 훨씬 더 조밀하게 당대의 콘텍스트를 재구성하고, 거기에 대입해서 읽을 필요가 있다.

'김창억'의 정신병과 관련해서는, 이 소설이 쓰인 때보다 몇 해 뒤에 일어난 사건이기는 하지만, 박헌영의 피체, 취조와 공판과정 전후를 잠시 떠올려 볼 필요가 있다. 박헌영은『모쁘르의 길』,[22] 1929년 제17호에 「죽음의 집에서」라는 글을 남기고 있다. 이 글은 식민지시기, 그의 혁명 활동 중에 있었던 두 번째 투옥 후 병보석으로 일시 출감했다가 극적으로 조선을 탈출한 후 모스크바에서 지내던 시절에 쓴 것이다. 잘 알려진 사실이지만, 박헌영은 1922년 4월에, 고려공산청년회 중앙총국의 국내(조선) 이전 임무를 수행하기 위해 비밀리에 입국하려다가 신의주에서 체포된 후 1924년 1월에 만기 출옥한 적이 있었다. 거기에, 1925년 11월에 이른바 '신의주사건'으로 다시 체포되어 1927년 11월에 병보석으로 출감하기까지 도합 4년 가까이 감옥 생활을 한 바 있다. 두 번째 투옥 중, 정확히 말하면 구금된 상태에서 1심 재판이 진행되던 중 그는 '병보석'으로 풀려 나오게 된다. 그 이유는, 체포와 구금 기간의 고문으로 심각한 정신질환 증세를 보이는 한편, 두 차례나 음독자살을 기도해서 정상적인 수형이 어려웠기 때문이다.[23] 이 글에서, 박헌영은

---

22 『모쁘르의 길』은 코민테른 산하기관인 '모쁘르-국제혁명가구원회' 기관지다. 이 기관지에 박헌영은 「우리의 길-혁명이냐 죽음이냐!」와 「죽음의 집에서」 두 편을 발표했다. 『이정 박헌영전집』 1-일제시기 저작편, 역사비평사, 2004, 107면 참조. 이 짧은 글의 제목인 「죽음의 집에서」는, 제정러시아 시절의 감옥 체험을 소설화한 도스토옙스키의 『죽음의 집의 기록』을 연상시킨다. 박헌영이, 도스토옙스키의 소설에서 환기 받은 것인지는 확인할 수 없으나, 감옥이 '죽음(의 집)'이나 '지옥(또는 연옥)'으로 표상되는 것은, 동서양의 예술작품에서 흔한 사례이다. 이 논문의 제목인 「죽음의 집의 기억」은, 박헌영의 글에서 환기 받은 것임을 밝힌다.
23 박헌영의 정신병 발병의 계기는, 재판정에서 그가 시도한 '법정투쟁' 때문이었다고 한다. 그는 재판과정에서 "판사를 때리고 몸부림을 치며 죽은 동료들을 데려오라고 소리치는" 등, 정상적인 재판이 어려울 정도로 소동을 일으켰다가, 가혹한 보복을 당한 뒤 의식을 잃고 쓰러졌다. 그 이후부터, 그는 이상한 행동을 하기 시작했고, 점차 정신이상 증세는 심해졌다. 음독자살을 여러 차례 기도하는 한편, 식음을 전폐하고 단식을 시도하기도 했다. 박헌영의 '조선공산당' 관련 피체 및 재판과정의 상세한 내용은 임경석, 『이정 박헌영일대기』, 역사비평사, 2004, 104~144면을 참조.

자신의 고문 및 투옥의 체험을 다음과 같이 진술한다.

나는 잡지 『모쁘르의 길』 독자들을 위해 어떻게 해서 감옥에 가기 전까지 그렇게 젊고 건강했던 내가 정신분열의 상태까지 다다랐는가, 일제 경찰이 체포한 조선혁명가들을 어떻게 다루었는가에 대해 간단히 언급해 두고자 한다. (…중략…)

우리들 중 누군가가 체포되기만 하면 그는 곧바로 예비심문이 이루어지는 경찰서의 비밀장소로 끌려가게 된다. 일제 경찰은 연행된 사람으로부터 증거를 수집하기 위해 냉수나 혹은 고춧가루를 탄 뜨거운 물을 입과 코에 들이붓거나, 손가락을 묶어 천장에 매달고 가죽 채찍으로 때리거나, 긴 의자에 무릎을 꿇어 앉힌 다음 막대기로 관절을 때리거나 한다. 7, 8명의 경찰들이 큰 방에서 벌이는 축구공놀이라는 고문도 있다. 이들 중 한 명이 먼저 '희생양'을 주먹으로 후려치면, 다른 경찰이 이를 받아 다시 또 그를 주먹으로 갈겨댄다. 이 고문은 가련한 '희생양'이 피범벅이 되어 의식을 잃고 바닥에 쓰러질 때까지 계속된다. (…중략…) 감옥의 규율을 위반하는 사람에게는 책을 압수하며 독방에 집어넣고 급식을 줄였다. 이외에도 손발을 묶고 짐승처럼 매질을 했다. 경찰서를 거쳐 오는 정치범들 가운데서 건강한 상태로 감옥에 들어오는 사람은 아무도 없었다. 그들은 감옥에서 형편없는 음식과 힘겨운 노역으로 건강을 결정적으로 해치게 된다. 이로 인해 박순병, 백광흠, 박길양과 권오상과 같은 프롤레타리아 용사들이 감옥에서 사망했다.[24]

---

24 박헌영, 죽음의 집에서」, 『이정 박헌영전집』 1 - 일제시기 저작편, 109~110면.

당시 박헌영의 정신병 증세에 대해서는, 실제로 심각한 상태였다는 것이 압도적인 중론이지만, 일설에는 감옥을 벗어나 해외로 탈출하기 위한 위장극이었다는 이야기도 있어, 그 진실 여부를 정확히 판단하기는 어렵다. 그러나 박헌영의 정신질환이 사실이었든 출옥을 위한 위장이었든 상관없이, 그 당시에 체포, 구금, 취조, 재판 및 수형생활로 이어지는 일련의 과정에서 지독한 고문과, 열악한 감옥 환경 때문에 수많은 사람들이 박헌영처럼 정신이상 증세를 보이고, 고문의 후유증으로 옥사하거나 출옥 후 병고에 신음하다 횡사하는 경우가 매우 많았다는 사실을 짐작하는 것은 어렵지 않다.[25] 박헌영의 정신이상 증세가 설사 위장이었다고 하더라도, 그는 실제로 빈번히 발생하는 그 '개연성'에 기대었으므로 성공할 수 있었던 셈이다.

재판과정에서의 박헌영의 정신이상 발병을 통해, 우리는 식민지 헌병경찰과 같은 국가억압기구 및 사법제도하에서 '고문'이 얼마나 일상화되었던가를 미루어 짐작할 수 있지만, 다른 한편으로는 그런 일상화된 고문의 피해자로서 얼마나 많은 익명의 조선인들이 세상의 무관심 속에서 묻혀버렸던가를 떠올릴 필요가 있다.

박헌영은 당대에 이미 세간의 주목을 받던 젊은 혁명가였다. 그가 연루된 이른바 '신의주사건'은 당시 조선의 언론기관들의 집중적인 주목을 받은 것은 말할 것도 없거니와,[26] 일본의 사회주의운동 단체 및 운동

---

25 박헌영 사건의 경우, 이미 4명의 동료가 체포 후 취조 과정에서 '고문'으로 사망했다. 임경석, 앞의 책, 같은 면.

26 당시 『동아일보』는 1912년의 '105인 사건'과 3·1운동 당시의 민족대표 48인사건과 함께 이 사건을 '반도 근대사상 3대사건'으로 규정하고, 피체 및 재판의 추이를 집중 보도했다. 예심에 회부된 피고인 숫자만 101명이었으며 공판기록만 4만 페이지에 달했다고 한다. 임경석, 앞의 책, 123면.

가들을 위시하여 세계공산주의 혁명을 총괄적으로 관리하고 있던 소련과 코민테른에서도 큰 관심을 가지고 지켜보던 사건이었다. 몇 차례의 병보석 신청이 기각되기는 했지만 마침내 박헌영이 정신병으로 출감 및 치료를 허가받을 수 있었던 것은, 옥중에서 그의 병세가 나날이 심각해 진 것과 더불어, 이처럼 국내외적인 관심이 집중된 인물이었던 이유도 무시할 수 없을 것이다. 그러나 박헌영처럼 언론과 세간의 관심을 집중적으로 받을 수 있었고, 조선과 일본의 내로라하는 인권변호사들로 구성된 변호인단을 꾸릴 수 있었던 인물이 아닌 경우는 어떠했을까.[27]

지금까지는 대체로 일제강점기 고문과 투옥에 관한 기록이나 증언들을 대할 때, 일본의 경찰과 헌병대 같은 이른바 '억압기구'들에 의해 저질러진 고문 및 수형 제도의 반인권적 특징과 전근대적인 형행刑行 제도의 문제점을 폭로하는 데 집중해 왔다. 그 기록이 언제 누구에 의해 쓰인 것이든, 고문과 투옥의 체험은 일본 경찰 및 헌병대의 잔인무도함과 악랄함을 고발하고, 감방 시설의 열악함과 수형 제도 및 그 관리주체

27 출판물에 대한 검열이 엄혹했음에도 불구하고, 『동아일보』나 『조선일보』와 같은 한글 신문이 등장한 후의 신문매체에는 시국사건뿐 아니라 일반 형사사건에서의 고문 혹은 악형惡刑에 관한 보도가 종종 등장한다. 수많은 조선인들이 시국사건이나 일반 형사사건에 연루되어 경찰서와 감옥에서 '고문'을 당하고, 그 후유증으로 고통을 받았을 것임은 짐작하기 어렵지 않다. 글쓴이의 노력의 부족으로, 한글신문이 등장한 1920년 이후부터 해방까지 신문지면에 등장한 '고문' 관련 기사를 전수조사하지는 못했다. 다만, 이 글을 위해 참조한 박원순의 『야만시대의 기록』 1・2, 역사비평사, 2006에는, 해당 기간의 『동아일보』 기사 중, 일반 형사사건에서의 '고문' 관련 기사 숫자만 약 84건에 해당한다는 점을 밝혀두고자 한다. 물론 이 숫자도 전수조사에 의해 추출된 것은 아니다. 신문이 잡지 및 기타간행물에 비해 '검열'이 조금 편의로웠다는 점을 감안하더라도, 엄혹한 검열제도가 시행되던 일제하 신문기사에서 이 정도로 '고문' 관련 기사를 추출할 수 있었다는 것은, 그만큼 당시에 피체 및 구금과정에서의 '고문'이 일상화되었음을 반증하기에 충분한 자료라고 판단된다. 다만, 고문과 악행이 기사로 보도될 뿐, 고문당한 이들의 이후 행적과 상황이 지속적으로 추적될 수는 없다.

들의 반인권적·비인간적 만행을 묘사하는 데 치중하고 있으며, 그 기록을 재구성하거나 해석하는 사람 역시 그러한 맥락에서 다양한 기록들을 대상화해 왔다.

실제로 고문과 투옥을 경험한 사람의 숫자에 비한다면, 어떤 형태로든 그것을 기록으로 남긴 사람들의 숫자는 정말로 적다고 할 수 있다. 예컨대, 오늘날 우리가 기록의 형태로 볼 수 있는 것은 독립운동가이거나 박헌영처럼 혁명운동가들이 남긴 것이 대다수를 차지한다. 이들이 기록을 통해 드러내고자 하는 것은, 위에서 말한 그 두 가지 의미화 외에도 체험자(혁명가)로서의 희생, 헌신, 불굴의 의지를 드러내고자 하는 의도가 깔려 있다. 체험한 고문의 강도가 높을수록, 감옥 생활의 고통이 배가될수록 이념을 지키고 대의에 헌신하는 '체험자'의 위업은 커지는 효과가 생긴다.

그런데, 고문과 투옥의 체험에 '기록'을 둘러싼 이와 같은 의미화의 맥락, 혹은 프레임은, 그 기록들을 진정으로 '고문당한 자'의 발언이라고 인정할 수 있는가 하는 근본적인 질문을 던지도록 만든다. 왜냐하면, 기록하는 자나 그 기록을 해석하는 자나 모두 선재하는 해석의 프레임 속에서 기록하거나 해석하고 있기 때문이다. 다시 말하면, 고문과 투옥의 체험자는 개인으로서 그 고문의 체험을 담지하지 못하기 때문이다. 고문의 고통은 개인의 신체에 가해지는 매우 구체적이고 개별적인 '폭력'에서 출발하는데, 대부분의 기록들은 그러한 폭력의 '개별성'이나 '개인성'을 처음부터 삭제하거나 대상화한다. 어쩌면 그러한 태도가 고문당하는 당시의 육체적 고통을 견뎌내는 한 방편일는지도 모른다.

기록을 남긴 자들, 특히 '회고'의 형태로 그 '고문의 경험'을 되돌아볼 수 있는 자는, 그 형극의 과정에서 살아남은 자들일 것이다. 그 과정을 견디지 못하고 육체와 정신이 파괴된 자들은 '말할 수도 없고 기록을 남길 수도 없다'. 살아남은 자들이 대신 전하는 그 '체험'은, 앞서 말한 것처럼 구체적이지도 개인적이지도 않다. 고문이나 투옥의 과정에서 스러진 자들은, 그들이 얼마나 고통스러웠는지를 말할 수 없다. 이것은 근본적으로 신체에 가해지는 직접적인 구체성(=고통)과 그것을 견디고 이겨내야 하는 이념이나 명분, 헌신성과 같은 추상성(=독립, 혁명)의 대립을 야기하는데, 추상성이 언제나 고통으로서의 구체성을 '극복'하는 것을 당위로 설정한다. 결국, 폭력의 대상이 선택할 수 있는 것은 딱 두 가지밖에 없다. 그것은 신념으로 견디거나 혹은 견디다가 마침내 죽는 것(혹은 미치는 것)이다.

공교롭게도 「표본실의 청개구리」에는, '고문'과 관련된 이 절대절명의 선택지, 즉 그것을 '신념'으로 견디거나, '신념'으로 견디려고 노력했으나 마침내 견디지 못하고 스러지는 경우, 즉 죽거나 미쳐버리는 경우가, 상징적으로 암시되어 있다.

"그러나 君은 무슨 까닭에 술을 먹는가?"
"논리는 없다. 다만 취하려고."
"그러게 말이야……. 君은 아무 것에도 붙을 수가 없었다. 아무 것에도 만족할 수가 없었다. 결국 알코올 이외에 아무 것도 없었다. 비통하고 비참은 하나 위안은 얻었다……. 결코 행복은 아니다. 그러나 알코올의 힘을 빌지 않아도 알코올 이상의 효과가 ─ 다만 위안뿐 아니라 행복을 얻을 만한 것이 있다하면 君은 무엇을 취할 터이냔 말이야. 하하하……"
"알코올 이상의 효과?…… 狂이냐? 信念이냐? ─ 이 두 가지밖에 아무 것도

없을 것이오……그러나 오관이 명확한 이상……, 에—, 피로, 권태, 실
망……이외에 아무 것도 없는 이상, 그것도 狂人으로 일생을 마칠 숙명이 있
다면 하는 수 없겠지만— 할 수 없지 않은가."²⁸(강조는 인용자)

인용문의 대화는, '나(X)'와 친구 'H'가 주고받는 것으로, 현실의 고
통을 술에 의지해 잊으려 하는 '나'를 'H'가 다소 냉소적으로 비판하는
데 대한 '나'의 반론이다. 주제는 '술'에 관한 것이나, 내용의 핵심은,
화자의 선택지는 두 가지밖에 없다는 것, 즉 비록 고통이 따르더라도
'신념'을 유지하고 그것을 좇는 삶을 살거나, 그렇지 않으면 고통을 견
디지 못하고 미쳐버림으로써 현실과 멀어지는 두 길밖에 없다는 것, 그
러나 지금은 그 어느 것도 선택할 수 없는 딜레마의 상태에 놓여 있음을
나타내고 있다. '나'는 '신념'을 좇을 수 없는 상태이고, 그렇다고 '미쳐
버린 것'도 아니다. 그러므로 '나'에게는 그 어정쩡한 상태에서의 피로,
권태, 실망만이 남게 된다. 이 상태에서 '나'는 '미쳐버린 자'를 만나게
된 것이다. '신념이냐 광기냐'의 두 가지 길에서, 자의든 타의든 한 가지
를 선택해 버린 자, 혹은 선택할 수밖에 없도록 내몰린 자. 그가 광인
'김창억'이다. 그리고 이 '미쳐버린 자' 앞에서, 화자인 '나'는 문득 숙
연해지고 경건해질 수밖에 없다. 왜냐하면, 그 두 가지 중에서 어느 길
로도 가지 못하고, 경계에서의 피곤한 삶을 가까스로 유지해 나가고 있
던 '나'에게, '진짜'로 '미쳐버린 자'가 나타났기 때문이다.

---

28 염상섭, 「표본실의 청개구리」, 『개벽』 14, 1921.8, 127~128면. 표기는 인용자가 현대
  어에 맞게 고치고, 한자는 필요한 경우에 원문대로 살려 두었음. 이하 인용문은 같은 방
  식으로 함. 원제 역시 「표본실의 청개고리」이나, 현대어법에 맞추어 「표본실의 청개구
  리」로 적기로 함.

3. 살아남은 자의 부끄러움—조소嘲笑와 자괴自愧의 간극

염상섭의 「표본실의 청개구리」는, 감옥 생활 후유증으로 정신분열증 환자가 된 한 사나이에 관한 이야기다. 그 사나이에 관한 이야기를, 정신분열증 직전의 문턱에서 자살충동과 노이로제에 시달리는 화자 '나'가 들려주는 구조로 짜인 '액자소설'이다. 소설에는 정신이상증세를 보이는 '김창억'이 감옥에 간 이유나, 감옥 안에서 당한 일들, 그리고 그의 정신병 발병 원인을 자세히 묘사하고 있지 않다. 동시에, '나'의 지독한 신경증 증세와 자살충동의 이유도 명확히 밝혀져 있지 않다. '김창억'의 경우, 독자들이 짐작할 수 있는 근거는 친구들 간의 대화 중에 나오는, "작년 봄에, 한 서너달, 감옥에 들어갔다가, 나온 뒤에, 이상하여졌다는데……, 자세한 이유는 몰라"[29]와 같은 구절, 그리고 '김창억'의 내력을 '전지적 작가 시점'으로 제시한 6~8장 중의 한 대목이 전부다.

그러나 운명은 역시 彼의 好運을 시기하였다. 來月이면 명예로운 축하를 받겠다는, 이때에 彼는 불의의 사건으로 철창에 매달리어 신음치 않으면 아니되게 되었다.……앞서거니 뒷서거니하며, 彼의 일생을 통하여, 노려보며 앉았는 悲運은, 彼가 4개월 만에 무죄방면되어, 裟婆에, 발을 들여놀 때까지, 하품을 하며, 기대있었다.

4개월간의 옥중생활은 孱弱한 彼의 신경을 바늘 끝같이 예민케 하였다.

---

[29] 염상섭, 「표본실의 청개구리」, 『개벽』 15, 1921.9, 141면.

彼는 疲憔한 하얗게 세인 얼굴을 들고, 감옥 지붕의 이슬이, 아직 녹지 않은 새벽 아침에, 옥문을 나섰다.[30]

요컨대, 독자들은 '작년 봄'이라는 모호한 시간 표지標識와 '불의의 사건'이라는 암묵적 명명을 통해, 그것이 '3·1운동'이었음을 알아차려야만 한다. 소설이 발표된 것이 1921년임을 감안하면, 김창억의 정신 이상의 원인이 설사 고문이나 열악한 감옥생활 때문이었다고 하더라도 그것을 자세히 소설에 밝히기는 매우 어려웠을 것이다. "가혹한 원고검열과 용어의 枝葉에까지 간섭을 받고 鼻息을 엿보아가며 글을 써야 하는 그 고충"[31]이라고 염상섭 자신이 토설한 글로써도 충분히 짐작되거니와, 최근에 제출된 '검열'에 관한 일련의 성과들에 비추어 보더라도 이 정도의 암시적 표지標識가 얼마나 힘든 과정을 거쳐 활자화되었는가를 충분히 짐작할 수 있다.[32] 전후의 맥락을 고려할 때, 4개월여의 감옥생활이 그의 몸과 마음을 피폐하게 만든 원인임을 짐작하기 어렵지 않다.

이 소설은 형식상 매우 독특한 구성을 취하고 있다. 모두 10장으로 나누어져 있는데, 1장은 '화자'의 심리상태, 2~5장은 친구들과 서울,

---

30 염상섭, 「표본실의 청개구리」, 『개벽』 16, 1921.10, 110~111면.
31 염상섭, 「'만세 전후의 우리 문단」, 『조선일보』, 1954.3.1. 여기서는 한기형·이혜령 편, 『염상섭 문장 전집』 3, 소명출판, 2013, 269면에서 가져 옴.
32 최근에 활발하게 이루어진 식민지 시기 '검열'에 관한 연구는, 이 당시의 텍스트에 내장된 기의들을 얼마나 세심하게 읽어내야 하는지, 그리고 당시의 작가들이 얼마나 '검열'과 고투하면서 메시지를 응축시키고자 했는지를 여실히 증명해 준다. 대표적인 '검열' 관련 연구서지로는, 정근식 외편, 『검열의 제국―문화의 통제와 재생산』, 푸른역사, 2016; 한만수, 『허용된 불온―식민지시기 검열과 한국문학』, 소명출판, 2015; 한기형, 『식민지문역―검열·이중출판·피식민지의 문장』, 성균관대 출판부, 2019 등을 들 수 있다. 특히, 이 글과 관련하여 한만수와 한기형의 저작으로부터 환기 받은 바가 많았음을 밝혀 둔다.

평양, 남포를 오르내리는 여로에서의 대화와 '김창억'의 설교說敎, 6~8장은 '김창억'의 내력담을 전지적 작가 시점으로 정리한 부분, 9장은 친구 Y로부터 받은 '김창억'의 행적에 관한 편지, 그리고 마지막 10장은 '화자'가 현재 머물고 있는 북국 어느 한촌寒村의 점경이다. 김윤식의 지적처럼, 소설의 형식적 일관성이나 미적 완성도 면에서 볼 때, 확실히 중간에 삽입된 6~8장 부분은 어색하다. 김윤식은 이 '내력담' 부분에 대해, "한갓 사족에 불과하다"고 비판하면서, "신파연극조로 일관"한 이 부분으로 인해 소설로 간주한다면 「표본실의 청개구리」는 "갈 데 없는 실패작"이라고까지 혹평한다. 근대소설의 형식적·미적 특질을 몰랐을 리 없는 염상섭이 이런 어처구니없는 '실패'를 자행한 이유는, "염상섭이 이것을 소설이라고 쓴 것이 아니라 자신의 내면풍경을 드러내기 위해 형식 없이 쓴 것"이기 때문이라고 설명한다. 그래서 그는 "소설로 보자면 실패작"에 불과하므로 내면풍경을 드러낸 무형식의 글쓰기"로 읽을 때만 이것은 '가치'를 지니며, 이 글에서 취할 것은 당시의 작가 염상섭의 '내면풍경'이 유일하다고 했다.[33]

그러나 이 글의 서두에 전제한 바 있듯이, 이 소설을 '고문에 스러진 자'로서의 '김창억'에 관한 대리기록 혹은 대리증언이라는 맥락에서 읽자면, 6~8장의 '내력담'이야말로 사족이 아니라 이 소설의 가장 핵심적인 부분임을 깨닫게 된다. 오히려, 그 주변에 배치된 다른 장들은, 6~8장의 내용을 보완하거나 독자로 하여금 공감共感을 예비하도록 만드는 사전 정보에 해당한다. 가령, 앞에서 본 것처럼, "狂이냐 신념이냐"와 같

---

33 김윤식, 앞의 책, 152~153면.

은 이항대립을 대화 중에 제시하는 대목도 그렇거니와, 2장에서 '나'가 갑자기 모든 일정을 취소하고 그냥 혼자 돌아다니다 상경하겠노라고 하자, 'H'가 "뭐야? 그 왜 그래. …… 또 미친症이 난 게로군"[34]이라고 투덜대면서 만류하는 대목에서도 '광증'을 암시한다.[35] 특히, 대동강가에서는 '김창억'보다 먼저 '광인'으로 짐작되는 사나이가 등장한다.

이때에 마침, 뒤동뚝에서 누군지 이리로 점점 가까이 내려 오는 발자취를 듣고 우리는 무심히 흘깃 돌아다 보았다.

마른 곳을 골라 디디느라고, 이리저리 뛸 때마다, 등에까지 철철 내리덮은 長髮을 눈이 옴푹 패인 하얀 얼굴 뒤에서 펄석펄석 날리우면서, 앞으로 가까이 오는 형상은 동경 근처에서 보던 미술가가 아닌가 의심하였다. 이 기괴한 머리의 소유자는 너희들의 존재는 나의 의식에 오르지도 않는다는 교만심으로인지 혹은 일신에 集注하는 모든 시선을 피하려는 무관심의 태도로인지는 모르겠으나 여간 右手에 든 짤막한 댓개비竹箸를 전후로 혼들면서, 발끝만 내려다보며 내 등 뒤를 지나, 한 간통쯤 상류로 올라가 자리를 잡고 앉았다.[36]

---

34 염상섭, 「표본실의 청개구리」, 『개벽』 14, 1921.8, 121면.
35 대화를 통한 암시와 관련하여, 염상섭의 다음과 같은 발언은 새겨 읽을 만하다. "책임 있는 작가가 쓴 작품이라면, 대수롭지 않아 보이는 한마디의 대화일지라도 범연히 쓰지도 않았겠지마는, 독자로서도 무심히 읽어 넘겨서는 아니 되는 것이, 왜 그러냐 하면 그 한마디 말이 작품을 구성하여 나가는 데에 저 맡은 소임을 할뿐 아니라, 그 속에도 독자가 알고자 하고 궁금해 하는 알맹이의 편린이 감추어져 있으며, 예서제서 작자의 모습이 엿보이기 때문이다." 「나의 창작여담—사실주의에 대한 일언」, 『동아일보』, 1961.4.26. 여기서는 한기형·이혜령 편, 앞의 책, 569면에서 가져 옴.
36 염상섭, 앞의 글, 122~123면. 이 '장발객'은 소설의 마지막, '김창억'을 생각하면서, "나는 동시에 작년 가을에 대동강가에서 잠깐 본 長髮客의 하얀 신경질적 얼굴이 머리에 떠올랐다"는 대목에 다시 등장한다. 이 '장발객'은, '김창억'이기도 하며, 소설 맨 마

이 사나이가 '미친 사람'임은, 그의 행색과 행동거지로도 짐작되거니와, 그에 대한 주변 인물들의 반응, 예컨대 "오늘은 꽤 이르군"이라거나, "핫하! 조반이나 약조하여 둔 데가 있는게지" 하며 "장발객을 돌아서 보다가 서로 嘲笑하는 소리를 뒤에"서 '나'와 'H'는 듣고 있기 때문이다. 이 '조소嘲笑'는, 소설 전체를 관통하는 정조情調 혹은 태도의 핵심이라고 할 수 있는 바, '나'가 대동강변에서 잠시 졸다가 깼을 때 친구 'H'의 표정에서도 드러난 것이지만, 무엇보다도 '나'를 제외한 모든 일행들이 '김창억'의 '억설'을 들으면서 시종일관 유지하던 '태도'의 핵심이었다. '김창억'의 이야기를 듣는 동안 '나'를 제외한 일행들은 모두 14차례나 그에게 '조소'를 던진다. 그래서 '나'는 '김창억'과 헤어질 때, "조소에 더러운 입술로, 우리는 작별의 인사를 바꾸고 울타리 밖으로 나왔다(문맥상 '조소에 더러워진 입술'로 읽어야 자연스럽다)"[37]고, 그날 일행들의 태도를 일갈한다. 일행들이 열네 차례나 '김창억'에게 '조소'를 날릴 때, '나'는 시종일관 '미안하다'는 감정에 사로잡힌다. 그러므로 이 소설에서 '조소'의 역할은, '나'를 제외한 세상의 '미친 사람'에 대한 무관심 혹은 '망각'을 지시한다. 즉, 그(들)가 왜 미치게 되었는지, 그들의 고통은 무엇이며, 그 가족들의 고통은 무엇인지에 대한 '배려없음'과 '성찰없음'을 비판하고 있는 것이다. '나'가 시종일관 견지하는 '미안하다'는 감정은 그 '조소'에 대비되는, 자괴自愧이자 자책自責의 발로이다.

지막 문장에 등장하는 "보통문 밖에 보금자리 같은 짚더미 속에서 우물우물하기도 하고 혹은 그 앞 보통강가로 돌아다니는 **걸인**은 오직 대동강가의 **장발객과 형제거나**"의 그 '걸인'이기도 하다. 그러므로 '장발객-김창억-걸인'은 비록 동일인은 아닐지라도, 소설 속에서 의미의 '계열체'임은 분명하다. 결국, 이것은 도처에 광인이 출몰하는 세태를 가리키며, 그들은 모두 '스러진 자'들이다. 강조는 인용자. 『개벽』 16, 1921.10, 126면.

37 염상섭, 「표본실의 청개구리」, 『개벽』 15, 1921.9, 151면.

3·1운동 당시, 염상섭은 교토에서 멀지 않은 쓰루가敦賀의 작은 신문사에서 일하고 있었다. 오사카에 와서야, 조선에서의 만세 시위 소식을 듣게 되었다. "정신이 번쩍 들며 가만있을 때가 아니라는 생각"으로, "재판在阪노동자동포 동원하여 일대 시위운동을 전개"하기로 하고 준비를 한다. 우여곡절 끝에, 3월 19일 오사카 텐노지天王寺 공원에서 시위를 조직했으나, 「독립선언서」 낭독과 만세삼창, 그리고 시가행진 순서로 계획된 '거사'는 하나도 거행되지 못하고, 공원입구에서 체포되고 만다. 이후 재판을 거쳐 그 해 6월 10일에 무죄로 석방된다.[38] 쓰루가에서 오사카에 온 것은, 2월에 동경에서 있었던 유학생들의 독립선언 소식을 듣고 오사카 유학생들을 조직하여 거기에 동조하려던 목적이었는데, 조선의 만세 시위 소식을 접했을 때, 그는 "나의 젊은 피는 혈관이 터질 듯이 더 끓어올랐고, 몸에 촌철을 지니지 못한 동포가 도살장에 끌려 들어가는 듯한 형상이 보이는 듯싶어 결심은 한층 더 굳어졌다"고 회고한다.[39]

　이 무렵을 돌아다 본 여러 편의 글 중에서도 「3·1운동 당시의 회고」(『신태양』, 1954.3)는 「표본실의 청개구리」를 관통하는 자괴自愧나 자책自責과 겹쳐지는 내용이어서 흥미롭다. '차라리 고문이라도'라는 소제목 하의 글에서 염상섭은 텐노지공원 입구에서 체포된 후 취조과정을 건조하게 묘사한 후, "국내에 있어서 학살, 방화, 가지가지의 참혹한 정경과 고귀한 희생을 혹은 전해 듣고 혹은 귀국하여 목도하고는 **차라리 고**

38　염상섭은 생전에 이 무렵 오사카에서의 시위조직 이야기를 여러 글을 통해 회고했다. 조금씩 차이는 있으나 내용은 대동소이한데, 그중에서도 가장 소상하게 그 과정을 밝혀 적은 것은 「3·1운동 당시의 회고」(『신태양』, 1954.3)로 보인다.
39　염상섭, 「횡보문단회상기」, 『사상계』, 1962.11. 여기서는 한기형·이혜령 편, 앞의 책, 591면에서 가져 옴.

문을 당하고 학대를 받고 나왔더니만 못하고 면목 없는 생각도 드는 것이었다"고 회고한다. 그리고 그 시절을 돌이켜 보는 것은 "결코 자랑이 아니라 당시의 소경사所經事를 적어 塞責을 할 따름"이라고 부언한다.[40] 겸사이기는 하지만, 역시 당시의 정황에 대한 부끄러움과 미안함이 묻어난다.

작가 자신이 3·1운동을 경험하면서 겪게 된 개인사적 사건과 그에 따른 심리적 추이로서의 자괴나 자책이 소설의 '화자'가 지닌 심리적 추이와 고스란히 겹친다. 그러므로, '김창억'의 내력담을 '화자'가 썼다는 증거는 소설 어디에도 제시된 바 없이 독립된 형태로 삽입되어 있지만, 이야기를 관통하는 정서적 맥락과 흐름에 비추어볼 때, 독자들로서는 그 '내력담'을 '화자'가 정리해서 제공하는 것으로 받아들이게 된다.

4. '그날' 이후의 김창억, 그리고 가족들

'김창억'의 내력을 밝혀 적은 6~8장에서 우리가 다시 주목해 읽어야 할 부분은, '김창억'의 분열증 증세의 자세한 묘사다. 발병의 구체적 원인은 소략하되, 그 증세에 관한 묘사는 필요 이상으로 자세하다. 이

---

40 염상섭, 「3·1운동 당시의 회고」, 『신태양』, 1954.3. 여기서는 한기형·이혜령 편, 앞의 책, 265~266면에서 가져 옴. 아마도 '차라리 고문이라도'라는 소제목은 염상섭 자신이 붙인 것이기보다는 잡지 편집자가 붙였을 가능성이 높다. 그러나 소제목 하의 회고의 핵심은 역시 조선에서의 학살, 방화, 고문 등을 떠올리면 일본에서의 수개월의 옥중 경험이 그것에 비해 너무 편했다는 사실로 인한 '자괴'와 '자책'임이 분명하다.

불균형과 비대칭이, 「표본실의 청개구리」를 통해 작가가 전달하고자 하는 숨은 의도의 증좌다. 그리고 이 사실이, '사건 자체'가 아니라 '사건 이후'의 국면을 추적하는, 이 소설에 내재된 예술가적 시선의 가치이기도 하다. 「표본실의 청개구리」는 3·1운동 이후 무엇이 어떻게 달라졌는가를, 누구도 진지한 시선을 주지 않는 한 정신병자의 '일상'을 통해 보여주고 있다. 만약, 「표본실의 청개구리」를 '자연주의'와 연관 지을 수 있다면, 그것은 실험실이나 해부, 혹은 근대과학이나 의학과 관련된 모티프가 아니라, 정신병자의 횡설수설과 분열증적 행위를 이토록 자세히 묘사한 기술記述의 '태도', 혹은 그 '정신'과 연결 지어야 옳다고 본다. 한국 근현대문학사에서, '고문' 장면을 자세히 묘사한 작품들은 많아도, 정신병자의 여러 가지 증세를 이토록 소상히 묘사한 작품은 「표본실의 청개구리」 외에 찾아보기가 힘들다.

사 개월간의 옥중 생활은 잔약한 彼의 신경을 바늘 끝같이 예민하게 하였다. (…중략…) 피로, 앙분, 분노, 낙심, 비탄, 未可知의 운명에 대한 공포, 불안…… 인간의 고통이란 고통은, 노도와 같이 일시에 치밀어 와서, 껍질만 남은 彼를 烹殺하려 듯이 덤벼들었다. 옴폭 패인 눈을 감고, 벽을 향하여 드러누운 彼의 조막만한 얼굴은 납으로 만든 '데드마스크' 같았다. 죽은 듯이 숨소리도 들리지 않으나, 격렬한 심장의 동계와 가다가다 부르르 떠는 근육의 마비는 위에 덮어 준 주의 위로도, 明瞭히 보였다. (…중략…) 하루는 例와 같이, 저녁때쯤 되어 가만가만 들어와서『, 유리 구멍으로 들여다보려니까, 방 한가운데에, 눈을 감고 드러누었다가, 무엇에 놀란 듯이, 깎아 세운 기둥처럼, 부릅뜨고, 벌떡 일어나더니, 창에다 대고, "이놈의 새끼! 내 댁내를 차 가고, 인제는 나까지 죽이러 왔니?" 두 주먹을 불끈 쥐고, 소리를 버럭 질렀으나, 감히 창문을 열지 못하고, 얼어붙은 장승같이 섰다. (…중략…)

날이 더워갈수록, 彼의 병세는, 나날이 더하여 갔다. 8월 중순이 지나, 심한 더위가 다— 가고, 뜰에 심은 백일홍이, 누릇누릇하여 감을 따라, 彼에게는 없던 증이 또 생겼다. 축대 밑에 나오려던 풀이 폭열에 못 이기어서 비틀어져 버리던 6, 7월 삼복에는, 겨우 동창으로 바람을 들이면서, 불같이 끓는 방 속에 문을 봉하고 있던 사람이, 무슨 생각이 났던지, 매일 아침만 먹으면, 의관도 아니 하고 뛰어나가기를 시작하였다.

무슨 짓을 하며 어디로 돌아다니는지는, 아무도 몰랐다. 대개는 어슬어슬하여 들어오거나, 혹은 자정이 넘어서 돌아올 때도 있었다. 그러나 별로 곤한 빛도 없었다. 안방에서 혹 변소에 가는 길에, 들여다 보면, 그믐 달빛이 건넌방 지붕 끝에서, 꼬리를 감추려 할 때에도, 빈 방 속에 생불처럼 가만히 앉았었다.

너무 심하여서, 삼촌이 며칠을 두고, 찾으러 다녀 보아도 종적을 알 수 없었다. 집에서 나갈 때에, 누가 뒤를 밟으려고 쫓아 나가는 기색만 있어도, 도로 들어와서, 어떻게 하여서든지, 틈을 타서 몰래 빠져 달아나갔다.[41]

'김창억'은 출옥 이후 계속 환청과 환시에 시달린다. 자신을 돌봐 주는 백부나 고모를 아내로 착각하는가 하면, 백부가 집에 오자 가출한 '아내'가 마치 곁에 있는 것처럼 부엌을 향해 술상을 봐오라고 이르기도 한다. 피골이 상접한 상태로, 태어나서 빗자루 한 번 들어본 적이 없던 그가,

41 염상섭, 「표본실의 청개구리」, 『개벽』 16, 1921.10, 111~116면.

"무거운 농짝에다 병풍을 껴서 새끼로 비끄러매어 가지고 나가"는 괴력을 보이자, 그 장면을 지켜보던 고모는 놀라서 입이 딱 벌어지고 만다.

'김창억'의 내력을 적은 6~8장에는 이러한 정신분열증 환자의 다양한 증세를 치밀하게 묘사해 놓았다. 박원순의 『야만시대의 기록』에 자세히 정리되어 있는 고문피해자의 '심리적 후유증' 정리표에 제시된 목록들 모두를 합친 것처럼 보이는 것이 '김창억'의 증세들이다. 단지, 작가의 내면풍경을 위한 소설적 장치이거나, 혹은 3·1운동의 좌절과 실패로 인한 당대의 분위기의 반영이라면, 이토록 소상히 '증세'를 묘사할 까닭이 없다. 그러나 작가는 '옥살이와 고문'으로 파괴된 한 인간의 '그 이후'의 삶 자체를 보여주고자 한 것이다. 작가는 '미칠 것 같은 세상'을 보여주려던 것만이 아니라, '미쳐버린 자의 세상'이 어떤 것인가를 함께 보여주려 했던 것이다. 소설에 묘사된 '김창억'의 다양한 증세는, 아주 먼 훗날 '고문후유증'으로 인한 신체적, 정신적 이상증세에 관한 다음의 보고서와 고스란히 겹친다.

'고문 특이증후군'이라는 용어는 1982년 그리스의 고문피해자 22명에 대한 연구에서부터 사용되었는데, 이 증후군에는 위장관증후군, 심폐증후군, 이유 없이 갑작스럽게 일어나는 땀 흘림, 기억력과 집중력 감소, 악몽과 수면장애, 불안과 우울증, 원인 모를 골절, 요추통, 척추변이, 한쪽 사지를 오래 매달아놓아서 오는 편마비, 발가락 집중 구타로 인한 도보시 통증, 다리의 만성 정맥혈관부종, 손, 발가락 괴사 등이 포함된다. (…중략…) 고문 후 만성적으로 나타나는 가장 특징적인 심리문제에는 주의력과 집중력 부족, 혼돈, 지남력과 기억력 훼손 같은 사고와 인지력 문제를 비롯하여 공황, 불안, 두려움, 공포, 우울, 짜증, 성생활 문제와 같은 감정적 문제, 마지막으로 악몽을 동반한 수면문제가 있다. (…중략…) 고문특이증후군으로 보이는 '만성유기성심리증후군COP, chronic organic psychosyndrome'이 나타난다. 증후로는 기억력 및 집중력 장애, 수면 곤란 및 악몽 경험, 신경증, 불안증, 우울증, 감정적 위축 같은 수동적 식물 증후와 병적 소견 없는 갑작스런 땀 흘림 등이 있다.[42]

「표본실의 청개구리」에서 또 하나 주목해야 할 부분은, 정신질환자 '김창억'의 가족들이다. 그가 출옥하기 한 달 전부터 연락을 끊은 '아내'를 비롯하여, 졸지에 어머니를 잃고 동시에 아버지마저 잃은 것이나 마찬가지 신세가 된 어린 '영희', 그리고 미쳐버린 조카를 돌볼 수밖에 없는 그의 '백부'와 '백모', '고모'가 그들이다. '고문'은 '고문을 당한 자'에게만 고통을 안겨 주는 것이 아니라, 그의 가족마저 해체시켜 버린다. '내력담' 부분은, '김창억'의 분열증 증세에 초점을 맞추고 있지만, 동시에 그의 가족들이 '김창억'의 증세로 인해 겪는 다양한 심리적 반응과 대응 양상에 대해서도 많은 비중을 두고 묘사하고 있다. 그들은, 출옥 직후부터 '김창억'의 비정상적인 행동으로 전전긍긍한다. 그들은 '김창억'이 언제 무슨 일을 벌일지 몰라 항상 좌불안석이며, 때로 당황하고 때로 경악한다. 가장 가까이서 '고문후유증'으로 정신질환을 앓는 '김창억'을 지키고 돌봐야 하는 가족들은, 당사자인 '김창억' 못지않은 또 다른 피해자들이다. '내력담'에서, 작가는 '김창억'의 이상행동을 묘사할 때, 종종 가족들의 시선을 통한 '초점화자' 방식을 선택하고 있다. 그

---

[42] 고문등정치폭력피해자를돕는모임KRCT, 『고문, 인권의 무덤』, 한겨레출판, 2004, 137~138면. 여기서는 박원순, 앞의 책, 163~165면에서 재인용함.

의 이상행동을, 놀라움과 당혹스러움, 걱정과 노심초사 같은, 가족들의 반응을 통해 독자들에게 전달하고자 하는, 작가의 세심한 서술 전략이다. '내력담'의 마지막 부분을, 가출하여 종적을 감추어버린 '김창억'이 아니라, 남아 있는 가족들의 모습으로 마무리한 것 역시 범상하지 않다.

근 보름이나 앓아누운 彼의 백부는, 눈물을 흘리며, 깊은 한숨만 쉬이고 아무 말도 없었다……. 소년 과부로 오십이 넘은 彼의 고모는, 영희를 끼고 누워서, 밤이 이슥하도록, 훌쩍거렸다. 영희의 흘흘 느끼는 소리도 간간이 안방에까지 들렸다.

아랫목에 누웠던 영감이,

"여보, 마누라, 좀 가보시구려."

하는 소리에, 잠이 들려던 노마님이, 건너갔다. 조금 있다가, 이 마누라까지 훌쩍훌쩍 하며, 안방으로 건너왔다. 尾扇을 가슴에 대고 반듯이 드러누운 노인의 눈에도, 눈물이 글썽글썽하였다.

十七夜의 교교한 가을 달빛은, 앞창 유리 구멍으로 소리 없이 고요히 흘러 들어와서, 할머니의 가슴에 안기어, 누운 영희의 젖은 베개 밑을 들여다 보고 있었다.[43]

'고문'이나 '투옥'에 대한 염상섭의 작가적 관심은, 「표본실의 청개구리」 이후에도 여러 작품에서 지속적으로 나타난다. 한 연구자가 '검열'이라는 필터를 통해 다시 읽은 「만세전」에서, 염상섭이 당대의 억압기

---

43 염상섭, 「표본실의 청개구리」, 『개벽』 16, 1921.10, 123면.

구와 사법제도의 엄혹함을 얼마나 치밀하게 직조織造하고 있는지, 그리고 '검열'을 우회하면서 얼마나 노회하게 정치적 글쓰기를 하고 있는가를 분석한 적이 있다.[44] '고문당한 자' 혹은 '갇힌 자'와 그 가족들에 대한 염상섭의 작가적 관심과 배려를 가장 잘 확인할 수 있는 소설이 그의 대표작의 하나인 『삼대』(1931)고 할 수 있다. 주지하다시피, 『삼대』는 1931년 『조선일보』에 연재되었다가, 해방 이후에 단행본으로 첫 출간되면서 많은 부분에서 '개작'이 이루어졌다.[45] 해방 전 '검열' 때문에 곡진하게 쓸 수 없었던 내용들이 단행본에서 많이 추가 삽입된 것을 확인할 수 있다. 그중에서도 특히, 경찰에 체포된 등장인물들의 '고문'에 대한 서술과, 혁명운동가의 '운동 이후', 그리고 그 가족들에 대한 서술이 대대적으로 보완되었다. 『삼대』에는 두 혁명가의 집안이 등장하는데, '홍경애'의 부친과 '필순'의 부모들이 그들이다.

우리 아버지는 너무 호활하시고 살림에 등한하셔서 삼사백 하던 재산을 모두 학교에 내놓으시고 소작인에게 탕감해 주어 버리시고 감옥에 들어가

44 한만수, 「염상섭의 「만세전」에 나타난 감시와 검열우회-사례연구(2)」, 한만수는 염상섭의 「만세전」을 분석하면서, 이 소설에 관한 기존의 '리얼리즘론'과 '근대성론'이 조명하지 못한 지점들, 특히, 주인공 '이인화'의 균열과 작가의 불안을 더 정확히 파악하기 위해서는 '검열'체제가 낳은 '감시'와 '처벌'이 텍스트의 직조織造에 어떻게 개입하는가를 검토하지 않으면 안 된다고 주장한다. 한만수, 앞의 책, 4부 5장 참조.

45 『삼대』의 연재본과 해방 후의 다섯 개의 판본을 비교대조하면서, 정본 작업의 필요성을 강조한 선행연구로는 전승주, 「『삼대』 개작 연구-판본대조를 중심으로」, 『세계문학비교연구』 48, 세계문학비교학회, 2014를 참조할 수 있다. 여기서 비교되고 있는 것은 ① 조선일보 연재본(1931.1.1~9.17, 215회), ②을유문화사 출판 단행본(1947~1948), ③ 민중서관 출판본(1959), ④ 창작과비평사본(1993), ⑤ 동아출판사본(1995), ⑥ 문학과지성사본(2002). 이 가운데 연재본 ①을 저본으로 삼고 있는 것이 ⑤, ⑥이며, 단행본 ②를 저본으로 삼고 있는 것이 ③, ④이다.

시기 전에는 무슨 장사를 해서 다시 번다고 하시다가 **그 일이 덜컥 나서** 감옥에 들어가시게 되니까 옥바라지 하고 변호사 대고 어쩌고 한다고 자꾸 끌려들어가기만 해서 나중에는 집까지 팔아가지고 (…중략…) 같은 교회 안에서 수원의 누구라면 알 만한 교역자일 뿐 아니라, 감옥 소식이나 집행 정지로 나오게 될 때에는 신문에 여남은 줄이라도 기사가 날 만한 인물 (…중략…) 동지 전 추위에 방은 미지근하고 머리맡의 양약병에는 먼지가 앉고 중문 안에 놓인 삼태기에 쏟아 버린 약찌꺼기는 얼고 마르고 한 것이 상훈이의 눈에 띄었다. 약이나 변변히 쓰랴 하는 생각을 하니 늙은 지사志士의 말로가 가엾었다.[46] (강조는 인용자)

위 인용문은 『조선일보』 연재본의 내용인데, 필순 부친을 묘사하는 부분은 해방 후 단행본에서 대폭 추가 삽입되었다. 단행본의 '애련'장은, 연재본에는 애초 없던 장으로, 필순의 입을 통해 덕기가 필순 부모의 운동 내력과 그 후의 삶의 경위를 자세히 알도록 배치했다. 필순의 부친은 학교 교사로 3·1운동에 참가해 1년 반쯤 옥살이를 한 후, 다시 사상사건에 연루되어 4년을 더 복역한 것으로 나온다.

"어쨌든 우리 집은 그때부터 거덜이 났죠. 어머니께서는 그때 영성문 학교에 다니셨지마는, 생각하면 어머니께서두 고생 많이 하셨어요." 필순이는

---

46 염상섭, 정호웅 편, 『삼대』, 문학과지성사, 2007, 92~95면. 이 판본은 『조선일보』 연재본을 저본으로 한 것이다. 해방 후 단행본에는 인용문의 중간부분이 "**경애의 부친은 애국지사였다.** 수원의 누구라면 알 만한 교역자일 뿐 아니라, 감옥 소식을 전할 때나 집행 정지로 나오게 될 때에 신문에 여남은 줄이라도 기사가 날 만한 인물이었다"로 "그 일이 덜컥 나서"는 "3·1운동이 덜컥 나서"로 추가 또는 수정되었다.

영성문 앞집에서부터 산해진에 이르기까지 근 십 년간 고초가 한꺼번에 머리에 떠오르는지, 그 가냘픈 얼굴을 바르르 떠는 듯싶다. 덕기는 이 소녀의 혈관에도 혁명가의 피가 흐르는가 싶어서 무심코 눈을 내리깔았다. (…중략…) 남편은 감옥살이나 하고 아내는 학교에서 떨려나고 하면 집 팔아 먹고 자식까지 공장에 내세워 벌어먹는 수밖에 없었을 것이다.[47]

연재본 『삼대』를 자세히 검토하면, 염상섭이 '검열'을 의식하면서도 '고문' 관련 내용들을 어떻게 해서든지 반영하려고 애쓴 흔적이 곳곳에 보인다. 예컨대, 경애의 모친이 경찰서에 끌려와 '피혁'의 존재와 자금, 그리고 구두의 주인에 대해 추궁 받는 장면의 묘사가 그러하다.

경애 모친은 하도 무서운 큰 소리에 밑을 찌르는 듯이 벌떡 일어나면서 이상히도 사지가 찌르르 하는 것을 깨달았다. 10년 전 남편 때문에 붙들려갔을 때도 두 차례 세 차례씩 그 몹쓸 고생을 당하였다. 또 그러려고 끌고 가는 거나 아니가? 하는 겁이 펄쩍 나서 두 다리가 허청 놓이며 부르르 떨린다 (…중략…) 거의 한 시간 뒤에 경애 모친은 어두컴컴한 속에서 만들어 붙인 고무손 같은 손으로 흑흑 느끼면서 **옷을 주워 입고** 형사를 따라 환한 방으로 다시 왔다. 아래위 어금니가 딱딱 마주쳐서 입을 어우를 수도 없고 어디 가 앉을 기운도 없다. 손발은 여전히 내 살 같지가 않고 **빠질** 것만 같다.[48](강조는 인용자)

---

47 이 부분은 해방 후에 추가 삽입된 부분이다. 염상섭, 『삼대』, 『염상섭전집』 4, 민음사, 1987, 350면. 민음사판 『삼대』는 을유문화사본(1948)을 저본으로 한 것이다.
48 염상섭, 『삼대』, 문학과지성사, 앞의 책, 631~632면.

신문 연재 당시에 이런 정도라도 '고문' 장면을 간접 묘사한 것은 대단한 용기이자 검열의 예봉을 용케 피해 나간 경우가 아닐까 싶다. 장훈의 옥중 투쟁과 자살을 그릴 때도 마찬가지다. 밑줄 친 '옷을 주워 입고'의 짧은 구절에서, 우리는 경애 모친이 한 시간 동안 발가벗겨 진 채 형사로부터 취조를 당했음을 미루어 짐작할 수 있다. 해방 후 단행본을 내면서, 염상섭은 '검거선풍'이라는 장을 따로 마련해, 해방 전에 쓸 수 없었던 '고문' 및 취조 관련 내용을 대폭 추가 삽입하고 있다. 『삼대』에는 '경애 모친'과 '장훈' 이외에도, '필순', '홍경애', '김병화', '원삼이' 등이 모두 경찰서에 끌려가 '고문'을 당한 것으로 나온다. 인물에 따라, 그 묘사의 강도強度나 분량에 차이가 있지만, 해방 전과 그 후를 막론하고, 염상섭이 이 문제에 관해 얼마나 치열하고 치밀한 작가적 관심을 기울이고 있었는가를 추정하기에는 조금의 부족함도 없다고 생각된다.

5. '나'는 누구인가

「표본실의 청개구리」의 독자는, 소설의 시작부터 끝까지, '화자'의 극심한 불안상태와 함께 서사전개를 따라가야만 한다. '나'는 친구 'H'를 따라 평양행에 나선 이후에도, 대동강변과 부벽루, 종로 을밀대를 끊임없이 방황하고, 때로는 술을 마시다가, 때로는 바위틈에서 잠을 자기도 한다. 남포의 친구들인 'Y'와 'A'를 만나서도 그의 불안한 정서는 안정을 찾지 못하고 끊임없이 동요한다. 친구들과 나누는 대화는 맥락 없이 끊어지거나, 종종 냉소와 자조, 야유에 묻혀 의미의 덩어리를 형성하지 못한다. 그의 불안한 이 정서의 기조基調가 그나마 안정을 찾고 진지해지는 것은, 일행들과 '김창억'을 만나면서부터이다. '김창억'의 말과 행동에 대한 일행들의 '조소'와 '조롱'이 빈번해지고 심해질수록, '나'는 오히려 진지해지고 차분해진다. 그러나 '김창억'과 헤어지고 평양으로 나오면서, '나'의 정서는 다시 요동친다. '김창억'을 만난 소회를 서울에 있는 친구 'P'에게 알리는 엽서에서, '나'의 정서는 "조자調子를 잃은 심장의 간헐적 고동"으로 표현되고, 경이, 공포, 침통, 애수, 고민, 연민, 애수 등등, 심리와 정서를 나타내는 모든 단어가 동원된 듯한 묘사로 이어지다가, '눈물'과 '통쾌', 그리고 '오뇌'와 '환희' 사이를 널뛰듯이 큰 진폭으로 오간다. 이제 우리는 소설의 화자인 '나'의, 영문을 알 수 없는 심리적 고통의 보이지 않는 심연深淵을 들여다 볼 필요가 있다.

그러면서도 무섭게 앙분한 신경만은 잠자리에도 눈을 뜨고 있었다. 두 해, 세 해 울 때까지 엎치락뒤치락거리다가 동이 번히 트는 것을 보고 겨우 눈을 붙이는 것이 일주간이나 넘은 뒤에는 불을 *끄*고 드러눕지를 못하였다.

그중에도 나의 머리에 교착하여 불을 *끄*고 누웠을 때나 조용히 앉았을 때마다 가혹히 나의 신경을 엄습해 오는 것은, **해부된 개구리가 사지에 핀을 박고 칠성판 위에 자빠진 형상**이다.

내가 중학교 2년 시대에 박물 실험실에서 鬖髮 텁석부리 선생이, 청개구리를 해부하여 가지고 더운 김이 모락모락 나는 오장을 차례차례로 끌어내서 자는 아기 누이듯이 주정병에 채운 후에 대발견이나 한 듯이 옹위하고

서서 있는 생도들을 돌아다보며,

"자─ 여러분, 이래도 아직 살아 있는 것을 보시오."

하고 **뾰죽한 바늘 끝으로 여기저기를 콕콕 찌르는 대로 오장을 빼앗긴 개구리는**
진저리를 치며 사지에 못박힌 채 벌떡벌떡 고민하는 모양이었다.

8년이나 된 그 인상이 요사이 새삼스럽게 생각이 나서 아무리 잊어 버리
려고 애를 써도 아니 되었다. 새파란 '메스', 달기똥만한 오물오물하는 심장
과 폐, 바늘 끝, 조그만 전율…. 차례차례로 생각날 때마다 머리끝이 쭈뼛쭈
뼛하고 전신에 냉수를 끼얹은 것 같았다. 남향한 유리창 밑에서 번쩍 쳐드
는 '메스'의 강렬한 반사광이 안공을 찌르는 것 같아 **컴컴한 방 속에 드러누**
웠어도 꼭 감은 눈썹 밑이 부시었다. 그러나 그럴 때마다 머리맡에 놓인 책상
서랍 속에 넣어 둔 면도칼이 조심이 되어서 못 견디었다.

내가 남포에 가던 前夜에는 그 증이 더욱 심하였다. 간반통밖에 아니 되는
방에 높이 매달은 전등불이 부시어서 꺼버리면 또다시 환영에 괴롭지나 않
을까 하는 염려가 없지 않았으나, 심사가 나서 웃통을 벗은 채로 벌떡 일어
나서 '스위치'를 비틀고 누웠다. 그러나 '쌔웅'하는 소리가 문틈으로 스러져
나가자 또 머리를 엄습하여 오는 것은 鬖髮 텁석부리의 '메스', 서랍속의 면
도다. 메스…… 면도, 면도, 메스…… 잊으려면 잊으려 할수록 끈적끈적하
게도 떨어지지 않고 어느 때가지 꼬리를 물고 머릿속에서 돌아다니었다. 금
시로 손이 서랍으로 갈듯갈듯 하여 참을 수가 없었다.

괴이한 마력은 억제하려면 할수록 점차 더하여 왔다. 스르르 서랍이 열리
는 소리가 나서 소스라쳐 눈을 뜨면 덧문 안 닫은 창이 부옇게 보일 뿐이요,
방 속은 여전히 암흑에 침적하였다. 비상한 공표가 전신에 압도하여 손끝
하나 까딱거릴 수 없으면서도 이상한 마력과 유혹은 절정에 달하였다.

"내가 미쳤나? 아니, 미치려는 징조인가?"

혼자 머릿속에 부르짖었다.

나는 잠에 위한 놈 모양으로 이불을 와락 차 던지고 일어나서 서랍에 손을 대었다. 그러나 '그래도 손을 대었다가……' 하는 생각이 전뢰와 같이 머릿속에 번쩍할 제, 깊은 꿈에서 깬 것같이 정신이 반짝 나서 전등을 켜려다가 성냥통을 더듬어 찾았다. 한 개비를 드윽 켜들고 창틀 위에 얹어 둔 洋燭을 집어 내려서 붙여 놓은 후 서랍을 열었다.

쓰다가 몇 달 동안이나 굴려둔 원고, 편지, 약갑 들이 휴지통같이 우굴우굴한 속을 부스럭부스럭하다가 미끈하고 잡히는 자루에 집어넣은 면도를 외면을 하고 꺼내서 창 밖으로 뜰에 내던졌다. 그러나 역시 잠은 못 들었다. **맥이 확 풀리고 이마에는 식은땀이 비져 나왔다. 시체 같은 몸을 고민 뒤의 병인처럼 사지를 축 늘어뜨려 놓고 가만히 누워 생각하였다.**

"하여간 이 방을 면하여야 하겠다."[49] (강조는 인용자)

화자는 8년 전 중학생 때의 해부 실험 때 본 개구리의 환상과 텁석부리 선생의 환상으로 시달리면서 자살충동을 느끼고 칼에 손을 댄다. 불면과 두통, 환상과 착란을 몇 달째 겪고 있다. 화자의 환영에 잡히는 개구리는 "사지에 핀을 박고 칠성판 위에 꼼짝 않고 누워 있"으며, "뾰죽한 바늘 끝으로 여기저기를 콕콕 찌르는 대로 진저리를 치며 벌떡벌떡 고민하는 모양"을 하고 있다.

충격적인 소설 첫 장면의 이 강렬한 묘사는, 그동안 다양한 해석의

---

49 염상섭, 「표본실의 청개구리」, 『개벽』 14, 1921.8, 118~120면.

진원지가 되어 왔다. 서두에 언급했듯이, 실험과 해부는 자연주의의 한국적 수용이나 그 가능성으로, 혹은 의학과 근대 과학담론의 연관성으로, '신경증'은 작가 개인의 기질적 특징이나 '시대의 우울'의 문학적 제유로 읽혀 왔다. 이 다양한 해석은 저마다 타당한 논거들과 개연성을 확보하고 있다. 그렇게 다양한 해석들의 맥락 안에서, 이 '칠성판 위의 개구리'를, 취조실 고문대에 묶인 '고문받는 자'의 형상으로 읽을 가능성은 없는 것일까.

고문의 특징 중의 하나인 '일방성-불균형의 관계'에 관한 다음의 보고서의 구절을 보자.

> 고문은 언제나 한계상황에서 벌어진다. 한계상황은 정당방위를 할 수 없는 상황이고 아무도 도울 수 없는 상황이다. 따라서 고립무원의 상태가 고문당하는 자의 위치이다. 때리면 맞을 수밖에 없고, 욕을 보이면 당할 수밖에 없고, 죽이면 죽는 수밖에 없는 완전히 일방적인 한계상황에서 **인간은 마치 도살장에 끌려가는 소와 같이 아무런 저항 없이 자신을 폭력 앞에 내맡길 수밖에 없다.**[50] (강조는 인용자)

실험대 위에 사지가 묶인 청개구리는, 위 인용문의 '도살장에 끌려가는 소'와 유비적으로 똑같다. 저항할 수 없으며, 묶여 있으며, 실험실이라는 밀실에 고립되어 있다. 개구리가 할 수 있는 것은 '진저리치며 사

---

50 전해철, 「고문의 근절과 고문후유증 해결을 위한 법제도의 현황」, 『고문후유증 사례 보고 및 토론회』, 민주사회를 위한 변호사모임 · 인도주의실천의사협의회 · 문국진과 함께하는 모임, 1994.11, 2면. 여기서는 박원순, 앞의 책 37면에서 재인용함.

지에 못 박힌 채 벌떡벌떡'하는 몸부림뿐이다. 고문피해자들을 조사한 한 보고서에 따르면, 고문피해자들이 겪는 후유증 중에는 "고문을 당하지 않은 부위까지도 통증이 확산되거나 뚜렷한 증세가 없는데도 아픈 것처럼 느끼는 심리적 불안감"이 크며, "특히 고문 당시 받은 모멸감 등으로 정신적 타격을 받아 인간에 대한 믿음을 상실하거나 항상 피해의식에 사로잡히는 등"의 후유증에 시달린다고 한다. "고문당한 후 정신분열증을 앓다가 자살한 사례 및 자살기도 사례"도 보고되고 있다.[51]

일본 프로문학 작가 고바야시 다키지小林多喜二의 소설에 나오는 고문 장면과도 한번 비교해서 읽어 보자.

그러나 와타리는 이번 것에는 꽤 큰 충격을 받았다. 다다미 가게에서 쓰는 굵은 바늘을 몸에 꽂는 방법이다. 한번 찌를 때마다 강력한 전기에 감전된 듯이 순간 몸이 구두점처럼 조그맣게 줄어드는 것 같았다. 그는 매달려 있는 몸을 비틀고 또 비틀며 어금니를 꽉 깨물고는 큰 소리로 절규했다. "죽여, 죽여-어, 죽여-어!!" (…중략…) 바늘을 한 뜸 뜰 적마다 와타리의 몸은 튀어 올랐다.[52]

---

51 박원순, 앞의 책, 168~171면.

52 고바야시 다키지, 「1928년 3월 15일」, 황봉모 · 박진수 역, 『고바야시 다키지선집』 1, 이론과실천, 2012, 359~360면. 고바야시의 소설에 등장하는 고문 장면과 「표본실의 청개구리」의 첫 장면의 놀라운 유사성은 우리에게 다시금 '고문'과 연관 지어 염상섭을 읽기를 주문한다. 한기형은 『식민지 문역』에서 고바야시 소설의 이 구절을 인용하면서, 검열 탓에 "조선에서는 이런 장면은 결코 '인쇄'될 수 없는 것이었"다고 적고, "먼 거리에서 두터운 간격을 사이에 두고 조망하는 것과 같은 간접화된 태도로 현실의 생생한 상황을 약화시켜야 하는 것"이 식민지 작가에게 요구된 창작 태도였다고 분석했다. 한기형, 『식민지 문역』, 261면. 한기형은 주로 심훈의 소설들을 대상으로 논의했지만, 그의 적절한 지적을 확대하면, 고문 장면을 '실험실의 개구리'로 대리표상할 수밖에 없었던 당시 '검열'체제의 엄혹성과 그에 대응하는 염상섭의 서사전략도 같은 맥락에서 논

「표본실의 청개구리」 첫머리의 이 강렬한 묘사는 두 가지 함축적 기능을 지닌 것으로 보이는바, 그 하나는 '김창억'이 정신분열증에 이를 수밖에 없었던 이유, 즉 '고문' 받던 장면의 형상이며, 다른 하나는 화자 '나'의 극도의 불안한 신경증의 원인 또한 그것과 무관하지 않다는 것을 시사해 주는 것이다. 결국 이 장면은 하나의 기능과 의미로 귀결되는바, 그것은 화자 '나'와 '김창억'의 공유 경험으로서의 '고문'이며, 그 이후 파생되는 모든 후유증들의 유사성의 '이유'로서이다.

이로써 '나'가 왜 '김창억'에 그토록 공명하고 연민과 동정을 느끼는지 설명될 수 있다. 그들은 둘 다 모두 '고문받은 자'들이었던 것. '나'와 '김창억'의 단 하나의 차이는, '나'는 아직 '미치지 않았다'는 것, 하지만 어쩌면 '미쳐가고 있는 중'일지도 모르며 그래서 '곧 미치고 말지도 모르는'[53] 공포에 사로잡혀 있다는 것. 그러나 '김창억'은 이미 '미쳐버렸다는 것'. 그러므로, '나'에게 '김창억'은 연민과 동정의 대상이기도 하지만, 어쩌면 곧 닥쳐 올 자신의 가까운 미래이거나, 혹은 자기 자신의 모습일 수도 있다는 점에서 공포의 대상이기도 하다.[54] 작가가 화자

의해 볼 수 있을 것이다.

53 '나'가 '김창억'을 처음 대면했을 때, '김창억'을 중학교 실험실의 박물선생으로 잠시 착각하고 놀라는 장면이 있다. 곧이어 "아무 이유 없이 무의식하게 경건한 혹은 숭엄한 느낌이 머리 뒤를 떼미는" 급격한 심리적 전이가 일어난다. 이 급격한, '놀람'과 '숭엄/경건'의 전이를 보이는 '나'의 심리는 자연스럽지 않고 어색하다. 「표본실의 청개구리」에는 인물에 대한 착시錯視 혹은 오인誤認이 여러 곳에 등장한다. 그 착시와 오인을 설명하기 위해서는 몇 가지 가설, 혹은 전제가 필요한데, 무엇보다도, 나는 화자인 '나'의 상태가 정상적인 상태가 아닌 점에 좀 더 주목해야 한다고 생각한다. 정상인 '나'가 미친 '김창억'을 보고 있는 것이 아니다. '나'는 이미 '정상'과 '미침'의 경계에 있으며, '김창억'은 그런 '나'의 시선·감각·인식에 투과되어 '독자'들에게 전달된다. 그런 점에서, '김창억'의 다양한 변설辨說이나 '나'의 상태를 '합리성' 안에서 해석하는 것은 재고의 여지가 있다고 생각한다.

54 소설 속에서 '나'의 '김창억'에 대한 태도는 이중적이고 모순적으로 제시되기도 한다.

인 '나'를 경험의 공유자로 설정하지 않았다면, '나'의 형상은 동행들과 비슷했거나, 혹은 건조한 관찰자에 머물렀을 공산이 크다. 경험의 공유자였기 때문에, 비록 '객관적 거리'의 조정을 얻지는 못했으나, 그 대신 공감과 연민, 경건과 숭엄, 혹은 그것과 극단적으로 대비되는 기피와 외면 같은 화자 '나'의 성격이 창출될 수 있었던 셈이다.[55]

전민족적인 거사였던 3·1운동, 그 규모에 비례하여 조선사람들이 경험해야만 했던 미증유의 폭력의 경험, 그 구체具體로서의 '고문', 그리고 후유증에 시달리는 전국의 무수한 '김창억들'. 소설 첫머리의 이 강렬한 묘사는, 너무도 절실하지만, 결코 활자화될 수 없는, '그날 이후'를 이야기하고 싶었던 작가 염상섭의 간절한 문학적 의장意匠이었던 것이다.

예컨대, 시종일관 미안한 마음으로 그의 장광설을 듣고 있다가, 갑자기 "무슨 환상을 쫓듯이 먼 산을 바라보며 누런 齒를 내놓고 히히히 웃는 그의 얼굴은 원숭이 같이 비열하게 보였다"(『개벽』15, 250면)라고, 갑자기 태도를 바꾸거나, 소설 말미에, "별로 김창억을 측은히 생각하여 그의 운명을 추측하여 보거나 삼층집 燒火한 후의 행동을 알려는 호기심은 없었"(『개벽』16, 126면)다고, 'Y'의 편지에서 '김창억'의 소식을 듣고 시종 그의 행적을 궁금히 여기면서 침울해 하던 상태에서 느닷없이 이질적인 '전환'을 보여주는 대목이 그러하다. 이 애증愛憎, 혹은 감정의 교착 모두 '나'가 느끼는 '김창억'에 대한 심리적 대응과 연결된다. 즉, '나'에게 '김창억'은 동일시의 대상인 동시에 '같아지고 싶지 않은 대상'이기도 한 것이다.

55 이런 관점에서, 이보영이, "중학생들 앞에서 잔인한 메스의 학대를 받는 그 왜소하고 추한 개구리는 바로 김창억"이라고 본 해석은 타당하다고 생각한다. 다만, 그는 이것을 '고문'과 직접 연관 짓지는 않고 '표현주의'적 수법의 결과물로 보았다. 이보영, 앞의 책, 93~94면.

6. 폭력의 경험, 그 후에 남은 것들―맺음말을 대신하여

이상의 논의를 통해, 나는 염상섭의 초기 대표작의 하나인 「표본실의 청개구리」를 기존의 해석과는 조금 다른 맥락에서 읽고자 노력했다. 「표본실의 청개구리」에 대해서는 그동안 매우 풍요로운 해석과 연구가 진행되어 왔지만, 이 논문에서 좀 더 주목하고자 했던 것은, '3·1운동'과 소설 속 두 등장인물인 '나(X)'와 '김창억'의 신경증, 그리고 분열증의 좀 더 직접적이고 구체적인 '원인'이었다. 「표본실의 청개구리」가 '3·1운동'의 후일담에 해당하는 소설이라는 것은 널리 알려진 사실이다. 그래서 '나'의 신경증이나 '김창억'의 광기도 '3·1운동'의 실패와 좌절로 인한, '시대의 우울'이나 '정치적 광기'로 해석해 온 것이 대체적인 해석의 관행이었다. 이보다 더 나아간 것은, 이 신경증과 광기를 근대인의 정신적 특질로 보편화하는 독법이다. 이러한 해석은 온당하기는 하지만, 이 소설의 구성 방식 및 서술 전략, 소설을 둘러싸고 있는 당대의 중요한 콘텍스트에 대입해 읽을 때 다소 과도한 '추상성'과 범박한 '일반화'라는 한계를 안고 있다. 이 소설이 재현하고자 하는 것은 '3·1운동'이 가져 온 직접적이고 육체적인 '고통'이다. '나'와 '김창억'이 느끼는 '고통'은 단지 '3·1운동'의 실패나 좌절이 가져다 준 관념적 우울이나 광기가 아니라, 그보다도 훨씬 구체적이고 육체적인 원인에 기인하고 있다. 이 글을 통해 내가 읽어내고자 했던 것은, 「표본실의 청개구리」가 '고문당한 자/고문에 스러진 자'에 대한 응시와 기록이라는 점이었다. '김창억'의 정신분열증은 '고문'에 의한 것으로 읽어야 한다는 것이 이 글의 전제이다. 「표본실의 청개구리」는 그 '고문당한 자/고문에 스러진 자'의 후일담이다. 그것이 이 소설을 '액자형식'으로 만든 가장 근본적인 이유이기도 하다. '고문'은, 3·1운동을 겪으면서 당시의 우리 민족이 경험한 가장 직접적이고 육체적인 충격이자 공포의 근원이었다. 어쩌면 이 충격과 공포의 육체성은, 그보다 우위에 있는 것으로 인정되는 독립이나 자유라는 추상적인 가치체계나 이념보다도 더 강렬하고 직접적인 것일지도 모른다. '3·1운동' 당시의 많은 기록들은 이 참혹한 폭력의 경험에 대해 이구동성으로 증언하고 있다. 동시에 이 소설은, '고문당한 자/고문에 스러진 자'의 가족에 대한 이야기이기도 하다. 그동안 이 소설에 묘사된 '김창억'의 가족에 대한 서술 부분은, 해석자들의 관심을 끌지 못한 부분이다. 그러나, 염상섭은 '고문당한 자'에 못지않게, 그들의 가족 또한 얼마나 고통을 받고 있는가에 대해서 세심하게 배려하고 있다. 「표본실의 청개구리」를 이렇게 읽어야 할 이유는 염상섭의 다른 소설 텍스트들을 통해서도 확인된다. 「표본실의 청개구리」를 우리가 이렇게 읽어 오지 못한 이유 중의 하나는, '검열' 때문에 그것을 텍스트의 표면에 직접 재현할 수 없었기 때문이다. 감옥이나 '고문'에 염상섭이 얼마나 민감했던가 하는 것은 그의 다른 대표작들인 「만세전」이나 『삼대』를 통해서도 여실히 확인된다.

「표본실의 청개구리」를 이러한 맥락으로 재해석하는 것은, '3·1운동'의 기억과 재현에 관한 염상섭의 작가적 역량과 면모를 재인식하게 만드는 동시에, 그의 리얼리즘이 지닌 특질에 대해서도 우리를 새롭게 환기시켜 준다. '3·1운동 후일담'으로서 「표본실의 청개구리」를 통해 우리가 확인할 수 있는 것은, '고문'의 가혹함이나 운동의 폭력적 진압에서 나타난 일제의 잔악함의 고발뿐 아니라, 그 후에 지속되는 '일상으로서의 고통'에 주목하는 작가의 통찰력이다. 그리고, 이것이 염상섭의 '리얼리즘'의 특질이다. 타도할 대상, '적', 공포와 폭력의 기원도 중요하지만, 염상섭은 언제나 그 '폭력'이 '일상의 질서' 안에서 어떻게 작동하는가를 보여주고자 애썼다. 그 폭력과 '폭력의 경험'은, 일상을 파괴하는 동시에 '파괴된 일상'에 의해 다시 '일상'을 구축하지 않으면 안 되는 이중의 '고통'을 구축한다. 해석자들에 의해 종종 '통속성'이나 '자연주의적 퇴행'으로 오인되는 이 특징의 정확한 이해야말로 염상섭 소설을 제대로 해석하는 한 관건이 될 것이다. 그 소설쓰기의 긴 여정의 초입에 「표본실의 청개구리」가 자리잡고 있다.

3·1운동의 문학적 기념비로서 「표본실의 청개구리」

이현식

1. 「표본실의 청개구리」, 한국 최초의 자연주의 소설인가?

염상섭廉想涉(1897~1963)이 「표본실의 청개구리」를 잡지 『개벽』에 연재하기 시작한 것은 1921년 8월로, 3·1만세운동이 일어난 지 2년 반이 지나던 시점이었다. 「표본실의 청개구리」는 염상섭이 소설가로 등단한 작품이자 『만세전』, 『삼대』와 더불어 그가 한국 근대문학사에서 뚜렷한 족적을 남기게 만든 작품이기도 하다. 지금도 포털사이트 '네이버'와 '다음'에서 염상섭의 이름을 검색하면 연관 검색어로 함께 등장하는 것이 「표본실의 청개구리」, 『만세전』, 『삼대』이다.

그중에서도 「표본실의 청개구리」는 제목도 특이해서 한국을 대표하는 근대소설로 많은 사람들에게 기억되고 있다. 그러나 「표본실의 청개구리」가 어떤 작품인지, 그것이 왜 한국 근대문학사에서 중요한 작품인 지까지를 알고 있는 사람들은 많지 않다. 여러 문학사나 소설사, 이런 저런 문학 참고서류에서 설명하고 있는 것의 공통점을 뭉뚱그려 보면 「표본실의 청개구리」는 한국 최초의 자연주의 소설로 식민지 지식인의 어두운 내면을 드러낸 작품으로 요약된다. 그렇지만 이런 설명을 앞에 두고도 「표본실의 청개구리」라는 작품이 어떻다는 것인지 정확히 이해 되는 건 아니다. 예컨대 이광수의 『무정』을 두고 '한국 최초의 근대 장 편소설'이라고 설명하면 이 작품이 차지하는 위치가 이해되는 바가 있 다. 이육사나 윤동주에 대해 '일제 말 암흑기의 저항시인'이라고 평가 하는 말도 마찬가지이다. 이런 평가 역시 깊이 들어가면 여러 쟁점이 있 을 수 있겠지만 해당 문인이나 작품의 핵심적 의미가 어렵지 않게 이해 되는 것이다.

그런데 「표본실의 청개구리」가 식민지 시대 지식인의 암울한 내면을 드러냈다고 평가하는 것은 이 작품이 지닌 고유한 가치나 의미를 정확 히 드러내지 못한다. 식민지 시대 지식인의 암울한 내면을 드러낸 소설 은 차고 넘친다. 갖다붙이자고 들면 모더니스트 이상李箱의 「날개」를 식 민지 시대 지식인의 암울한 내면을 보여준 작품이라고 해도 틀린 말은 아닌 것이다. 그렇다면 여러 설명 가운데에서 유독 「표본실의 청개구 리」에만 해당되는 것은 '한국 최초의 자연주의 소설'이라는 평가이다. 대중적 측면에서도 「표본실의 청개구리」를 한국 최초의 자연주의 소설 로 규정하는 것은 거의 상식으로 자리잡았다.[1] 그래서 이런 질문을 통

---

1   포털사이트 '다음'에서 「표본실의 청개구리」를 검색해보면 백과사전 항목으로 세 개의 설명이 첫 화면에 뜨는데 모두 "한국 최초의 자연주의 수법으로 쓴 작품" 또는 "우리나

해 글을 시작하고자 한다. 「표본실의 청개구리」가 우리나라 최초의 자연주의 소설이라는 평가와 설명은 과연 이 작품이 갖고 있는 가치와 의미를 제대로 드러내는 말인가.

2. 문예사조로 문학사를 설명한다는 것의 의미

「표본실의 청개구리」가 '한국 최초의 자연주의 소설'이라는 평가에는 몇 가지 심각한 질문이 담겨있다. 우선, 「표본실의 청개구리」를 자연주의와 결부시켜 설명함으로써 한국 근대문학사의 어떤 측면이 설명되는지 물어보아야 한다. 아울러 이 작품의 문학사적 위상이나 이 시기 한국 근대문학사의 본질적 특성이 설명되는가도 마찬가지로 질문할 수 있다. 결론부터 말하자면 「표본실의 청개구리」가 한국 최초의 자연주의 소설이라고 해서 한국 근대문학사가 설명되는 것도 아니고 이 작품이 차지하는 문학사적 의미도 드러나지 않는다.

이런 설명 방식이 설득력을 갖기 위해서는 한국 근대문학사에서 자연주의라는 문예사조의 역할과 문화적 의미에 대한 해명이 뒤따라야 한다. 그리고 자연주의라는 사조를 통해 한국의 근대문학이 발전해가는 과정의 중요한 측면이 설명되어야 한다. 공부가 짧아서인지 서구에

라 최초의 자연주의 소설"이라는 설명이 나온다.

서 한 시대를 풍미했던 자연주의가 대체 어떤 과정을 거쳐 동아시아의 식민지 조선에까지 들어와 그렇게 위엄을 떨치게 되었는지 명쾌하게 설명해주는 글들은 많지 않다.[2] 더구나 「표본실의 청개구리」를 이해하는 데에 자연주의라는 개념이 결정적 역할을 하는 것도 아니다.

그렇다면 왜 「표본실의 청개구리」를 두고 한국 최초의 자연주의 소설이라는 설명이 생겨난 것일까. 게다가 그런 설명이 오랫동안 지속되기까지 한 것일까. 이 문제를 검토하기 위해서는 문예사조, 즉 낭만주의, 사실주의, 자연주의, 모더니즘 등등과 같은 문학적 지식과 교양의 체계를 문제 삼을 필요가 있다. 지금도 각종 문학교과서나 참고서류에서 등장하고 있는 문예사조라는 지식 체계는 어디에서 비롯된 것일까. 이것을 제대로 따져보기 위해서는 치밀한 탐구와 조사, 논증이 필요한 일이기는 하지만 여기에서는 간단히 그 연원을 짚어보는 것으로 그치기로 한다.[3]

'문예사조'나 '문학사조', '예술사조'라는 용어는 서구 유럽의 근대적인 문학예술의 변화와 발전 과정을 설명하는 연구 성과들에 근원을 두고 있다. 유럽에서 르네상스를 기점으로 정치, 경제, 과학 문명 등 시대의 변화와 더불어 문학예술이 근대적인 발전을 거듭해가는 과정을 탐구한 것이 이른바 문학예술의 사상思想의 역사라는 지식 체계로 정리

---

2 이에 대한 대표적인 연구로는 강인숙의 『불, 일, 한 3국의 자연주의 비교 연구』 1·2(솔과학, 2015) 시리즈가 있다. 이 책에서 프랑스 자연주의가 일본을 거쳐 한국에 들어오면서 어떻게 변형되고 있는지를 김동인과 염상섭을 중심으로 밀도 있게 연구하였다.
3 문학의 근대적 개념과 지식 체계가 어떻게 형성되는가를 서구와 일본과 견주어 살펴보는 일은 매우 중요하며 최근에는 이런 연구 성과가 많이 제출되고 있기는 하다. 최원식의 『문학』(소화, 2012)이나 강용훈의 『비평적 글쓰기의 계보』(소명출판, 2013) 등이 대표적 사례이다.

되었다. 문예사조라는 말은 그것이 일본으로 들어와 대중적 교양의 지식체계로 보다 더 명쾌하면서도 간결하게 요약·정리되면서 다이제스트 형태로 만들어진 개념어이자 문학용어이다. 뒤늦게 근대화 과정에 뛰어든 일본으로서는 서양이 만들어 놓은 여러 지식 체계들을 재빨리 수입하고 소화시켜야 했는데 '문예사조'라는 개념이나 용어 역시 그 과정에서 번역되어 만들어진 것으로 보인다.[4] 일본의 출판시장에서 '근대문예사조', '최근 구주 문예사조사' 같은 이름의 책들을 어렵지 않게 만날 수 있는데 문예사조는 이런 과정에서 대중적 교양지식의 용어로 정착되었다.[5]

그런데 주목해 보아야 할 것은 이들 책에서 서구 문학예술의 변화과정이 서구가 아닌 문학예술 일반의 발달 경로, 혹은 단계적 과정처럼 인식되고 있다는 점이다. 즉 서구 문학예술이 어떤 표준적인 모델인 것으로 여기게 만드는 사고를 확산시키고 있는 것이다. 결국 이런 사고방식은 서구의 문학예술사文學藝術史가 이상적인 모범적 형태이고 거기에 뒤처진 동양은 이를 뒤쫓아 가야 한다는 강박관념마저 형성하게 된다. 그래서 이런 모범에 따라 일본의 문학지식계에서도 자신들의 근대적 '문예사조'가 서구의 그것과 크게 다르지 않게 발전하는 것으로 설명하려

---

4 이와 관련하여 시사점을 주는 글로 조경희의 「문학연구회와 외래문예사조 초탐」(『중국어문논총』 6, 중국어문연구회, 1993)이 있다. 중국에서 외래 문예사조가 어떤 배경으로 들어왔으며 어떤 논의과정을 통해 정착되는가를 살핀 글이다.
5 『근대문예사조』, 『근세문예사조』, 『최근 구주문예사조사』는 모두 1900년에 일본에서 출간된 책들이다. 1914년에도 '대일본도서大日本圖書'라는 출판사에서 『문예사조론』이라는 책이 출간되었다. 한편 와세다대에서는 초기 일종의 방송 강좌 강의록으로 '구주 근대문예사조'를 출간하였고 '국어 및 한문과' 입학시험 문제집으로도 같은 제목의 책이 일본 국회도서관에서 검색되고 있다. 일본의 국회도서관에서 문예사조라는 키워드로 검색해보면 1900년경부터 여러 도서목록이 나온다.

는 시도가 일어나게 된다.[6]

이런 지적 담론의 체계가 우리의 근대문학사를 설명하는 방법론으로 이식된 것이 초기 문학사 연구였다. 예컨대 임화의 일련의 '신문학사'에 대한 글이나 백철의 『신문학사조사』는 그런 틀 안에 강력하게 사로잡혀 있었다. 물론 임화를 백철과 하나로 묶어 평가할 일은 아니긴 하다. 그럼에도 불구하고 임화가 신문학사와 관련된 여러 글에서 문예사조의 교체로 문학사를 설명하려 했다거나 백철이 우리 문학사를 쓰면서 붙였던 책 제목이 '신문학사조사'라는 것은 이런 사고방식이 상당히 일반화되어 있었음을 보여주는 증거이다.

「표본실의 청개구리」를 한국 최초의 자연주의 소설로 설명하는 것은 이런 문학 지식이 형성, 안착되면서 나온 것이었다. 우리에게도 서구와 다름없이 문예사조가 시대에 따라 교체되는 문학적 발전의 경로가 확인된다는 것이 초기 문학사연구자들의 생각이었고 이는 지속적으로 한국문학 학계 안에서 재생산되어 왔다. 물론 그렇지 않은 연구와 주장이 최근에는 힘을 더 얻어가고 있으나 사조 중심의 문학사 설명 방식은 여전히 대중적 영향력을 잃지 않고 있다. 그래서 「표본실의 청개구리」가 최초의 자연주의 소설이라는 평가 역시 포털사이트의 주요한 내용으로 등장하고 있는 것이다.

식민지를 겪은 우리 근대소설사는 서구의 그것과 같을 수도 없고 실제로 같지도 않다. 서구의 근대적 문학예술의 발전은 중요한 참조가 될

---

6 한 예를 들자면 일본 위키피디아에서 일본의 근대문학사를 설명할 때 시기별 주요 키워드는 계몽기 문학, 낭만주의, 자연주의, 반자연주의, 사실주의, 대중문학의 등장, 모더니즘과 프롤레타리아문학 등이다.(https://ja.wikipedia.org/wiki/日本の近現代文学史)

수는 있을지언정 그것이 모범적이고 표준적인 경로라고 볼 근거는 어디에도 없다. 우리는 우리 나름의 역사적 과정을 거치면서 스스로의 문학을 창작하고 향유해왔다. 따라서 「표본실의 청개구리」 역시 우리 스스로의 문제의식에서 비롯된 설명이 필요한 것이다.

3. 3·1운동의 이념-사회진화론에 맞서는 세계평화주의

다시, 「표본실의 청개구리」가 발표된 것은 잡지 『개벽』 1921년 8월호였다. 이 작품은 조금 긴 단편으로 같은 해 10월까지 연재된다. 염상섭은 아마도 이 작품을 1919년 봄이 지난 어느 때인가부터 1921년 초까지 구상-창작-퇴고 과정을 거쳐 완성했을 것이다. 따라서 「표본실의 청개구리」를 창작할 무렵의 시대적 분위기는 여전히 3·1운동의 자장 안에서 있었다.

그런데 3·1운동은 3월 1일 하루만 일어난 게 아니라 1919년 상반기 내내 이어졌던 역사적 사건이었다. 일본 식민지 통치정책에 맞서 전국적으로 전 계층이 참여한 평화적 독립운동이자 저항운동이었다. 그이전에 만민공동회가 있었기는 했지만 3·1운동처럼 전국적 범위의 시위는 아니었다. 박은식의 『독립운동지혈사』에 따르면 3월에서 5월까지 집회횟수는 1,542회, 집회인원 2,023,098명, 사망자 7,509명, 부상자 15,961명, 피검자 수 46,948명에 이른다.[7] 이렇게 전국적으로 만세운동이 확산되는 과정에 청년 염상섭이 초연했을 리 없다. 같은 나라에서 살고 있는 수천 명의 사람들이 시위 과정에서 목숨을 잃었다는 것 하나만으로도 비분강개할 일이었다.

게다가 염상섭은 직접 운동에 뛰어들어 3개월 가까이 옥살이를 한 경험을 갖고 있었다. 그는 게이오 대학 유학생 신분으로 3·1운동 발발 직후인 3월 19일 일본 오사카 덴노지天王寺공원에서 학생과 노동자의 연합으로 대중집회를 열어 독립선언대회를 결행하기로 계획을 세웠었다. 직접 쓴 「독립선언서」까지 등사하여 준비하였으나 거사 계획이 경찰에 발각되는 바람에 집회를 준비하던 23명 전원이 연행됨으로써 실제 행동은 좌절되고 말았다.

3·1운동이 한국근대사에 미친 영향은 간단하지 않다. 일제의 압박에 저항한 전국적인 평화적 독립운동이라는 설명만으로는 충분하지 않다. 3·1운동은 당시 한국 사회의 정치, 경제, 사회, 문화 등 전 영역에 영향을 미쳤다. 3·1운동을 통해 식민지 조선의 민중은 정치적인 근대적 공중公衆으로 다시 태어날 수 있었다. 3·1운동으로 임시정부가 만들어졌고 근대국가로서의 첫출발을 내디뎠다. 3·1운동은 1945년 8월 15일 해방을 맞아 거리로 뛰쳐나와 만세를 부른 그들, 4·19부정선거에 맞서 싸운 학생들, 1980년 5월 서울역 광장과 광주 전남도청에 모인 학생과 시민들, 1987년 6월 '호헌철폐와 독재타도'를 외친 사람들, 그리고 2016년에서 2017년으로 넘어가는 계절에 광화문 광장에 모인 촛불 시민들의 가장 앞자리에 놓여있다. 3·1운동은 오늘날의 한반도를

---

7   3·1운동100주년기념사업회(http://www.samilrevolution.org) 자료실 참조.

만들어낸 굵직한 핵심사건 중 하나일 뿐만 아니라 근대적 공중으로서 한국 특유의 시민 사회적 특성을 만들어낸 원점 같은 존재이다.

그런데 3·1운동은 패권 국가들의 주류적 담론에 맞서 대안담론을 내세운 아시아 최초의 민중운동이자 사회운동이라는 의미도 지닌다. 이 시기에 유행하던 주요 담론이자 지배적 세계관은 다윈의 진화론에 근거를 둔 사회진화론이었다. 자연의 질서는 지속적으로 진화하고 발전한다는 것, 그 과정에서 약육강식弱肉强食과 우승열패優勝劣敗, 적자생존適者生存이 자연의 진리이자 사회가 발전하고 진화하는 원리라는 것이 사회진화론의 논리였다. 이는 서구 유럽으로부터 줄기가 뻗어 나와 마침내는 일본이나 중국, 식민지 조선에도 영향을 미쳤다.[8] 사회진화론은 인간 사회의 진보와 발전에 대한 믿음도 있지만 약육강식의 논리에 근거해 모든 경쟁을 정당화하고 그런 관점에서 온갖 차별에 명분을 제공하며 제국주의의 침략과 정복을 옹호한다는 점에서 문제가 있었다.

끊임없는 경쟁이 사회를 발전시키는 원동력이고 여기에서 살아남은 강자가 사회를 지배해야 한다는 논리는 백인 남성 우월주의를 정당화한다. 더 나아가 이런 담론은 우수한 민족과 그렇지 못한 민족이 있다는 편견을 만들고 그 사이의 서열화를 정당화시키는 논리로도 이어진다. 결국 우수한 인종이나 뛰어난 민족이 그렇지 못한 부류들을 지배해야 사회가 발전한다는 신념의 체계를 만들어내었다.

이런 사회진화론의 논리는 일본으로 유입되면서 더욱 보수화되어 민족이나 국가 자체를 유기체로 보고 천황을 절대시하는 천황제 중심의

---

8   사회진화론의 발생 및 전파에 대해서는 전복희, 『사회진화론과 국가사상』, 한울, 2007을 참조.

국가체제에 대한 옹호로 내재화된다. 천황을 정점으로 하는, 하나의 가족 같은 국가를 일사불란하게 이루어야 더 강한 힘을 갖고 세계를 주도할 수 있게 된다는 논리가 그것이다.

한편, 이런 담론은 약소민족의 지식인들에게는 열심히 실력을 쌓아 힘 있는 자에게 맞설 만큼의 능력을 키워야 한다는 실력양성론으로 변용된다. 실력양성론은 장점도 많지만 잘못은 그간 능력을 쌓지 못한 우리에게도 있다는 자조론自嘲論을 암암리에 유포한다. 오늘날의 신자유주의와도 그 성격이 유사한 사회진화론의 이런 보수적 논리는 식민지 조선에까지 영향을 미쳤다.

3·1운동이 중요한 이유는 사회진화론에 맞서 만인이 평등하고 동등한 권리를 가졌다는 보편적 윤리를 바탕으로 세계평화를 이룩하자는 이념을 내세웠기 때문이다. 사해동포주의四海同胞主義가 바로 그것인데 3·1운동 현장의 곳곳에서 낭독된 독립선언서가 이를 뚜렷하게 내세우고 있다는 점에서 의미심장하다.

오등吾等은 자玆에 아我 조선朝鮮의 독립국獨立國임과 조선인朝鮮人의 자주민自主民임을 선언宣言하노라. 차此로써 세계만방世界萬邦에 고告하야 인류 평등人類平等의 대의大義를 극명克明하며, 차此로써 자손만대子孫萬代에 고誥하야 민족자존民族自存의 정권正權을 영유永有케 하노라.

반만년半萬年 역사歷史의 권위權威를 장仗하야 차此를 선언宣言함이며, 이천만二千萬 민중民衆의 성충誠忠을 합合하야 차此를 포명佈明함이며, 민족民族의 항구여일恒久如一한 자유발전自由發展을 위爲하야 차此를 주장主張함이며, 인류적人類的 양심良心의 발로發露에 기인基因한 세계개조世界改造의 대기운大機運에

순응병진順應並進하기 위爲하야 차此를 제기提起함이니, 시是 ㅣ 천天의 명명明命이며, 시대時代의 대세大勢 ㅣ 며, 전 인류全人類 공존동생권共存同生權의 정당正當한 발동發動이라, 천하하물天下何物이던지 차此를 저지 억제沮止抑制치 못할지니라.[9]

　인용한 독립선언서의 첫대목에서 보듯이 우리 민족이 독립해야 할 이유가 인류평등의 대의, 민족의 자유발전, 인류적 양심, 인류의 공존에 있음을 내세우고 있다. 이는 3·1운동이 사회진화론과는 반대로 인류 공존, 만인 평등이라는 보편 윤리에 근거를 두고 있음을 보여준다.

　사회진화론이 제국주의자들을 중심으로 세를 얻어가는 상황에서 3·1만세 사건은 대안 담론으로 사해동포주의를 내세움으로써 운동으로서의 가치를 얻게 된 것이다. 이 세계의 모든 인류는 서로 피를 나눈 형제자매이고 동포라는 생각, 다 같은 인간으로서 모두 공평하게 존중받아야 한다는 가치관, 그리고 힘이 세건 작건 서로 존중하면서 평화롭게 살아가는 세상을 만드는 것에 대한 지향이 그 내용이었다. 이것은 어렵고 복잡한 철학이나 이론이 아니었다. 3·1운동에 그 많은 사람들이 함께 나설 수 있었던 데에는 그동안 일본 제국주의자들에게 차별과 억압을 받아온 대중들의 일상적 울분이 작용한 것이었겠지만 그것이 지속적인 민족적 저항운동의 토대로 작용할 수 있었던 데에는 보편적 윤리에 대한 신념이 그 바탕에 자리 잡고 있었다.

9　3·1운동100주년기념사업회(http://www.samilrevolution.org) 자료실 참조.

4. 「표본실의 청개구리」, 3·1운동의 세계관을 그리다

그런데 3·1운동을 문학적으로 형상화하는 것이 오늘날 생각하듯이 그렇게 쉬운 일은 아니다. 일본제국주의 당국은 3·1운동 이후 신문이나 잡지의 발간을 제한적으로 허가했지만 창작과 표현의 자유까지 보장해준 것은 아니었다. 표현의 자유는 일본 식민지 기간 내내 허용된 적이 없었다.

이점은 1980년 5·18과 견주어 보면 이해하기 쉽다. 광주항쟁을 문학적으로 형상화한 소설들이 발표될 수 있었던 것은 항쟁으로부터 3~4년이 지난 1980년대 중반에 들어서부터였다. 그것도 항쟁의 전모를 직접적으로 다루지 못하고 우회적으로 그 이면을 다룬 것이거나 우화寓話적으로 접근한 것이 고작이었다. 황석영 외 몇 명이 5·18항쟁의 전 과정을 기록한 『죽음을 넘어, 시대의 어둠을 넘어』가 검열을 피해 비합법 지하 출판물로 나온 것도 1985년에 와서야 가능했다. 이런 작품을 쓴다는 것 자체가 구속과 고문 등 심각한 신체적 위협을 감내하지 않으면 안 되었다. 더구나 식민지 시대인 당시는 일본의 군부 공안통치 체제였다. 조선에 부임한 총독 자체가 군인이었고 치안은 경찰이 아닌 헌병이 담당했다. 헌병을 동원하여 민간인을 감시하고 치안을 유지하는 것은 오늘날로 보면 계엄령이 발동되어 있는 상황이나 마찬가지였다. 그런 상황이 10년째 지속되고 있었다.

따라서 당시 작가들이 3·1운동을 정면에서 문학적으로 다루는 것이 얼마나 어려웠을 것인가는 미루어 짐작할 수 있다. 상당한 공포감과 압박감이 작가들로 하여금 작품 창작에 나서지 못하게 만들었을 것이다. 사실 「표본실의 청개구리」도 3·1운동을 정면으로 다룬 것은 아니다. 이 작품에는 3·1운동과 관련된 언급이 전혀 등장하지 않는다. 이런 점 때문에 「표본실의 청개구리」가 3·1운동과 맺는 연관성이 주목받지 못했던 것인지도 모른다.[10]

그런 점에서 문학작품이 사회적 사건이나 역사적 사실을 반영한다는 것은 어떤 의미이고 어떤 방식이어야 하는지는 되물어볼 필요가 있다. 역사적 사건이나 사회운동을 꼭 소재적으로 직접 반영하는 것 말고도 다양한 방식으로 형상화하고 문학적으로 재구성할 가능성은 열려 있다. 표현의 자유를 극도로 억압받는 상황이라면 더욱 그럴 것이다. 그 점을 감안하고 작품을 읽는 섬세한 시선이 필요하다.

「표본실의 청개구리」는 독특하게도 두 개의 소설이 중첩되어 있는 구조이다. 액자 소설적 구성인 것처럼 보이지만 엄밀히 말해 그보다는 두 개의 소설이 하나의 제목 아래에 담겨 있는 기이한 형식이다. 그런데 핵심은 에피소드를 연결시켜주고 있는 '나'의 존재와 '김창억'의 존재에 있다. 바깥의 에피소드가 '나'를 1인칭 초점화자로 내세워 전개되고 있다면 안의 에피소드는 3인칭 관찰자 시점으로 온전히 '김창억'이 주인공인 소설이다. 엄밀히 말해 나를 주인공으로 한 것이 이 작품의 핵심이고 김창억을 주인공으로 한 에피소드는 상대적으로 밀도가 떨어진다.

---

10 3·1운동과 「표본실의 청개구리」와의 관련성을 다룬 연구들로는 이보영, 『난세의 문학』, 예림기획, 2001을 비롯해 권보드래, 「3·1운동과 '개조'의 후예들」, 『민족문학사연구』 58, 2015 등 여럿이 있다. 권보드래의 글을 보면 생전에 염상섭 스스로도 「표본실의 청개구리」를 3·1운동과 관련지어 술회했다는 것을 알 수 있다. 그럼에도 불구하고 앞에서 살펴보았듯이 「표본실의 청개구리」는 3·1운동과의 연관성보다는 자연주의라는 문예 사조와의 연관 속에서 거론되는 경우가 더 많았다.

먼저 내가 주인공인 에피소드를 보자. 소설은 "무거운 기분의 침체와 한없이 늘어진 생의 권태는 나가지 않는 나의 발길을 남포南浦까지 끌어왔다"라는 문장으로 시작하고 있다. 내가 서울로부터 남포로 왔음을 알리는 대목이다.[11] 이 에피소드는 주인공이 서울을 떠나 평양을 거쳐 남포로 와서 김창억을 만나는 이야기와 두 달 후 친구로부터 김창억의 그 후의 소식을 전달받는 이야기가 주를 이룬다.

그러면 주인공은 어떻게 남포 행을 택하게 된 것일까? 심리적 강박관념에 시달리던 내가 바람이라도 쐬려고 남포 행을 선택한 것이 그 이유이다. 첫 대목에서 등장하는 중학교 생물 실험실의 개구리 해부장면이 바로 이런 심리적 강박관념과 연결되어 있다. 그리고 이 인상적인 장면이 「표본실의 청개구리」라는 제목을 탄생시켰다.

나는 심리적 강박관념으로 잠을 못 이루고 있다. 눈을 감으면 학창시절 개구리해부 장면이 떠오르고 식은땀을 흘리며 잠을 설쳐버린다. 책상 서랍에 들어 있는 면도칼을 꺼내어 마당에 집어던지기까지 한다. 면도칼이 마치 청개구리 해부하듯이 나를 헤집어 놓을 것 같은 압박감을 느끼기 때문이다. 나의 심리적 압박감과 육체적 무력감을 해부대 위에 놓여있는 청개구리의 그것으로 상징화하여 표현하고 있다.

그런데 이런 심리적 강박의 정체는 무엇일까? 그것은 몸을 마음대로 움직이지 못한다는 자유의 제약, 더 나아가 압박감과 무력감, 그것을 넘어 공포감 같은 것일 터이다. 자신이 표본실에서 해부되는 청개구리나 마찬가지 존재라는 것을 묘사한 이 대목은 주인공이 느끼는 심리적 압

---

11 이 글에서는 문학과지성사에서 간행된 김경수 교수 편집본, 염상섭 단편선 『두 파산』(2006)에 실린 「표본실의 청개구리」를 저본으로 삼았다.

박감의 실체를 상징적으로 드러낸 것이다. 왜 주인공은 이런 심리적 압박감을 느끼는 것일까?

이 작품의 어느 곳에서도 주인공이 느끼는 심리적 압박감이나 무력감의 원인은 확인되지 않는다. 작품의 첫 문장에서 거론된 "무거운 기분의 침체와 한없이 늘어진 생의 권태"말고는 이 작품 안에서 그 이유를 딱히 찾을 수 없다. 그러나 아무 맥락 없이 주인공이 이렇게 심리적 '침체'를 겪을 리 없다. 작가는 그 이유에 대해서 의도적으로 침묵하거나 청개구리처럼 해부대 위에서 온몸을 결박당한 경험, 즉 감옥 체험을 우회적으로 드러내려는 것일 수 있다.

이 작품이 발표되었던 시대적 맥락을 참조해 보면 그렇게 추론하는 것도 무리는 아니다. 소설이 창작되었을 시기가 대략 3·1운동 직후일 텐데 이런 심리적 압박감은 3·1운동을 빼놓고서는 제대로 설명하기 어렵다. 실연失戀으로 인한 절망이나 청년기의 지향점 없는 방황의 심리라고 생각할 수도 있겠지만 그렇게만 본다면 그 뒤의 이야기 전개와 아귀가 들어맞지 않는다. 1919년의 그 거대한 사건의 여파가 청년 염상섭으로 하여금 이런 서술을 하도록 만들었다고 추정하는 게 온당하다.

이런 주인공이 심리적 압박감을 벗어나고자 선택한 것이 바로 남포행이었다. 남포로 가기 위해서는 경성역에서 평양역을 거쳐 평양-남포 간 철도를 이용해야 했다. 평양-남포 간 철도는 1910년에 개통되었다. 새벽녘에 평양에 도착해 친구와 함께 남포행 기차를 타기 전에 시내를 구경한다. 평양시내에서 아침을 먹고 대동강변을 산책하다가 봉두난발을 한 기인을 발견한다. 머리를 길게 기르고 철지난 두루마기를 입은 예술가 풍의 기인奇人을 보고 주인공인 화자는 "진정한 행복은 저런 생활에 있는 게야"라고 내심 생각한다. 실험실에 포박된 청개구리와 같은 삶과, 어디에도 속박되지 않은 홈리스와 같은 자유분방한 생활이 뚜렷하게 대비되고 있다.

한편으로는 지식인인 주인공의 한없이 자유로워지고자 하는 열망이 그런 방식으로 묘사된 것처럼 보인다. 표본실에 사지가 묶여 극도의 강압 속에 무기력하게 처분만 기다릴 수밖에 없는 존재가 바로 나라는 인식이, 오히려 자유를 동경하는 역설적 이유로 보이는 것이다. 나는 차라리 기인이 될지라도 자유로운 삶을 그리워한다. 3·1운동이 좌절된 이후의 정치적 압박감, 어떻게 해도 이런 상황과 시대적 조건을 벗어날 수 없다는 무기력감이 결국은 광인과 기인적 삶에 대한 동경으로 나타나고 있다. 미치지 않고서는 시대적 압박으로부터 벗어나지 못한다는 상황 자체가 아이러니컬하면서도 비극적이다.

이제 주인공 일행은 남포에 도착해 친구들과 조우한다. 평양에서 만난 기인 이야기가 마침내 남포에 살고 있는 김창억에 대한 화제로 이어져 일행은 모두 이 인물에게 호기심을 갖게 된다. 3원 50전으로 한 달여 만에 3층 건물을 짓고 사는, 보통학교 훈도출신 광인狂人 김창억에 대해 나는 더욱 관심을 갖게 된다. 감옥에 서너 달 들어갔다 나온 후 정신이 이상해졌다는 김창억은 동서친목회 회장임을 자처하고 주변을 떠도는 일종의 기인이었다. 봄철에 감옥에 들어갔었다는 것도 명백히 3·1운동의 여파임을 우리에게 환기시키고 있다.[12] 이런 이야기를 듣고 호기심이

---

[12] 당시 검열 체제를 감안하면 3·1운동을 직접적으로 표현할 방법이 없어서 이런 방식의 우회적 수사를 사용했다. 직접 거론하지 않음으로써 오히려 말하고자 하는 바를 강력하게 환기시키고 있다.

더욱 커진 일행은 급기야 김창억의 3층 누각을 방문하기에 이른다.

김창억이 자신의 주장을 늘어놓는 대목은 비록 광인의 그것으로 묘사되고 있지만 심상치 않다. 김창억은 스스로 동서친목회의 회장임을 칭하고 있듯이 세계평화론자이기도 하다. 그는 물질만능주의, 약육강식의 논리로 만물의 만물에 대한 투쟁이 일상화된 현재의 문명 일반을 질타한다. 그에 따르면 세계대전 역시 이런 물욕과 약육강식의 논리에서 비롯된 것이다. 김창억은 이제 세계대전도 끝났으므로 세계가 일대 가정家政을 이룰 시기가 되었다고 주장한다. 동서가 화목하게 지내자는 취지에서 동서친목회를 조직한 것도 그 때문이라고 한다.

이런 김창억의 주장은 앞에서 살펴본 3·1운동의 정신과 어울리고 있다는 점에서 미친 사람의 허황된 말이라고 넘길 일이 아니다. 사회진화론을 비판하고 대신 세계평화론과 동서평화, 사해동포주의를 주장하는 것은 그대로 3·1운동의 이념을 언설로 표현한 것이다. 물론 감옥에 다녀온 뒤 저 홀로 이상한 3층 누각을 짓고 혼자 황당한 조직을 만들어 세계를 주유周遊하고 금강산으로 들어가겠다는 김창억이 정상이라고 보기는 어렵다. 그는 나를 제외하고는 방문한 사람들로부터 비웃음을 사는 존재에 불과하다. 그런데 이런 광인의 입을 통해 나오는 주장의 핵심은 결코 광인의 말로 보기 어렵다. 어쩌면 작가는 김창억의 입을 통해 정작 자기 속내, 즉 사해동포주의, 3·1운동의 담론을 말하고 싶었던 것인지 모른다.

이에 비해 김창억이 주인공이 된 에피소드는 훨씬 긴장감이 떨어진다. 나를 주인공으로 한 에피소드는 초점 화자인 나로 인해 소설적 긴장감이 유지되고 있는데, 3인칭 관찰자 시점으로 이루어진 김창억의 이야기는 극적 효과가 떨어지고 긴장감이 없다. 감옥살이를 하고 나온 이후, 아내마저 도망간 상황에서 현실에 적응하지 못하고 점차 기이한 행동과 말을 하는 주인공을 보여주고 있으나 상황 자체가 구체성을 결여하고 있다. 감옥에 들어가게 된 경위부터 다소 막연한 데다가 아내가 집을 나간 대목도 석연치 않다. 더구나 실성하기까지 김창억 내면의 고통이 작지 않았을 법한데 이에 대한 서술은 많지 않고 대신 3층 누각을 만드는 과정이 자세하다. 감옥에 다녀온 전후의 과정을 제대로 말하기 어려웠던 사정이 서사의 구체성을 침해하고 있는 것이다. 즉 김창억이 감옥살이를 한 이유라거나 김창억의 생각이 형성되는 과정이 다뤄지지 못한 것은 다분히 정치적인 이유로 보인다. 강력한 검열 체제 아래에서 김창억이 감옥을 간 이유도, 부인의 가출도, 사상의 변화도 있는 그대로 말하기 어려웠지 않았을까. 3·1운동 직후 한국 근대문학사가 동시대의 긴장감을 갖고 악전고투하며 도달했던 지점이 여기까지였다.

5. 3·1운동의 문학적 기념비, 「표본실의 청개구리」

3·1운동은 하나의 역사적 사건이었다. 그래서 3·1운동을 겪고 난 뒤의 세상은 그 전과 달라질 수밖에 없었다. 역사적 사건은 그런 법이다. 3·1운동 이전의 세계와 3·1운동 이후의 세계는 다른 것이다. 4·19 이전과 이후가 다르고 1987년 6월 이전과 이후가 다르듯이 말이다.

염상섭의 「표본실의 청개구리」는 3·1운동을 겪고 난 직후의 세계의 모습을 한국 근대소설사에서 처음으로 제대로 보여준 작품인 동시에 소설의 내용과 형식 모두 3·1운동의 자장 아래에서 탄생한 우리 문학의 성과다.

3·1운동 이전에는 이광수의 『무정』에서만 보더라도 현실을 전혀 다르게 보고 있었다. "아아 우리 땅은 날로 아름다워간다. 우리의 연약하던 팔뚝에는 날로 힘이 오르고 우리의 어둡던 정신에는 날로 빛이 난다. 우리는 마침내 남과 같이 번적하게 될 것이"[13]라고 생각했던 것이 3·1운동 이전이었다. 이광수와 염상섭이라는 서로 다른 작가가 바라본 세계이기는 해도 이 정도로 세계 인식의 차이가 나도록 만든 것은 3·1운동이었다.

그런 점에서 3·1운동을 문학적으로 형상화한 대표적 작품이 「표본실의 청개구리」이고 그것이 한국 근대문학사에서 이 소설이 차지하는 위치이기도 하다. 비록 직접적으로 3·1운동이 작품 안에서 사건화된 것은 아니라 하더라도 3·1운동의 정신이나 사회적 분위기, 당대의 억압적 체제가 만들어낸, 있는 그대로 한국문학의 실제 모습이 「표본실의 청개구리」이다. 김창억 같은 교사가 광인이 될 수밖에 없는 시대, 청년이 마치 해부를 앞 둔 개구리처럼 표본실에 묶여 있다는 강박에서 벗어나기 어려운 시대가 3·1운동 직후 한국 사회의 모습이었다. 그런 점에서 「표본실의 청개구리」는 우리나라 최초의 자연주의소설로 설명되기보다는 3·1운동에 대한 문학적 기념비로 그 가치가 조명되어야 한다.

---

13 이광수, 김철 교주, 『바로잡은 무정』, 문학동네, 2003, 720면.

제3부

3·1운동 이후의 시사적 맥락

유성호

1. 본격적인 근대문학의 개화

한국 근대시사에서 3·1운동 전후로부터 1920년대 초중반에 이르는 시기는 신문, 잡지, 동인지 등의 광범위한 매체적 변화를 중심으로 폭넓은 다양성을 형성하게 된다. 그리고 시인이나 작품들도 활발히 증폭되는 현상을 빚게 된다. 근대 들어 초유의 양적, 질적 전환기 겸 도약기가 펼쳐진 것이다. 이처럼 방사적으로 넓게 퍼진 당대 창작 활동은 커다랗게 세 갈래로 나누어 범주화할 수 있을 것이다. 하나는 감상적 충동에서 발원한 이른바 낭만주의 경향이며, 둘은 민요시 혹은 전통적 의미의 서정시 계열이고, 마지막은 당대 현실을 증언하고 비판한 일련의 현실주의 경향이다. 그리고 이러한 굵은 줄기 외에도 실험적으로 분출되었던 상징주의, 다다이즘 등을 떠올릴 수 있을 것이다.

이 가운데 감상적 어조로 존재의 생래적 슬픔을 노래한 낭만주의 경향은 당대에 대한 즉자적 애상과 비탄이 주조를 이루었다. 『백조』에서 극점을 이루다가 김소월에 이르러 민족적 보편성을 얻어간 이 경향은, 어쨌든 1920년대 내내 한국 서정시의 저류底流로 흡수되어갔다. 물론 이러한 경향의 편재화 이면에는 3·1운동을 겪은 주체들의 자부심과 상실감, 꿋꿋함과 처연함의 혼류가 흐르고 있었을 것이다. 그러다가 1920년대 중반 이후 당대 주요담론으로 부상한 사회주의의 영향과 함께 이러한 낭만주의 시학은 궁핍한 현실과 깊이 접속되면서 한층 더 강화된 공동체적 관심으로 나아가게 된다. 그러나 이 과정에서 3·1운동 직후의 시적 주체들은 한결같이 활동이 줄어들거나 영향력이 약화되면서 문학사의 전면에서 철수하게 된다. 주요한, 홍사용, 이상화, 박종화, 김석송, 변영로, 황석우, 김동환, 유엽, 양주동, 이장희, 심지어는 조명희, 김소월, 한용운에 이르기까지 이들은 모두 1920년대 중반을 고비로 하여 창작 활동을 접거나, 다른 장르로 이월해가거나, 창작 활동의 위축을 겪는다. 다음 세대인 카프와 모더니즘 시인들에게 자리를 내준 것이다.

1920년대 중반 이후는 러시아혁명 후 일본을 경유하여 유입된 사회주의 사상이 민족 운동의 주요한 축으로 부상하였고, 그에 부합하여 문학운동도 여러 갈래로 상당한 영향력을 지닌 채 펼쳐졌다. 우리가 항용 부르는 신경향파시의 기저에는 이러한 당시 사회에 만연했던 사회주의 사상이 근원적으로 매개되어 있었으며, 이러한 상황에서 산출된 작품들은 식민지 현실에 대한 날카로운 대응의 형태를 띠고 등장하게 된 것이다. 이러한 문학적 분기와 전개는 3·1운동이라는 외재적 충격과 함께 도래한 이른바 문화정치의 맥락과 국내외에서 다양하게 펼쳐진 계몽적인 문화운동에 힘입은 바 크다. 따라서 우리는 이때로부터 근대문학의 태동기를 거쳐 이제 본격적인 근대문학의 개화가 이루어졌다고 해도 좋을 것이다.

2. 근대전환기의 시적 주체

우리가 '근대계몽기' 혹은 '근대전환기'라고 부르는 문학사적 이행기는 우리 시사에서 가장 역동적인 체질 개선이 이루어졌던 시간대이다. 우리가 서정시의 근대성을 형태적으로는 고전시가의 율격적 구속을 거부하고 새로운 시대의 호흡에 맞는 새로운 율동을 창출해내는 것으로 보고, 내용적으로는 개체적 경험과 감성의 자유로운 발로를 억압하는 규범적 관습과 제도를 타파하면서 역사적 추이에 대한 균형적 인식을 확보해내는 것으로 볼 때, 이때는 이러한 전환기적 징후를 가장 풍요롭게 표출한 문제적 시기라고 할 수 있다. 이처럼 근대 전환기에 이루어진 전이적轉移的 성격은 우리 시에서 근대적 주체의 성격에 관한 관심을 불러일으키기에 족한 것이었다.

근대적 주체의 형성 과정과 그 성격을 중심으로 근대전환기를 이해할 경우, 우리는 이 시기를 바라보는 전혀 새로운 지형도를 얻을 수 있다. 먼저 그것은 고전시가와 근대 자유시 사이의 교량적 매개항을 '신체시'라는 과도 양식으로 설정하려는 시사적 관행과의 결별을 가져온다. 이 시기의 선편을 쥐었던 육당 시학은 형식에서의 새로움을 보이기는 했지만, 근대 자유시에 이르는 장르 의식까지는 가지지 못하였기 때문이다. 그래서 육당의 준^準정형시인 '신체시'는 근대 자유시로 나아가는 발전적 순기능을 했다기보다는 자연스런 발전 경로를 상당 부분 억압한 역기능의 측면이 더 많았다고 할 수 있다. 다른 하나는 동경 유학생들의 동인지였던 『창조』로 근대 자유시의 기원을 확정하려는 비역사적 태도의 수정으로 나타난다. 『창조』 이전에 『태서문예신보』나 『학지광』은 물론, 근대적 주체의 서정에 기반을 둔 자유로운 율격의 서정시가 왕성하게 이 시기를 수놓았다는 것을 밝힘으로써, 이 시기가 근대 자유시의 결여태가 아니라 풍부한 가능태였다는 사실이 일반화되기에 이른 것이다.

하지만 이러한 시사적 인식에도 불구하고 우리는 이 시기에 형성되고 착근되는 근대적 주체가 1920년대의 시인인 만해나 소월, 상화와 가지는 차별성에 주목하지 않을 수 없다. 그것이 바로 이 시기의 근대성이 내장하고 있는 상대적 불구성이며, 식민지 근대가 열리는 시기에 우리 서정시가 가지지 않을 수 없었던 미학적 한계이니까 말이다. 육당 시학을 서정의 차원으로 극복했다는 김억의 경우도 이러한 근대적 주체에 대한 새로운 의식을 내용과 형식의 유기적 연관성에 대한 철저한 탐색으로까지 이어가지 못했다는 해석이 근대 자유시의 형성 과정에서 이제는 보편적인 합의에 이르렀다고 할 수 있다. 김억은 베를렌과 보들레르 등의 프랑스 상징주의 시와 시론을 번역하여 소개함으로써 초기 자유시 형성 과정에 크게 기여하였는데, 1920년대 중반 이후에는 민요조 서정시에 관심을 기울여 창작에 매진하였으나 번역과 시론에 걸맞은 시적 성취를 이루지는 못했다. 하지만 중세적 사유와 미의식으로부터 벗어나려는 활발한 운동 과정으로서 근대시 형성 과정이 가지는 의미가, 중세적 규범으로부터의 자유나 경험의 개별성과 정情의 긍정, 개아個我의 욕구 및 일상적 삶 자체의 가치 추구 등과 같은 탈脫중세 지향의 심화와 더불어 그들을 유기적으로 통합한 삶과 세계의 전체상에로 나아가야 할 역사적 국면에 놓여 있었다는 점을 감안한다면, 김억의 역할은 1920년대의 시인들의 선구적 맹아 역할을 했다고 보아도 좋을 것이다. 그러한 관점에서 우리는 개인적 서정의 발로와 기존 율격으로부터의 해방 자체가 근대성의 핵심적 지표가 되는 것은 아니라는 사실에 주목하여, 진정한 근대적 주체의 정립 과정이 바로 근대성의 획득 과정임을 인정할 수 있을 것이다.

그런가 하면 이 시기에 활발하게 창작되는 창가나 신체시 그리고 자유시를 통틀어 그 중심에는 민족주의적 열정이 있었다고 할 수 있다. 식민지의 갈등과 위협이 철저하게 가시화되고 깊어지는 시점에서 그러한 열정이 근대적 주체의 개화보다는 그것의 유보와 함께 또 하나의 집단적 경험으로 해소하는 역기능을 가져다주었다는 것은 기억할 만하다. 그것의 역사적 실상이 바로, 1920년대에 대타적 영역을 거느린 채 펼쳐졌던 프로문학과 민족주의 문학이었던 것이다. 우리의 초기 문예 동인지들은 바로 이러한 근대전환기와 집체적 영역의 중간 지대에서 자신만의 시공간을 수놓게 된다.

3. 넓은 편폭을 지닌 동인지의 세계

한국 근대문학사에서 최초 문예 동인지인 『창조』는 일본 동경에서 1919년 2월에 창간되어 1921년 5월 종간호까지 3년 동안 모두 9호가 나왔다. 이 동인지는 순문예지였다는 점이 특징적이며 구어체를 많이 써서 문체 면에서 커다란 변화를 가져왔다는 점에서 인상적이다. 동인 가운데 가장 중요한 시인인 주요한은 평양 출생으로서 숭덕소학교 6학년 때 일본 유학을 떠나 거기서 중고등학교를 마쳤다. 유학 기간 중인 1917년 『청춘』에 단편소설 「마을 집」을 발표했으며 「에튜우드」라는 이름으로 5편의 시를 발표하기도 했다. 그는 김동인, 전영택 등과 함께 『창조』 동인을 결성하였는데, 이들은 모두 서북 출신이었고, 개신교와 밀접한 관계에 놓여 있는 인물들이다. 특별히 전영택이 목사였고, 오천석과 이일이 '천원天園'과 '동원東園' 같은 기독교적 함의의 필명을 쓴 것도 개신교의 강한 영향이었다고 할 수 있을 것이다. 『창조』 창간호에는 주요한이 쓴 다음과 같은 편집후기가 실려 있다.

우리의 속에서 일어나는 막을 수 없는 요구로 인하여 이 잡지가 생겨났습니다. 갖가지 곡해와 오해는 처음부터 올 줄 믿고 있습니다. 그러나 우리는 참으로 우리 뜻을 알아주시는 적은 부분의 손을 잡고 나아가려 합니다. 우리의 가는 길이 곧은 동안은 우리는 아무런 암초도 두려워하지 않습니다. 우리는 모든 핍박과 모욕의 길로라도 용감하게 나아가겠습니다. 우리의 길을 막을 자가 누굽니까!

주요한은 자신들의 출발이 그 누구도 "막을 수 없는 요구"이며 따라서 "갖가지 곡해와 오해"에도 불구하고 "핍박과 모욕의 길로라도 용감하게" 나아가겠다는 의지를 피력한다. 그만큼 그들의 출발은 도전적이고 의욕적인 것이었다. 그는 『창조』 창간호에 자신의 초기 산문시편인 「불놀이」를 발표하였는데, 이는 근대 초기에 펼쳐진 우리 시사의 일대 장관이 아닐 수 없다.

아아 날이 저문다. 서편 하늘에, 외로운 강물 위에, 스러져가는 분홍빛 놀…… 아아 해가 저물면 해가 저물면, 날마다 살구나무 그늘에 혼자 우는 밤이 또 오건마는, 오늘은 사월이라 파일날 큰 길을 물밀어가는 사람 소리는 듣기만 하여도 흥성스러운 것을 왜 나만 혼자 가슴에 눈물을 참을 수 없는고?

(…중략…)

아아 강물이 웃는다, 웃는다, 괴상한, 웃음이다, 차디찬 강물이 껌껌한 하늘을 보고 웃는 웃음이다. 아아 배가 올라온다, 배가 오른다, 바람이 불 적마다 슬프게 슬프게 삐걱거리는 배가 오른다……

저어라, 배를, 멀리서 잠자는 능라도까지, 물살 빠른 대동강을 저어 오르라. 거기 너의 애인이 맨발로 서서 기다리는 언덕으로 곧추 너의 뱃머리를 돌리라. 물결 끝에서 일어나는 추운 바람도 무엇이리오, 괴이한 웃음소리도 무엇이리오, 사랑 잃은 청년의 어두운 가슴속도 너에게야 무엇이리오, 그림자 없이는 '밝음'도 있을 수 없는 것을…… 오오 다만 네 확실한 오늘을 놓치지 말라.

오오 사르라, 사르라! 오늘밤! 너의 빨간 횃불을, 빨간 입술을, 눈동자를, 또한 너의 빨간 눈물을…….

—주요한, 「불놀이」(『창조』, 1919.2) 중에서

미국 민주주의 시인으로 정평이 난 휘트먼과 프랑스 상징주의 시인 폴 포르의 영향을 받은 주요한은 근대 초기 자유시 지향을 대표하는 탁월한 시인이었다. 하지만 그의 자유시 의식은 당시 민족 현실과 긴밀하게 맞물리지 못한 채 우리 근대시가 나아가야 할 목표와 상합하지 못하였다. 오히려 그는 민요, 동요 등 조선어의 미와 힘을 지닌 정형 양식에서 우리 시의 앞길을 진단하는 쪽으로 변모하게 된다. 시집으로는 『아름다운 새벽』(1924)이라는 만만치 않은 성과가 있었으나, 나중에 이광수, 김동환과 함께 낸 『3인시가집』(1929)이나 시조집 『봉사꽃』(1930)에서는 정형 양식에 대한 경사로 시세계를 변화해갔다. 얼마 전까지만 해도 이 작품은 '최초의 자유시'라는 에피셋으로 통칭되어왔지만, 이제 그러한 견해는 그 비실증성으로 인해 폐기된 상태이다. 이 시편은 핵심 이미지를 '불'과 '물'로 삼고 있는데, 화자는 '사랑 잃은 청년'이며 그는 군중 속에서 깊은 고독과 죽음의 기운을 느끼고 있다. 하지만 그 '고독'과 '죽음'을 상징하는 '물'의 세계를 넘어 그는 '정열'과 '사랑'과 '밝음'을 향한 '불'의 에너지로 반전의 힘을 발휘한다. 따라서 우리는 이 시편 하나만으로도 『창조』가 꿈꾸었던 시적 지향, 곧 삶의 활달한 의지와 생의 충동을 동시에 느낄 수 있을 것이다. 이러한 지향은『창조』의 후신 잡지였던『영대』로 이어지게 된다.

근대문학사에서 두 번째 문예 동인지는『폐허』다. 1920년 7월 창간 하여 1921년 1월 통권 2호로 폐간되었다. 후신인『폐허 이후』까지 합 쳐도 3호로 종간한 단명의 동인지였다. 제호題號는 독일 시인 실러의 "옛 것은 멸하고 시대는 변한다. 새 생명은 이 폐허에서 피어난다"라는 구절에서 따온 것인데 그 안에는 부활이나 갱생의 뜻도 포함하고 있다. 이들의 문학적 경향은 퇴폐적 낭만주의로 요약할 수 있는데, 이는 3·1 운동의 좌절과 극도의 경제적 궁핍을 경험한 식민지 청년 지식인들의 불안 의식이 반영된 결실일 것이다. 김억은『폐허』의 상징적 존재였고, 동인으로는 변영로, 오상순, 황석우, 남궁벽 등이 활약하였다. 김억이 쓴 편집후기의 일절을 보면『폐허』가 지향했던 세계가 잘 드러난다.

　새 시대가 왔다. 새 사람의 부르짖음이 일어난다. 들어라, 여기에 한 부르 짖음과, 저기에 한 부르짖음이 일어나지 않는가. 나중에 우리의 부르짖음 이 우러났다. 새 사상과 새 감정에 살려고 하는 우리의 작은 부르짖음이나 마, 쓸쓸한 오랜 암흑의 긴 밤의 빛이 여명의 첫 별 아래에 꺼지려 할 때, 오 려는 다사한 일광을 웃음으로 맞으며 그 첫소리를 냉량한 빈들 위에 놓았다. 그 첫소리의 크고 크지 못함은 부르짖음 되는 그 자신은 모른다. 다만 다음 에 오는 반향의 어떠한 것으로 말미암아서, 알 것뿐이다.

그들은 "새 시대"를 맞아 "새 사람의 부르짖음"을 반영해보려는 의지 를 가졌고, "새 사상과 새 감정에 살려고 하는 우리의 작은 부르짖음"을 욕망하였다. 또한 "쓸쓸한 오랜 암흑의 긴 밤"을 지나 "다사한 일광"을 맞이하면서 바로 "다음에 오는 반향"을 적극 소망하였다. 동인들 가운데 변영로는 서울 출생으로서 3·1운동 당시 기미독립선언서를 영문으로 번역하기도 한 시인이었다. 1924년에 발간된 첫 시집 『조선의 마음』은 우리말의 아름다움과 순화에 기여한 높은 시정신과 민족적 저항정신의 소산으로 평가받았다. 또 그의 시편에는 섬세한 전통 정서와 기개 높은 민족정신이 배어 있기도 하다.

　　생시에 못 뵈올 님을 꿈에나 뵐까 하여
　　꿈 가는 푸른 고개 넘기는 넘었으나
　　꿈조차 흔들리우고 흔들리어
　　그립던 그대 가까울 듯 멀어라

　　아, 미끄러지지 않을 곳에 미끄러져
　　그대와 나 사이엔 만리가 격했어라
　　다시 못 뵐 그대의 고운 얼굴
　　사라지는 옛 꿈보다도 희미하여라

　　　　　　　　　　―변영로, 「생시에 못 뵈올 님을」(『폐허 이후』, 1924.1) 전문

『폐허』의 일반적 기율이었던 낭만적 꿈과 그리움의 세계가 이 작품 안에 곡진하게 펼쳐져 있다. 이러한 '꿈'과 '그리움'의 세계는 같은 동인인 오상순이나 남궁벽에게도 이어지면서 다양한 음역을 선보이게 된다.

『장미촌』은 1921년 5월 24일 창간되었다. 동인으로 황석우, 변영로,

노자영 등이 참여하였다. 이 잡지는 표지에 '자유시의 선구'라는 부제를 달고 그 아래 '선언'을 실어 명실상부하게 시 전문 동인지를 표방하였다. 황석우는 『장미촌』 표지 '선언'에서 다음과 같이 말했다.

우리들은 인간으로의 참된 고뇌의 촌에 들어왔다. 우리들의 밟아나가는 길은 고독의 끝없이 묘막한 큰 설원이다. 우리는 이곳을 개척하여 우리의 영의 영원한 평화와 안식을 얻을 촌, 장미의 훈향 높은 신과 인간과의 경하로운 화혼의 향연의 열리는 촌을 세우려 한다. 우리는 이곳을 자못 우리들의 젊은 영의 열탕같이 뜨거운 괴로운 땀과 또는 철화같은 고도의 정한 정열로써 개척하여 나갈 뿐이다. 장미, 장미, 우리들의 손에 의하여 싹 나고, 길리고, 또한 꽃피려는 장미.

이로써 그는 이 잡지가 낭만적이고 유미적인 시정신을 담을 것을 천명하였다. 이러한 지향은 다음으로 등장한 문예 동인지 『백조』로 계승된다. 그만큼 『백조』는 『장미촌』이 본격적으로 이어지고 개화한 결실이었으며, 『장미촌』의 세계를 매우 근대적인 유통 방식에 의해 집결시켰다고 할 수 있다.

『백조』는 1922년 벽두에 창간되어 1923년 9월 3호까지 나왔다. 동인은 박종화, 홍사용, 노자영, 나도향, 박영희, 이상화, 현진건 등이었다. 3·1운동 실패 이후 암울했던 시대적 분위기를 반영하고 있으며, 낭만주의와 유미주의의 경향을 보여주었다. 편집과 발행을 주도한 이는 노작 홍사용이었는데 그가 쓴 편집후기의 일절은 다음과 같다.

우리의 예술 동산에 한낱 밝음의 빛을 볼까 하여 다음날 꽃다운 화원에 정성된 원정이 될까 하여 뜻한 지 이미 사년, 꾀한 지 이미 사년 써 나머지에 비로소 맷낫 뜻이 같은 글동무와 두낫 뜻 깊은 후원자 김덕기, 홍사중 양씨를 얻어 이에 우리의 뜻하던 문화사가 출현케 되는 그 써 경영하는 바는 문예잡지『백조』와 사상잡지『흑조』를 간행하는 동시에 아울러 문예와 사상 두 방면을 목표로 하여 서적과 잡지를 출판하여 써 우리의 전적 문화생활에 만일의 보람이 있기를 바라는 바이다.

"나는 왕이로소이다 어머니의 외아들 나는 이렇게 왕이로소이다 / 그러나 그러나 눈물의 왕! 이 세상 어느 곳에든지 설움 있는 땅은 모두 왕의 나라로소이다"(「나는 왕이로소이다」)라고 노래했던 홍사용은 화성 출생으로서 3·1운동 후 박종화 등과 함께 문예지『문우』(1920)를 창간하였고, 뒤이어『백조』창간호에「백조는 흐르는데 별 하나 나 하나」를 발표하였다. 그 후 줄곧 향토적이고 민족주의적인 소재를 감상성에 실어 노래하였다. 일제의 압박으로 소외된 민중의 슬픔을 노래한「나는 왕이로소이다」는 그의 대표작이다. 이 시편에 나타난 시적 자아는 '왕'으로 묘사되어 있지만 그가 다스리는 영역은 '눈물'로 표상되고 있다. 물론 이때의 '눈물'이 당대 민족 현실과 맺는 관련성을 우리는 상기할 수 있다. 그래서 주관적 영탄의 반복을 통해 시인이 객관 현실을 일정하게 반영하고 있다고 말할 수 있을 것이다. 그렇게 우리 근대문학사 초기의 낭만주의 시운동을 적극 견인한 선구자였던 노작은 감상적 낭만주의의 시풍을 띠면서도 그 슬픔의 배면에 나라 잃은 이의 역사적, 낭만적, 몽환적 상처와 그 대응을 가라앉혔던 것이다. 그런 홍사용이 "우리의 예술 동산"에 "꽃다운 화원에 정성된 원정"의 역할을 자임하면서 "우리의 전적 문화생활에 만일의 보람"을 욕망하였던 것이다.

이상화는 대구에서 태어나 경성중앙학교와 동경외국어학교과를 졸업하였다. 1922년에 동향 문우인 현진건의 소개로 박종화, 홍사용, 나도향, 박영희 등과 만나 『백조』 동인을 결성하면서 창작 활동을 시작하였다. 그의 초기 시세계는, 당대 시단의 편재적 현상이었던 감상적 낭만주의의 자장을 일관되게 보여준다. 그것은 다분히 감상과 니힐 그리고 퇴폐와 탐미 추구의 세계에서 비롯되는 것이었는데, 이상화 초기 시편 역시 이러한 세계에서 그다지 멀리 가 있지 않았던 것이다. 아니 그러한 세계를 가장 대표적으로 보여주는 실례였다고 할 수 있다. 어쨌든 그것이 현실의 무력감에서 온 것이든, 내적 번민에서 온 것이든, 이상화 초기 시편에는 우울과 탄식의 정서가 시편 구석구석을 물들이고 있다. 그는 등단작에서 불 같은 열정과 낭만적 감상을 잘 보여준다. 가령 "가을의 병든 미풍의 품에다 / 아― 꿈꾸는 미풍의 품에다 / 낮도 모르고 / 밤도 모르고 / 나는 술 취한 집을 세우련다 / 나는 속 아픈 웃음을 빚으련다"(「말세의 희탄」)라고 노래함으로써, '말세'라는 시대 인식이나 그것을 탄식과 울분으로 표제를 삼는 세기말적 낭만주의 감각을 보여준다. 이러한 낭만적 퇴행regression의 의지가 가장 확연하고 탐미적으로 발산된 작품이 아마도 다음 시편일 것이다.

'마돈나' 지금은 밤도, 모든 목거지에, 다니노라 피곤하여 돌아가려는도다,

아, 너도, 먼동이 트기 전으로, 수밀도의 네 가슴에, 이슬이 맺도록 달려오너라.

'마돈나' 오려무나, 네 집에서 눈으로 유전하던 진주는, 다 두고 몸만 오너라,
빨리 가자, 우리는 밝음이 오면, 어딘지 모르게 숨는 두 별이어라.

'마돈나' 구석지고도 어둔 마음의 거리에서, 나는 두려워 떨며 기다리노라,
아, 어느덧 첫닭이 울고 — 뭇 개가 짖도다, 나의 아씨여, 너도 듣느냐.

'마돈나' 지난밤이 새도록, 내 손수 닦아 둔 침실로 가자, 침실로!
낡은 달은 빠지려는데, 내 귀가 듣는 발자욱 — 오, 너의 것이냐?

'마돈나' 짧은 심지를 더우잡고, 눈물도 없이 하소연하는 내 마음의 촛불
을 봐라,
양털 같은 바람결에도 질식이 되어, 얄푸른 연기로 꺼지려는도다.

(…중략…)

'마돈나' 언젠들 안 갈 수 있으랴, 갈 테면, 우리가 가자, 끄을려 가지 말고!
너는 내 말을 믿는 '마리아'— 내 침실이 부활의 동굴임을 네야 알련만…….

'마돈나' 밤이 주는 꿈, 우리가 얽는 꿈, 사람이 안고 궁그는 목숨의 꿈이
다르지 않으니,
아, 어린애 가슴처럼 세월 모르는 나의 침실로 가자, 아름답고 오랜 거기로.

'마돈나' 별들의 웃음도 흐려지려 하고, 어둔 밤 물결도 잦아지려는도다,

아, 안개가 사라지기 전으로, 네가 와야지, 나의 아씨여, 너를 부른다.

　　　　　　　　　—이상화, 「나의 침실로」(『백조』, 1923.9) 중에서

　이 시편은 1920년대 초기의 감상적 낭만주의의 흐름을 짙게 반영하고 있고, 또 그런 경향을 가장 높은 수준에서 성취한 사례로 남아 있다. "가장 아름답고 오—랜 것은 오직 꿈속에만 있어라"라는, 낭만주의 선언에 가까운 시인의 말은 매우 인상적이다. 이 선언은 시편 전체를 규율하는 궁극적 주제가 된다. 가장 아름답고 오랜 것이 '꿈'과 등가를 이루는 이 순간에 상화 시편의 낭만적 화자는 탐미적으로 태어난다. 화자는 '마돈나'라는 여성을 절규하듯 부르고 있다. 물론 시편이 끝날 때까지 그 여인은 화자에게 오지 않는다. 그래서 이 작품은 전근대적인 유습과 억압으로부터 탈출하려는 '꿈'의 충동을 전면화하면서, 그리고 '침실'과 '동굴'을 등가화하면서, 성과 속의 일체화를 꿈꾼다. 오직 '꿈속'에서만 가능한 사랑, 현실에서는 불가능한 관능과 감상이 작품 전체를 감싸고 있는 것이다. 밤도 깊은 시간에 화자는 지속적이고 반복적으로 마돈나를 부른다. 그 호명은 너무도 간절하여, 작품 곳곳에 지뢰밭처럼 배치되어 있는 쉼표(,)의 연쇄를 마치 화자의 가쁜 호흡과 절실함으로 읽히게끔 한다. 먼동이 틀 것이기 때문에 화자가 밤이 가기 전에 마돈나가 와주어야 한다고 상상하는 것은 그러한 감각의 점진적 강렬함을 보여준다. 이때 "수밀도의 네 가슴"이야말로 전근대적 유습으로 보이는 "눈으로 유전하던 진주"와 대조를 이루면서 꿈 속에서 완성하는 사랑의 극점을 암시한다. 어둠이 걷히면 사라지는 별처럼 빛나는 그 사랑의 마음은 두려움과 떨림 그리고 뉘우침을 반복적으로 불러오면서, '침실'을

사랑의 장소로 완성한다. 두렵고 떨려 이제는 연기처럼 사라지려는 화자의 영혼은 오직 기다림으로만 존재감을 획득한다. "우리도 이 밤과 같이, 오랜 나라로 가고 말자"는 청유야말로 그러한 존재감의 항구성을 증명한다. 부제에서 보았던 "가장 아름답고 오—랜 것은 오직 꿈속에만 있어라"라는 말에서의 그 "오—랜 것"과 "오랜 나라"는 금세 등가화된다. 그렇게 "뉘우침과 두려움의 외나무다리 건너 있는" 침실에서 오지 않는 마돈나를 기다리던 화자는 "몸에 피란 피—가슴의 샘이, 말라버린 듯"한 자아 소멸의 위기감 속에서 "언젠들 안 갈 수 있으랴, 갈 테면, 우리가 가자, 끄을려 가지 말고!"라고 선언한다. 어느새 시적 발화 전체가 '꿈속'의 텍스트로 변형된다. 그렇게 꿈속에서 침실은 "부활의 동굴"로 거듭나고 "아름답고 오랜" 침실은 성과 속의 결속을 완성하게 되는 것이다. 마돈나는 여전히 오지 않지만 말이다. 이렇게 '꿈'으로 집약되는 상상 속의 도피행을 취하고 있는 이상화 초기 시편은 격정의 시학을 잘 보여준다.

다음으로 『금성』은 네 번째 동인지이자 최초의 시 전문 동인지였다. 그 주조主潮로 낭만주의를 택하여 『백조』의 경향을 이었다고 할 수 있다. 통권 3호가 간행되는 동안 실질적 주재자는 양주동이었는데, 그를 포함하여 동인 대부분이 와세다 재학의 불문학 전공자들이었다. 『금성』 창간호의 일절은 다음과 같다.

우리들은 조선의 잡지들이, 창간호가 종간호가 된 것을 한두 예만 본 것이 아니올시다. 조균이나 하충 모양으로 스러져버리기도 하고, 혹은 혜성같이 났다가 혜성같이 말도 없이 없어지기도 하며, 또는 처음만 굉장히 떠들다가는 용두사미가 되고 마는 것도 있었습니다. 그 따위로 함보다는 우리들은 차라리 여러 가지 사정을 돌아보아, 처음부터 정직하게 온건하게 일을 시작 키로 하였습니다. 그러므로 잡지는 격월간으로 하기로 하였습니다. 이것은 경제도 원인이 안 된 것이 아니지만, 동인 적은 것도 원인이었습니다. 몇 명 안 되는 사람이 어디 배달, 어지간한 자신이라도 있는 작품을 써낼 수가 있 어야지요.

『금성』은 1923년 11월에 창간하여 1924년 5월 통권 3호를 끝으로 폐간하였다. 동인으로 양주동, 손진태, 백기만 등이 참여했다. '금성'의 의미는 여명을 상징하는 샛별과 사랑과 미美의 여신인 비너스Venus의 뜻을 합친 것이다. 일정한 주의나 경향을 내세우지 않고, 당시 문단에 유행하던 우울과 퇴폐, 감상에서 벗어나 밝고 건강한 분위기를 보여준 점이 특징이었다. 아닌 게 아니라 그들은 경향을 군이 따지지 않고 다만 "어지간한 자신이라도 있는 작품"을 쓰겠다고 다짐한 것이다. 그러한 목표를 일정하게 성취한 이들은 초기 동인들이 아니라, 3호에 동시에 동인으로 참여한 이장희와 김동환이었다.

꽃가루와 같이 부드러운 고양이의 털에
고운 봄의 향기가 어리우도다.

금방울과 같이 호동그란 고양이의 눈에
미친 봄의 불길이 흐르도다.

고요히 다물은 고양이의 입술에
포근한 봄졸음이 떠돌아라.

날카롭게 쭉 뻗은 고양이의 수염에
푸른 봄의 생기가 뛰놀아라.

—이장희, 「봄은 고양이로다」(『금성』, 1924.5) 전문

이장희는 대구 출생으로서, 어려서부터 신동이라는 별명을 듣던 천재 시인이다. 그는 5세에 어머니와 사별하고, 비사교적인 일생을 살다가 자살로 생을 마감하였다. 감각적 충실을 기한 모더니즘의 선구적 작품을 남긴 이장희는 시집 하나 남기지 못했지만, 그의 인간과 문학에 관한 기록을 백기만이 편집하여 남긴『상화와 고월』(1951)이 있다. 이 시편에 나타난 봄의 '향기', '불길', '졸음', '생기' 등은 이 시편을 1930년대 모더니즘의 선구를 이룬 작품으로 평가받게 하였다. 제목에도 나와 있듯이, '고양이'를 통해 감각적이고 생동감 있게 '봄'의 분위기를 표현하였다. 시인은 고양이의 '털'과 '눈'과 '입술'과 '수염'에서 각각 봄의 이미지들을 발견하고 있는데, 가령 봄의 '향기', '불길', '졸음', '생기'를 표현하고 있다. 그래서 이 시편은 시각(호동그란), 후각(봄의 향기), 촉각(부드러운 고양이의 털) 등이 서로 섞이면서 이미지를 잘 살린 경우가 되고 있다. 『금성』이 추구한 감각적 유미주의의 한 극점이 아닐 수 없을 것이다. 또한『금성』출신의 또 하나의 총아 김동환은 함북 경성 출생으로서 1923년 『금성』에 「적성을 손가락질하며」를 발표하며 등단하였다. 이 작품에서는 선 굵은 북방 정서가 매우 실감 있는 빛을 발하고 있다.

북국에는 날마다 밤마다 눈이 오느니,

회색 하늘 속으로 눈이 퍼부을 때마다

눈 속에 파묻히는 하아얀 북조선이 보이느니.

(…중략…)

백웅이 울고 북랑성이 눈 깜박일 때마다

제비 가는 곳 그리워하는 우리네는

서로 부둥켜안고 적성을 손가락질하며 빙원 벌에서 춤추느니.

모닥불에 비치는 이방인의 새파란 눈알을 보면서,

북국은 추워라, 이 추운 밤에도

강녘에는 밀수입 마차의 지나는 소리 들리느니,

얼음장 갈리는 소리에 방울 소리는

잠겨지면서.

오, 저 눈이 또 내리느니, 보오얀 눈이

북새로 가는 이사꾼 짐 위에

말없이 함박 같은 눈이 잘도 내리느니.

— 김동환, 「적성(赤星)을 손가락질하며」(『금성』, 1924.5) 중에서

1925년 첫 시집 『국경의 밤』을 발간하여 향토색 짙은 민족 정서의
시풍을 보여준 김동환은, 특별히 북방 정서라는 특이한 권역을 거의 최

초로 개척한 시인이다. 『국경의 밤』은 신문학 이후 최초의 서사시집으로서, 일제의 눈을 피해 밀수를 위해 두만강을 건너간 남편을 그리는 아내의 애타는 심정을 노래함으로써 피압박 민족의 비애를 표출하였다. 「적성을 손가락질하며」는 그러한 그의 문학사적 성취를 예감케 하는 전조前兆의 작품이라고 할 수 있다. 이처럼 이장희와 김동환은 각각 우리 근대시의 역사에서 '섬세한 감각'과 '북방 정서'라는 이채로운 영역을 개척한 선구자들이다. 그들의 첫 무대가 되어준 곳이 바로 『금성』이었던 것이다. 이처럼 『창조』, 『폐허』, 『장미촌』, 『백조』, 『금성』 등은 우리 근대 초기의 매우 중요한 동력이 되어주었다. 이들 한국 근대문학사의 문예 동인지들은, 꽤 의욕적인 동일성의 미학을 통해 자신들만의 '장미촌'을 구현하려 하였다. 하지만 이후 펼쳐진 한국 근대문학사는 이들을 어떤 동질적 원리나 이념에 바탕을 둔 '수렴'의 세계가 아니라, 꽤 다양하고 넓은 편폭을 지닌 '확산'의 세계로 나아가는 도정을 보여주는 삽화들로 가득하다.

4. 당대 현실에 대한 시적 반영과 전개

또 하나의 맥락은 신경향파의 등장이다. 이러한 맥락을 바라보는 이러한 시각은 그에 상응하는 두 갈래의 평가를 낳아왔다. 하나는 순조로운 근대시의 발전을 가로막은 이른바 '생채기'에 불과했다는 부정적 시각이다. 말할 것도 없이 사회주의와 매개된 시적 지향에 예술성이 현저하게 부족하였고, 이는 정치 우위의 세계가 필연적으로 빚어낸 미학적 퇴행이었다는 진단으로 이어진다. 김용직 교수의 『한국근대시사』(학연사, 1986)가 대표적이다. 다른 하나는 보다 적극적인 의미를 부여하여 프로문학의 발전도상에서 빚어진 이행기적인 의미로 한정하는 시각이다. 이는 카프의 문예운동이 방향전환을 하면서부터 신경향파시와는 변별되는 프로시가 창작되기 시작하였다는 이른바 진화론적 시각이다. 이는 임화의 견해 이후 반복적으로 변주된 것이기도 하다. 물론 임화는 소설에 한정하여 논의를 펼쳤다. 이때 프로시는 마르크시즘 세계관을 수용하여 계급 개념에 대한 새로운 인식을 찾았으며, 신경향파시의 자연발생성에 비해 한층 더 진전된 계급적 현실 인식과 프롤레타리아의 구체적 생활에 대한 묘사를 통해 시적 현실성을 확보했다는 해석을 얻게 된다. 프로시로 나아가는 전단계의 자연발생적인 사회 시학적 성취를 신경향파시로 범주화한 결과이다.

여기서 우리는 이러한 두 가지 오래된 견해를 넘어서는 차원에서 신경향파시가 한국시의 다양성과 공적 심층성을 중요하게 계발, 발전시켰고, 나아가 프로문학의 전단계로서의 이행기적 속성이 아니라 독자적 미학으로도 매우 중요한 속성을 견지하고 있다고 파악할 수 있다. 그 핵심적인 내적 원리는 다름아닌 민족주의와 낭만성을 '비극성'이라는 미적 범주로 통합, 결속하였고, 일상어의 시적 도입을 시도하였고, 나아가 민족 현실의 전체성을 사유한 것 등에서 찾을 수 있다. 그러한 핵심 미학이 추출될 경우, 우리는 1920년대 주류 문법으로서의 신경향파를 다시 사유해볼 수 있을 것이다. 우리가 생각하는 신경향파의 주요 시인은 김기진, 박영희, 김석송, 조명희, 이상화, 유완희, 김창술, 김해강, 김동환, 박팔양 등이다. 따라서 임화, 권환, 이찬, 박세영 같은 주요 시인들은 신경향파로 포괄하기 어렵고 신경향파 이후에 자기 존재를 드러내는 이들이라고 말할 수 있을 것이다.

이 가운데 김기진과 박영희는 신경향파 문학의 발흥과 전개에 결코 빼놓을 수 없는 인물이다. 파스큘라 그룹의 실질적 리더였던 이들의 시적 성취가 신경향파 문학의 정점으로 이어진 것은 아니지만, 이들은 신경향파 문학에서 매우 중요한 산파 역할을 담당했고 나아가 스스로 시적 실천을 했던 행동가로서의 면모를 보여주기도 했다. 특별히 김기진은 일본에서 경험한 클라르테 운동에 감화를 받고 귀국하여, 『백조』 3호에 후기 동인으로 참여하였다가 『백조』를 점진적으로 해체하고 신경향파 문학으로 그 추를 옮겨간 실질적 주역이었다. 그가 『백조』에 발표한 「한 개의 불빛」은 민중들의 "크나큰 부르짖음"을 격렬하게 대망하는 시편이다. 그는 그 부르짖음과 "헛되인 탄식"(「백수白手의 탄식」)을 현격하게 대조시키면서 당대 지식 청년들이 취해야 할 감수성을 선언적으로 보여주었다. 이러한 문학관은 "힘 있는 현실적 이상주의 철학이 찬란한 불꽃을 뿌리는 것"(「발뷰스 대 로만 로란 간의 논쟁」, 1923)을 대망하는 것으로 이어지면서 박종화가 주창한 "역力의 예술"(「문단의 1년을 추억하여」, 1923)과 상통하게 된다. 그 다음 시편 역시 이러한 '부르짖음'이 적실한 은유를 얻은 경우이다. 그 은유의 매개체가 '화강석'으로 나타난다.

나는 보고 있다.―
역사의 페이지에 낫 하나 있는

화강석과 같은 인민의 그림자를,

언제든지 인민의 대가리 위에는
別別色色의 탑이 서 가지고
그것들이 인민을 심판하고 있었다.

나는 알고 있다―
인민의 생활이 뒤흔들릴 때에는
애처롭게도 탑은 부서진다는 것을,

정치가보다도 시인보다도
꾹 담고 있는, 화강석과 같은
인민이야말로 더 훌륭한 편이 아닐는지―

오오 역사의 페이지에 낫 하나 있는, 화강석과 같은
인민의 그림자를, 최후의 심판자를,
나는 지금, 눈앞에 놓고 생각하고 있다.

― 김기진, 「화강석」(『개벽』, 1924.6) 전문

이러한 세계는 '역사/인민/생활' 등의 기표를 통해 '화강석'과도 같은 굳센 민중의 의지를 긍정하는 쪽으로 나아간다. 물론 "역사의 페이지"나 "화강석과 같은 인민의 그림자"의 충실한 내포는 문면에 드러나 있지 않다. 다만 "인민의 생활"에 대한 깊은 애정과 옹호 속에서 시인은

"정치가보다도 시인보다도" 훨씬 더 근원적이고 강인한 "화강석과 같은/인민"이 역사의 "최후의 심판자"임을 명명하고 있을 뿐이다. 선언적이고 심정적인 이러한 발화야말로, 정치 담론이라기보다는 종교적 신뢰에 가까운 낭만적 상상력의 결과라 할 것이다. 이러한 낭만적 상상력이 변주된 또 다른 실례가 포석 조명희의 시편들이다.

> 온 저자 사람이 다 나를 사귀려 하여도,
> 진실로 나는 원치를 아니하오
> 다만 침묵을 가지고 오는 벗님만이,
> 어서 나를 찾아오소서.
>
> 온 세상 사람이 다 나를 사랑한다 하여도,
> 참으로 나는 원치를 아니하오.
> 다만 침묵을 가지고 오는 님만이
> 어서 나를 찾아오소서.
>
> 그리하여 우리의 세계는 침묵으로 잠급시다
> 다만 아픈 마음만이 침묵 가운데 귀 기울이며…….
>
> —조명희, 「온 저자 사람이」(『개벽』, 1925.4) 전문

조명희의 시적 동선은 여타 신경향파시의 그것과는 현저하게 다르다. 그는 소설과 희곡에서도 두각을 나타냈으며 일찌감치 『봄 잔디밭 위에』(1924)라는 시집을 상재한 중견이기도 하였다. 이 시집에 실린 위

시편은 "온 저자 사람"보다는 "침묵을 가지고 오는 벗님"을 긍정하면서, "우리의 세계"를 '침묵'으로 잠그고 "아픈 마음만이 침묵 가운데 귀 기울이며" 살아가자는 권면을 담고 있다. 저자 거리가 가지는 '훤소喧騷'와 벗님이 가져올 '침묵이' 선명하게 대조되면서 "아픈 마음"이라는 시대고時代苦를 넘어서려는 지향을 보여준다. 신경향파시가 가지는 '부르짖음'의 속성 너머beyond의 세계를 징후적으로 암시하는 사례라 할 것이다. 이처럼 김기진과 조명희의 초기 시세계는 신경향파시의 초기 단계적 화두를 잘 보여준다. 소박하고 선명한 약자에 대한 긍정, 신뢰 등을 담고 있다 할 것이다. 이러한 신경향파시의 한계는 이상화, 박팔양에 의해 극복되는데, 이들은 약자에 대한 옹호와 긍정을 민족주의적 열정과 매개하기도 하고 이산離散이라는 민족적 경험과 결부시키기도 한다.

이러한 경향들이 말하자면 3·1운동 이후의 시사적 맥락을 이루는 성과들이다. 여기서 다루지는 못했지만 후속적인 파생적 의제들이 만만치 않다. 김석송이 주재했던 잡지 『생장』(1924)의 담론적 지향이 낭만적 충동으로 가득하다는 점에서 일본 낭만주의가 부르짖었던 생의 충동과 그와의 연관성을 탐구해볼 수 있을 것이다. 유완희나 김창술이 보여준 우의寓意나 김해강이 보여준 자체 진화 과정도 매우 중요한 시사적 실재가 될 것이다. 김우진, 김기진, 박영희의 선구적 활약도 부가되어야 할 것이다.

시인들의 변모 과정도 1920년대 시의 분기와 수렴 구조를 알게 해주는 단서가 되기 때문이다. 김동환은 제국주의 협력의 길을 걸었고, 이상화와 김석송은 민족주의로 나아갔고, 김우진과 조명희는 활동을 이어가지 못했고, 김해강과 박팔양은 자체 진화를 해나가는 도정을 밟는다.

김기진과 박영희는 초기 카프의 맹장으로 활동한 것 외에는 카프의 미학으로 흡수 확장되지 못하고 변신해가는 모습을 보여준다. 이 모든 것이 3·1운동 이후의 주체들이 겪어가는 절필, 은둔, 장르 이월, 변모, 성장 등의 문맥을 설명하는 다기한 흐름이었다. 그만큼 시사적으로 볼 때 3·1운동은 우리 근대시의 전개와 확장에 커다란 역할을 했으며, 이후 현실인식을 강하게 띠는 경향이 나타나는 마중물 역할을 했다고 할 수 있을 것이다.

3·1 기념시가의 수용 방식과 상징성*

1920~1930년대 해외 한인 매체를 대상으로

김신정

1. 서론

3·1운동 이후에 '3·1'은 말할 수 없는 기호였다. 3·1운동은 식민지 조선의 '이전'과 '이후'를 가르는 명확한 계기의 시간이었을 뿐만 아니라 개인의 삶에 깊은 흔적을 남긴 변화의 시간이었지만, 식민지 조선의 내부에서 그것은 발설할 수 없는 금기의 언어로 존재했다.[1] 식민 권력은 제국의 안위를 위협하는 불온한 언어의 유통을 엄격히 통제하면서, '3·1'의 기억을 검열하고 삭제하거나 선택하면서 관리했다. 각종

* 이 글은 2017년도 한국방송통신대학교 학술연구비 지원을 받아 작성된 것임.

[1] 1920년대 전반 무렵까지 3·1운동은 '말할 수 없는' 침묵과 은폐의 영역으로 남아 있었던 것으로 추정된다. 1924년을 지나면서 학술적·역사적 측면에서는 어느 정도 3·1운동을 언급하는 것이 허용되었지만, 객관적 묘사·사실적 측면에서는 여전히 표현의 제한이 있었다. 한기형, 「3·1운동:'법정서사'의 탈환—피검열 주체의 반식민 정치전략」,『민족문학사연구』40, 민족문학사학회, 2009, 208면 참조.

판결문, 결정서, 기사문 등의 공식 언어는 이미 '종결'된 대상이자 법적 처분의 대상으로 '3·1'을 다루었다.[2] 반면 개인과 민간의 기억에서 3·1은 공백과 침묵, 은폐된 서사, 혹은 간접화된 기호의 형태로 존재하고 유통되었다.

1920년 3월 『창조』에 실린 주요한의 글에서 '3·1운동'은 검열의 흔적과 함께 기록된다. "나는 째째로 이 支那靑年의 文化運動과 우리나라 靑年의 思想界와를 비교합니다. 물론 나는 ○○○○靑年界의 精神이 大變動을 어든 줄로 암니다."[3] 당시 상해에 거주하고 있었던 주요한이 '만세운동', 혹은 '기미만세' 등으로 적어 넣었을 문자는 동경에서 간행된 출판물에서 삭제된 채 공백의 형태로 전달되었다. 제국의 '법역' 내에서 '3·1'은 합법적 출판물에서 기록될 수 없는 금기의 부호였다. 1920년 6월 창간 후 '3·1'에 대해 침묵을 유지하던 종합잡지 『개벽』은 1922년에 처음으로 다음과 같은 3·1 추모시를 싣는다.

> 왼울을 붉혀노신 끔찍한 임의피가
> 오로지 이내한몸 잘살라 하심인줄
> 다시금 생각하옵고 고개숙여 웁네다
> 어제런듯 아장이다 오늘가치 강동거려
> 느는거름 환한길에 갓븐줄 모르깨라

---

2 3·1운동 관련 공판기와 판결문을 연구한 한기형에 따르면, 『매일신보』 수록 공판기가 총독부 사법기관의 입장을 부각시키는 데 초점이 있었던 반면, 1920년대 창간된 『동아일보』, 『조선일보』 등 민간지 수록 공판기는 식민 통치의 부당성을 역선전하기 위한 "피검열주체의 반식민 정치전략"으로 활용되었다. 위의 글, 210~228면 참조.
3 벌꽃, 「長江어구에서(三月)」, 『창조』 5, 1920.3, 74면.

잇다가 돌부리채도 새힘날줄 알리라

바르거니 빗둘거니 멀거니 갓갑거니

질거니 마르거니 나는다 모르옵네

이길이 그길이라기 예고옐뿐이옵네

탑골에서 한샘.[4]

— 「세돌」(『개벽』 21, 1922.3)

'탑골'이라는 글쓴이의 장소, '세돌'이라는 제목이 가리키는 시간이 '3·1'을 간접적으로 지칭하고, "왼올을 붉혀노신 끔찍한 임의 피"라는 첫 행의 시구가 그날의 폭력과 희생을 암시한다. 하지만 그 외에는 전반적으로 모호하고 암시적인 표현으로 그치고 있을 뿐만 아니라 "오로지 이내 한 몸 잘 살라 하심" 등과 같은 표현에서 '3·1'의 사회적인 의미를 개인적인 차원으로 축소시키고 있다. 3·1운동 이후 '3·1'은 직접적으로 지칭할 수 없는 기호였기에, 장소나 시간의 부분을 통해 대유^{代喩}하거나 '그', '그날', '그일' 등의 지시어를 사용하는 경우도 빈번했다. 1926년 3·1운동 7주기에 『개벽』에 실린 박달성의 「그해 그달 그날 그때」는 7년의 시간이 지났음에도 불구하고 여전히 '3·1'을 말할 수 없는 당시의 상황을 보여준다. "며칠 전 신문지에서 본 '윌손' 씨의 주장을 다시 생각해 가지고야 사실인 것처럼 기뻐 날뛰지 않았습니까?"[5]라는 반문이 3·1운동 당시의 정황을 떠올리게 하지만, "그때 일을 생각하면", "그 일을 맛터하고(맞이하고)", "그 일로 인해서" 등을 반복하면서

---

4   '한샘'은 최남선의 필명이다.

5   박달성, 「그해 그달 그날 그때」, 『개벽』 67, 1926.3, 97면.

도[6] '그 일'이 어떤 일인가는 명확하게 말하지 못한다. 식민지 조선이라는 시공간 내에서 '3·1'은 직접적으로 언표화할 수 없는 부재의 기호였고, 다만 무언의 전제와 공유 속에서 전달되고 소통되었다.

이처럼 3·1 표상이 은폐와 침묵의 대상으로서 존재했던 국내의 상황과 달리, 해외에서 3·1은 공적·집단적으로 기억/기념하는 의례의 대상이었다. 상해 임시정부는 3·1운동 1주기인 1920년에 3월 1일을 국경일로 지정하였고, 임시정부를 비롯한 해외 한인단체들은 매년 이날 지역별, 단체별로 모여 기념식을 거행하였다. 1920년 3월 1일 상해에서 거행된 3·1운동 기념식에는 임시 정부 각료들과 상해 거주 한인들이 참석하여 "이날을 영원히 유효하게 함"을 함께 결의하였다.[7] 상해, 국자가, 해삼위 등 해외 각지에서 맞이하는 3월 1일은 해마다 돌아오는 기념일이자 명절, 축제, 대중 시위의 날이었다.[8] 해외 한인과 단체들은 국내에서 직접적으로 언표화할 수 없었던 3·1운동 당시의 사건을 증언하고 일제의 만행을 고발하며[9] 독립의 의지를 확인하고 서로 독려했다.

---

6   위의 글, 97면.

7   「상해의 3·1절」, 『독립신문』, 1920.3.4.

8   1923년부터 1932년까지 매년 상해한인사회의 3·1운동 기념식에 참석한 어느 한인은 "독립운동가 가족들에게는 3·1절이야말로 크리스마스보다도 설날보다도 가장 기쁜 날이었다"고 전한다.(김명수, 「明水散文錄」, 삼형문화, 1985, 79면) "3월 1일, 제1회기념일, 기다리고 기다리던 이날, 이곳 있는 한인사회는 완통 명절기분으로 마잣다." 「삼월일일 雜觀」, 『독립신문』, 1920.3.4. 그 외 「海港의 三月一日 祝賀」(『독립신문』, 1920.3.13) 등 기사 참조.

9   1920년 『독립신문』 3·1 기념호는 논설 「기념일에 당하여 동포에게 드리는 文」에서 "同胞를 爲한 犧牲을 兄弟들이 가장 만히 하엿나니 水原, 朔州, 安州 等地의 虐殺, 焚火事件은 生각할 때마다 毛骨이 悚然합니다"라고 3·1운동 당시 피해가 컸던 지역을 거론하며 자칫 잊혀질 수 있는 사건의 증언을 분명히 하고 있다. 또한 이어지는 "大韓人아 記憶하나뇨, 한번 찔녀 屈지 아니 한다고 스물여섯번이나 거듭 찔으던 敵의 殘忍을. 敎會堂內에 가두고 불을 지르고, 뛰여 나오는 者마다 銃끗흐로 수시던 敵의 暴惡을"과 같은 구절에서도 일제의 잔학상과 그로 인한 "동포"의 피해를 구체적으로 묘사하고 있다.

해외 한인과 단체들에게 3·1은 민족의 표상이자 독립운동의 구심점이며 개인적으로는 각자 인생의 중요한 변화의 계기이기도 했다. 『독립신문』의 논설과 기사를 쓰고 여러 편의 시를 발표하며 적극적으로 참여했던 주요한과 김여제는 "기미년 3월 1일" 이후 "운명을 뿌리부터 뒤바꿔 놓"는[10] 경험 끝에 상해로 건너 온 사람들이다. 동경 제일고보에 재학 중이던 주요한은 3·1운동 이후 학업을 중단한 뒤 1919년 5월 하순 상해에 도착했다.[11] 와세다 대학을 졸업하고 황해도 재령의 명신학교에서 교사로 재직하던 김여제도 "3·1운동을 맞아" "왜병에게 쫓기는 몸이 되어"[12] 만주를 거쳐, 주요한과 비슷한 시기에 상해로 건너갔다. 이들처럼 3월 1일은 그날을 계기로 해외로 망명하거나 생의 중요한 변화를 맞이한 날로 해마다 기억·기념되었다.

해외 한인들에게 3·1운동이 어떻게 기억·기념되었는가에 관심을 갖고, 이 글은 해외 한인 매체에 수록된 3·1 기념시가의 수용방식, 문학 표상과 그 의미를 살펴보고자 한다. 연구 대상은 상해판 『독립신문』, 『신한청년』, 『배달공론』, 『신한민보』, 『선봉』이다. 상해 임시정부의 기관지 성격을 띤 상해판 『독립신문』은 1919년 8월 '독립'이라는 제호로 창간되었고 같은 해 10월 『독립신문』으로 제호를 바꾸어 1925년까지 발간되었다. 『독립신문』은 3월 1일을 '大韓'의 기념일로 공식화하고 1920년 3·1운동 1주기에 3·1운동 관련 사설과 논설, 독립선언서 전문, 기념시 수 편을 함께 싣고 있다. 3월 1일 자 및 같은 달에 수록된 여러 기사를

---

10 주요한, 「상해판 독립신문과 나」, 『아세아』, 1969.7·8, 150면.
11 그는 "서울서 일본헌병들 군화에 짓밟힌 채 독립을 절규하며 쓰러져 가는 흰옷의 서름을 가슴에 안고" 상해로 가는 "증기선에 몸을 맡"겼다고 적고 있다. 위의 글, 150면.
12 김여제, 「『독립신문』 시절」, 『신동아』, 1967.7, 165면.

통해서『독립신문』은 당시 상해와 해삼위, 국자가 등 해외에서 벌어진 3·1절 축하 기념식과 대중 시위의 열기를 전하고 있으며 1925년 폐간되기까지 매해 3·1을 기념하고 관련 사건을 보도하며 논설과 시를 게재했다.

『신한청년』은 1918년 11월에 결성된 신한청년당의 기관지로서 1919년 12월 1일에 중국 상해에서 창간호를 발행하였다.『배달공론』또한 상해에서 1923년 9월 1일 자로 창간된 국한문본 잡지로서, 4호(1924.4.10)를 3·1운동 특집호로 발간하였다. 이상 세 신문이 모두 중국 관내에서 발행된 신문임에 비해,『신한민보』는 미주에서『선봉』은 소련에서 발행되었다. 재미한인단체인 국민회에서 발행한『신한민보』는 1909년 2월에 샌프란시스코에서 창간되어 해방 이후까지 발행된 미주 지역의 주요 매체이다.『선봉』은 연해주에서 발간된 재소 한인들의 최초의 한글 신문으로서 1923년 3월 1일『삼월일일三月一日』이라는 제명으로 창간되었다. 3호까지 같은 제명으로 발간되던 중 4호부터『선봉』으로 제명을 바꾸어 1937년까지 발행되었다. 특히 1933년부터 망명 작가 조명희의 주도로「문예 페-지」를 신설하여 많은 재소 한인 작가·작품을 발굴하고 수록하였다.

이 글은 중국, 소련, 미국 등 세 지역, 다섯 신문에 수록된 3·1 관련 시가를 연구 대상으로 한다. 3·1관련 시가들은 '3·1기념호'에 수록되거나 매년 3월 무렵 3·1운동을 기념하여 창작·발표된 작품들이다. 수록 작품을 표로 제시하면〈표 1〉과 같다.

3·1 기념시가 혹은 문학 표상에 관한 선행 연구로는 다음과 같은 논문이 있다. 심선옥[13]은 해방기에 출간된 여러 기념시집의 문학사적 의

<표 1> 『독립신문』, 『신한청년』, 『배달공론』, 『신한민보』, 『선봉』 수록 3·1 기념 시가

매체명	발행지/발행처	필자	제목	발행일자
독립신문	중국 상해/ 독립신문사	無記名	太極旗	1919.11.27
		송아지	가는 해 오는 해	1920.1.1
		無記名	三一節	1920.3.1
		송아지	즐김노래	1920.3.1
		金輿	三月一日	1920.3.1
		無記名	獨立軍歌	1920.3.1
		柳絮	새빛	1920.3.1
		耀	대한의 누이야 아우야	1920.3.1
		然然生	三寶	1920.3.1
		無記名	三月初하로	1920.3.1
		金輿	오오 自由!	1920.3.16
		容庵 金泰淵	三月하루	1921.3.1
		牧神	물이 흐르고 바람이 불어서	1922.3.1
		無記名	三月 一日	1922.3.1
		一雨	三一獨立宣言—五年 元旦 祝賀	1923.1.1
		少松	三一節 有感吟	1923.3.1
신한청년	중국 상해/ 신한청년당	春園	팔찍한少女	1919.12.1 (창간호)
		長白	京城及義州共同墓地에 서 밤에怨魂萬歲와哭소리 가들니다	1919.12.1 (창간호)
		春園	萬歲(童謠)	1919.12.1 (창간호)
배달공론	중국 상해/ 배달공론사	心田狂生	對獨立靑年 (三唱三歎)	1924.4.1 (삼일기념호)
		미상	革命의 老人 (ㅂㅇ翁을 보고)	1924.4.1 (삼일기념호)

---

13 심선옥, 「해방기 기념시집 연구―'해방'과 '3·1' 표상을 중심으로」, 『민족문학사연구』
    54, 민족문학사학회, 2014, 403~442면.

매체명	발행지/발행처	필자	제목	발행일자
신한민보 (영문명 : The New Korea)	미국 샌프란시스코/ 국민회 북미지방총회	김여제	3·1절에	1922.3.9
		김창만	3·1아츰에	1923.3.1
		김혜란	3·1절	1923.3.22
		悼世生	3·1당앞에	1925.3.5
		싸뉴바 고려학원	3·1절 노래	1931.3.12
		작곡 J S Matthews 작사 송홍국	3·1노래	1935.2.28
		식벽하늘	3·1의 추억	1936.2.27
		윤제	3·1의 노래	1936.2.27
선봉[14]	소련 원동/ 전동맹공산당 원동변강위원회 원동변강직업 동맹쏘베르	전동혁	삼월 일일	1936.3.1

미에 주목하여, 『삼일기념시집』에 나타난 '3·1표상'을 분석한 바 있다. 일제 강점기를 대상으로 한 연구 가운데 상해 『독립신문』 소재 문학에 대한 연구는 여러 방면으로 진행되어, 이광수,[15] 주요한,[16] 김여제[17] 등 특정 문인의 논설, 시가에 대한 연구가 있고 그 외 항일가요[18]와 시

---

14 『선봉』은 창간 당시의 제명이 『삼월 일일』일 정도로 3·1운동과의 밀접한 관련성과 연장선에서 발간된 매체로서, 거의 매년 3·1운동 기념 기사와 논설 등을 다수 게재하고 특집 면으로 구성하였다. 하지만 필자의 조사 결과, 3·1운동을 직접 소재로 한 시작품으로는 전동혁의 「삼월 일일」이 유일하다고 추정된다.

15 김주현, 「상해 『독립신문』에 실린 이광수의 논설 발굴과 그 의미」, 『국어국문학』 176, 국어국문학회, 2016.

16 김윤식, 「주요한 재론」, 『심상』, 1981.12; 권유성, 「상해 『독립신문』 소재 주요한 시에 대한 서지적 고찰」, 『문화와 융합』 29, 한국문화융합학회, 2007.

17 노춘기, 「상해 『독립신문』 소재 시가의 시적 주체와 발화의 형식 - 유암 김여제의 작품을 중심으로」, 『한국문학이론과 비평』 58, 한국문학이론과비평학회, 2013.

18 김경남, 「상해 『독립신문』 소재 시가와 항일 가요 연구」, 『어문론총』 75, 한국문학언어학회, 2018.

가 전반에 대한 자료 소개와 연구[19]가 이루어졌다. 선행연구의 성과를 바탕으로, 본 연구는 다수의 해외 한인 매체로 범위를 확대하여 해외 한인 매체 수록 시가에 나타난 3·1 문학표상과 의미, 그리고 3·1을 기억하고 언표화하는 과정에서 시가의 형식 및 수용방식이 갖는 의미와 역할에 대하여 살펴보고자 한다.

2. 3·1 기념시가의 수용 방식

이 글에서 대상으로 삼는 다섯 개의 신문 중에서 가장 많은 시가가 수록된 매체는 상해판 『독립신문』이다. 발간 횟수가 가장 많고, 이광수, 주요한, 김여제 등 신문 제작과 발간에 직접 참여했던 사람들이 근대문학 초창기의 주요 인물이라는 점이 시가 수록에 영향을 미쳤을 것으로 본다. 1919년에서 1925년까지 발간된 『독립신문』 소재 시가는 한시 90수, 국문 시가 90여 편 등 총 180여 편에 이르며, 이들 가운데 다수의 작품이 1919~1922년에 게재되었다. 국문 시가 가운데서도 창가, 가사, 시조 등 정형률 시가가 다수 수록되었다. 3·1기념식장의 광경을 묘사한 당시 기사를 참조하면, 이 시가들이 현장에서 노래로 불리었을 가능성이 크다.

---

19 임형택과 정연길은 상해 『독립신문』에 수록된 시가 자료를 발굴하고 분류하여 소개했다. 임형택, 「'자료소개' 항일민족시―상해 독립신문 소재」, 『대동문화연구』 14, 1981; 정연길, 「독립신문 게재 시가론」, 『논문집』 6, 한성대, 1982.

장내에 션뜻 드러셔니 추억에 흐르든 마음은 猝變하야 반갑고 깁거운 생각이 난다. 洋服 이분 이, 中服 이분 이 韓服 이분 이 無慮 六七百의 故國同抱가 굿득이 드러 안고 서고 하엿다. 異域에서 故國兄弟를 만나니 勿論반갑을 것이여이와 場內에 울굿불굿 太極旗 萬國旗 이러져리 아름다운 花盆 더욱 喜感을 쓰은다. 정각이 되자 民團長 李裕弼氏 司會辭로 開會하엿다. (…중략…) 다음에 仁成小學生들에 合唱이 이섯다. 歌名歌曲은 모르겟으나 萬歲萬歲를 後렴으로 連唱하는 唱歌인데 天使의 노래갓치 아름답고 재냥스러운 것이 맛치 生鮮국 먹는 맛갓치 아담한 것이 滋味이섯다.[20]

어느 기자가 쓴 1924년의 상해 3·1절 기념식 광경이다. 상해 뿐만 아니라 당시 해외에서 거행된 3·1운동 기념식순에는 대부분 '독립선언서 낭독', '萬歲' 연창과 함께 '唱歌' 또는 '同唱'이라는 순서가 포함되어 있다. 위의 『배달공론』 기사뿐만 아니라 『독립신문』에도 기념행사 중 "독립선언서를 낭독한 후에 다시 삼일독립가의 同唱이 있었"[21]다는 기록이 있으며, 미주에서 발행된 『신한민보』에도 "3월 1일 기념가를 그치자 선언서낭독에 이르렀다"[22]는 기록이 남아 있다. 이러한 기록들은 당시 기념 행사 또는 경축 모임에서 3·1 기념시가가 널리 노래로 불리었을 가능성을 뒷받침한다. 작품의 특성과 수용 방식은 서로 영향을 미친다. 가창이 가능한 시가가 다수 창작되었기에 노래 형식으로 연행될 수 있었고, 반대로 기념과 경축 모임, 집회와 시위 등 여럿이 함께 노

---

20 一記者, 「大韓江山의 自由를 부루지진 날—三一紀念日 禮式擧行을 보고」, (『배달공론』 4, 1924.4.10), 『대한민국임시정부자료집 별책 3』, 국사편찬위원회, 2010, 76면.
21 「국민대표회의 개막식」, 『독립신문』, 1923.2.7.
22 김창만, 「3·1절 경축회에서」, 『신한민보』, 1922.3.9.

래를 부르는 다양한 상황이 있었기에 가창을 전제로 한 시가가 창작될
수 있었을 것이다.

3·1운동 시가 가운데 1920년 3월 1일에 수록된 「三一節」(무기명),
「三月初하로」(무명씨)와 1919년 11월 27일에 수록된 「태극기」 등은 시
가 형태로 창작되었고 현장에서 노래로 불리었을 가능성이 크다.

> 三月 初하롯날 우리나라 다시 산 날
> 漢陽城 萬歲소리 三千里에 울리던 날
> 江山아 입을 열어라 獨立萬歲
>
> 三月 初하롯날 義人의 피 흐르던 날
> 이 피가 흘러들어 金과 玉이 되옵거든
> 三千里 自由의 江山을 꾸미고저
>
> —無記名, 「三一節」(『독립신문』, 1920.3.1)

> 거룩할사 깃거울사 三月初하로
> 설흔세분 이름두어 獨立宣言書
> 大韓國은 獨立國 民族은 自由라고
> 놉히 외치던 三月初하로
>
> 塔골公園 午後두時 三月初하로
> 霹靂갓혼 大韓獨立萬歲소리가
> 三千萬大國民의 가슴에 울려

三千里震動하던 三月初하로

—無名氏, 「三月初하로」(『독립신문』, 1920.3.1)

앞의 「三一節」은 시조 형식이고 뒤의 「三月初하로」는 당시에 자주 불리던 창가 형식에 가깝다. 두 편의 시가 모두 일정한 리듬이 반복되는 정형시가이다. 일정하게 반복되는 리듬과 가사는 시가 형식에 규칙성과 통일성을 부여하며, 노래 부르는 사람들의 행동과 의식에도 영향을 미친다. 짧고 단순한 반복은 기억하고 따라 부르기 쉬운 리듬을 만들고, 그 리듬에 실린 내용을 각인시킨다. 상해 『독립신문』 수록 3·1운동 관련 시가에서 자주 반복되는 단어는 "삼월초하루"와 "만세" 혹은 "만세소리"이다. "삼월초하루"는 사건의 이름이자 발생 시각을 지칭한다. "만세소리"는 '그날' 사건의 현장성을 환기하고 다시 '여기'에 실현시키는 물리적 장치의 효과를 갖는다. 국내에서는 발설할 수 없는 금기와 불온의 언어로 각종 모임에서 함께 노래할 때, 노래는 3·1의 집단기억을 상기하고 확산하는 기회가 되었을 것이다.

3·1운동 1주기에 수록된 위의 두 편의 시가 외에도 1919년 11월에 실린 「태극기」도 정형시가에 해당된다.

①
三角山 마루에
새벽빛 빗칠 제
네 보았냐 보아
그리던 太極旗를

네가 보았나냐

죽은 줄 알았던

우리 太極旗를

오늘 다시 보았네

自由의 바람에

太極旗 날리네

二千萬 同胞야

萬歲를 불러라

다시 산 太極旗를 위해

萬歲 萬歲

다시 산 大韓國

②

붉은빛 푸른빛

둥글게 엉키어

太極을 일웠네

피와 힘 自由 平等

엉키어 일웠네

우리 太極일세

乾三連 坎中連

坤三絶 離中絶

東西 南北 上下

天下에 떨치라

太極旗 榮光이

世界에 빛나게

國民아 소리를 모도 다

萬歲 萬歲

③

大韓國 萬萬歲

갑옷을 입어라

방패를 들어라

늙은이 젊은이

머시마나 가시나

하나이 되어라

太極旗 지켜라

貴하고 貴한 國旗

왼 世界 百姓이

다 모여 들어도

우리의 太極旗

건드리지 못하리

大韓사람들아 일어나

나가 나가

太極旗를 지켜

大韓나라 지켜

—無記名, 「太極旗」(『독립신문』, 1919.11.27)

'태극기'는 1919년 전국 각지와 해외에서 벌어진 3·1운동의 진행 과정에서 "대한독립"을 상기시키는 가장 위험하고 강력한 기호로 각인되었다. 모두 3절로 구성된 위의 시가에서도 '태극기'는 그 깃발 아래 "늙은이 젊은이 / 머시마나 가시나 / 하나이 되"었던 3·1 봉기의 경험을 생생하게 전달하는 매체가 되고 있다. 1절의 첫 머리 "三角山 마루에 / 새벽빛 빗칠 제 / 네 보았냐 보아", "죽은 줄 알았던 / 우리 太極旗를 / 오늘 다시 보았네"는 '태극기'와 매개된 "삼월초하루"의 감격을 압축적인 시가의 형식으로 전달하고 있다.

상해판 『독립신문』에는 이외에도 「독립군가」, 「합창가」 「祈 전사가」, 「(대한민국 임시정부) 축하가」, 「신년축가가」 등의 창가, 가요가 실려 있다. 이 작품들은 독립의식, 항일의식을 고취하거나 추모, 축하, 기념 등의 목적을 지닌 가요로 분류될 수 있다. 『독립신문』에 실린 창가 중에는 "행보곡"[23] 또는 "애국가율"[24] 등의 곡조명이 기재되어 어떤 곡조에 맞추어 가창했음을 추정하게 한다. 또한 「독립군가」, 「국치가」, 「반도가」, 「순국제현 추도가」 등은 해방 후 기록된 『광복의 메아리』, 『배달의 맥박』 등의 가요집에 곡과 함께 수록되어,[25] 많은 작품이 실제 행사에서 노래로 불리거나 집회, 전투 현장에서 널리 향유되고 유포되었음을 보여준다.

---

23 정연길, 앞의 글, 18면.

24 張聖山의 「祝賀新年」(『독립신문』, 1921.1.1)에는 '愛國歌律'이라는 곡조명이 붙어 있다. 이에 대해 정연길은 배재학당 학생들이 〈애국가〉에 맞춘 스코트랜드의 민요 〈올랭 싸인Auld land Syne)'의 곡조일 것으로 추정한다. 정연길, 앞의 글, 165면.

25 상해 『독립신문』 소개 시가 중 『배달의 맥박』(독립군 시가집 편찬위원회, 1984)과 『광복의 메아리』(광복의 메아리 편집위원회, 1982)에 곡조와 함께 수록된 항일 가요는 모두 10편이다. 〈태극기〉, 〈독립군가〉, 〈삼일절〉, 〈새해노래〉, 〈반도가〉, 〈국치가〉, 〈獨立軍〉, 〈추도가〉, 〈순국제현 추도가〉, 〈독립군〉 등이 이에 해당된다. 김경남, 앞의 글, 116면.

당시 창가, 가요의 작자 가운데는 '무기명'이나 '무명씨'로 표기한 경우가 많았다. 작자가 이름을 밝히기 어려운 항일운동가이거나 혹은 현장에서 공동창작의 형태로 창작되어 특정인을 작자로 내세우기 어려운 경우로 추정해볼 수 있다. 이처럼『독립신문』소재 창가, 가요가 대부분 익명의 작자임을 고려할 때, 다음의 인용 시가는 여성 작자의 실명 작품으로서 주목된다.

①
어둠을 쪼기난 광명의 텬사가
반도의 식운땅 등에 지고
졍의 인도의 등ㅅ불 들고
평화와 자유의 신 곱게 모시고
이천만이 쮜노난 큰 깃붐속에
쑤렷이 오시도다 이날에

②
자욱한 캄캄에 ㅅ식이고 ㅅ식여서
고통의 짐 지고 헤미든 우리를
붓들어 건지실 자유의 신이
한반도 젹은 나라에
자유종 크게 울니며 오시난도다
쮜여라 즐겨라 이날을

③

압박에 얽미임 참으로 풀고

산 곱고 물 맑은 자유의 식나라

아참 히 빗나난 식 '에던'으로

이슬어 드리난 독립의 소릭

왼 세상을 흔들고 울닐석

영원히 즐기리라 이날을!

—김혜란, 「부인」·詞藻 「三一절」(『신한민보』, 1923.3.22)

　미주 발행『신한민보』'사조詞藻'란에 실린 '부인' 김혜란의 「삼일三一
절」이라는 작품이다.『독립신문』을 비롯한 이 글의 연구 대상 자료가 대
부분 남성 작가의 작품이거나 그렇게 추정되는 반면에, 위의 작품은 여성
작가의 작품이라는 점에서 주목된다. '사조'란 시가나 문장을 의미하는
말로서 개화기 신문에서 한시나 시조 형의 단가, 시가를 가리키는 말로
사용되었다.『신한민보』에서도 '사조'란을 두고 여기에 여러 편의 시가
를 실었다. 위의 김혜란의 「삼일절」은 1연에서 3연까지 유사한 율격 구
조를 반복하고 있어 정형률에 가까운 형태를 보여주고 있지만, 창가, 시
조 등과 비교하면 엄격한 정형률이 적용되었다고 보기 어렵다. 고정된 자
수율에서 벗어나 신시新詩형의 새로운 율조에 "자유"의 정신을 담아내려
는 작가의 지향을 확인할 수 있다. '사조'란의 시가들이 노래로 가창될
가능성을 생각하며 창작되거나 혹은 특정한 곡조에 맞추어 가창되었을
가능성도 완전히 배제할 수 없을 것이다. 가창되었거나 낭독되었거나 어
떠한 경우든 규칙적이고 정제된 음조는 시가의 향유, 그리고 시가를 통한

집단 기억의 공유를 촉진하는 매개 역할을 했다고 판단된다. '사조'란에 실린 또 다른 시가도 이러한 추정을 가능하게 하는 작품이다.

종이 운다
종이 운다
자유종이 운다
바라고 기다리던 자유종이
오오 대한의 남자와 여자
다 이러 나라
다 일어 나라
이 종 소리에
이 종 소리에

귀가 날린다
귀가 날린다
틔극긔가 날린다
그렵고 그렵은 틔극긔
오오 대한의 남자와 여자
다 모혀 오라
다 모혀 오라
이 긔발 아릭로
이 귀발 아릭로

소리가 들린다

소리가 들린다

만세 소리가 들린다

대한 독립 만세 소리가

대한 독립 만세!

대한 독립 만세!

대한 독립 만세!

오오 대한의 남자와 여자

다시는 치욕의 싱활을 안이 하리라

다시는 속박의 멍에를 메이지 안이 하리라

죽어 자유의 혼이 될지언정

자유의 혼이 될지언정

　　　　　　　　　—김여제, 「삼일절에」(『신한민보』, 1922.3.9)

　　앞의 김혜란의 「삼일절」과 마찬가지로, 이 시 역시 반복과 규칙성을
바탕으로 간결하고 정제된 형식을 이루고 있다. 다만, 유사한 율격 구조
를 반복하는 김혜란의 시에서 정형률의 영향력이 조금 더 짙게 나타나
는 반면, 김여제의 시는 반복을 기본으로 부가와 변형의 방법을 활용하
여 다소 변칙적인 율격 구조를 보이고 있다. 이를테면, "종이 운다", "긔
가 날린다", "소리가 들린다" 등 각 연의 기본 문장에 다시 "자유종이 운
다", "태극긔가 날린다", "만세 소리가 들린다" 등으로 구체적인 내용을
덧붙이고 점차 감탄사와 부호 등으로 감정을 고조시켜 나간다. 여기에
"운다", "날린다", "들린다" 등의 현재형 동사와 "이러 나라", "오라", "하

리라" 등의 명령형과 미래형 종결어미를 활용하여, 현장성을 극대화하는 효과를 빚는다.

　이 시 역시 노래로 불리기보다는 낭독의 형태로 공유되었을 가능성이 크다. 반복과 부가의 형식, 그리고 점층과 고조의 방법은 이 시의 낭독 과정에서 기억의 공유와 공감, 소통과 확산의 효과를 이끌어낼 것으로 보인다. 3·1의 기억은 개인의 기억이 아니라 "대한의 남자와 여자"가 공유한 집단의 기억이다. 낭독에 적절한 이 시의 규칙적 리듬과 점층의 효과는 3·1의 집단 기억을 '여기'에 소환하고 "대한 독립"의 의지를 확인하고 확산하는 효과를 낳았다고 평가할 수 있다.

3. 3·1 문학표상과 의미

1) '피'와 '꽃'의 상징과 제의성

　해외 매체에 수록된 3·1 기념시에서 가장 두드러진 심상은 '피'이다. 특히 1919~1920년에 창작된 시에서 '3·1'은 반복적으로 등장하는 '피'의 심상을 통해서 표상화되고 있다. 구체적으로 그것은 "동무들"의 '피', "대한의 어린 누이와 아우"의 '피', "붉은 피", "태극기"에 "뿌린 "피", 일제의 "총"과 "칼"에 죽은 "용사"들의 '피'로 형상화된다. 이처럼 3·1 기념시에 자주 등장하는 '피'의 심상은 3·1운동 당시 일제가 군중들에게 저질렀던 만행을 고발하고 그로 인한 '죽음'과 '희생'을 강조하는 매개체로 기능한다.

> 오난것이핏비냐 부난것은비린바람
> 느진몸下弦달이 北岳山에그무른제
> 어이한 쎼우름소리 쓴코닛고하더라
>
> 倭칼에흐르난피 黃泉까지흘너들어
> 千古에잠든녁슬 다블너내단말가
> 魂靈아 울대로울어라 갈대어이이더뇨
>
> 乙支公나오소셔 忠武公나오소셔
> 韓土에자던英雄들아 다니러나오소서
> 다갓치 이雨露받으니 幽요明이다르랴
>
> ─ 長白,「京城及義州共同墓地에서 밤에怨魂萬歲와哭소리가들니다」
>
> (『신한청년』 창간호, 1919.12.1)

이 시가는 1919년 12월 『신한청년』에 발표된 연시조 형식으로서, 만세 시위의 기억이 아직 생생하게 남아있던 시기의 '공동묘지'를 배경으로 한 작품이다. 첫 수 초장의 "핏비"와 "비린바람"이라는 표현에서부터 3·1운동 당시의 잔인한 학살과 그로 인한 무수한 이들의 죽음을 연상하게 한다. 두 번째 수에서 '피'의 심상은 반복되고 심화된다. "倭

칼에흐르난피 黃泉까지홀너들어 / 千古에잠든넉슬 다블너내단말가"라는 싯구는 학살의 주체와 그들의 잔혹함, 그로 인해 죽음 뒤에도 편히 잠들지 못하는 3·1 "魂靈"들을 위로하고 있다. 같은 지면에 실린 춘원의 「팔찍힌少女」에서도 "슬난피줄기가山과들을向하야벗엇다", "無光한 날은피예져즌少女의同胞를빗쵀고"[26]에서 '피'의 심상이 나타난다. 이때 '피'의 심상은 일제의 잔학상을 구체적으로 묘사하고 무고한 희생을 부각시키는 효과를 낳는다.

위의 長白의 시조에서 '피'의 심상이 불특정 다수의 억울한 죽음을 조명하고 있다면, 이광수, 주요한을 비롯한 다른 3·1 기념시에서 그것은 '어린 소녀', '어린 아우'의 희생으로 점차 구체화되고 있다. '일제의 칼에 맞아 두 팔을 찍힌 소녀',[27] '대한의 어린 누이와 아우', '태극기에 피를 뿌리며 떨어지는' 이들의 '가련한 두 팔'[28] 등이 그 사례이다. 이들 순결하고 무고한 이들의 희생은 3·1의 역사적 사실에 기초하여 구체성을 확보한다. 주요한이 '耀'라는 필명으로 발표한 「대한의 누이야 아우야」는 3·1운동에 대한 일제의 보복 행위로 1919년 4월 11일 수원 화수리에서 발생한 민간인 살상과 방화 사건을 배경으로 한 작품이다. 당시 국내에서는 정확히 보도될 수 없었던 '수원 화수리 참변'을 시화하며 주요한은 역사적 사건에 기초한 '죽음의 피'의 기억을 생생하게 환기시킬 뿐 아니라, '피'의 심상을 '재생'의 심상과 연결시키고 있다.

---

26 춘원, 「팔찍힌少女」, 『신한청년』 창간호, 1919.12.1, 83면.
27 위의 글, 83면.
28 耀, 「대한의 누이야 아우야」, 『독립신문』, 1920.3.1.

아아 大韓의 어린 누이야 아우야!

너의 피는 應當 벗는 곳마다 꼿이 되여 나리라, 自由의 祭壇에 드리는 붉고 붉은 꼿이. 너의 소리는 應當 모혀 하늘의 별이 되여 빗나리라, 自由의 새 땅을 빗쵀는 밝금의 별이. 너의 눈물은 흐르고 흘너 아름다운 眞珠를 이루리라, 勝利의 花冠을 光彩잇게 하는 光明의 眞珠를.

그리하고 最後에 自由를 爲하야 주근 肉身을 떠난 너의 靈魂은 應當 祝福 바든 自由의 天使로 化하엿스리라, 나라 위해 싸호는 모든 勇士의 몸을 직히는 어린 天使가. 請컨대 自由의 天使로 化한 大韓의 어린 누이야 아우야 正義를 위하야 싸호는 거룩하고 의로운 싸홈에, 거느리는 者나 좃는 者나 모든 國民의, 모든 戰士의 마음에 나려 오라, 그 속에 邪惡과 奸巧함을 다 버리게 하고, 어린 누이와 아우가 흘니든 피와 다름업슨, 맑고 뜨거운 情熱로써 귀한 피를 흘니게 할지어다 大韓의 純潔하고 어린 누이들아 아우들아!

너이들의 부르는 凛凛한 그 소리가 참으로 大韓의 榮光이 된다. 大韓의 生命이 된다. 그리하고 그 아릿다운 목소리가 長生하고 굴거짐에 따라 너의 나라는 다시 살리라 너의 나라는 다시 너머지지 아느리라

— 耀, 「대한의 누이야 아우야」(『독립신문』, 1920.3.1) 부분

이 시에서 '피'는 '꽃'의 심상과 연결된다. '피'는 잔인한 폭력에 따른 비참한 죽음이거나 무가치한 희생에 그치는 것이 아니라 "자유의 제단에 드리는 붉고 붉은 꽃"의 심상을 환기하고 있다. '꽃'으로 재생하는 "어린 누이와 아우"의 '피'는 "희생양의 순결한 피를 제단에 바치는 종교적 제의를 연상"[29]시키며, 희생의 제의성을 강조한다. '피'와 '죽음'이 3·1 표상의 상징 체계 가운데 한 축을 이룬다면, '꽃'으로 대표되는

또 다른 한 축은 "별", "광명의 진주", "자유의 천사", "영광", "생명" 등의 관념 또는 이미지로 연결된다. 이처럼 피와 꽃, 죽음과 재생의 상징체계는 『독립신문』 소재의 다른 3·1 기념시에서도 마찬가지로 나타난다. 가령, "이 가슴 뛰는 피 正義의 피 / 이 팔뚝 흐르는 피 自由의 피 / 이 피를 뿌릴 때 / 오오 이 피를 뿌릴 때 / 榮光의 無窮花 / 다시 피리라"(김여, 「3월 1일」, 『독립신문』, 1920.3.1), "동무들아 / 이날을 記憶하느냐 / 피와 꽃과 눈물로서 / 너의 祖國이 다시 산 날"(송아지, 「즐김 노래」, 『독립신문』, 1920.3.1)에서도 '피'와 '꽃'의 연결된 심상이 드러난다.

'죽음', '피'의 심상이 과거의 경험, 기억과 연관된다면, '꽃', '영광', '광명', '생명' 등은 '죽음' 이후의 시간, 도래할 시간과 관련되어 있다. 위의 인용시 「대한의 누이야 아우야」에 나타나는 짙은 청자지향성과 미래형 수사는 이같은 '재생'의 심상을 강화하는 역할을 한다. 주요한 특유의 반복과 산문형 문체가 두드러지는 위의 시에서 화자는 "대한의 누이야 아우야!", "아아 대한의 어린 누이야 아우야!", "大韓의 純潔하고 어린 누이들아 아우들아!" 등과 같이, 동일한 단어를 반복하고 점차 의미를 부가하면서 3·1 희생자의 순결성과 그들을 향한 안타까움의 심정을 고조시킨다. 또한 "기억하느냐" 등의 의문형과 "즐기세", "함께 즐기세" 등의 청유형, 그리고 "빛나리라", "이루리라", "살리라" 등의 미래형과 "나려오라", "할지어다" 등의 명령형 어미를 두루 활용하여, 청자지향성과 설득의 수사학, 미래를 향한 강한 의지를 드러내고 있다.

---

29 심선옥, 앞의 글, 433면.

왔습니다. 네 번째 왔습니다. '최후의 일인, 최후의 일각'을 맹서하고 손목 잡고 범의 굴로 돌진하든 첫봄에, 새꽃피는 날이 다시 이르렀습니다. 물이 흐르고 바람이 불어서.

날이 바뀌고 달이 갔건만도, 아직도 그날 그 일이, 눈앞에 서언 하외다. (…중략…)

그러나 나는 지금 여러분의 눈 앞에 우리와 같은 피를 가진 한 어린 도련 님들과 따님들의 머리에서 팔에서 다리에서 흐르는 깨끗한 피를 보여드리 고 싶습니다. 두팔 잘린 少女의 없어지지 아니할 哀聲을 돌려드리고 싶습니 다. 그곳 우리가 꿈에 보는 그곳 그 멀지 아니한 곳에는 지금도 또한 이 모든 피와 죽엄이 反覆되고 있는 것을 잊지 아니하기를 바랍니다.

우리는 오늘 눈에 보이는 피나 祭物이 없읍니다만은 우리 속에는 지금 無 形한 피와 희생이 있기를 바랍니다.

우리속에 가득한 陰謀·猜忌·거즛·狡詐·空論·食肉鬼·망녕·慾望 이 모든 더럽고 내음새 나고 썩어진 것을 말끔 쓸어 모아다가 오늘 이 時間 에 紀念祭壇 우헤 올려 놓고 우리 가슴 속 뜨거운 붉은 피 한줌 그 우헤 뿌려 猛烈한 불로 다 태워버리고 우리의 새롭고 깨끗한 가슴 속에 貴하고 淨하고 사랑홉은 믿음·사랑·公正·熱心·實行·修練·希望·慰勞의 보배로 채 우고 장식합시다. 그리하야 적어도 요다음번 이 거룩한 날에는 저 건너 福地 에서 춤추며 노래하며 장미꽃 들제비 우름으로 즐겨하게 하도록.

—牧神, 「물이 흐르고 바람이 불어서」(『독립신문』, 1922.3.1)

목신의 「물이 흐르고 바람이 불어서」라는 제목의 이 시는 1922년, 3·1운동 3주기에 발표된 시이다. 앞에 인용한 시들이 1주기를 기념하여 창작된 작품으로서 3·1운동 당시의 생생한 경험과 기억이 투영되어 있는 반면, 목신의 시에는 네 번째 맞이하는 기념일의 상황이 잘 드러나 있다. 꽃이 피고 지듯이, 새봄이 오가고 다시 오는 것처럼, '3월 1일'이 네 번째 다시 돌아오기까지 시간은 흐르고 죽음과 재생은 반복되어 왔다. "어린 도련님들과 따님들"의 몸에서 흐르는 "피"의 선연한 과거의 기억은 "오늘" "기념제단" 위의 "새롭고 깨끗한 가슴" 위에 "귀하고 정"한 "보배"로 되살아나고 있다. '피'의 희생자들은 가고 없지만 그들은 3·1운동 이후 "지금"까지도 지속되는 투쟁과 미래의 "복지"를 가능하게 하는 "제물"의 역할을 하고 있다.

2) '새날'의 상징성과 '시작'의 의식

3·1은 계기적 시간이다. 3·1은 민족적으로 그 전과 후가 확연히 구분되는 계기의 시간이었을 뿐만 아니라 그 시대를 살아간 많은 사람들에게 인생의 중요한 변곡점이 되었던 사건이었다. 특히 해외에 있는 한인들 가운데는 3·1운동을 계기로 고향을 떠나 새로운 삶을 시작하게 된 사람들이 많았기에, 3·1 표상의 시간적 의미가 그들에게는 더욱 각별하게 다가왔을 것이다. 해외 매체에 수록된 3·1 기념시에는 '새날'의 시작으로서의 3·1 표상이 잘 드러나 있다.

> 어두운 밤의 幕이 열린다
> 새빛을 띠ㄴ해가 東山에 떠오른다

아아 이날에 韓族이

熱狂의 기쁨으로 새빛을 맞는도다

三千里 山과 들에 瑞氣가 차고

三千萬 살과 뼈에 鮮血이 뛰도다

永遠히 이 따에 光明을 비최일

永遠히 이 몸에 대어줄

三月 一日의 새 빛

　　　　　　　　　　—柳榮, 「새빛」(『독립신문』, 1920.3.1) 부분

三月 하루!

이날! 鷄林뜰서 들리운 첫닭의 울음

이날! 韓村에서 울리운 새벽종!

이날! 우리의 옥을 깨치고

이날! 우리의 고통을 벗기고

이날! 배달의 아달과 딸들

새로 나온 이날! 三月 하루!

　　　　　　　　　　—김태연, 「三月 하루」(『독립신문』, 1921.3.1)

　　위의 두 편의 시에서 3·1은 '새빛', '새날'의 심상으로 그려진다. 3·1
은 "어두운 밤의 막이 열리"는 날, "우리의 옥을 깨치고", "고통을 벗기
고" "새로 나온" 날로 다가온다. 두 편의 시에는 '낡은 것'과 '새 것'의
대립된 표상이 두루 발견된다. '어둠', '밤', '옥', '고통'이 낡은 세계를
가리킨다면, '새빛', '첫닭', '새벽종', '瑞氣' 등은 3·1 이후의 새로운

시간을 상징하는 단어들이다. 여기에 "열린다", "떠오른다" 등의 현재형과 "깨치고", "벗기고" 등의 연결형 어미를 활용하여, 현재진행형으로서의 '새날'의 시간을 강조하고 있다.

주요한이 '송아지'라는 필명으로 1920년에 발표한 두 편의 시에도 3·1 표상으로서 '새해', '새날'의 의식이 드러난다. 「가는 해 오는 해」는 1919년을 보내고 1920년을 맞이하는 시점에서 창작한 시이다. 이 시에서 그는 "나를 울린 해! / 나를 기쁘게 한 해! / 네 속에서 새로 난 나라를 / 네 안에서 다시 民族을 / 너는 인류에게 새 希望을 / 온 世界에 새 싸홈을 / 歷史 우에 새 軌道를 주었다"라며, 3·1운동이 일어난 1919년을 새로운 '시작'의 해로 천명하고 있다. "새 희망", "새 싸홈", "새 궤도"라는 표현은 그 '시작'이 가져온 변화가 무엇인지를 짐작하게 한다. 두 달 뒤, 그가 3·1운동 1주기를 기념하여 발표한 다음 시에서는 3·1 이후에 시작된 '새날'의 현재성이 더욱 부각되어 있다.

오오 이날에
이 壯嚴과 아픔의 날에
내뿜던 聖潔한 感激의 피가
黑暗한 東亞에 횃불을 들었다

동무들아
記憶하느냐, 이 날을
彷徨의 曠野, 어둠의 골짝에서
悲痛한 苦難의 榮光으로 뛰어나간 날

즐기세, 이날을

이날에 네 祖國이 부르던

놀뛰는 젊은 피의 노래로

즐기세 이날을

불붙는 自由의 祭壇 우에

尊貴한 盟誓의 祭物을 드려서

오오 이날을

祖國과 함께 즐기세, 生命의

自由의 기쁨의 노래 불러서

가시의 길을 나갈 때에도

苦難의 못가에 너머질 때도

祖國과 함께 즐기세, 自由의

偉大한 노래 불러서, 이날을

—송아지, 「즐김 노래」(『독립신문』, 1920.3.1) 부분

　「즐김 노래」라는 시의 제목이 시사하듯이, "즐기세"라는 청유형 단어를 반복적으로 사용하여 시 전체에 경쾌한 리듬감을 조성하고 있다. 또한 "즐기세 이날을", "기억하느냐, 이날을", "위대한 노래 불러서, 이날을" 등으로 도치 구문을 활용하여, 리듬을 조성하고 "이날"의 의미를 강조하고 있다. 시에서 반복되는 "자유", "맹서", "생명"이 바로 "새날"로서의 "이날"의 상징성으로 볼 수 있을 것이다. 역사의 '새날'로서 3월 1일이 지니는 의미는 당시 신문의 사설과 논설에서도 확인할 수 있다.

己未三月一日, 大韓의 獨立을 宣言한 날. 그날의 午後二時, 玉塔公園에서 처음 大韓獨立萬歲聲이 發한 때. 이날 復活의 날, 이때 復活의 때 半萬年歷史가, 大韓의 國名이, 世界의 記憶中에 大韓民族의 存在가 오래 慟哭의 눈물 속에 잠겼던 太極旗와 함께 大韓民族의 自由가, 이 모든 우리의 貴한 것이, 生命과 갓히 貴한 것이 이날에 復活하엿도다. 이날에 獨立宣言書에 署名한 民族代表 三十三賢, 이날에 팔을 벌이고 하늘을 우럴어 大韓獨立의 첫 萬歲를 부른 忠勇한 兄弟와 姊妹, 이날에 太極를 두르고 自由를 웨치다가 피를 흘린 이에게 永遠한 感謝와 榮光이 잇슬지어다! (…중략…) 아아 三月一日! 億千萬歲 無窮토록 自由大韓의 誕生한 聖日로 斯日을 億千萬 韓土子女의 萬歲聲으로 채우게 할지어다!

—사설 「3·1절」(『독립신문』, 1920.3.1)

3·1운동 1주기를 기념하는 위의 『독립신문』 사설에서 "己未三月一日"을 지칭하는 하나의 핵심어는 "復活의 날"이다. 그날 "태극을 두르고 자유를 웨치다가 피를 흘린" "형제", "자매"들의 '희생'이 "부활"의 계기가 되었다. "부활의 날"이란 구체적으로 "대한의 독립을 선언한 날"이자 "대한의 국명", "대한민족의 존재"가 새롭게 "부활"한 날이라는 의미이다. "대한"의 "독립 선언"으로 인해 3·1 이후의 시간은 '부활'의 의미를 갖게 되었으며, "독립"을 완전히 실현하기까지 3·1 이후의 '새로운 시간'을 살아갈 것을 역설하고 있다. 해외 매체에 수록된 다수의 3·1 기념시와 마찬가지로 위의 글에서도 '희생'은 '부활', '생명', '영광' 등의 단어와 주요한 표상 체계를 이루고 있다. 다만, 시와 다른 사설의 특성상, 개념적 언어를 사용하여 의미의 명확성을 전달한다.

이처럼 1920년대 초반에 발표된 3·1 기념시와 사설, 논설 등의 글에서 3·1은 '새날', '부활'이라는 계기적 시간의 의미로 나타나지만, "독립"과 마찬가지로 그것은 "선언"되고 있을 뿐 구체적 현실성을 발견하기는 어렵다. 그런 의미에서 1930년대 후반 소련 원동 한인 공동체에서 발간된 잡지 『선봉』에 실린 다음의 잡지는 주목할 만하다.

조선의 무리, 서울의 무리가 −
밥과 자유찾는 무리가
만세를 부르며 닐어다던 장엄한날

밥대신에 탄환을 받고
자유대신 철창을 받던
죽음과 공포의날.

만세소리 변하여 울음소리띄고
피묻은 흰옷에 붉은피로 물들이던
슬ㅎ븜과 피의날.

이날은 언제던지 닞어지지 않으리라.
이날에 아들죽던 어머니의 머릿속에서도
이날에 어머니잃은 어린이의 머릿속에서도.
이날에 남편잃은 안해의 머릿속에서도.

그들은 이날의 탄환속에서 원수의 독살을 알앗고

그들은 이날의 철창속에서 원수의 "공정"을 알앗다

그들은 이날의 파도속에서 자긔의 힘을 보앗고

그들은 이날의 핏속에서 자긔의 생을 보앗다.

그러기에 그들은

이날의 탄환에 쯔ㅅ긴 긔폭을 ─

이날의 피에 뿌젓은 싸홈의 긔폭을

그대로 그대로 높이들고

맞으막 승리루 향하여

손과 손을 맞붙잡고

발맞흐아 나아간다.

─전동혁, 「삼월 일일」(『선봉』 1877, 1936.3.1, 8면)

위의 시에서 3·1은 "밥과 자유"를 찾기 위한 "싸홈"의 날이다. 그러나 그 "싸홈"은 "피"를 흘리는 '희생'을 낳았고, 3·1의 피해는 "탄환", "철창", "죽음", "공포" 등의 구체적 현실성을 띠고 제시되고 있다. 앞에서 살펴본 3·1 기념시에서 3·1 희생자의 형상이 대체로 "어린 누이", "아우", "소녀" 등으로 순결성을 강조하는 방식으로 그려진 반면에, 위의 시에서는 "아들죽던 어머니", "어머니잃은 어린이", "남편잃은 안해" 등으로 구체적인 인간 관계 속에서 3·1의 희생을 형상화하고 있다. 또한 3·1의 폭력으로 인한 희생과 고통은 다른 시에서처럼 막연히 "영광", "광명", "새날" 등의 추상적 보편성의 차원에 그치지 않고, "원수"의 실상을 자각하고 "자긔"의 잠재된 "힘"과 "생"을 발견하는 단계로 나아간다. 3·1을 역사의 계기적 시간으로 파악하고 '새날'의 의미를 강조한다는 점에서, 이 시의 시간의식 역시 1920년대 초반 해외 한인 매체의 3·1 기념시가와 일정한 흐름을 같이 한다. 하지만 이에 그치지 않고 이미 '시작'된 '새날'을 역사적·현실적으로 어떻게 실현할 것인가를 고민한다는 점에서 또 다른 지향성을 보여준다. 이 시에서 3·1의 고통과 기억은 과거와 현재의 시간에 머무르지 않고 "맞으막(마지막) 승리"을 위한 미래의 시간을 향하고 있다. 그리고 그 시간은 "손과 손을 맞붙잡고 / 발맞흐아 나아가"는 연대와 투쟁을 통해서 현실화될 수 있음을 강조한다.

4. 결론

해외 매체의 3·1 표상은 국내와 차이가 있다. 특히 1920년대 초반 국내 매체에서 3·1은 검열의 대상이자 금기의 부호로서, '그날', '그때' 등의 지시어나 복자 형태 등 간접화된 방식을 통해서만 표기될 수 있었다. 이처럼 은폐와 침묵의 대상으로서 3·1 표상이 존재했던 국내 상황과 달리, 해외에서 3·1은 공적·집단적으로 기억·기념하는 주요한 의례의 대상이자 증언과 고발의 대상이었다. 중국, 미국과 소련 등 다수의 해외 매체에서는 "기미삼월일일", "오후 두시", "옥탑공원" 등 역사적 사건의 정확한 시간과 장소, 그리고 "대한독립만세", "독립선언서", "태극기" 등 3·1운동을 표식하는 주요 사물, 사건 등을 제시하여, 당시 국내에서 언표될 수 없었던 3·1운동의 구체적 정황을 제시하였다. 또한 3·1운동 당시 학살, 분화焚火 등으로 특히 피해가 컸던 수원 제암리와 화수리, 삭주, 안주 등의 지명을 구체적으로 제시하며 자칫 잊혀질 수 있는 사건을 증언하고, 일제의 잔학상과 그로 인한 피해를 고발하는 기능을 한다.

3·1운동 이후 해외에서 발간된 신문, 잡지 중 가장 많은 3·1 기념시를 수록한 매체로는 상해판 『독립신문』이 있다. 1919년 8월 『獨立』이라는 제호로 창간된 이 신문은 같은 해 10월 『독립신문』으로 변경하여 1925년까지 발간되었다. 상해 임시정부의 기관지 역할을 했던 『독립신문』은 3월 1일을 '대한大韓'의 '기념일'로 공표한 임시정부의 지침에 따라 3·1운동 1주기에 맞추어 기념호를 발간한다. 3·1운동 1주년 『독립신문』은 이 기념일을 매체를 통해 공식화하고 3·1의 표상 체계를 갖추어 나가기 시작했다는 점에서 중요한 의미를 갖는다. 1920년 3월 1일자 신문 이외에도 3월 4일, 27일 자 보도를 통해서 『독립신문』은 당시 상해와 해삼위, 국자가 등 해외에서 벌어진 3·1절 경축식과 대중 시위의 열기를 전한다. 1925년 폐간되기까지 이 신문은 매해 3·1절을 기념하고 국내외 관련 사건을 보도하며 기념시와 논설을 게재했다.

이 글에서는 상해판 『독립신문』 이외에 『신한청년』, 『배달공론』, 『신한민보』, 『선봉』 등 중국, 미국, 소련 발행 한인 매체에 수록된 3·1 기념시가를 대상으로, 이들 작품에 나타난 3·1 표상과 의미, 그리고

3·1을 기억하고 언표화하는 과정에서 시가의 형식 및 수용방식이 갖는 의미와 역할에 대하여 살펴보았다.

이들 시가 가운데 특히 1920년대 초반에 발표된 다수의 작품이 창가, 가사, 시조 등 정형시가에 해당된다. 당시 기사, 논설, 산문 등을 참조할 때, 이들 시가는 3·1 기념식을 비롯한 한인들의 행사와 집회 현장에서 함께 부르는 '노래' 형식으로 수용되었을 것으로 판단된다. 작품의 특성과 수용 방식은 상호 영향을 미친다. 가창이 가능한 시가가 다수 창작되었기에 현장에서 노래로 불릴 수 있었고, 또한 기념식과 모임, 집회와 시위 등이 잦은 당시 한인 공동체의 상황이 '노래' 형식을 이끌어냈다고 볼 수 있다. 일정하게 반복되는 리듬과 가사는 시가 형식에 규칙성과 통일성을 부여하며, 노래 부르는 사람들의 행동과 의식에도 영향을 미친다. "삼월초하루", "만세", "만세소리", "태극기" 등 금기와 불온의 언어를 육성으로 노래할 때, '제창', '동창' 등의 함께 노래 부르는 행위는 3·1운동의 집단 기억을 상기하고 확산하는 계기가 되었을 것이다.

해외 매체에 수록된 3·1 기념시가의 또 다른 특성은 '피'와 '꽃'의 상징성과 제의성이다. '피'의 심상은 3·1운동 당시 일제의 폭력성을 고발하고 '순결'한 '희생자'들의 '죽음'과 '희생'을 강조하는 매개체로 기능한다. '피'는 '꽃'의 심상과 연결되어 '희생'의 제의성을 부각시키며, 죽음과 재생이라는 3·1 문학 표상의 주요한 상징체계를 구축한다.

마지막으로, 해외 매체 3·1 기념 시가의 주요한 특징은 시간 의식에서 확인할 수 있다. 해외 한인들에게 3·1은 개인적·민족적으로 중요한 계기적 시간이었기에, 3·1 기념시가에는 '새날'의 시작으로서의 3·1 표상이 드러난다. "새빛", "새날"로서의 3·1은 당시 기념시가에서 "부활", "광명", "생명", "영광" 등의 어휘와 연결되어 주요한 표상 체계를 이룬다. 또한 미래형 수사를 다양하게 활용하여 '새날'의 현재성과 '시작'의 의식을 강조하고 있다. 1920년대 초반 작품에서 '새날'의 상징이 추상적 보편성을 띠었던 반면, 1930년대 후반 『선봉』에 수록된 시에서 그것은 구체적 현실성을 띠고 나타난다.

이상에서 정리한, 해외 한인 매체 수록 3·1 기념시가의 문학 특성 가운데 첫 번째, 정형시가로서의 특성은 많은 항일 가요의 창작과 유포로 이어지는 계기가 되었다. 특히 『독립신문』에 실린 창가 가운데 다수는 발표 당시에 이미 곡조에 맞추어 가창되거나 집회와 전투 현장에서 노래로 불리었고, 후일 가요집에 곡과 함께 수록되어 예식과 집회, 전투 현장에서 널리 향유되고 유포되었음을 확인시킨다. 또한, 1920년대 초반 3·1 기념시가에 나타난 '꽃'과 '피'의 상징성과 제의성은 해방 후 창작된 3·1 기념시집에서도 동일한 양상으로 나타나, 3·1 기념시가의 기원을 이루고 있음을 확인시킨다. 마지막으로, '새날'의 상징성과 '시작'의 의식은 해외 한인들의 독립 투쟁을 지속적으로 가능하게 하는 원동력이었다고 평가할 수 있다.

제4부

3·1운동 형상화를 통해 본 해방 직후 좌파의 현실인식

양문규

1. 머리말

식민지 시기 3·1운동을 그린 작품은 없다. 3·1운동 직후 발표된 전영택의 「생명의 봄」·「운명」(1920)은 3·1운동이라는 명칭조차 적시 못하고 '○○○○○○ 사건'으로, '○○ 사건'[1] 등으로 표현한다. 이들 작품에서 3·1운동은 단순한 배경으로만 기능하고 있으며, 3·1운동이라는 우연한 사건을 겪은 한 개인의 삶과 운명이 어떻게 무력화되는가를 보여주는 데 초점이 맞춰 그려져 있다.[2]

---

1 '○○○○○○ 사건', '○○ 사건'은 '기미독립만세사건'과 '만세사건'을 말한다. '운동'이 아니라 '사건'이라고 호칭하는 것 자체가 부정적 의미가 깃든 것이다. '만세사건'은 당시 관헌 측의 호칭이었다. 이규수, 「3·1운동에 대한 일본 언론의 인식」, 『역사비평』 62, 역사비평사, 2003, 284면.

3·1운동을, 인간 본성에 대한 환멸을 보여주기 위한 배경으로 활용한 김동인의 「태형」(1922)도 이러한 점에서 유사하다. 단 김소월의 「함박눈」(1922)은 3·1운동 후 중국으로 망명을 떠난 누이 내외에 대한 애환을, 홍사용의 「저승길」(1923)은 '만세군'과 이를 숨겨준 기생의 사랑을 그리나 비극적 정조에 초점을 맞출 뿐, 3·1운동의 실상에 대해서는 어떠한 언급조차 못하고 있다.

오히려 이광수의 『재생』(1924)은 3·1운동으로 옥살이를 한 인물이 출옥한 이후 어떻게 타락하는지를 희화화시켜 보여줘 3·1운동에 대한 민족주의 우파의 부정적 시각을 드러내기조차 한다. 이는 비단 민족주의 우파의 작품에서 뿐만 아니다. 식민지 시기 좌파 진영의 소설가 이기영조차 「박승호」(1933)에서 동학혁명을, 농민들이 동학이라는 종교에 혹세무민 당해 일어난 난리로 보며, 이를 3·1운동과 함께 묶어 "무지한 백성들이 턱없이 남의 힘만 믿고"[3] 살려다 역사적으로 실패한 사건으로 그린다.

단 염상섭의 「만세전」(1922)에서는 3·1운동을 지칭하는 '만세'가 작품의 제목으로 나온다.[4] 물론 「만세전」 역시 직접 3·1운동의 사건을 보여주는 것은 아니지만, 3·1운동으로 갈 수밖에 없던 식민지 조선의 현실을 보여준다. 3·1운동에 대한 염상섭의 특별한 인식은 「표본실의 청

---

2   김영민, 「『창조』와 3·1운동」, 『한국민족문화』 69, 부산대 한국민족문화연구소, 2018.
3   이기영, 「박승호」, 『신계단』, 1933.1, 143면.
4   '만세전'은 원래 '묘지'라는 제목으로 1922년 7월부터 『신생활』에 연재되다가 『신생활』이 폐간되면서 3회의 연재로 중단된다. 이후 '묘지'는 『시대일보』로 넘어가 1924년 (4월 6일~6월 7일)까지 59회에 걸쳐 연재, 완성되는데 이때 제목이 '만세전'으로 바뀐다. 1924년(8월10일)의 고려공사 단행본도 제목은 역시 '만세전'이다. 이재선, 「일제하의 검열과 「만세전」의 개작」, 『문학사상』, 1979.11.

개구리」(1921)에서 나타난다. 이 작품의 '김창억'은 3·1운동으로 수감됐다가 석방된 이후에는 광인으로 살아가는 이다. 기존의 연구는 김창억의 광기 어린 우울의 근원을 3·1운동에서 빚어진 일제에 대한 저항의 실패로 보았다. 최근의 연구는 그것을 내셔널리즘과 제국주의로 무장한 구미의 근대에 대한 절망과 관련된 것으로 해석하기도 한다.[5]

그럼에도 염상섭 작품들 역시 3·1운동 자체를 그리지는 못한다. 3·1운동에 대한 구체적 형상화가 가능해지는 것은 해방 이후에나 돼서다. 단 소설이 아니라 1946년 해방 된 후 최초의 3·1절 행사를 기념하는 공연을 위해 창작된 희곡들을 통해서다.[6] 1945년 후반부터 신탁통치를 둘러싸고 일어난 남한사회 내의 격렬한 대립은, 1946년 초에 이르러 확연한 좌우대립의 양상을 만들어낸다. 좌파 진영은 마침 이 시기 3·1운동을 기념하는 행사에서 언론과 연극 등을 활용하여 우익을 제압하며 자신들의 정통성을 입증하고자 한다. 이에 해당하는 작품이 문학가동맹 계열에 속한 김남천의 〈삼일운동三一運動〉(1946)과 함세덕의 〈기미년 삼월 일일己未年 三月 一日〉(1946)이다.

기존의 연구들은 이 두 작품을 우파 쪽 유치진의 희곡 〈조국〉(1946)과 비교하여, 당시 좌파가 3·1운동을 어떠한 방식으로 인식하는지를 설명하고자 했다. 가령 김남천과 함세덕의 두 작품은, 3·1운동을 실패한 혁명으로 평가하는 좌파 계열의 역사적 관점과 관련돼 있으며, 좌파는 이들 작품을 통해 그 좌절의 의미를 되물어 해방 이후 조선의 현실상황을

---

5   김재용, 「구미 근대비판으로서의 「표본실의 청개구리」」, 『지구적 세계문학』 12, 글누림, 2018.
6   해방 후 처음 맞는 1946년 3월은 3·1운동 연구사에서도 중요한 의의를 갖는 시점이다. 이때부터 3·1운동에 관한 논의가 폭발적으로 증가하기 때문이다.

환기해보고자 했다고 본다. 반면 유치진의 작품은 3·1운동을 성공한 운동으로 평가하는 우파계열의 역사적 관점과 관련돼 있다고 본다.[7]

좌파가 3·1운동을 실패한 혁명으로 봤다는 것은 정확한 표현은 아니다. 오히려 좌파는 3·1운동이 현상적으로 실패한 것처럼 보이지만 민중운동으로 발전하는 계기가 된다고 본다. 실제 김남천과 함세덕의 작품도 이러한 점에 초점을 맞추고 있다. 오히려 우파 쪽은 앞서 『재생』에서 보았듯이 3·1운동을 대단히 부정적 시각으로 본다. 그럼에도 우파가 해방 이후 돌연 3·1운동을 부각하는 것은 과거 자신들의 친일 행적을 호도하려는 의도에서 비롯된 것이다.

이 글은 김남천과 함세덕의 두 작품이 3·1운동을 어떻게 그리고 평가하려 했는지에 초점을 맞추기보다는, 그러한 형상화를 통해 좌파 진영이 해방 직후 현실에 대해 어떠한 인식을 갖고 있으며 그 인식의 의미와 문제점은 무엇인지에 초점을 맞춰 논의를 전개하고자 한다.

---

7   차승기, 「기미와 삼일－해방직후 역사적 기억의 전승」, 『현대문학의 연구』 28, 한국문학연구학회, 2009.

2. 김남천의 〈삼일운동三一運動〉

1) 단결 제일주의와 천도교에의 주목

김남천이 희곡 〈삼일운동三一運動〉[8]을 통해 가장 강조하고자 한 것은 3·1운동에 참가한 여러 종파 또는 계층, 계급 간의 대동단결이다. 이를 위해 〈삼일운동〉은 작품의 첫머리를 천도교와 기독교 신자 간의 갈등에서 시작한다. '최진순'의 부모는 진순의 혼인 상대를 당사자의 의사에 반해 강제적으로 결정한다. 이 시기 청춘남녀의 혼인과 관련된 고민은 당연히 '자유연애'일 터지만, 진순의 고민은 자신은 기독교 신자인데, 부모가 정해준 상대 남자 '박관영'이 천도교 신자라는 데서 비롯된다. 진순의 오빠 '창현' 역시 기독교 신자라서 천도교 청년들과 사이가 좋지 않고 그들과 싸움을 벌인 적도 있다. 오빠는 누이의 혼인을 극구 만류하면서 가출을 권하기까지 한다.

그러나 이러한 진순의 고민은 별로 중요한 것도 아니고 심각하게도 전개되지 않는 게, 진순이나 관영이나 다 같이 3·1운동에 참여하고 결국 박관영이 시위 도중 죽음에 이르는 과정에서 그 둘의 결합이 자연스럽게 이뤄지기 때문이다. 이러한 기독교와 천도교의 결합은, 해방 직후 남로당의 민족 전체를 아우르는 부르주아 민주주의 혁명 단계의 전술을, 3·1운동 당시의 민족적 대동 단결에 비견코자 했기 때문으로 추측된다.

---

[8] 〈三一運動〉은 『신천지』(1946.3~5)에 연재됐으며, 이 글은 『김남천 창작집 三一運動』(아문각, 1947)에 수록된 〈三一運動〉을 대상으로 논의했다.

진순과 관영의 결합을 보건대, 당시 좌파들이 생각한 통일전선은 당시 이승만 등의 우익이 주창한 '대동단결론'과 큰 차이를 보이는 것은 아니라는 생각이 들게 한다. 다시 말해 그것은 계급에 우선하는 민족이라는 당시 우파의 사유방식과 그 수준에서 크게 차이가 없는 듯이 보인다.

3·1운동의 '민족대표' 내부의 종파 간 갈등이 그 집단 내부의 본질적 모순이 아님에도, 김남천이 〈삼일운동〉에서 이 문제를 작품의 중요한 핵심 문제로 삼았기 때문에, 이 작품은 '3·1운동'이라는 역사적 사건의 핵심에 도달하지 못한다. 이 작품에서 기독교와 천도교 청년들의 갈등조차 지엽적인 교리 문제로 서로 비방하다가 감정상의 충돌 또는 폭력이 이뤄지는 수준에 머문다. 그러나 그러한 갈등 역시 그리 심각하지 않게 그려지는 게, 해외로 떠났다가 국내로 잠복한 기독교계의 지도자 '고영구'가 이들 앞에서 삼월 초하루의 거사 계획을 털어놓으면서 기독교도와 천도교도의 '단합'을 호소하니 그 갈등이 일거에 해결되는 데서도 보인다.

단 〈삼일운동〉에서 주목해야 하는 부분은 3·1운동의 전개과정에서 천도교의 역할을 기독교와 대등하게 위치 지워 놓았다는 점이다. 김남천은 해방 직후 『대하』(1939)의 후속 작으로 『동맥』(1946)을 발표했다. 『대하』가 봉건 조선사회가 서구 문명으로 대변되는 기독교와 만나면서 겪는 변화의 과정을 그렸다면, 후속작인 『동맥』은 기독교에서 그 초점을 동학으로 넘겨 동학과 천도교를 근대와 민족주의 노선에서 또 하나의 중요한 축으로 그려낸다. 오히려 『동맥』은 기독교보다는 천도교가 가진 민족·민중적 성격에 초점을 맞춰 이를 부각하고자 한다.[9] 김남천은 동학이 1894년의 일회적 사건으로 끝나는 것이 아니고 그것이 계속

이어져 1919년 삼일운동을 견인하는 데서 중요한 역할을 담당했다는 점을 소설 『동맥』과 희곡 〈삼일운동〉을 통해 그려보고자 했다.

김남천은 일반적인 좌파 계열의 작가들과는 달리 이미 해방 이전부터 기독교나 천도교 등 종교계 민족부르주아의 행방에 진지한 관심을 기울였다. 그리고 해방 이후에는 이러한 관심을 좀 더 본격화했다고 판단된다. 그는 『대하』에 이어 『동맥』에서 기독교와 천도교 민족 부르주아의 초기 형성 과정을 형상화해보고자 했다. 〈삼일운동〉 역시 3·1운동의 전개과정에서 천도교와 기독교의 관계를 그리고 있다.

〈삼일운동〉 등의 김남천의 작품들은 3·1운동을 거치며 식민지 시기 기독교와 천도교의 부르주아 민족주의자들이 어떻게 발전되어 나가며 이들이 사회주의 세력과는 어떠한 관계를 맺게 되는 지를 보여줄 수 있는 계기를 가진 작품이라 판단된다. 해방 이후 김남천의 초미의 관심도 이러한 부르주아 민족주의자들과 사회주의자들의 연합에 대한 것이 아니었을까 생각한다. 그러나 김남천은 북쪽으로 간 후 참담한 몰락을 하면서 이러한 작업을 지속적으로 해나가지 못한다.

2) 부르주아 민족주의자와 민중에 대한 추상적 인식

앞서 얘기했듯이 〈삼일운동〉에서 기독교와 천도교 청년들의 갈등을 해결하는 이는 '고영구 선생'이다. 고영구는 몰락해가는 시골 지주 집

---

9   자세한 내용은 양문규, 「『대하』와 『동맥』의 비교를 통해 본 해방 후 김남천의 문학적 행방」, 『현대문학의 연구』 64, 한국문학연구학회, 2018.

안 출신의 지식인이다. 그는 과거 기독교 학교 '동일학원'의 교사였다. 그가 국외로 망명한 후 학교 벽에는 그가 남기고 간 말이 쓰여 있는데 그것은 예의 "단합하면 이기고 흩어지면 진다"이다. 그는 3·1거사를 앞두고 국내로 다시 잠입해 고향을 둘러서는 후배 청년들에게 종교적 다름을 넘어 '결사적으로 통일사업'을 전개해나가야 할 것을 당부한다.

고영구가 하는 일과 역할은 작품에서 구체적으로 나타나지는 않는다. 단지 변장을 하고 야음을 타 고향 마을에 잠깐씩 등장했다가는 사라진다. 고영구는 청년들에게 3·1운동의 거사 배경과 그 전개 과정을 이야기하면서 당대의 정세를 지도하고 설명한다. 〈삼일운동〉의 무대는 평안도 성천이다. 실제로 평안도 지역의 기독교인들은 1919년 1월 말 상해에서 온 선우혁鮮于爀(평북 정주생, 1882~?)이 전해준 상해와 미국에서의 우리 동포의 독립운동 소식에 큰 자극을 받는다.

선우혁은 합방 직후 105인 사건에 연루돼 옥살이를 한 후 상해로 망명해 있다가 3·1운동을 코앞에 두고 평안도로 파견된다. 그는 미국 대통령 윌슨의 특사 크레인C. R. Crane(1858~1939)이 1918년 11월 상해에 와서 조선의 독립운동을 지원하겠다는 말을 한 사실을 국내에 전달한다. 그러면서 이러한 미국의 지원에 호응하는 의미에서 차제에 조선에서 일제의 통치에 대해 불복의 의사를 표시하는 시위운동을 개시하는 것이 필요하다고 설파한다.[10] 이후 그는 평안도 지방에서 기독교 목사와 천도교의 지도자들을 만나 3·1운동의 기틀을 마련하는 한편 군자금을 모집하고 다시 상하이로 돌아간다. 선우혁의 이러한 행적은 〈삼

---

10 박찬승, 「3·1운동의 사상적 기반」, 한국역사연구회·역사문제연구소 편, 『3·1민족해방 운동연구』, 청년사, 1989, 401면.

일운동〉에서 그려진 고영구의 그것과 유사하게 보인다.

선우혁이 당시의 다른 부르주아 민족주의자들과 마찬가지로 3·1운동을 기획하게 되는 가장 중요한 동기는 윌슨의 '민족자결주의'였다. 물론 이 민족자결주의는 결정적으로 조선의 독립과는 관계가 없는 것이었고 당시의 부르주아 민족주의자들 중에서도 일부는 이를 눈치 채고 있었다. 이러한 점으로 미뤄 볼 때, 〈삼일운동〉은 이러한 선우혁 같은 인물을 대변하는 고영구 라는 인물의 의미와 한계들을 함께 따져 볼 수 있어야 하지 않았는가 하는 생각이다.

고영구라는 인물은 '신비화'되어 있기만 하고, 3·1운동이 전개되는 중심에 그와 같은 명망가가 있었을 뿐임을 강조하는 데 그친다. 작품에서 고영구는 3·1운동의 국제적 배경으로 민족자결주의뿐만 아니라 러시아 혁명을 강조하기도 한다. 그러나 이는 해방 후 김남천의 시각이 그대로 투사된 것일 뿐, 당대적 인물을 반영하고 있다고 보긴 어렵다.

고영구는 3·1운동이 전개되면서 자신에게로 육박해오는 헌병 등의 추적을 피해 고향을 떠난다. 그를 좇아 해외로 가겠다는 젊은이에게 "고향故鄕을 버리는 것은 첫째 잘못이었고 고국故國을 버리고 해외海外로 가는 것은 둘째 잘못이었다. 우리의 싸움터와 일터는 고향에 있고 국내國內에 있다. 이것을 잊어서는 아니 된다"[11]는 자신의 망명 활동을 비판하는 내용의 충고를 한다.

고영구는 민족대표의 중도이탈과 배신을 비판하면서 자신의 고향에서 민중운동을 지도하는 기독교 학교 동일학원의 후배 '현 선생' 같은

---

11 김남천, 〈三一運動〉, 『김남천 창작집 三一運動』, 아문각, 1947.

사람이 중앙에 열 명만 있어도 좀 더 원칙을 갖고 조직적으로 운동을 전개하지 않았을까 생각한다. 이는 식민지 시기 국내에서 활동한 박헌영에 대한 지지를 은연중 드러낸 것은 아닐까?

국내 좌파는, 어떠한 정치세력보다도 우리의 해방이 전적으로 연합국 등 외부세력에 의해서 획득됐다고 인정하기 어려웠으리라 본다. 그들은 국내 싸움터에서의 반일투쟁이 없었다면 해방이 불가능했으리라는 전제 아래, 민족의 지도자로서의 자질을 소련 또는 미국의 후원을 받는 김일성과 이승만, 또는 중국에서 온 임시정부 사람들보다는 국내서 지속적으로 지하투쟁 운동을 해온 혁명 동지들에게서 찾았을 가능성이 크다.

고영구는 작품 속에서 3·1운동이, 독립선언문에 서명한 이들('민족대표')을 떠나 점차로 민중 자신의 손으로 이뤄져나가고 있음을 강조한다. 그는 민중들 중에서도 학생들과 농민이 그 중심에 있고 더구나 농민들은 자신들의 잃어버린 땅을 다시 찾자는 욕망이 민족의 독립이라는 구호에 크게 부풀어 오르고 있음을 강조한다.

그러나 그것은 고영구의 말 속에만 있을 뿐 작품의 형상화로는 이뤄지지 않는다. 구체적인 농민 인물이 등장하지도 않고, 설사 등장한다 치더라도 그들은 '칠성'과 같은 고영구 집안의 충복忠僕이나, '등기'를 잘못해 동척東拓으로부터 땅을 빼앗긴 풍헌風憲 '안재두'와 같은 인물 정도에 그친다.

사정이 이러하니 〈삼일운동〉의 농민은 구체적 인물로서가 아니고, 고영구나 현우성 등의 교사들에 의해 지도된 일종의 그림자 형상을 띤 익명의 농민들로 등장한다. 3·1운동을 올바로 그리기 위해서는 운동에서 전全민족적 참여라는 현상적 측면과 함께 참여한 각 계층, 즉 운동의 계기를 마련한 지식인, 그리고 후일 운동의 주체가 되는 농민 등 각각의 계급적 특성에 주의를 기울여야 했다.

〈삼일운동〉은 단일한 거족적 운동을 앞세워 대중에게로 이러한 운동을 확산시킨 부르주아 민족주의자들의 상징적 역할에만 주목한다. 민중적 주인공은 시위에 참가했다가 희생되는 고영구의 어머니와 아내 등으로 대체돼 극의 신파적 분위기만을 도울 뿐이다. 이는 해방 직후 좌파가 부르주아 민족주의자나 민중에 대해서 가졌던 두루뭉술한 인식을 반영하는 증좌가 아닐까?

3. 함세덕의 〈기미년 삼월 일일己未年 三月 一日〉

1) 민족자결주의와 미국에 대한 태도

〈기미년 삼월 일일己未年 三月 一日〉(이하 〈기미년〉)은 전체 5막으로 돼 있다. 1막의 시간적 배경은 1918년 10월경이다. 이 시기는 1918년 11월 제1차 세계대전이 종식되기 바로 한 달 전이다. 작가가 이 시기를 작품의 시간적 배경으로 정한 데는 나름의 의도가 있다. 〈기미년〉의 1막은 '정향현鄭香峴'을 위시한 미션스쿨인 성화聖花 여학교 학생들이 독일 황제에게 독립청원서 제출을 위한 서명운동을 계획하다가 발각되는 데서 이야기가 시작된다. 이들의 계획은 먼저 교내에서 적발돼 선생들로부터 조사를 받게 되고, 학교의 요청으로 헌병대와 형사의 수사를 받기에 이른다.

여학생들이 서명운동을 추진한 독립 청원서는 독일의 '카이젤'(Wilhelm 2세, 1859~1941) 황제에게 보내는 것이다. 제1차 세계대전 중 독일은 동맹국에 속하여 영국, 프랑스, 러시아 등의 연합국과 대립하여 싸웠다. 전쟁은 시간이 흐르면서 교착상태에 빠져가던 중, 독일은 1917년 3월 러시아 정부가 붕괴되고 나서 동부 전선이 해소되며 전쟁에서 유리한 고지를 차지하는 듯싶었다. 그러나 미국이 세계대전에 곧 참전하면서 연합국의 형세가 결정적으로 유리해진다. 결국 독일의 동맹국이었던 오스트리아-헝가리 제국은 1918년 11월 4일, 연합국과 휴전에 합의하고, 독일 역시 11월 혁명 이후 빌헬름 2세가 물러나고, 11월 11일 휴전에 합의하면서 전쟁은 연합국의 승리로 끝난다.

이미 1918년 10월 패색이 짙어진 독일의 황제에게 독립청원서를 보내려고 했다는 것은 이치에 맞지 않는다. 학생들의 모의를 적발한 일본인 교사는 "글쎄 그 계집애(여학생)들은 독일의 승리를 믿고 있군요. 그것뿐 아니라 그 불량자 카이젤을 마치 구세주나 같이 떠받치고 있어요. 그리고 그 녀석한테 일본이 지나支那 시장에 침략하려고 하구 있으니 그걸 방지하기 위해서라도 조선을 독립시키도록 해달라고 매달릴 작정이에요"라 말한다. 이에 덧붙여 학생들을 수사를 하러 나온 헌병대 '고등과장'은 독일 황제에게 독립을 탄원하기 위해 유림儒林을 동원하려고 했던 삼십 명 정도의 사람들이 이미 체포돼 유치장에 갇혀있다고 얘기한다.

범인들의 고백에 의하면 첨엔 백만 명의 연서로 하려고 했다는군요. 그러나 백만 명 도장을 받으려면 적어도 이 년은 걸릴 것임으로 경학원 대제학經學院 大提學을 끼고 전국의 유생들을 동원 식혀 단체적으로 그들의 서명 날인을 받아가지고 천진에 있는 독일 총영살 찾아 가려고 했었다구 합니다.[12]

실제 위의 사건은 1917년에 있었던 일이다. 당시 경학원 대제학이었던 김윤식은, 김시학金時學(1881~1949)의 주도로 추진된 독일황제에게 독립청원운동을 하자는 제의를 받는다. 김시학은 신익희 등과 함께 만 명의 날인을 받아 독일에 독립을 청원할 계획을 수립한다.[13] 이들은 이 청원운동에 김윤식, 송진우를 대표로 각계각층을 망라할 계획을 세운다. 이때 김윤식은 "각계를 망라하려다가는 비밀이 탄로 날 우려가 있으니 공자교孔子敎를 확장한다는 구실로 유림에서 날인하도록 하자고" 한다.[14] 함세덕은 이 사건의 시기를 혼동한 것인지 아니면 의도적으로 그런 것인지 모르나 1918년 말 시점에 이 사건을 삽입했다.

〈기미년〉에서 여학생 주동자 정향현은 헌병대 고등과장에게 취조를 당하면서 "과학을 가진" 독일이 패배할 리가 없다 한다. 미국의 군대는

---

12 함세덕, 〈己未年 三月 一日〉, 『한국연극』, 1990.6, 111면. 맞춤법은 현행으로 수정. 『한국연극』에 게재된 텍스트 〈己未年 三月 一日〉의 원본을 확인하지는 못했으며, 단지 『개벽』(1946.4)에 게재된 〈己未年 三月 一日〉의 1막 분은 『한국연극』의 것과 동일하다.

13 훨씬 이전 고종이 일본에 외교권을 빼앗긴 을사늑약(1905)의 부당함을 알리고 지원을 요청하기 위해 1906년 5월 빌헬름 2세에게 보낸 밀서가 발견됐다는 이야기가 최근에 밝혀진 적이 있다. 한문으로 쓰인 이 밀서는 당시 고종 황제의 측근이던 프랑스인 정무고문 트레믈러를 통해 1906년 5월 독일 외교부에 전달됐다. 그러나 독일 외교부는 독일에 불리한 국제 정세를 이유로 이 밀서를 빌헬름 2세에게 보고하지 않았다고 한다. 『중앙일보』, 2008.2.20.

14 최우석, 「3·1운동기 김윤식·이용직의 독립청원서 연구」, 수선사학회, 『사림』 38, 2011, 189면.

대서양에서 독일 잠수함에게 침격 당해 구주에 상륙하기도 어렵고 최후의 승리는 단연코 독일에 있다고도 강조한다.[15] 함세덕이 이 여학생 인물을 통해 독일 황제 청원사건을 시기와 맞지 않게 우정 삽입한 것은, 제1차 세계대전에서 승리한 연합국이 조선의 형편을 살펴 주리라는 생각이 허망한 기대임을 보여주기 위해서였던 듯싶다. 향현이 독일을 두둔할 수밖에 없는 사정은, 독일과 맞섰던 연합국은 결국 일본과 "한 구멍 속의 너구리"이기 때문이다. 다시 말해 연합국은 일본의 체면을 봐서라도 조선 문제를 일부러 회피하여 간섭하지 않을 것이라고 생각하기 때문이다.

법과法科 연구부 학생인 '주익朱翼' 역시 향현의 주장에 동조하며, 민족자결주의를 강조하는 윌슨의 14개 조에는 조선의 자치나 독립을 요구하는 조목이 어디에도 없음을 주장한다. 그는 윌슨이 일본으로부터 조선의 독립을 제안한다면, 일본은 미국으로부터 필리핀과 쿠바의 독립을, 영국으로부터 아일랜드, 인도의 독립 등을 주장할 터인데 조선의 독립이 과연 실현성이 있겠느냐고 반문한다. 〈기미년〉에서 빌헬름 2세 황제를 향한 독립청원 사건을 설정한 것은, 전쟁이 끝나고 전개된 제국주의 열강 간 이해관계의 현실을 좀 더 효과적으로 보여주기 위한 것으로 판단된다.

그런데 이 부분에서 주의해서 볼 점은, 독일황제에 독립청원 서명운동을 벌인 여학생들의 성화 학교가 미국인 선교사 '사이풀'이 설립한 기독교계 학교라는 점이다. 함세덕이 이 사이풀이라는 인물을 그리고

---

15 이 시기 『청춘』 7호(1917.5)에는 「獨逸皇帝 윌헤름 二世」라는 글이 실려 당대 지식층들의 독일에 대한 나름의 관심을 짐작케 한다.

자 하는 방식은, 해방 직후 좌파 진영 작가들이 미국에 대해 어떻게 생각하는지를 짐작해볼 수 있게 한다. 사이풀은 1막에서 독일황제에게 청원서를 보내려고 한 자신의 학생들을 두 가지 점에서 비판한다. 첫째는 정교분리의 입장에서 학생들의 본무는 수학修學에 있는 것이지 정치운동에 있는 게 아닌데, 정치운동 때문에 학교가 문을 닫아야 한다는 점을 비판한다.

둘째, 구주대전에서 미국과 연합국이 승리할 것인데 독일 황제에게 탄원서를 내려고 한 학생들의 어리석은 행동을 비판한다. 학생들에게 독일황제에게 낼 탄원서를 숫제 미국의 대통령인 윌슨에게 제출하라고 권고한다. 그러자 향현은 미국과 일본은 다 똑같은 연합국이라 한통속이라고 반박한다. 사이풀은 이에 대해서도 "일본의 참전은 영토를 목적한 형식적인 것이라 국제연맹엔 아무런 발언권이 없을 것"[16]이라고 설득한다.

사이풀은 3·1운동이 진행되는 과정에서는 점차 조선의 독립운동을 적극 후원하는 사람으로 변화해간다. 이는 앞서 학생들의 정치운동 일체에 비판적이었던 점과 대조가 된다. 함세덕이 〈기미년〉에서 민족자결주의 등 윌슨 주장의 허구성을 드러내면서도, 3·1운동의 전개 과정에서 미국인 선교사 사이풀의 긍정적인 역할을 강조하는 것은, 해방 정국에서 좌파 쪽이 미국에 대해 근본적으로는 회의적이면서도 동시에 기대감을 드러내는 이중적인 생각 또는 감정을 반영하고 있는 것은 아닐까?

---

16 함세덕, 앞의 글, 114면.

이는 1막에서 독일을 지지했던 향현 등의 여학생이 중심인물이었던 데 반해, 2막에서 3·1운동을 전개해나가는 과정에서 미국인 선교사 사이풀과 행동을 함께 하는 보성 법전 학생 '강기덕康基德'[17]이 중심인물로 대체되는 데서도 보인다. 3·1운동 거사를 계획하는 학생들의 준비 모임이 강기덕의 하숙집에서 열리는데 그 자리에 사이풀 교장도 함께 한다. 학생들의 정치운동에 비판적이고 정교분리를 교리로 가르쳤던 사이풀 교장이 어떻게 이 젊은이들의 모임에 같이 하게 되었는지에 대한 과정은 생략된 채, 갑자기 그는 2막에서 학생들과 함께 자리한다.

모임을 주선한 강기덕은, 1막의 여학생들과 달리 1차 대전서 애초부터 연합국이 승리하고 독일이 패하리라는 예측을 했다고 말한다. 그 이유는 독일과 연합국의 대결이 "침략국과 피 침략국, 제국주의와 민주주의, 군국주의와 평화주의의 대결"[18]이어서 전자가 패배하는 것은 피치 못할 사실이기 때문이다. 이러한 강기덕의 생각은 비단 1차 대전뿐만이 아니라 2차 대전에서 승리하고 조선에 해방군으로 들어온 미국을 두둔하는 이야기가 될 법도 하다.

여기서도 함세덕은 해방 직후 조선에서 미국의 긍정적 역할을 기대하고 있음을 짐작케 한다. 사이풀은 강기덕을 두둔하며 윌슨의 민족자

---

17 강기덕(康基德, 1886~?)은 실존인물로 함경남도 원산 출생이다. 1919년 3·1운동에 민족대표 48인 중 한 사람으로 참가했다. 당시 그는 보성법률상업전문학교 재학 중이었으며, 박희도, 이갑성을 통해 민족대표 33인과 연결된 뒤 학생 단체들과 모의하여 탑골공원 시위를 조직했다. 3·1운동 거사 당일, 민족대표들이 당초 탑골공원에서 기미독립선언서를 낭독하기로 한 약속을 갑자기 바꾸어 태화관에 모여 있자 학생 대표로 태화관에 찾아가서 항의했다. 이들이 체포된 뒤에도 연희전문학교의 김원벽과 함께 중등학교 학생들을 규합하여 후속 시위를 주동하다가 3월 5일 서울역 시위 현장에서 체포되었다. 이 사건으로 징역 2년형을 선고 받아 복역했다.(위키백과 참조)
18 함세덕, 앞의 글, 115면.

결주의를 지지한다. 그는 민족자결주의를 불신하며 국제연맹에 독립 청원을 해도 아무 효력이 없다고 주장하는 여학생 향현을 어리석다고 말한다. 향현을 지지하는 주익과 같은 학생은 창원운동을 하느니, 차라리 러시아, 만주 북간도 등으로 망명하여 군사훈련을 받고 일본과 무력으로 맞서자고 주장한다.

이에 강기덕은 "너도 나도 해외로만 다라나면 이 해내는 어떻게 된단 말인가?"라고 반문한다. 강기덕은 "타력비원他力悲願"의 한계는 있을지라도 민족자결주의 등에 기대 독립선언을 해나갈 것임을 강력하게 주장한다. 향현의 선생인 여학교 조선인 교사 '최순천'은 이를 다음과 같이 비유적으로 주장한다.

> 우리가 맨 주먹으로 세계 삼대 강국의 하나인 일본 놈들에게 독립을 선언한다는 것은 병아리가 수리를 향해 도전을 개시하는 것처럼 어리석다는 것을 제 자신 누구보담두 잘 압니다. 그러나 지렁이도 밟으면 꿈틀거린다고 하지 않습니까? 우리가 선언하는 것은 고작 꿈틀거리는 것에 불가할 거예요. 허지만 전 세계가 일본 놈의 악선전으로 말미암아 조선민족은 죽은 줄만 알고 있는데 아직도 꿈틀거리는 것을 보여주는 것도 의의가 있을 거예요.[19]

4막에서는 "조선에 대해 무한한 애착"을 가졌다고 스스로 생각하는 사이풀 목사가 독립선언서에 서명하는 이들을 돕기 위해 일본인 헌병·경찰을 따돌리는 역할을 적극적으로 해나간다. 사이풀이 1막에서

---

19 위의 글, 122면.

와는 달리 2막과 4막에서 조선의 독립운동을 적극적으로 지지하고 나서는 것으로 그려지는 셈이다.

〈기미년〉은 부르주아 민족주의자들의 일부가 3·1운동의 준비과정에서 이미 민족자결주의의 허구성을 알고 있음을 그려내고 있다. 그럼에도 부르주아 민족주의자들이 결국은 열강의 이성과 자비심을 기대하며 운동을 추진하고 또 그렇게 할 수밖에 없었음을 긍정적으로 그리고 있다. 〈기미년〉에서 정의감에 불타는 사이풀 목사와 같은 미국인이 3·1운동을 지원하고 부르주아 민족주의자들이 그에 적극적으로 호응하는 것으로 그려진 데서도 이와 같은 점이 잘 드러난다. 이 역시 해방 직후 좌파 지식인들의 미국에 대한 양면적 생각과 감정을 반영하는 것으로 유추가 된다.

해방 직후 좌파는, 윌슨의 민족자결주의가 제1차 세계대전 이후 미국의 새로운 세계전략의 일환으로 탄생했듯이, 냉전 체제 역시 이차 세계대전 이후 미국의 새로운 전략적 구도 안에 놓여 있음을 냉철히 보았어야 하지 않나 판단한다. 상대에 대한 냉정한 판단이 따르지 않을 때 상대에게 낙관적 기대를 품거나 아니면 역으로 무모한 대결을 감행하게 되기 때문이다. 좌파는 정의냐? 비정의냐? 라는 관점에서 미국을 보는 것이 아니라, 미국이 어떠한 세계전략 내지 구도를 가졌는지를 충실히 학습했어야 됐던 것은 아닐까?

2) 민족우파에 대한 추상적 인식

〈기미년〉의 3막은 1919년 2월 초순경으로 최린의 집에 모인 '민족대표'들이 운동 노선을 갖고 논쟁을 벌이는 내용이 중심이 된다. 함세덕은 독립선언문을 작성한 민족대표 33인 중에서 1946년 당시 생존해 있던 오세창, 권동진, 이갑성, 함태영 등과 당시 관계한 남녀학생 주모자 이십 여명을 직접 방문해 그 실담實談을 들었고 고등법원 판결문과 일경 스파이 기록 등 희귀한 문헌을 입수해 작품을 썼다고 한다.[20]

함세덕은 당시로서는 비화였을 듯싶은 이야기들을 작품 안에 담아, 실제 거사를 앞둔 민족대표들의 입장과 차이를 소상하게 드러낸다. 이들 간의 소소한 입장 차이들이 당연히 있기는 했겠지만 그건 그야말로 일화에 그칠 뿐 작가는 그들 민족대표가 가졌던 전체성을 보지는 못하고 있다. 함세덕은 〈기미년〉의 부제를 "학생과 삼십삼인"이라고도 했다는데, 3막은 민족대표와 학생들 간의 관계를 그리면서 3·1운동이 민족대표에서 시작했지만 결국은 학생들이 주도성을 갖게 되는 일련의 전개 과정을 얘기하고자 싶었던 것 같다.

3·1운동 당시 우리나라에서 종교단체가 갖는 사회적 세력과 대중동원의 역량을 결코 무시할 수는 없었다. 그럼에도 한편으론 종교단체의 사회적 영향력은 극히 제한적이어서 종교단체만으로는 전국적 반일운동을 조직하고 전개할 수 없었다. 그런 까닭에 '조선민족대표'의 지위를 독점한 종교단체 간부는 청년학생을 자기의 지도하에 끌어들일 필

---

20 (학예소식)「己未 三月 一日 劇團 樂浪劇會에서 公演」, 『동아일보』, 1946.1.22; 문경연, 「해방기 역사극의 새로운 징후들」, 『드라마연구』 34, 한국드라마학회, 2011, 83면 재인용.

요를 느껴 학생대표와 교섭한 결과, 공동투쟁을 전개한다는 약속이 성립된다. 이로써 소위 '삼교三教 연합'에 청년학생이 합류하고 전 민족적 반일운동을 전개하기 위한 지도세력이 하나로 통합된다.[21] 바로 3막은 이와 같은 과정을 보여준다.

3막에서 학생대표들이 애초 대표 추대에서 배제했던 김윤식, 박영효 등의 귀족들을, 민족대표들이 끌어들이려다가 실패하는 이야기를 보여준다. 박영효는 윌슨이 조선에도 민족자결의 실시를 주장한다면 그때 가서 참가하겠다는 식으로 거절 의사를 표시한다. 김윤식은 헌병 경찰이 원체 혹독해서 항거할 용기가 없다고, 윤용구는 임금도 없는 민족을 위해 괜한 피를 흘릴 필요가 없다며 거절한다. 민족대표 중 일부는 이러한 귀족들의 의견에 부분적으로 동조하는 모양을 보여주기도 한다. 송진우 등은 독립운동으로 공연히 학교나 폐교돼 학생들이 길 밖으로 나앉게 되는 것을 두려워한다.

민족대표 명단에서는 빠졌으면 하는 최남선, 이와는 대비적으로 적극적 태도를 드러내는 이승훈 또는 손병희 등의 천도교 인사, 그리고 천도교와 기독교 사이에서 이뤄지는 합작의 계기, '독립선언'이냐 '청원'이야 하는 문제 때문에 빚어지는 대립 등, 3막은 처음부터 끝까지 민족대표 간의 이러한 논쟁들로 이뤄진다.

그런데 함세덕의 민족대표를 비판하는 기본 방식은 대체로 그들의 행동이나 태도가 강경한지, 온건한지, 기회주의적인지, 또는 타협주의적인 따위의 문제 등을 기준으로 삼는다. 이보다는 이들 민족대표들이

---

21 이재화 편역, 『한국근대민족해방운동사』 1, 백산서당, 1986.

지향한 독립운동론의 본질, 즉 준비론·실력양성론의 정체를 살펴보는데 초점을 맞춰야 되지 않았나 싶다.

〈기미년〉의 대단원인 5막은 명월관(구 태화관)에 모인 민족대표를 그리면서, 그동안 학생들과 합작을 기했던 민족대표가 결국은 어떻게 학생들과 분리되어 나가는지를 보여준다. 이 부분에서는 천도교의 최린이 중심이 되어 그려진다. 학생들이 민족대표에게 왜 거행 장소를 명월관으로 변경했는지를 따져 묻자 최린은 "공원에 그렇게 학생들이 운집해 있으니 다감한 청년들이 무슨 소란을 일으킬지 아나? 뿐만 아니라 종로엔 국상에 참례 온 지방 사람들로 혼잡해 있기 때문에 질서정연하게 거행하기가 곤란할 것 같아서 조용한 장소를 택하기로 된"것이라고 대답한다.

결국 3·1운동 시위는 민족대표를 떠난 학생들에 의해 주도되며 1막에서 등장했던 여학생 향현이 일본 헌병이 내리친 칼에 분수같이 피를 뿜고 쓰러지며 학생과 시민들의 만세소리가 터져 나오는 데서 5막이 끝난다. 다시 말해 5막은 '민족대표'가 태화관에서 민중과 격리된 상태에서 독립선언서를 낭독할 때, 탑골공원에서는 학생들을 중심으로 한 독자적 독립선언과 시위가 일어난 사실을 요약한다. 3·1운동은 민족대표들에 의해 촉발됐지만 학생은 이들을 적극적으로 민중과 연결하는 매개가 된다.

그러나 학생들이 민족대표들에 의해 촉발된 것이라기보다는, 오히려 학생들이 스스로의 운동 전개를 위해 '민족대표'의 독립선언을 주체적으로 활용한 측면도 있으니, 실제 '민족대표'의 활동과는 별도로 초기 단계서부터 독자적 민중운동을 구상하고 추진한 흐름이 있었다고 보아야 하지 않을까?[22] 〈기미년〉은 이러한 면에는 크게 관심을 두지 않는 듯싶다. 해방 후 좌파가 현상적으로는 민중의 역할을 강조하지만 〈기미년〉에 나타난 바와 같이 민중은 실제로는 '민족대표' 등과 같은 명망가적 지도자들에 의존하고 이들에 의해 추동될 수밖에 없다는 단순한 인식을 보여준 것은 아닐까?

또 〈기미년〉은 학생들과 대비돼 민족대표로 상징되는 민족주의 우파들을 단순하게 '종파적'이고, 행동의 측면에서 기회주의적이고 소심한 이들로만 그리고 있다. 그들이 논쟁하는 내용도 기회주의자냐 적극적이냐 등의 그러한 수준에 머문다. 그러나 역사적으로 볼 때 그들은 3·1운동을 계기로 민족우파, 민족좌파 또는 사회주의자들로 분화되면서 다시 역사의 새로운 출발선상에 놓이게 된다. 이들 각각의 입장 내지 비전 등 근본적 문제들에 좀 더 주의를 기울였어야 한다. 그렇지 않으면 3·1운동 이후 부르주아지는 그냥 퇴각해버리고 프롤레타리아트만이 역사적 선도성을 갖는다는 단순 도식에 빠지게 된다.

이러한 단순 도식은 좌파 진영이 해방 이후 민족 우파에 대한 풍부한 인식을 방해하고 이와 더불어 이들과의 폭넓은 통일전선의 구체성을 확보해내지 못하게 한다. 이러한 통일전선을 확보해내지 못할 때 좌파는 막연히 민중에게 기대며 민중 역량에 대해 조급하고 모험적 판단을 내리는 데로 몰아붙이게 한 것은 아닐까?

---

22 김성보, 「3·1운동의 민족해방운동상의 위상」, 『연세춘추』, 1986.9.8.

4. 맺음말

한국문학사에서 3·1운동에 대한 구체적 형상화는 해방 이후에나 가능해진다. 1946년 해방 후 최초의 3·1절 행사를 기념하는 공연을 위해 창작된 희곡들을 통해서인데. 그 대표적 작품이 김남천의 〈삼일운동〉과 함세덕의 〈기미년 삼월 일일〉이다. 당시 좌파진영은 이들 희곡 작품을 통해 우파에 대한 우월한 입장에 서서 자신들의 정통성을 입증해내고자 했다.

기존의 연구들은 대체로 이 두 작품을 당시 우파 진영의 작품과 대비시켜 분석해본다. 그리고 결론으론 좌파진영의 작품들이 3·1운동의 올바른 역사적 평가, 특히 그 운동의 한계에 초점을 맞춰 그림으로써 해방 이후 조선의 현실상황을 환기해보는데 그 목적을 두고자 했다고 본다. 이 글은 김남천과 함세덕의 두 작품이 보여주고자 한 3·1운동 자체의 역사적 평가보다는, 그러한 형상화를 통해 좌파 진영이 인식한 해방 직후의 조선현실과 그 인식의 한계는 무엇인지에 더 무게를 두고 살펴보고자 했다.

김남천의 〈삼일운동〉은 3·1운동 당시의 민족적 대동단결을 강조한다. 이는 해방 직후 남로당의 민족 전체를 아우르는 부르주아 민주주의 혁명 단계의 전술에서 비롯된 것으로 판단된다. 그러나 그것은 계급에 우선하는 민족이라는 당시 우파의 사유방식과 그 수준을 크게 벗어나지 않는다.

단 〈삼일운동〉은 3·1운동의 전개과정에서 천도교의 역할을 기독교와 대등하게 위치 지워 놓아, 동학이 1894년의 일회적 사건으로 끝나는 것이 아니고 그것이 천도교로 이어져 1919년 삼일운동을 견인하는 데서 중요한 역할을 담당했다는 점을 암시하고 있다. 이는 김남천이 다른 좌파 작가들과 달리 기독교, 천도교 계통의 부르주아 민족주의자들의 형상화에 각별한 관심을 가지고 있음을 보여준다.

이는 김남천이 좌파 계열의 작가이었음에도 해방 이후 부르주아 민족주의자들과 사회주의자들의 연대에 대한 관심이 높았음을 방증한다. 그러나 김남천 역시 궁극적으로 부르주아 민족주의자들을 그려내는 데 빈약한 모습을 보여주는데, 가령 '민족자결주의'에 추동됐던 이들의 의의와 한계를 입체적으로 형상화해내지는 못한다.

〈삼일운동〉은 3·1운동이, 독립선언문에 서명한 이들('민족대표')을 떠나 점차로 민중 자신의 손으로 확대되어 나가고 있음을 보여주는데, 이를 선언적 방식으로 그리는 데 그친다. 가령 〈삼일운동〉은 궁극적으로 3·1운동이 단일한 거족적 운동임을 강조하면서, 대중에게로 이러한 운동을 확산시킨 부르주아 민족주의자들의 역할에만 주목한다. 이는 해방 직후 좌파가 민중에 대해서 가졌던 두루뭉술한 인식을 반영한다.

함세덕의 〈기미년〉은 부르주아 민족주의자들의 '민족자결주의'에 대한 논쟁적 문제를 그 중심에 놓는다. 작품 전반부에서 윌슨의 '민족자결주의'에 대해 비판적인 시각을 드러낸다. 그럼에도 이것이 3·1운동을 추동시키는 중요한 계기가 되었음을 인정한다. 후반부에는 정치 운동에 회의적이었던 미국인 선교사를 긍정적 인물로 변화시켜 3·1운동 사건에 적극 개입시킨다.

이는 해방 직후 좌파가 미국에 대해 가졌던 양면적 생각과 감정을 반영한다. 좌파는 〈기미년〉을 통해 미국을 단순히 정의냐? 비정의냐? 라는 관점에서 파악하는데, 일차대전 직후 윌슨의 민족자결주의나 이차대전 이후 냉전체제나 그 이념체계가 모두 미국의 새로운 전략적 구도 안에 놓여 있음을 냉철히 보았어야 한다.

〈기미년〉은 삼일운동의 계기를 마련한 민족대표와 학생들 간의 관계를 그리면서 민족대표에 대해서 비판적 시각을 보여준다. 그런데 〈기미년〉의 이들을 비판하는 기본 방식은 대체로 그들의 행동이나 태도가 강경한지, 온건한지, 기회주의적인지, 또는 타협주의적인 따위의 문제 등을 기준으로 삼는다.

그러나 역사적으로 볼 때 민족대표로 상징되는 부르주아 민족주의자들은 3·1운동을 계기로 민족 우파, 민족 좌파 또는 사회주의자들로 분화되면서 다시 역사의 새로운 출발선상에 놓인다. 이들 각각의 입장 내지 비전 등 근본적 문제들에 좀 더 주의를 기울였어야 한다. 그렇지 않을 경우 3·1운동 이후 부르주아지는 그냥 퇴각하고 프롤레타리아트만이 역사적 선도성을 갖는다는 단순 도식에 빠진다.

이러한 단순 도식은 좌파진영이 해방 이후 민족우파에 대한 보다 풍부한 인식을 드러내는 것을 방해하며 더불어 이들과의 통일전선 전략의 구체성을 확보해내지 못하게 한다. 이를 확보해내지 못할 때 좌파는 민중에게 막연하게 기대를 걸게 되며 민중 역량에 대한 조급하고 모험적 판단을 내릴 가능성이 커진다.

해방기 시에 새겨진 3·1운동의 기억[*]

이경수

1. 3·1운동 100주년을 맞이하며

2019년 3·1운동 100주년을 맞이하면서 2018년부터 3·1운동을 기념하는 학술대회를 비롯해 다양한 행사들이 국가와 민간 차원에서 기획되고 진행되어 왔다. 사실상 10년 단위로 3·1운동의 주기를 맞이할 때마다 시대적 분위기에 따라 3·1운동의 성격과 현재적 의미에 대해서는 다양한 해석이 이루어져 왔다.[1] 2019년은 3·1운동이 일어난 1919년으로부터 100주년이 되는 특별한 해이기도 하지만, 2017년 촛

---

[*] 이 글은 『서정시학』(2019.봄)에 발표한 「해방기 시에 새겨진 3·1운동의 기억」을 수정·보완해 재수록한 것이다.

[1] 2014년에 발표한 한 논문에서 3·1운동의 자발성과 직접성의 의미에 각별히 주목한 권보드래의 논문도 그 하나의 사례로 기억할 수 있겠다. 권보드래, 「미래로의 도약, 3·1운동 속 직접성의 형식」, 『한국학연구』 33, 인하대 한국학연구소, 2014, 51~78면.

불 혁명을 통해 새로운 정권이 출범하면서 동학혁명, 3·1운동, 4·19 혁명, 1980년 5월 광주민중항쟁, 1987년 6월 항쟁, 2017년 촛불 혁명에 이르는 변혁 운동의 계보화와 역사화가 한창 이루어지고 있어서 더욱 특별한 의미를 지닌다고 할 수 있다. 게다가 2019년은 동학운동과 함께 3·1운동을 4·19혁명으로 이어지는 역사적 사건으로 선구적으로 성찰한 바 있는 신동엽 시인의 50주기이기도 해서 이 땅에서 벌어진 변혁 운동의 역사를 살펴본다는 측면에서도 더욱 각별한 의미를 지닌다고 하겠다.

비교적 최근에 3·1운동에 대해 제기된 흥미로운 견해 중에는 권보드래의 견해가 눈에 띈다. 권보드래는 3·1운동 당시에 태극기가 처음부터 중심적 상징으로 등장한 것이 아니라 만세가 전국적으로 확산되는 과정에서 태극기가 대세가 되었다는 사실과 태극기가 대세가 된 후에도 '독립만세' 등의 문구를 적어 넣음으로써 태극기를 보충하고 수정하려는 시도가 있었다는 사실에 착안하여 3·1운동이 단지 옛 나라로의 복귀를 의미하는 것이 아니라 새 나라에 대한 기대 심리가 복합적으로 작용하고 있었음에 주목하였는데,[2] 이러한 관점은 해방기에 3·1운동이 다시 기억되는 맥락과 관련해서도 중요한 시사점을 제공한다고 볼 수 있다. 해방기야말로 새 나라 건설의 열망이 가득한 시기였고[3] 해방기 시에서 3·1운동이 자주 호명되는 까닭도 이와 무관하지 않다는 생각에서다.

---

2 권보드래, 「'만세'의 유토피아」, 『한국학연구』 38, 인하대 한국학연구소, 2015, 193~204면.
3 이경수, 「해방기 시의 건설 담론과 수사적 특징」, 『한국시학연구』 45, 한국시학회, 2016, 15~17면.

이 글에서는 해방기 시에 새겨진 3·1운동의 기억에 대해 주목해 보고자 한다. 해방기는 3·1운동의 의미와 성격을 검열과 억압 없이 온전히 규명할 수 있는 한국 현대사의 첫 시기이기도 했고, 해방기의 정국 속에서 역사적 정당성을 부여받기 위해서도 3·1운동의 정통성을 계승할 필요가 있었던 시기였다. 친일 부역 활동으로부터 자유로운 지식인들이 많지 않은 상황에서 3·1운동의 적통임을 인정받는 일은 해방기의 정국에서 독보적인 위치를 점유하는 것이기도 했다. 오제연이 적절히 정리하고 있듯이 우익 진영이 '민족의 단결'과 '임정법통론'에 근거해 3·1운동을 기억했다면 좌익 진영에서는 '민중(인민)'의 투쟁으로 기억하고자 했다.[4] 문단의 상황도 물론 다르지 않았다. 1945년 12월 봉황각 좌담회에서 임화의 발 빠른 친일 행보에 대한 자아비판이 이루어진 맥락, 해방기의 정지용이 친일 혐의로부터 자유로운 새로운 세대의 시인을 전격적으로 지지하고 새로운 역사의 주체로서 인민을 강조하는 맥락도 해방기의 역사적 정당성이라는 관점에서 이해될 필요가 있다.

---

4 오제연, 「이승만 정권기 3·1운동의 정치적 소환과 경합」, 『한국사연구』 183, 한국사연구회, 2018, 358면.

2. 해방기의 인정투쟁과 3·1운동의 의미

해방기는 좌우의 이념 대립 속에서 문학단체가 난립했던 시기이기도 했다. 조선문학가동맹을 비롯한 문학단체에서는 각종 문학 강연, 낭독 및 선전 선동 활동, 출판 활동을 활발히 진행했는데, 공동 시집의 발간도 그중 하나였다. 해방기에 나온 공동 시집으로는 중앙문화협회에서 나온 『해방기념시집』(1945), 박세영을 대표 저자로 해서 우리문학사에서 나온 『해방기념시집 횃불』(1946), 조선문학가동맹 시부에서 펴낸 『삼일기념시집』(1946), 이병철·김광현·김상훈·박산운·유진오가 함께 펴낸 『전위시인집』 등이 있고, 이에 대해서는 선행 연구가 이루어졌다.[5] 그중에서도 『삼일기념시집』이라는 이름을 달고 나온 공동 시집이 조선문학가동맹 시부에서 발간되었다는 사실을 특별히 기억할 필요가 있다.

조선문학가동맹은 주지하다시피 해방 직후 설립된 조선문학건설본부와 조선프롤레타리아문학동맹을 통합한 문학단체이다. 해방 직후 좌익계 문학운동 단체는 계급보다는 '민족'을 내세우며 문화전선의 통일에 주력한 조선문학건설본부와 이에 반기를 들며 계급적 원칙을 강조한 조선프롤레타리아문학동맹으로 양분되어 있었는데, 조선공산당의 요구에 따라 1945년 12월 6일 두 단체는 통합성명을 내고 가칭 '조선문학동맹'을 결성하기로 하였다. 이후 1946년 2월 8~9일 이틀에 걸쳐 전국문학자대회를 개최해 '조선문학가동맹'으로 이름을 변경하고 조선

---

5   이경수, 앞의 글, 11~52면.

문학가동맹의 정식 출범을 알렸다. 조선문학가동맹의 중앙집행부 위원장은 홍명희, 부위원장은 이기영·한설야·이태준, 서기장은 권환이 선출되었고, 그 밖에 위원으로는 김기림·김남천·김태준·안함광·이병기·이원조·임화·정지용 등 17명이 선출되었다.

1946년 3월 1일 자로 발간된 『삼일기념시집』은 사실상 조선문학가동맹이 정식 출범하고 한 달이 채 못 되어 나온 공동 시집으로 조선문학가동맹의 지향점을 드러내고 있었다. 『삼일기념시집』에 시를 수록한 시인들은 권환, 김광균, 김기림, 김상원, 김용호, 김철수, 이흡, 이용악, 임화, 임병철, 박세영, 서정주, 신석정, 오장환, 조벽암, 조허림 등이다. 목차에 가나다순이라고 밝혀져 있지만 가나다순을 엄격하게 지키고 있지는 않다. 조선문학건설본부에 소속되어 있었던 김기림, 김광균, 신석정, 오장환, 임화, 정지용을 비롯해서 조선프롤레타리아문학동맹에 소속되어 있었던 권환, 박세영, 조벽암 등을 망라해 『삼일기념시집』을 출간하기에 이른다. 무엇보다도 조선문학가동맹에 소속되어 있지 않았던 서정주와 『시인부락』, 『자오선』 동인이었던 김상원[6]이 조선문학가동맹에서 펴낸 해방 후 첫 공동 시집의 필자로 참여하고 있다는 사실은 특기할 만하다. 사실상 좌우익 진영 간에 아직 교류가 가능했던 해방 직후인 1946년이었기 때문에 가능한 일이기도 했고, 3·1운동의 적통성을 조선문학가동맹에서 선취하면서도 당대의 대표 시인들의 작품을 함께 실음으로써 『삼일기념시집』의 명실상부한 권위를 세우고자 한 의도도 읽을 수 있다.[7]

---

6   김상원의 경우에는 오장환과의 인연으로 이 시집에 작품을 실었을 수도 있다.
7   그럼에도 서정주의 「혁명」이 여기 수록된 사실은 여전히 의아함을 남긴다. 서정주의 경

갑작스럽게 찾아온 해방 앞에서 문학인들은 친일 전력에 대해 반성하고 문학단체를 조직하는 등 발 빠른 행보를 보였다. 친일 또는 대일협력에서 자유로울 수 없었던 대부분의 기성 문인들은 임화, 채만식의 경우처럼 자기반성의 의사를 피력하거나 글을 쓰기도 했고, 정지용처럼 해방 이후 건설된 새로운 국가에 어울리는 민족문학의 주체로 새로운 세대의 시인을 적극 추천함으로써 해방기 시의 주역이 누가 되어야 하며 새 나라의 새로운 문학이 어떤 모습이어야 하는지 피력하기도 했다.[8] "3·1운동 직후에 상하이에서는 3·1운동의 실상을 기록한 대한민국임시정부 임시사료편찬회의 『한일관계사료집』(1919), 박은식의 『한국독립운동지혈사』(1920), 김병조의 『한국독립운동사략 상편』(1922) 등이 잇따라 출간되었다"[9]고 하지만 해방 이후에는 교과서에서조차 3·1운동에 대해 정확하지 않은 사실을 기술하는 경우가 종종 발견되었다고 한다.[10] 3·1운동의 기록과 통계에 대한 면밀하고 정치한 계량적 분석이 미진함은 박걸순의 연구에서도 지적된 바 있다.[11] 박걸순에 따르면 해방 후 이승만의 지시에 의해 3·1운동과 관동대지진 희생자를 비롯해, 징용·징병자 중 사상자, 옥사한 독립운동가의 수를 조사하기 시작한 것은 1952년의 일이었다. 해방 후 수립된 정부 차원의 공식적 조사라는 점에서 의미 있는 일이었으나 한일국교정상화 회담의 진행과정

우, 미당 논쟁 당시 친일 이력이 다시 주목을 받게 되지만 해방 직후만 해도 친일 문인의 대표 주자로 주목받는 상황은 아니었음을 미루어 짐작할 수도 있겠다.

8 이경수, 「해방기 정지용의 시와 산문에 나타난 문학의 정치성과 시적 실천의 문제」, 『우리어문연구』 57, 우리어문학회, 2017, 215면.

9 김정인, 「3·1운동과 기억」, 『역사교육연구』 32, 한국역사교육학회, 2018, 160면.

10 위의 글, 160면.

11 박걸순, 「3·1운동, 국가의 기억과 기록」, 『한국근현대사연구』 87, 한국근현대사학회, 2018, 8면.

속에서 청구권 교섭을 위한 자료로 활용하기 위해 급박하게 이루어진 조사라는 점에서 한계가 분명했다. 불과 한 달이 채 못 되는 기간 동안 졸속적으로 이루어진 조사를 통해 작성된 『삼일운동피살자명부』[12]는 임시정부에서 작성한 『한일관계사료집』의 피해자 수의 약 9% 수준에 밖에 미치지 못하는 부실하고 부정확한 것이었다.[13] 이러한 저간의 사정으로 미루어볼 때 해방기 시에서 3·1운동이 어떻게 기록되고 기억되고 있는지 살펴보는 일은 나름의 의미를 지닌다고 볼 수 있다. 해방기에 항일 만세운동의 상징과도 같았던 3·1운동의 기억을 되새기고 그의미를 계승하는 일은 해방 후 새로운 국가 건설의 주체들에게도 무척중요한 일이었을 것이다. 새로운 국가 건설의 사명에 동조하는 문학인들에게도 3·1운동은 하나의 상징적 의미로 다가왔을 법하다. 해방 이후 아직 3·1운동에 대한 면밀한 조사는 물론 그 의미와 계승 작업에 대한 논의도 시작되기 전에, 해방을 맞이한 뜨거운 감격을 고스란히 드러낸 해방기 시를 통해 3·1운동이 어떻게 기억되고 호명되고 있었는지살펴보는 데 이 글의 관심은 놓인다.

특히 『삼일기념시집』의 경우, 조선문학가동맹으로 좌익 진영이 통합된 후 발간한 공동 시집이라고는 하나 수록 시인들의 면면과 수록 시의성격을 살펴보면 좌익 진영에 속하지 않은 서정주의 시 외에도 조선문학건설본부에 속해 있던 시인들과 조선프롤레타리아문학동맹에 속해있던 시인들 사이에서도 균열을 읽을 수 있다는 점이 흥미롭다. 해방기

---

12 박걸순에 따르면 그나마 이 자료도 60년 동안 주한일본대사관 창고에 방치되어 있었다가 2013년 비로소 공개되어 국내외의 주목을 받았다고 한다.(위의 글, 36면) 이렇게 볼때 3·1운동에 대한 본격적인 연구는 이제 겨우 시작되고 있다고 말할 수도 있겠다.
13 위의 글, 29~35면.

문학단체의 경우, 좌우익의 진영이 엄밀하게 나뉘어 있었다기보다는 이합집산을 거듭하며 진영의 색깔과 논리를 강화해 가고 있었다고 보는 것이 더 설득력이 있을 것이다. 조선문학건설본부에서 일부가 갈라져 나와 계급의 색채를 강화한 조선프롤레타리아문학동맹과 우익 진영의 문학단체인 중앙문화협회를 설립하기도 했고, 다시 조선문학건설본부와 조선프롤레타리아문학동맹이 합쳐져 조선문학가동맹이 결성되기도 했으며, 조선문학가동맹 내부에서도 입장의 차이가 드러나기도 하는 등 단순한 진영 논리로만 설명될 수 없는 균열이 조선문학가동맹의 설립 이후에도 여전히 남아 있었다. 박민규의 지적처럼 조선문학가동맹은 두 단체의 통합의 결과라고는 하나 '조선문학동맹' 대신 '조선문학가동맹'이라는 이름을 선택하는 순간부터 조선문학건설본부를 이념적으로 계승하는 단체로서의 성격을 드러냈다고 볼 수 있다.[14] 그러나 계급성보다는 인민성을 좀 더 강조하는 맥락을 지니기는 하되 구체적인 지향점이나 대중화 전략에 있어서는 여전히 관점의 차이와 균열을 드러내기도 했음은 조선문학가동맹 시부에서 펴낸 『삼일기념시집』에서도 어김없이 드러난다. 시인의 면면을 살펴보면 그 균열의 자리가 좀 더 분명히 드러난다.

해방기에 일제강점기를 회상하는 기억의 서사는 여러 면에서 작동하고 있었는데, 그중에는 기억하고 싶지 않은 부끄러움의 자리도 있었고 기억해야 할 의미를 부여받은 자리도 있었다. 3·1운동은 기억되고 계승되어야 할 역사의 자리를 차지하고 있었고, 그런 이유에서 조선문학

---

14 박민규, 「조선문학가동맹 '시부'의 시 대중화 운동과 시론」, 『한국시학연구』 33, 한국시학회, 2012, 187면.

가동맹 시부에서 펴낸 『삼일기념시집』에서 계승해야 할 역사로 기억되고 새로운 의미를 부여받았다고 할 수 있다. 자랑스러운 집단기억으로 3·1운동이 소환됨으로써 사실은 감추고 싶었던 부끄러운 기억을 지워버리려는 욕망이 그 안에는 작동하기도 했을 것이다. 항거의 기억을 되새기고 검열이나 탄압의 기억을 되새길수록 부각되는 독립운동의 역사 앞에서 개개인의 부끄러움은 낱낱이 까발려지지 않고 은폐되었을지도 모르겠다.[15]

3. 해방기 시가 기억하는 3·1운동

3·1운동 당시 중요하게 내세워진 가치가 자주독립과 평화였다면, 해방기에 나온 『삼일기념시집』에서는 3·1운동이 수호한 가치로 자유, 민주주의, 평화 등이 언급되고 있다. 특히 3·1운동이 자유라는 가치를 수호하고자 했다는 사실과 총칼 앞에 맨주먹, 맨손으로 맞선 비폭력 저항운동이었음을 강조하고 있다. 『삼일기념시집』 수록 시들은 대체로 3·1운동의 정신과 가치를 기리고 예찬하고 있다는 점에서 공통적인 성격을 지닌다. 그러나 시인의 이념적 성향에 따라 약간의 차이와 균열

---

15 그런 점에서 채만식의 「민족의 죄인」은 중요한 의미를 부여받는 작품이라고 볼 수도 있다. 모두가 잊고 싶었을 기억을 적나라하게 까발릴 수 있는 용기를 지녔다는 것만으로도 어쩌면 이 작품은 윤동주의 「참회록」에 나오는 "내일이나 모레나 그 어느 즐거운 날에 / 나는 또 한 줄의 참회록을 써야 한다"라는 다짐의 실천이라고 볼 수도 있겠다.

이 나타나기도 해서 이를 좀 더 면밀히 살펴볼 필요가 있어 보인다. 유
성호는 '조선문학가동맹'을 구심점으로 활동했던 해방기의 진보적 시
인들의 시에서 발견되는 주제로 "해방의 기쁨보다는 미구에 찾아들 분
단에 대한 불안한 예감, 외세의 지나친 개입에 대한 근원적 비판, 당시
의 시대적 암로를 개척하려는 진취적이고 혁명적인 의욕, 계급적 대립
의 재생산에 대한 의식적 경계, 민족 주체의식의 강조"[16] 등을 들었는
데, 『삼일기념시집』 수록 시에서도 외세의 지나친 개입에 대한 근원적
비판, 진취적이고 혁명적인 의욕, 민족 주체의식의 강조 같은 특징들은
포착된다.

『삼일기념시집』 수록 시는 크게 몇 가지 특징으로 분류된다. 3·1운동
의 의미를 되새기며 기리는 데 비교적 충실한 시, 3·1운동이 해방기에
지니는 의미를 좀 더 중시하여 해방기 좌익운동의 맥락 속에서 인민의
자유를 강조하는 시, 해방기의 혼란 속에서 3·1운동을 회상하는 복잡한
심경을 드러낸 시, 3·1운동을 직접적으로 드러내 표현하기보다는 추상
적 상징을 사용하거나 은유적으로 표현한 시[17]로 나누어 볼 수 있다.

> 해 없는 나라 굳게 닫힌 겨울의 門
>
> 어두운 陸地에 퍼지는 氷河에 깔려

---

16 유성호, 「해방기 한국 시의 계보학」, 『동아시아문화연구』 57, 한양대 동아시아문화연
    구소, 2014, 168면.
17 여기에 해당하는 시로 이용악의 「나라에슬픔있을때」와 서정주의 「혁명」을 들 수 있다.
    서정주의 「혁명」의 경우, 그의 친일 행적으로 보나 조선문학가동맹 시부에서 편한 시집
    의 성격으로 보나 이 시집에 수록된 것이 다소 의아하지만, 3·1운동을 직접 드러내기
    보다는 관념적이고 상징적으로 쓴 시여서 이 시집의 성격이나 의미를 규명하는 데 중요
    한 시라고 판단되지는 않는다.

다 식어가는 歷史의 河床에

그러나 榮光스러운 三月

구름사이 새어 흐르는 간얇힌 해ㅅ볕에도

生命과 샘과 싹은

火山처럼 쏟아졌더라.

누가 막으랴 철이 돌아와 가꾸는 이 없이도

山과 들 우거져피어 눈이 모자라는 진달레꽃을—

民族의 記憶속에 높이 세운 記念碑

우리들의 三月에 해마다 감기우는

젊은이마음 또한 꽃다발이니

푸른 하늘 우러러 피어오르는 짙은 피ㅅ빛은

自由와 아름다움 죽엄보다 사랑하여 열렬함이라.

(…중략…)

인제 三月은 꺼질줄 모르는 홰ㅅ불

우리들의 앞날 困하고 괴로운 먼길에서

落心과 懷疑 卑怯의 그림자

일일히 살워버리는 거룩한 불꽃이어라.

— 김기림, 「榮光스러운三月」 부분

(조선문학가동맹 시부 편, 『삼일기념시집』, 건설출판사, 1946)

조선문학건설본부를 거쳐 조선문학가동맹의 일원이 된 김기림의 인용 시는 겨울과 봄의 대비를 통해 "해 없는 나라 굳게 닫힌 겨울의 門"을 열고 "구름사이 새어 흐르는" 가냘픈 햇볕에도 "生命과 샘과 싹"이 "火山처럼 쏟아"지며 봄이 오는 것으로 3월 1일의 감격을 표현한다. 봄의 초입에 속하는 3월 1일의 시간성은 일제강점기의 혹독함을 겨울로, 3월 1일의 정신이 불러온 해방을 새 생명이 싹트는 봄으로 비유하기에 적합하다. 해방기 시에서 해방 전과 해방 후를 대립적 표상으로 비유하는 경우를 흔히 볼 수 있는데,[18] 3월 1일을 기리는 이 시에서도 그런 대립적 표상이 발견된다. 햇볕과 화산과 활짝 핀 진달래꽃이 형성하는 이미지를 통해 김기림의 시는 3월 1일의 감격을 드러낸다. 해방기에 3월 1일은 "民族의 記憶속에 높이 세운 記念碑"였으며 "自由와 아름다움"을 "죽엄보다 사랑"한 "열렬함"이었다. 자유와 아름다움에서 3·1운동의 가치와 의미를 찾은 김기림은 그 정신을 해방기에까지 불러오고자 한다. "인제 三月은 꺼질 줄 모르는 홰ㅅ불"로, 비록 우리들의 앞날이 곤하고 괴로울지라도 "낙심과 회의"와 "비겁의 그림자"를 일일이 "살워버리는 거룩한 불꽃"으로 타오르기를 갈망하는 것이다.

오! 놈들은 그러나 불불 떨었다
순하듸 순하던 羊앞에
성낸 羊 두눈을 뜬 羊앞에
그제야 놈들은 알었다

---

18 이경수, 「해방기 시의 건설 담론과 수사적 특징」, 『한국시학연구』 45, 한국시학회, 2016, 17~18면.

永遠히 죽은 羊이 아닌 것을

고단한 눈은 감었스나

피가 끓고있는 羊인것을

三月一日─一九一九年!

이날이 그날이었다

三十六年동안 우리가 단한번 살어본 그날

놈들이 가장 무서워하던 그날

三月一日─永遠히 잊지못할 그날

오! 인제야 왔느냐

그날을 마음껏 노래할 오늘이

무거운 쇠굴레를 벗은

피비린내를 훨훨 씻어버린 羊

平和를 사랑하고

民主主義를 사랑하는 羊

그날을 처음으로 마음껏 노래하자

三月一日! 三月一日!

─권환, 「獅子같은羊」

(조선문학가동맹 시부 편, 『삼일기념시집』, 건설출판사, 1946) 부분

『삼일기념시집』의 맨 앞에 수록된 권환의 시에서는 3·1운동으로 궐

기한 식민지 조선인들을 순한 양이 성낸 양으로 변한 것으로, 더 나아가 범과 사자로 변모한 것으로 묘사하고 있다. 이들을 변화시킨 것은 "놈들의 모진 횟차리"와 "野獸같은 搾取", "慈悲없는 壓迫"이다. "놈들의 모진 총칼"과 "殘忍한 虐殺로" 범과 사자가 된 양은 삼천리강산을 울리고 노들강물을 들끓게 했다. 1919년 3월 1일을 "삼십육년동안 우리가 단 한번 살어본 그날"로 명명하면서 권환의 시는 3·1운동이 평화와 민주주의와 자유와 해방이라는 가치를 수호하고자 했음을 기억하고자 한다. '민주주의'는 당시 조선문학가동맹이 내세운 '민주주의 민족문학론'의 기치를 연상시킨다는 점에서 권환의 시는 3·1운동의 의미를 되새기면서도 그것이 해방기에 지니는 의미를 조선문학가동맹의 이념적 지향과의 관련 속에서 포착하고자 했다고 볼 수 있다.

언 살결에
한층
바람이 차고

눈을 떠도
눈을 떠도

띠끌이
날러 오는날

봄보다도

먼저

三月一日이

왔다

不幸한

同胞의

머리우에

自由대신

'南朝鮮

民主議院'의

旗ㅅ발이

느러진

外國官署의

지붕우

祖國의 하늘이

刻刻으로

나러앉는

서울

우리는

흘린 피의

더운 느낌과

가득하였든

萬歲소리의

記憶과 더부러

人民의 自由와

民主朝鮮의 旗ㅅ발을

가슴에 품고

눈을 떠도

눈을 떠도

띠끌이

날러오는 날

봄보다도

일찍 오는

三月一日 앞에

섰다.

—임화, 「三月一日이온다」

(조선문학가동맹 시부 편, 『삼일기념시집』, 건설출판사, 1946) 전문

　3월 1일을 봄보다도 먼저 해방의 봄을 불러오는 날로 그리고 있는 임
화의 시에서도 3·1운동은 "흘린 피의 / 더운 느낌과 / 가득하였든 / 萬
歲소리의 / 記憶"으로 환기되는 것이면서 동시에 해방이 되었지만 외세
의 간섭 속에서 아직 자유를 쟁취하지 못한 해방기 서울의 착잡한 현실

을 환기하는 것으로 그려진다. '남조선민주의원南朝鮮民主議院'은 1946년 2월 14일 미군정이 주도하여 과도정부 수립에 앞서 자문을 얻기 위해 구성한 의회로 의장에 이승만, 부의장에 김구와 김규식을 두었다. 인민과 민족을 우선시하기는 했지만 조선문학가동맹의 이념적 입장에서 볼 때 미군정이 주도한 '남조선민주의원'의 깃발이 휘날리는 서울의 모습이 탐탁했을 리 없다. "外國官署의 / 지붕우 / 祖國의 하늘이 / 刻刻으로 / 나려앉는 / 서울"에서 임화 시의 주체가 비판하는 것도 해방이 되었지만 진정한 의미에서의 자유와 자주독립을 쟁취하지 못한 채 外國官署들이 즐비하게 늘어선 서울의 풍경일 것이다. 동포의 머리 위에 나부껴야 하는 것이 자유의 기치여야 했지만 그렇지 못한 외세 의존적인 현실로 인해 해방이 되었음에도 여전히 '불행'한 동포일 수밖에 없었던 것이겠다. 물론 여기서 임화가 주로 겨냥하는 것은 미군정이겠지만, 그보다 분명하게 드러나는 것은 3·1운동을 '인민의 자유'와 '민주조선'의 깃발을 품은 의미로 받아들인다는 사실이다. 이것은 조선문학가동맹이 내세운 이념적 기치이기도 했고 3·1운동의 계승을 통해 이들이 선취하고자 한 가치이기도 했다.

자유의 적 꼬레이어를 물리치고저
끝끝내 호올로 일어선 다뷔데는 소년이었다
손아귀에 감기는 단 한 개의 돌맹이와
팔매ㅅ줄 둘러메고
원수를 향해 성낸 짐승처럼 내달린
다뷔데는 이즈라엘의 소년이었다

나라에 또다시 슬픔이 있어

떨리는 손ㅅ등에 볼타구니에 이마에

싸락눈 함부로 휘날리고 바람 매짜고

피가 흘러 숨은 골목 어디선가 성낸 사람들

동포끼리 옳잖은 피가 흘러

제마다의 가슴에 또다시 쏟아저내리는

어둠을 헤치며 생각는 것은 다만 다뷔데

이미 아모것도 갖지못한 우리

일제히 시장한 허리를 졸러맨 여러가지의

띠를 풀어 탄탄히 돌을 감자

나아가자 원수를 향해 우리 나아가자

단 하나씩의 돌맹일지라도 틀림없는

꼬레이어의 이마에 던지자.

— 이용악, 「나라에슬픔있을 때」

(조선문학가동맹 시부 편, 『삼일기념시집』, 건설출판사, 1946) 전문

    『삼일기념시집』에 이용악이 수록한 이 시는 1945년 12월로 창작 시기가 밝혀진 시로 이 시집에 먼저 실리고 『신문학』 1946년 4월호에도 발표되었다. 이 시집에 수록된 다른 시들과는 달리 '3·1운동'을 기념하기 위한 목적에서 쓰인 시라기보다는 이미 써 둔 시 중 『삼일기념시집』의 취지에 어울리는 시를 골라 수록한 것으로 보인다. '다윗과 골리앗'의 일화를 "자유의 적 꼬레이어를 물리"친 소년 "다뷔데"의 싸움으

로 해석함으로써 일제에 맞서 항거한 3·1운동의 비유로 이 시를 읽을 수 있는 가능성을 열어놓고 있다. 그런데 "동포끼리 옳잖은 피가 흘러 / 제마다의 가슴에 또다시 쏟아저내리는 / 어둠을 헤치며 생각하는것은 다만 다뷔데"라는 구절로 보아 이용악이 이 시에서 좀 더 강조하는 것은 해방기 좌우대립의 상황이다. 따라서 이 시는 인민의 자유를 강조하는 해방기 좌익운동의 맥락 속에서 3·1운동의 의미를 찾는 시라고 볼 수 있다. 일제강점기에 골리앗의 자리에는 일제가, 다윗의 자리에는 만세를 부르며 쏟아져 나온 거리의 민중들이 놓였다면, 해방기에 이 시를 쓴 시인은 골리앗의 자리에 미군정을, 다윗의 자리에는 미군정에 맞서 싸우는 좌익 진영과 민중들을 놓고 싶었을 것이다. 원수의 정체는 바뀌었지만 그들에 맞서 싸우는 민중들의 모습과 태도에서는 3·1운동으로부터 이어지는 정신을 읽을 수 있기를 바랐을 것이다.

조선독립만세 소리는

나를 키워준 자장가다

아버지를 여읜 나는

이 요람의 노래속에 자라났다

아 봄은 몇해만에 다시 돌아와

오늘 이 노래를 들려주것만

三一날이어

가슴 아프다

싹 트는 새 봄을 우리는 무엇으로 맞이 했는가[19]

겨레와 겨레의 싸움속에

나는 이 詩를 눈물로 쓴다

이십칠년전 오늘을 위해

누가 녹쓰른 나발을 들어 피 나게 울랴

해방의 종소리는 허공에 사라진채

영영 다시 오지 않는가

눈물에 어린 조국의 기ㅅ발은

다시 땅속에 묻혀지는가

喪章을 달고 거리로 가자

우리 껴안고 목놓아 울자

三一날이어

가슴 아프다

싹 트는 새 봄을 우리는 무엇으로 맞이 했는가

—김광균, 「三一날이어!가슴아프다」

(조선문학가동맹 시부 편, 『삼일기념시집』, 건설출판사, 1946) 전문

김광균의 시는 해방기의 혼란 속에서 3·1운동을 회상하는 시적 주체의 복잡한 심경을 드러냈다는 점에서 단연 눈에 띈다. 시집 수록 시

---

19 오영식·유성호가 엮은 『김광균 문학전집』에서는 이 시를 연 구분하지 않고 싣고 있지만(오영식·유성호 편, 『김광균 문학전집』, 소명출판, 2014, 245~246면) 『삼일기념시집』 수록 시의 경우 여기서 페이지가 나뉘고, "삼일날이어 / 가슴 아프다 / 싹 트는 새 봄을 우리는 무엇으로 맞이 했는가"라는 3행이 동일하게 반복되는 것으로 보아 여기서 연 구분을 해 2연으로 된 시로 보는 것이 더 적합하다고 판단했다. 이 시는 다른 시집에는 수록되지 않았으므로 『삼일기념시집』 수록 시를 기준으로 연 구분을 판단하는 것이 맞다고 보았다.

대부분이 일제를 향한 분노와 자유와 평화를 수호했다는 자부심을 드러내며 3·1운동의 의미를 기리는 데 비해, 김광균의 시에서는 해방기에 3·1운동을 기억하며 슬픔과 절망감에 사로잡혀 있는 시의 주체가 포착된다. 조선문학건설본부와 조선문학가동맹에 속해 있었지만 해방기에 중간파로 분류되었던 김광균의 남다른 위치가 이 시에서도 드러난다고 볼 수 있다.

　"조선독립만세 소리는 / 나를 키워준 자장가다"라는 고백은 같은 시집에 수록된 오장환의 시 「나의길」에 나오는 "여기서 시작한거이 나의 울음이다"라는 고백과 닮아 있다. 1914년생인 김광균과 1918년생인 오장환은 모두 3·1운동의 현장을 직접 체험하지는 못했겠지만 자신의 기원을 기미년 3월 1일의 조선독립만세 소리에서 찾고자 한다. 오장환의 시가 광주학생사건, 이후 유학시절과 '붉은 시'에 빠지게 된 계기까지 자신의 생애를 반추하며 울음의 근원지를 3·1운동에서 찾고 있다면, 김광균의 시는 해방되고 처음 찾아온 3월 1일을 맞는 심경을 드러내는 데 좀 더 치중한다.

　3월 1일을 맞이하는 시적 주체가 가슴 아픈 까닭은 과거가 아닌 현재에 있음을 2연에서 알 수 있다. "겨레와 겨레의 싸움속에 / 나는 이 詩를 눈물로 쓴다"고 고백하고 있기 때문이다. 좌익과 우익으로 나뉘어 이념투쟁을 벌이는 해방기 정국을 바라보며 김광균 시의 주체는 마음이 편치 못하고 가슴이 아팠을 것이다. 그는 "해방의 종소리"가 "허공에 사라"져 "영영 다시 오지 않"을 것 같은 슬픈 예감에 사로잡힌다. "喪章을 달고 거리로 가자"고, "우리 껴안고 목놓아 울자"고 시의 주체가 외치는 까닭은 바로 여기에 있다. 『삼일기념시집』의 발행일이 1946년 3월 1

일임을 기억한다면 해방기 정국에 대한 시인의 암울한 예감은 꽤 빠른 것이었음을 알 수 있다.

> 조개껍질의 붉고 푸른 문의는
> 몇千年을 혼자서 용솟음 치든
> 바다의 바다의 소망이라.
>
> 가지가 찢어지게 열리는 꽃은
> 날마닥 여기와서 소근거리는
> 바람의 바람의 소망이리라
>
> 이 검붉은 징역의 땅우에
> 洪水와같이 몰려오는 革命은
> 오랜 하늘의 소망이리라
>
> ―서정주, 「革命」
>
> (조선문학가동맹 시부 편, 『삼일기념시집』, 건설출판사, 1946) 전문

서정주의 친일행적이 낱낱이 밝혀진 오늘의 시점에서 볼 때 조선문학가동맹 시부에서 펴낸 『삼일기념시집』에 서정주의 시가 수록되어 있는 것은 매우 이질적으로 느껴진다. 더구나 그는 조선문학가동맹의 일원도 아니었으니 말이다. 하지만 『삼일기념시집』이 조선문학가동맹 시부에서 펴낸 것이기는 하지만 조선문학가동맹에 가담하지 않은 시인들, 특히 서정주처럼 우익 진영에 속해 있는 시인들의 시도 실은 것을

보면 조선문학가동맹을 위시한 좌익 진영이 3·1운동의 역사적 의미를 선점하면서도 진영 논리를 넘어 좀 더 다양한 시인들의 시를 포괄함으로써 『삼일기념시집』의 권위를 세우고자 한 의도를 읽을 수 있다. 친일 경력은 당시 많은 문인들이 지니고 있었고, 조선문학가동맹 소속이긴 하지만 친일 행적을 지니고 있었던 임화의 시도 실려 있는 것을 감안하면 『삼일기념시집』에 필진으로 참여하는 데 친일 행적은 결정적인 걸림돌은 아니었던 것 같다. 물론 이광수와 최남선, 김동환처럼 대표적인 친일 시인들의 시가 이 시집에 실린 것은 아니다.

서정주의 시는 '혁명'이라는 제목을 제외하고는 3·1운동을 직접적으로 지시하는 표현이 등장하지 않는다는 점에서도 『삼일기념시집』 수록 시 중에서 특별한 자리를 차지한다. 자연을 빌려 바다와 바람과 하늘의 소망으로 '혁명', 즉 3·1운동의 의미를 표상하고 있을 뿐 직접적으로 지시하지는 않는다. 용솟음치는 바다와 가지가 찢어지게 열리는 꽃, 검붉은 징역의 땅 위에 홍수와 같이 몰려오는 혁명에서 공통적으로 범람하고 만개하는 이미지가 효과적으로 활용되고 있는 점을 통해 해방기 시에서 보편적으로 쓰인 이미지가 3·1운동의 의미를 되새기는 이 시에서도 쓰였음을 알 수 있다.

4. 기억과 역사

해방기에 3·1운동을 기억하고 그 의미를 되새긴다는 것은 그 역사적 정당성을 선취하는 의미를 지니는 것이었다. 비교적 발 빠르게 시대적 요구에 대응할 수 있었던 해방기 시의 경우에도 마찬가지였다. 이처럼 3·1운동의 역사적 정당성을 선취하고자 하는 문제의식이 1946년 조선문학가동맹 시부가 펴낸 『삼일기념시집』에는 분명히 드러나 있었다. 그러나 앞서 살펴본 것처럼 『삼일기념시집』 수록시를 좀 더 면밀히 살펴보면, 해방 후 건설해야 할 새 나라의 정체성과 관련해 3·1운동의 의미를 전유하고자 한 의도가 읽히고, 그것이 단일하지 않고 균열되어 있음을 확인할 수 있었다.

기미년 3·1운동 100주년을 앞두고 2018년에는 〈미스터 션샤인〉이라는 드라마가 구한말 시기를 배경으로 나라를 빼앗기지 않기 위해, 그리고 빼앗긴 나라를 되찾기 위해 수많은 무명의 의병들이 어떻게 싸웠는지 아름답고 찬란한 항쟁의 역사를 가슴 뜨겁게 보여주어 화제가 되었다. 김은숙이라는 스타 작가의 잘 만든 드라마가 '의병' 이야기를 본격적으로 다루면서 지지부진한 역사 교육이 해내지 못했던 일을 짧은 시간에 해내며 우리의 근현대사와 독립운동의 역사에 대한 관심을 불러일으키기도 했다.[20]

---

20 물론 역사 고증 문제를 비롯해 한계가 없었던 것은 아니지만 구한말이라는 시기와 무명의 의병이라는 소재가 주는 무거움을 어떻게 다루어야 탈국가 담론의 시대에도 대중의 마음을 움직이는 콘텐츠가 될 수 있는지 잘 보여준 예라는 점에서 나름의 의미를 지닌다고 평가할 수 있다.

3·1운동 100주년을 맞이하여 2019년에는 조선어학회 사건을 소재로 일제강점기 우리말 사전을 만들기 위해 목숨과 인생을 바친 이들의 이야기가 〈말모이〉라는 영화에서 다루어졌으며, 유관순 열사의 옥중투쟁을 다룬 영화 〈항거〉와 〈1919 유관순〉이 개봉되었고, 3·1운동 이후 활발히 불타올랐던 독립투쟁 중 1920년에 있었던 승리의 역사 봉오동전투를 다룬 〈봉오동전투〉가 상영됐다. 그 밖에도 3·1운동과 직접 관련된 영화는 아니지만 2019년 작고한 '일본군 위안부' 피해자이자 '여성 인권운동가' 김복동의 일대기를 다룬 송원근 감독의 다큐멘터리 영화 〈김복동〉이 많은 이들의 펀딩의 힘으로 개봉되어 상영되었고, 미키 데자키 감독의 다큐멘터리 영화 〈주전장〉도 비슷한 시기에 개봉되어 화제가 되었다. 아베 정권의 경제 탄압에 맞서 일본 제품의 불매운동이 벌어지고 있는 상황에서 이러한 영화들이 더욱 탄력을 받고 있었다고 볼 수 있다.

물론 이런 영화들이 어디를 겨냥해야 하는지에 대해서는 좀 더 풍성한 논의가 필요해 보인다. 가령 원신연 감독의 〈봉오동 전투〉에서는 『독립신문』 등에 남아 있는 당시의 기록에 근거해 봉오동 전투를 재현해 내는 데 일정 부분 성공했지만 유해진이 분한 무명의 독립투사 '황해철'의 장광설은 나라를 빼앗긴 민족의 마음을 아내와 아이를 빼앗긴 가장의 마음에 비유하는 발언을 통해 가부장적 시선을 그대로 노출함으로써 그냥 보아 넘기기에는 불편함을 자극하기도 했다. 일본군 병사에게 알기 쉽게 설명하기 위해서라는 핑계를 댈 수는 있겠지만 그렇다 해도 2019년에 개봉되는 영화에서 이런 대사가 과연 필요했을지에 대해서는 좀 더 고민이 있었어야 했다. 이런 영화들을 굳이 '국뽕'이라 분류하고 싶은 마음은 들지 않지만, 이른바 무조건적 애국을 강요하는 '국뽕' 영화와 구별되는 자리에 이런 영화들이 올 수 있을 때 역사를 기억해야 한다는 당위는 더욱 공감대를 얻고 효력을 발휘할 수 있을 것으로 보인다. 다시 민족주의의 망령을 불러오는 것은 아닌가 하는 우려가 기우였음을 보여주는 새로운 상상력의 출현이 한편으로는 필요해 보인다. 아직도 진심이 담긴 사죄와 반성은커녕 '평화의 소녀상'의 철거를 당당히 요구하는 일본 극우 정권의 행태를 보면 과거로 회귀하는 방식이 아닌 새로운 상상력의 요청을 통해 역사를 잊은 민족에게 미래는 없다는 말의 유효함을 되새기는 작업이 절실해 보인다.

공적인 역사의 기억뿐만 아니라 개개인의 기억이 복원되고 기록될 때 3·1운동을 비롯한 변혁운동의 역사도 새로운 의미를 얻게 될 것이다. 그토록 지독하게 짓밟히면서도 총칼 앞에 맨몸으로 맞설 수 있었던 동력은 도대체 무엇이었을까 묻는 일도 중요할 것이고, 3·1운동의 현재적 의미를 묻는 일도 중요할 것이다. 아울러 3·1운동을 기억하며 뜨겁게 타올랐던 해방기의 시를 다시 읽으며, 오늘의 시는 변혁의 동력을 무엇으로부터 얻을 수 있을지 묻지 않을 수 없다. 3·1운동 100주년을 한 달 남짓 남겨놓고 영면한 여성 인권운동가 김복동 할머니의 장례식장 풍경이 문득 떠오른다. 삼삼오오 찾아든 시민들의 발걸음으로 가득 찼던 장례식장, 누구보다 뜨겁게 눈물 흘리며 장례식장을 지키던 평화 나비들. 아직도 우리에겐 바로잡아야 할 역사와 기억해야 할 역사가 있음을 새삼 깨닫는다. 역사를 기억하고자 하는 현장에 젊은 세대가 있다는 사실에 조금은 안도감이 들기도 한다.

최근의 연구에 따르면 3·1운동 당시 궐기한 민중들의 욕망도 다양했던 것으로 보인다. '독립만세'를 외치는 그들의 목소리가 향하는 곳이 옛 나라로의 복귀라는 하나의 방향으로 수렴될 수 없었던 것처럼 잊어버린 개개의 목소리를 복원하는 일도 오늘의 시점에서 3·1운동의 의미를 물을 때 우리가 기억해야 할 과제일 것이다. 아울러 해방기 시에서 3·1운동이 다시 호출된 맥락도 새 나라를 향한 열망과 기대의 목소리였음을 기억할 필요가 있다. 당시 그들이 열망한 새 나라는 어떤 모습이고 누가 주체가 되는 나라였는지 상상하며 해방기 시를 읽을 때 해방기 시에 새겨진 3·1운동이 무엇을 기억하고 계승하고자 했는지가 좀 더 분명히 드러날 것이다.

'유관순'을 호명하는 몇몇 시선과 목소리

최현식

1. 명명과 인정투쟁, '유관순'이라는 기호의 탄생

학생들에게 요즈음은 '유관순 누나'를 뭐라고 부르느냐 물었더니 '유관순 열사'라 답한다. 친근한 '누나'를 '열사'로 부르다니, 살가운 옆집 누나가 피투성이 매서운 투사로 변하여 나를 윽박지른다는 느낌이 문득 들어 놀랐다. 그래서일까. 한 인물을 향한 호명이지만 '누나'와 '열사' 사이의 꽤나 먼 차이와 거리에는 무언가를 향한 인정투쟁 혹은 거부투쟁의 서사적 맥락이 들어 있겠다는 판단도 자연스레 찾아왔다.

나의 '누나'라는 호칭은 고교 1학년 시절 배웠던 박두진의 「3월 1일의 하늘」[1]의 기억과 영향의 소산임이 분명했다. 교련복 입고 집총훈련

---

1 박두진의 「三月 一日의 하늘」은 제6시집 『인간밀림』(일조각, 1963)에 수록된 시이다. 제3차 교육과정 『고등학교 국어』 1(문교부, 1975)에서는 「3월의 고향」으로, 제4차 교

에 당당히 나서던 예비 학병學兵의 시절, "민족애의 순수 절정, 조국애의 꽃넋"이라는 매혹적인(?) 시 한 구절을 신체 건강한 '청(소)년'의 뜨거운 가슴에도 아낌없이 담고 싶었던가. "3월 하늘"에 어린 "뜨거운 피 무늬"를 향한 우리들의 동일시는 어쩌면 시인 박두진의 것이었는지도 모른다. 선배 전영택이 소원했던 유관순 순국정신의 진폭과 확장, 곧 "젊은 여성 사이에 나라를 위하여 순하여 죽고저 하는 거룩한 정신을 크게 이르키는 데 도움이 된다면 다행"[2]이라는 애국·애족의 욕망을 남녀와 노소, 지역과 계급을 불문한 대한민국과 한민족 모두의 것으로 널리 전파하고 싶었달까.

그렇다면 '유관순 누나'를 옛 추억과 기록으로 넘긴 요즘 젊은 학생들의 '열사', 나아가 '유관순열사기념관', '유관순열사기념사업회' 등의 공식적 호칭은 어디서 어떻게 생겨난 것일까? 시대를 격절하여 해방기의 '순국처녀'에서 '순국'만을 전용한 편의적 처사일 리 없다. 오히려 1980 ~1990년대를 강타한 민족민주운동의 투쟁 국면이 반영될 것일 가능성이 크다.[3] 이에 동의할 수 있다면, '열사'는 국민과 민족 전체를 아우르는 "우리들의 조국"과 "우리들의 겨레"와 "우리들의 자유"(「3월 1일의 하늘」)를 위해 싸우다 절명한 유관순의 투사적 자질과 윤리와 열정을 기리고

육과정 『고등학교 국어』 1(문교부, 1984)에서는 「3월 1일의 하늘」로 제명을 달리하여 교과자료로 채택되었다.

2   全榮澤, 『殉國處女 柳寬順傳』, 首善社, 1948, 4면.

3   '유관순 열사'라는 키워드를 『동아일보』와 『경향신문』 지면을 제공하는 '네이버 (NAVER) 라이브러리'에 기입한 후 검색 결과를 확인해 보았다. 1945~1979년 총42회, 1980~1989년 총122회로, 10년간의 후자가 34년간의 전자에 비해 3배 많은 수치였다. 자료에 따르면, 1964년까지 7회에 그쳤던 '유관순 열사'는 1965년 이후 서서히 증가해 간다. 한편 '순국처녀 유관순'은 해방 후~1974년까지 총31회가 검출된 이후 더 이상 등장하지 않으며, 1964년까지는 15회 등장한다.

본받기 위한 숭고화의 명명법이다.

하지만 '열사'로의 명명이 저 정도의 까닭에서 그칠까? 해방기~1990년대까지 유관순을 전통의 여성상으로 기호화했던 '처녀'[4]와 '소녀'와 '열녀', 그리고 '누나'에 대한 팔루스phallus적 시선과 가부장제적 호명에 대한 냉철한 반성과 열렬한 거부투쟁의 결과는 아닐까. 한 연구자의 예리한 지적처럼, 해방 이후 '유관순'은 "꺼내놓아도 좋은 것 — 애국과 민족, 그리고 희생자로서의 여성정체성으로 보여질 만한 것들 — 만이 선택적으로 보여지"[5]고 재구성되면서 신화화·영웅화되어 왔다. '처녀'나 '누나'는 그런 선택지를 대표하는 민족적 기호이자 표상이라는 점에서 유관순의 가치와 명예를 더욱 드높이는 호칭에 가까웠던 것이다.

문제는 그러나 '처녀'든 '누나'든, '열녀'든 '누이'든, 그 어떤 유관순에 대한 호칭도 차별과 서열을 전제한 성별정치학의 맹점이나 허구성을 결코 뛰어넘을 수 없었다는 사실에 존재한다. 이 친근하고 가치화된 호칭들은, 아이러니하게도, 하나, 유관순에 대한 재현을 남성들이 독점하고 있었으며, 둘, 민족과 국가라는 공적 영역에서 재현된 여성(유관순)을 다시 기존의 남녀관계에 대한 인식틀로 환원하는 구조물이었으며, 셋, 여성의 역할에 대한 규범을 반복하는 행위로 다시 유관순을 끌어들이는 도구체로 알게 모르게 작동해왔던 것이다.[6] 그런 의미에서 시공간

---

4 2차 성징의 발현에 따른 육체적 성숙에 주의하여 유관순을 '처녀'로 묘사하는 장면은 "관순도 일 년을 지나 십칠 세가 되니 워낙 숙성한데다가, 아무리 붉은 옷(죄수복—인용자) 속이요 파리하고 수척하다 할지라도 이제는 완연한 하나의 여성일 수밖에 없어서 의젓한 처녀티가 났다"(박화성, 『타오르는 별』, 문림사, 1960, 372면)에 거의 유일하게 등장한다.
5 권김현영, 「영웅 혹은 귀신?─유관순을 둘러싼 재현의 성정치」, 『이화여대 아시아여성학센터 학술대회자료집』, 2006, 37면.
6 위의 글, 37면.

과 성별을 가리지 않고 지켜 마땅한 공동체나 가치체계를 위해 초개와 같이 목숨을 던진 '위인'에게 주어지는 '열사'라는 명명은 고故 유관순에게도 바랄 나위 없이 의미심장하다. "가부장제의 여성 영웅이자, 온 국민의 누이였던 유관순을 여성의 목소리로 부르고 기억하기 시작"한, 또한 그를 통해 유관순의 진정한 "목소리를 들을 수 있"[7]는 가능성을 얻게 된 최초의 호칭이자 최고의 명명이 '열사'이기 때문이다.[8]

나는 위에서 다양한 호칭의 경쟁을 통해 차디찬 무덤에서 뜨거운 삶의 현장으로 느닷없이 호출된 해방기 유관순의 귀환을 언뜻 흘렸다. 과연 해방기 신문을 들춰보면, 1947년 들어서부터 유관순은 제 이름 '유관순양孃' '유양孃'을 필두로, 애국·애족의 화신임을 톺아 세우는 '순국처녀', '순국열녀烈女', '순국혼魂', '순국의 소녀' 등으로 쉼 없이 호명되며 전국을 들끓게 하고 있다. 도대체 무슨 일이 있었던 것일까. 여기에도 명명을 통한 '인정투쟁', 나아가 '영웅 만들기'의 서정과 서사적 문법이 똬리를 틀고 있다.

이를 소명하기 위해 당시 유관순 선양 사업을 총괄하고 주관했던, 또한 그를 통해 1960년대 '누나'가 등장하기 전까지 '순국처녀'를 '유관

---

7 위의 글, 43면.
8 유관순에 대한 '열사'라는 호칭은 해방 전후 박동실이 창작한 판소리 「열사가」에 포함된 「유관순 열사가」가 처음이라는 연구가 최근에 제출되었다. 이 연구에서도 1960년대 이후 '열사'라는 호칭이 점점 불어나기 시작한다고 주장한다. 이는 유관순의 오빠 유우석(아명 유관옥)을 인터뷰한 신문기사 제목이 「열사의 후예들(3) – 유관순양의 오빠 우석씨」(『동아일보』, 1959.11.25)였으며, 잠시 뒤에 살펴볼 전기소설『타오르는 별』(문림사, 1960. 1960년 1월~9월『세계일보』연재)을 집필한 박화성이 1966년 당시 '유관순열사선양회'의 회장을 맡고 있었다는 사실에서 어렵잖게 확인된다. 이곳에 제시된 사실들에 대해서는 김정인, 「3·1운동, 죽음과 희생의 민족서사」, 『정신문화연구』 41-4, 한국학중앙연구원, 2018, 127면.

순'의 공식적 별호로 유행시키는 데에 크게 공헌한 '순국처녀유관순기념사업회'와 그곳에서 추구한 '순국처녀유관순정신의 보급'이라는 과제가 공식화될 수 있던 저간의 사정을 살짝 엿본다면 어떨까.[9]

유관순의 이름이 족출하기 시작한 1947~1948년이라면 '일제잔재 청산'과 '새로운 민족문화의 건설'에는 함께 동의했으나 그 과제들을 수행할 주체와 성격을 '노농계급'-'인민민주주의' 대 '국민(≒민족)-자유민주주의'로 서로 다르게 설정했던 좌·우익의 대립과 갈등이 최고조에 다다랐다가 급격하게 해소되던 때였다. 남북한 신탁통치에 대한 입장이 서로 달랐던 미국과 소련의 제2차공동위원회가 결렬되자, 미국은 UN 감시하의 총선거 실시 및 남한 단독정부 수립(안)을 1947년 9월 UN에 제출했으며, 그 결과 1948년 5월 남한만의 총선거 실시, 8월 15일 대한민국 정부의 수립이 눈앞의 현실로 가시화되었다.

이러한 격동의 시기를 관통하던 즈음의 '유관순 정신'이라면, '순국'에 담긴 두 의미, 곧 일제잔재 청산에 따른 완전한 자주독립과, 나라 잃은 설움을 깨끗이 씻어버릴 새 조국의 건설로 지향될 수밖에 없었다. 게다가 자주독립과 조국祖國의 과제와 열망을 실질적으로 후원하고 추동하는 미국의 힘과 가치[10]는 미국 선교사가 주도한 이화학당 교육사업의

---

9 '순국처녀유관순기념사업회'와 '순국처녀유관순정신의 보급'은 『동아일보』 1948년 6월 29일 자 「유관순에 사진을 발행함의 제▨하야」라는 광고에서 가져온 것이다.

10 해방기 미군정청은 한국인들이 "'자유'와 '독립', 그리고 '민주주의'라는 일련의 이념적 가치들을 아메리카와 결부시켜 연상할 수 있도록 다양한 제도적 기구와 모임들을 설치했다." 이를테면 『주간 다이제스트』(1945)의 발간, 각종 대중잡지에서의 「아메리카 특집」 편성, 조선방송협회의 장악을 통한 미국 관련 뉴스영화의 제작과 송출, 특별 이동교육단을 통한 미군정의 정책 내용 설명 등이 그것이다.(장세진, 『상상된 아메리카』, 푸른역사, 2012, 103~104면) 한편 미국의 선진문명과 가치체계의 자랑은 해방기 위인전의 발간을 통해서도 착실히 이뤄지는데, 아브라함 링컨을 중심으로 토마스 에디슨, 헬렌

혜택을 크게 입은 '순국처녀' 유관순이 벌써 증명하고 있는 터였다. 이 점, 남한의 과도정부수립파(이후 단독정부 수립으로 나아가는)와 미군정청이 3·1운동의 경축과 기념사업을 공동 추진하는 한편 그 일환으로서 "대의大義에 순사殉死하신 애국 열사를 기념하기 위"[11]한 선양사업의 대표적 표본으로 '순국처녀 유관순'을 선택했던 핵심 요인의 하나였을 것이다.

에돌아간다는 느낌도 없잖지만, 이 글의 문제 설정을 예각화한다는 뜻에서 해방기의 상황에서 초래되었음에 틀림없는 유관순 전기문의 객관적 상황과 조건을 먼저 검토해본다. 3·1운동 100주년을 눈앞에 둔 현재 유관순 관련 전기문(서적)은 처음 등장한 1948년부터 계산하여 합계 100권을 넘어선 지 오래다.[12] 이 정도의 지속적인 생산량이라면 전기문 구성에 필요한 유관순의 자술적 기록이나 발언 등이 상당량 축적되었을 때나 가능하다고 보는 게 상식에 부합할 것이다.

그런데 사정은 정반대에 가깝다. 예의 전기문들은 시간과 노력을 들여 유관순의 참모습과 역사적 가치를 미쁘게 조형하는 과업에 대체로 기여했다는 평가를 받아 마땅하다. 하지만 그렇다고 그것들 행간에 숨어 있는 문제들을 가벼이 보아 넘길 수는 없다. 상당수의 전기문 이면에는 글쓴이들의 객쩍은 부주의나 과도한 가치화, 심지어는 어떤 필요성

켈러에 대한 전기가 번역·소개되고 있다. 허혜선, 「해방공간의 출판계와 위인전」, 전남대 석사논문, 2010, 14~16면의 〈표 1〉 1945년~1948년 간행된 위인전 목록' 참조
11 『미군정청 관보』, 1946.2.21. 여기서는 임명순, 「유관순열사가 해방 후에 발굴되는 배경」, 『유관순 연구』 19, 백석대 유관순연구소, 2014, 295면 재인용.
12 이 숫자는 1948~2015년 출간된 유관순 전기문 91권(임명순, 「어린이가 읽는 유관순 열사의 전기문에 대한 고찰」, 『유관순 연구』 20, 백석대 유관순연구소, 2015, 66~68면)에 그 이후 출간된 15여 권(온라인 서점 알라딘)을 더한 것이다. 여기서 제외된 교과서, 영화, 연극, 뮤지컬, 무용극 등을 합치면 유관순 관련 문학예술 콘텐츠는 제대로 헤아리기 어려울 만큼 늘어날 것이다.

과 권익을 위해 유관순의 생애와 형상을 이곳저곳 침소봉대한다든지, 사실과 무관하게 왜곡하거나 새로이 창안한다든지 하는 부정적 국면이 알게 모르게 숨어 있다.[13] 이와 같은 황망한 사정은 ① 겨우 18세에 옥사한 결과 초래된 유관순 본인의 진술과 증언의 절대적 부족, ② 해방 이후 새로운 국민국가 건설과 민족주의 정서의 확산에 유관순을 적극적으로 활용코자 했던 여러 집단과 인물들의 경쟁적 · 배타적인 관심에서 비롯된 것이겠다. 누군가의 날카로운 지적처럼 "기록은 언제나 견딘 자 혹은 살아남은 자의 몫이고, 미치거나 죽은 자들은 기록을 남길 수 없다"[14]라는 차갑고도 무서운 진실이 유관순의 전기문에서도 예외 없이 재현되고 있는 형국인 것이다.

그러니 이렇게 질문하지 않을 수 없다. 본인의 기록과 발언 없는 유관순의 삶과 목소리, 정신과 표현은 어떻게 실종, 삭제되었으며, 또 어떻게 환기, 소환되기 시작했는가. 이에 대한 개략적인 지식과 정보를 득한 후에야 해방기 이래 유관순의 발굴과 발명에 얽힌 실재와 허구, 객관적인 삶의 재구성과 고증, 그것을 적극 흡수하고 다시 구성한 결과로서의 잘 만들어진 '영웅화'의 문법에 눈 돌릴 시간이 겨우 주어지기 시작할 것이다.

---

13 성실한 자료 수집과 바지런한 실증을 통해 현실에 "살아 있는 유관순"의 창조에 힘쓴 전기문으로는 이정은, 『불꽃같은 삶, 영원한 빛 유관순』(류관순열사기념사업회, 2004)이 손꼽힌다. 한편 초등학교 『국어』의 유관순 제재를 검토하여 그 오류를 검토한 글로는 김기창, 「유관순 관련 제재 국어 교과서 수록 연구」(『새국어교육』 89, 한국국어교육학회, 2011)가, 어린이 대상의 전기문의 잘잘못을 따진 글로는 임명순, 「어린이가 읽는 유관순 열사의 전기문에 대한 고찰」(『유관순 연구』 20, 백석대 유관순연구소, 2015)이 유익하다.

14 한수영, 「'죽음의 집'의 기억-일제하 고문과 투옥에 관한 체험과 기록의 몇 가지 양상을 중심으로」(미발표문), 3면.

◐ 한 리화녀학싱의 톄포 쇼녀의 량친은 원슈에게 피살

셔울 리화학당 학싱 ○○○녀사는 자긔의 량친이 오랑키 왜적에게 피살을 당하여 분긔의 맘을 단단히 먹고 각쳐로 도라 단니며 독립운동을 계속하다가 왜적의 산양기에게 발각되어 중상함을 닙고 왜적에 손에 붓들려 감옥에 피슈하엿더라.[15]

해방 전 유일하게 확인되는 유관순 추정의 기사이다. 그것도 중국 상해上海에 적을 둔 임시정부 관련 매체 『독립신보』의 보도를 빌린 미국 샌프란시스코 발행의 *SHINHAN-MINBO*(『신한민보』)에 실린 보도문이다. "○○○녀사"라는 실명失名의 참담한 현실은 식민지 조선에서의 '유관순'의 실질적 처지이기도 했다. 폭력적 고문에 의한 신체 훼손과 후유증 끝에 젊디젊은 18세의 나이로 순국한 유관순이라는 이름과 삶은 천황의 '은뢰恩賴'가 지속되는 한 식민지 조선에서는 언제, 어디서, 누구에게서라도 호명되거나 발설되어서는 안 될 감시와 금지의 기호였다. 동시에 조선의 근대화와 문명화를 위해 '내선융화'의 길을 닦기 시작한 천황의 제국에 맞서는 자들을 반역의 불령선인不逞鮮人으로 규정하여 척결과 추방의 대상으로 몰아갈 수 있는 '불감청 고소원'의 표본이기도 했다.

---

15 *SHINHAN-MINBO* 1919년 9월 2일 자 바로 앞에 「텬안시위운동의 후문—三十여 명을 일시에 총살」이라는 기사가 실렸다. 1919년 4월 '텬안군(튱청남도) 병쳔시'에서 일어난 독립만세 '시위운동'의 경과, 주도자 김구웅과 박종만 소개, 참가자들의 숱한 부상과 입원 상황, 30여 명을 초과하는 피살자 현황 등을 "○○에서 발힝하는 『독립신보』(중국 강소성 모처에서 발행된 신문이라는 기사가 *SHINHAN-MINBO* 1919년 7월 15일자에 보인다)를 의지하여 자세"하게 알렸다.

오늘 눈나린 남조선 어느 조고만

산기슭에 우리의 순국처녀 유관순의

제막식이 거행된다.

× ×

열일곱살 봉오리 처녀 그 순수 무후한

가슴 속엔 오직 조국의 애닳은

운명만이 슯헛을 뿐이다.

엄마 압바의 일느는 말보다

보이지 않는 무한한 허공에 가만히

들려오는 조국의 염원을 오직

귀기우려 돌본 우리의 처녀 유관순!

× ×

압박과 구속 아래 신음하는 모국의

기둥 밧들고 뼈를 갈아 싸화온

우리 유관순! 누가 그의 순국에

결의 ✱✱ 는 순정을 알아준 이

있었는가?

× ×

오오! 조국의 자유와 독립을 부르짓다가

죽엄 앞에 생명을 던진 한 떨기의 산 꽃!

짠딱보다도 위대한 조선의 짠딱!

× ×

一千五白萬 女性아!

유관순을 따르자! 죽엄보다 강한 그의

애국심을! 생명을 던져 원수의 간담을

서늘케 한 우리의 용사 유관순을 엄마도

압바도 살든 집까지도 원수의 총 아래

다 잃어버린 가련한 운명의 처녀!

× ×

아아! 그는 영원한 애인 조선을 따라

꽃봉오리 청춘을 바쳤었다.

지금도 그 혼은 푸른 하늘에 붉게 피어

살었거니와 그 넋 그 몸가짐 이 땅에

영원히 남어 있으리라

　　　　　　　　—모윤숙, 「영원히 빛나리 조선의 딸 유관순」[16]

유관순은 '해방과 동시에'가 아니라 남한 단정론자單政論者들의 정치적·이념적 필요성에 의해 천추불후千秋不朽의 '애국자'이자 만고불변의 '순국처녀'로 문득 귀환했다. 그녀의 귀환과 재생이 얼마나 시급하고 중요한 과업이었는가는 일제 말기 체제협력의 보국문학報國文學에 앞장섰던 모윤숙의 "영원히 빛나리 조선의 딸 유관순"이라는 찬양성 구호에서 여지없이 확인된다.

16　『婦人新報』, 1947.11.28. 시 말미에 "十一月二十七日 유관순 제막식 날에"라는 표지가 달려 있다. 11월 27일 자 『동아일보』에 "천고에 빛날 순국혼殉國魂 유관순 소녀의 위훈偉勳 금일 천안서 기념비 제막식'이라는 기사가 보이는데, 모윤숙의 시는 이 행사를 위해 창작된 것이다. 본문의 '＊'는 판독할 수 없는 글자를 표시한 것이다. 기존의 모윤숙 시집에서 찾아볼 수 없는 발굴 작품임을 알려둔다.

유관순 예찬의 시를 모윤숙이 썼다는 것은 세 가지 상황과 연관될 듯하다. 첫째, 유관순의 이화학당과 모윤숙의 이화여전 사이의 학연, 둘째, 해방기 일제 잔재 소탕의 대상으로 떠오르는 친일행위, 특히 '군국의 어머니'로서 총력전 참여를 독려한 체제협력의 연설 「여성도 전사戰士다」에 대한 사죄나 면피용 글쓰기, 셋째, 낭랑구락부 활동을 통한 미군정과의 친밀성 강화 및 남한 단독정부 수립에의 적극적 참여에 관련된 미학적 선택이 그것이다.

이런 상황을 토대로 유관순이 어떻게 절대화되고 있는지를 간단히 살펴본다. "뼈를 갈아 싸화온 우리 유관순", "원수의 간담을 서늘케 한 우리의 용사"와 같은 주체의 영웅화, "순수 무후한 가슴", "죽엄 앞에 생명을 던진 한 떨기의 산 꽃", "죽엄보다 강한 그의 애국심", "영원한 애인 조선을 따라 꽃봉오리 청춘을 바"친 "그 혼"과 같은 숭고화된 비유.[17] 이것들은 부모와 살던 집마저 원수의 총칼아래 잃어버린 "가련한 운명의 처녀"로서의 유관순을 표상하는 잘 만들어진 비유들이 아니다. 그렇기는커녕 "일천오백만 여성"이, 아니 삼천만의 한국인이 "조국의 염원", 곧 "조국의 자유와 독립"을 위해 "짠딱보다도 위대한 조선의 짠딱"인 "순국처녀 유관순"을 따라야 하는 윤리적 덕목이자 생의 이유이다. 유관순이 해방기 현실에 임재한 신성한 영령이기 전에 경건한 '애국주의'

---

17 이상의 비유들은 '순국'과 '처녀'가 한 몸을 이룰 수밖에 없는 근거로 작용한다. 유관순을 드러내는 비유물들은 프랑스를 포함한 세계 곳곳에서 '정숙한 처녀인 동시에 강인한 전사'로 기억되고 예찬되는 '오를레앙의 성처녀聖處女 잔 다르크'의 그것과 상당히 유사하다.(성백용, 「잔 다르크—그 기적의 서사시와 기억의 여정」, 박지향 외, 『영웅 만들기—신화와 역사의 갈림길』, 휴머니스트, 2005, 170~173면 참조) 이를 토대로 모윤숙은 유관순을 "짠딱보다도 위대한 조선의 짠딱"으로 거리낌 없이 가치화함으로써 그녀의 문화정치학적 가치와 소임의 가능성을 한껏 끌어올린다.

와 위대한 '희생정신'의 대체물이자 별칭이라는 주장은 그래서 가능해
진다.

전영택과 모윤숙의 표면적 진술을 따른다면, 해방기 '유관순 정신'은
한국 여성의 '순국정신' 계승과 '애국심'의 발현에 초점이 맞춰진 것처
럼 보인다. 이순신, 김유신, 화랑, 정몽주, 이이, 민영환, 안창호, 김구,
이승만 등 '충군애국'과 '항일투쟁'에 앞장 선 남성 위인들이 새 나라
건설의 모델과 실현자로 대거 호명되었기 때문에 발생한 제한적 현상
일 것이다. 일제 말기 '양처현모'의 표상으로 곧잘 등장하던 신사임당
도 제외된 채 『조선위인의 어머니의 힘』(계림인서관, 1946) 정도가 출간
된 해방기였는지라,[18] 오히려 유관순의 서너 차례 호명은 빈번하다 못
해 이채로운 현상으로까지 느껴진다.

하지만 국민국가의 기반이 닦이고 제반의 민주적 체계와 가치에 대
한 집단적 요구가 본격적으로 분출되기 시작하는 1960년대에 들어서
면 사정은 전혀 달라진다. "단군의 자손이며 배달의 혼을 가진 우리 대
한의 민족"(박화성)[19]을 상징하는 유관순의 역사화와 "우리들의 조국과
겨레와 자유의 생명선"("우리들의 대지에 뜨거운 살과 피가 젖어 있음", 박두진)
으로의 유관순의 숭고화는 '유관순 이야기'가 국민정체성의 형성과 전
파는 물론 대한민국의 문화적·이념적 의제를 효과적으로 교육하고 규
율하는 탁월한 모본模本으로 충실히 자리 잡았음을 시사한다. 요컨대 유

---

18 허혜선, 앞의 글, 14~16면의 〈표 1〉 1945년~1948년 간행된 위인전 목록' 참조.
19 朴花城,『타오르는 별』, 文林社, 1960, 382면. 윤봉춘 제작, 도금봉 주연의 1959년판「柳
寬順」의 포스터는 이 구절을 다음과 같이 표현하고 있다. "대한의 딸 유관순은…… 전
국민의 자랑이며! 전 한국여성의 자랑이다! 백절불굴의 순국정신은 우리 민족 자유의
뿌리이며 육시처참戮屍處慘의 흘린 피는 국가 독립의 꽃이다!"『동아일보』, 1959.6.5,
'광고'.

관순이 겪은 "고난과 승리는 대중에게 강력한 감정이입을 가능케 하는 국민적 신화로 재탄생되"었으며, 그렇게 영웅화된 유관순의 형상은 "그저 비범한 인물이 아니라 국민을 창출하고 그들을 하나로 묶어주는 중요한 수단"[20]으로 굳건히 자리 잡기에 이른 것이다.

이런 상황은 '유관순 이야기'의 위상과 관심이 사실의 삶과 사적의 발굴과 수정, 실증과 규명에 그쳐서는 안 된다는 것을 뜻한다. 해방기와 1960년대 '유관순 이야기'의 초점 변화와 가치의 조절은 그것이 "집단 기억을 공식화한 내러티브"로 다양하게 호출·동원되기 시작했음을 잘 알려준다. 이 말은, '유관순 이야기'가 전기소설과 위인전, 교과서 제재로, 또 신문지상의 중요한 뉴스와 기록으로 계속 반복, 재현되는 현상에서 보듯이, '유관순' 자체가 "상이한 개인의 기억들에 공통적인 '대의'를 부여함으로서 '약정stipulation(합의)된 이야기'를 내러티브로 제공"[21]하는 유의미한 사건으로 떠올랐음을 뜻하는 것이기도 하다.

이런 견지에서라면, '자서전의 규약'은 '유관순 이야기'를 해석하고 평가할 때 꽤나 유용한 지침을 제공해 줄 듯하다. 필립 르죈에 따르면, "자서전은 글쓰기의 한 유형인 동시에 책읽기의 한 양태이며, (저자와 독자의─인용자) 계약에 의한 효과로서, 역사적 변이가 가능하다". 이 점, 타인에 의한 자서전의 범주에 드는 각종 '유관순 이야기'가 "실제 인물과의 (검증할 수 없는) 유사성"에 의해서가 아니라, 그 이야기가 만들어내는 "책읽기의 유형과 그것이 유포하는 믿음"[22]을 통해서 유구한 생명력

---

20 강옥초, 「영웅─낡은 용어, 새로운 접근」, 박지향 외, 앞의 책, 22면.
21 강선주, 「미국 교과서의 1, 2차 대전과 베트남전쟁 기억 만들기」, 전진성 외, 『기억과 전쟁─미화와 추모 사이에서』, 휴머니스트, 2009, 62면.
22 필립 르죈, 윤진 역, 『자서전의 규약』, 문학과지성사, 1998, 68~69면.

과 효과적인 영향력을 더욱 부가해 왔음을 알게 한다. 그 유형과 믿음의 동질성과 차이성, 집중성과 확장성을 입체화해나갈 수 있다면, 유관순의 진정한 영웅성만을 말하는 데에 그치지 않고, 그녀가 어떤 정치적·이념적·사회적·문화적 맥락에서 무슨 까닭으로, 어느 누구에 의해 영웅화·숭고화되어 왔는가를 효과적으로 드러낼 수 있게 되는지도 모른다.

앞서도 언뜻 말해 두었지만, 유관순의 삶과 행적은 현재까지도 발굴·실증, 수정·보완 중이라는 게 현실에 부합하는 진술이다. 그 결과 '유관순 이야기'는 그것이 처음 작성된 해방기에 비한다면 역사적 '사실'과 현재적 '가치'의 적확한 발굴과 풍요로운 축적에서 일취월장의 성과를 거두기에 이르렀다.

하지만 나는 감히 주장하기를, 그 토대와 틀이 1960년대까지 생산된 전문 작가의 전기소설과 시편, 국정 교과서 수록의 유관순 제재에서 마련되었다고 판단한다. 이후의 아동용 위인전과 사실 발굴과 검증 중심의 전기문들은 저 선행 업적의 빈 틈을 메우는 한편 그럼으로써 더욱 현실에 가까운 유관순을 대면케 하려는 노력들이라고 말하여 크게 그릇될 것 없다.

잠시 뒤 만나게 될 박계주, 전영택, 이동원, 정광익, 박화성, 박두진, 강소천, 국정 교과서 『국어』와 『음악』의 '유관순들'은 이런 구획 아래 취택된 연구대상인 것이다. 한 가지 덧붙인다면, 유관순 관련 신문 기사는 새새틈틈 인용·참조될 것이다. 왜냐하면 유관순의 영웅화·숭고화가 어떻게 생성되고 변형되며, 시대에 따라 어떤 맥락에 놓이고 어떤 부침을 겪는지를 입체적으로 드러내고 확인하는 일에 없어서는 안 될 기초자료로서의 역할과 가치를 다할 것으로 예상되기 때문이다.

2. '유관순 이야기'의 기원과 문화정치학적 배경

"역사적 기억은 지배자의 명령이나 정당성을 서술하는 것이 아니라 집단적 정체성 확립에 기여하는 어떤 것"이라는 명제는 여러모로 시사적이다. 전제군주와 그 휘하로 통칭되는 절대적 권력자의 승리와 치적은 전근대 역사 서술의 핵심이었다. 승리자의 기록과 칭송을 위해서라면 물리적 사실과 패배자의 형상은 얼마든지 왜곡되거나 날조되어도 좋았던 것이다. 하지만 근대 들어 국민국가의 성립과 함께 역사 서술은 "조국의 찬미와 국가체제의 정당화"[23]라는 공통 이념과 공동 과제를 기입하고 평가하는 비교적 객관적인 글쓰기로 한층 진보하였다.

문제는 그러나 '조국'과 '국가'는 제국의 것이기도 했지만, 특히 그 아래 야만과 원시의 적토赤土로 편입되었던 식민지의 것이기도 했다. 이럴 경우, 식민지는 자민족의 독자성과 우월성, 문화적 전통의 확보와 새로운 국가의 기획을 위해 제국의 것을 교묘히 훔쳐다 참조하거나 '지금 여기'에는 부재한 역사적·문화적 지평 내의 "혁명적이고 권위 있는 힘"[24]을 대범하게 창안하는 '복수와 날조'의 탈식민주의와 어쩔 수 없이 손잡게 되기도 한다.

1947년부터 본격화된 유관순 선양 사업, 곧 은폐된 것의 '발굴'로 선전되었지만 부재했던 것의 '발명'까지 의욕했던 유관순의 영웅화·숭

---

23 본 단락의 직접 인용은 강옥초, 「영웅―낡은 용어, 새로운 접근」, 박지향 외, 앞의 책, 24면.
24 세이머스 딘, 「서론」, 테리 이글턴 외, 김준환 역, 『민족주의, 식민주의, 문학』, 인간사랑, 2011, 27면.

고화 작업도 문화민족주의의 깃발 아래 수행된 "혁명적이고 권위 있는 힘"으로 지향된 것이었음은 다음과 같은 예시에 또렷하다. ① 전기와 동화, 교과서와 신문 등을 통한 유관순의 거룩한 삶과 애국정신 조명[25] ② 유관순 동상과 기념비 건립, 사진 수집과 발행,[26] ③ 초·중등학교의 학생회나 문예 활동(무용극)을 통한 유관순 정신의 계승과 전파[27] ④ 유년시절에서 옥사에 이르기까지 유관순의 일대기를 그린 연극·영화[28]의 제작과 유통들이 그것이다.

'순국처녀유관순기념사업회'는 이를 통해 유관순을 애국·애족의 화신이자 숭고한 희생정신의 발현자로 승화시키고자 했던 것이다. 물론 이 작업은 근대적 영웅 만들기의 서사와 문법, 잔 다르크에게도 그랬던바 "자유와 독립에 대한 민중(민족─인용자)의 열망을 구현한 국민 구속자救贖者, 요컨대 민중(민족─인용자)적·애국적·공화주의적 영웅"[29]을 창안·유통·전파시켜가는 작업이나 마찬가지였다. 이것과 긴밀하

---

25 「유관순전기간행」,(『동아일보』, 1943.2.7), 「새로 나온 책」(『경향신문』, 1948.3.20) 등을 보라. 두 기사 모두 이동원 글, 김용환 그림의 『유관순』(同志社, 1948)을 소개하고 있다.

26 「유관순양기념 동상 건립키로」,(『경향신문』, 1947.12.9), 「순국열녀 유관순양 기념비 제막식 천안 병천리서 성대히 거행」,(『동아일보』, 1947.12.5), 「유관순에 사진을 발행함의 제際하야」,(『동아일보』, 1948.6.29) 등을 보라.

27 이를테면 「우리 학교의 자랑」,(『경향신문』, 1948.7.4)이 그렇다. 이화여중 교장은 학교 자랑과 이후의 포부를 말해달라는 기자의 요청에 대해 "기독교적 교양의 정신을 넣어주며 자유로운 환경 속에서 특수한 재조를 길러주며 더욱이 세계적 영도자를 여기서 길러낼 작정"이라며 "과거의 유관순을 자랑하고 현재의 박봉숙(올림픽선수)을 낸 것이 이화교육의 최대 목적인 것"이라고 응답한다.

28 1948년 4월 8일 개봉된 영화 〈유관순〉(각본·감독 윤봉춘)은 "殉國의 處女 殉國의 遺芳은 千秋不朽"라는 선전 문구를 달고 있다. 한국 사회에서 유관순의 애국적 표상과 가치가 여전하다는 사실은, 그간 수차례 영화화되어 왔음에도 불구하고, 2019년 3·1운동 100주년을 기념하는 영화 〈항거─유관순 이야기〉, 다큐멘터리와 드라마 동시의 〈1919 유관순─그녀들의 조국〉를 통해서도 뚜렷하게 확인된다.

29 성백용, 앞의 글, 134~135면.

게 연결되는 과제는 '① 전기와 동화, 교과서와 신문 등을 통한 유관순의 거룩한 삶과 애국정신 조명'의 작업일 것이다. 이 항목을 둘러싼 유관순 서사들의 상황을 개괄하며 그녀의 '영웅화·숭고화' 과정과 다양한 변이의 서사적 맥락을 짚어 나가다 보면 천황체제에 의해 "살해는 가능하되 희생물로는 바칠 수 없는" '벌거벗은 생명'[30]로 던져졌던 유관순의 비극적 형상이 더욱 음영 짙어질 것이다.

엄밀히 말해, 유관순 전기 간행은 그의 애국정신과 헌신적 희생에 감읍한 한 개인의 의분에서 비롯된 것이 아니다. "3·1운동 당시 독립운동의 선두로서 활약하다가 왜적에게 무참히도 쓰러진 류柳양"[31]을 다시 기억하고 계속 기리기 위해 이화여중 교장 신봉조, 소설가 박계주[32] 등이 조직한 '유관순전기간행회'에서 주도한 문화정치학적이거나 문화민족주의적인 기획품[33]의 일종이었다.

아니나 다를까 유관순 이야기는 학생과 국민 모두를 독자로 상정했던 까닭에 그들이 쉽게 읽고 이야기를 나눌 수 있는 '전기소설'과 '그림이야기' 형식의 전기문, 바꿔 말해 위인전으로 구체화되었다. 전자의

---

30 조르주 아감벤, 박진우 역, 『호모 사케르―주권 권력과 벌거벗은 생명』, 새물결, 2008, 44면.

31 「유관순 전기 간행」, 『동아일보』, 1948.2.7.

32 유관순전傳의 선편을 쥔 이는 박계주로, 그는 다른 누구보다 빨리 「殉國의 處女」라는 유관순 약전略傳을 『경향신문』(1947.2.28)에 발표했다. 그의 약전이 끼친 긍정적·부정적 영향과 효과에 대해서는 국정 교과서의 유관순을 다루는 본문 3장에서 논한다. 신문 지상의 「순국의 처녀」가 문교부, 『중등 국어』1(조선교학도서주식회사, 1948)에 그대로 전재되기 때문이다.

33 유관순 영화에서 주인공에 대한 미화와 추모가 해방 후 각 정권의 일련의 '국민국가' 만들기와 긴밀히 연관된다는 관점에서 살펴본 글로는 정종현, 「유관순 표상의 창출과 전승―해방 이후 제작된 유관순 영화의 내러티브를 중심으로」, 『한국문학연구』36, 동국대 한국문학연구소, 2009; 이순진, 「식민지 경험과 해방직후 영화 만들기―최인규와 윤봉춘의 경우를 중심으로」, 『대중서사연구』14, 대중서사학회, 2005가 유익하다.

결과물이 전영택의 『순국처녀 유관순전』(1948)이라면, 후자의 소산이 이동원 글, 김용환 그림의 『유관순』(1948)이다.

특히 전영택의 '유관순 이야기'는 더할 나위없는 조건을 갖춘 상황에서 창작되었던 것으로 판단된다. 그 자신 1919년 일본 도쿄에서 거행된 '2·8 유학생독립선언'에 참여했으며, 아내 채혜수도 3·1운동에 참여한 것이 발각되어 그와 결혼한 다음 날(3월 말) 일경에 체포되었다.[34] 또한 해방기 당시 군정청 문교부 편수국 편수관(1946)을 역임하며 교과서 편성과 발간 정책에 관여하기도 했다. 전영택은 『순국처녀 유관순전』의 「서문」에서 집필에 참고한 자료들로 조카 유제한의 초고(13장 분량의 필사본 「순국처녀 유관순전」)와 이화여대 김정옥 교수의 원고를 들었다. 게다가 유관순 독립투쟁의 핵심 근거로 제시되는 기독교와의 연관성 또한 1932~1942년 황해도와 평양 일대에서 제 목소리를 빼앗긴 식민지 조선인을 위해 기도하는 목사로 봉직했던 경험과 맞아 떨어진다.

다시 강조하거니와, 해방기 '유관순 이야기'는 사라진 '사실'과 희미해진 '기억'을 정성껏 살려내어 유구한 민족문화를 계승하고 새로운 조국에 충성하는 애국·애족의 모델 창안과 전파에 가장 목말라 했다. 이런 사정은 유관순을 어디 내놓아도 뒤지지 않으며 언제 어디서건 떠올려도 감격적인 민족적·대중적 영웅의 창조와 출현을 필연의 과제로 제기했다. 요컨대 한국전쟁 및 남북분단에 따른 나라와 강토의 피폐화는 새로운 국민국가 만들기를 향해 한국인 모두를 이끌고 결집시킬만한 영

---

[34] 3·1만세운동과 전영택의 관련 양상 및 그에 대한 기호화로서 단편소설 「생명의 봄」에 대해서는 김영민, 「『창조』와 3·1운동」, 『한국민족문화』 69, 부산대 한국민족문화연구소, 2018, 40~51면 참조.

응의 출현 혹은 영웅 만들기를 절실하게 요청할 수밖에 없었던 것이다.

이에 대한 응답 두 편이 '유관순 이야기'의 혜택을 가장 크게 입었을 '국부國父 이승만'의 하야와 몰락이 종결된 연후 박화성에 의해 제출되었다. 하나가 성인 대중에 바쳐진 전기소설 『타오르는 별』(1960)[35]이었고, 둘이 아동에게 주어진 전기문 「유관순」(1966)[36]이었다. 짐작대로 후자는 전자를 요약하여 아동들에게 더욱 적합한 내용과 표현을 취했다는 점에서 그 목적과 대상이 분명한 글쓰기였다.

물론 박화성의 유관순에 대한 숭고화의 열정은 『타오른 별』에서 이미 뜨거웠다. 과연 작가는 『타오르는 별』을 쓰기 위해 유관순의 조카 유제한의 기록(앞의 「순국처녀 유관순전」)과 증언, 전영택의 간단한 전기를 참조하는 한편 유관순의 고향 천안 지령리를 수차례 방문했음을 「후기」에서 밝혔다. 이와 더불어 '사실'을 존중하면서도 상상력의 효과를 최대한 얻어내고자 "완전한 창작적인 구상과 전개와 운필運筆이면서도 역사적인 사실이라 삼일운동의 조직 경로며 투쟁절차를 정리, 발표하는데 무척 힘을 들였으며, 오늘의 유관순을 있게 한 그의 어릴 때의 환경과 복선 설정에 꽤 머리를 썩였다"[37]라고 고백했다.

"죽엄보다 강한 애국심"(모윤숙)에의 유관순이 "흰 옷 입은 소녀의 불멸의 순수"라는 '생명혼'(박두진)으로 범속화됨으로써 오히려 신성화되는 극적 변이의 단절과 연속 지점이 박화성의 유관순에서 발견된다면, 그것은 어쩌면 해방기 최후의 영웅으로 권력을 독점해 갔던 이승만의

---

35 『타오르는 별』은 1974년 4월 제작·개봉된 김기덕 감독의 영화 〈유관순〉의 저본으로 쓰인다. 미당 서정주의 중앙불전中央佛傳(현 동국대) 동기 최금동이 각본·각색을 맡았다.
36 박종화 외편, 『소년소녀 한국전기전집』 15, 계몽사, 1966, 321~358면.
37 박화성, 앞의 책, 395~397면.

행복과 불우와도 깊이 관련될지도 모른다.

다시 강조하거니와, 박화성은 두 작품을 통해 "백옥이 진토에 묻힌 격으로, 이 피의 기록적인 투쟁사"를 벌여나간 일개 소녀 유관순을 누구나 우러러보는 짙푸른 하늘 속 "겨레의 별"로 반짝여 내고자 했다. 그런 의미에서 박화성 작^作「순국처녀 유관순 비의 비문」[38]의 일절 "천 년에나 한 번씩 나타나는 크고 빛난 별"의 "후신인 유관순"이라는 지극히 과장된 찬양과 가치화는 근대 민족주의의 제일 명제 "위대한 인물들, 영광스러운 영웅적인 과거, 그러한 것들이 바로 우리가 민족적인 사고의 토대를 두고 있는 사회적 자산"[39]이라는 말과 한 치의 빈틈도 없이 연동된다.

이상에서 거론한 네 작품은 시대별로 나열하기보다는 대상 독자와 글쓰기 형식을 따로 구분하여 해당 작품들에 타당한 해석과 평가의 잣대를 적용하는 편이 훨씬 효과적일 듯하다. 이를 적용할 경우, 『순국처녀 유관순전』과 『타오르는 별』을, 또 『유관순』과 「유관순」을 하나로 묶을 수 있을 것이다. 그 구체적 기준과 항목은 잠시 뒤의 본문에서 바로 확인하기로 하겠으나, 전자에는 성인의 생각과 수준에 더욱 적합한 항목이, 후자에는 아동의 시선과 태도에 좀 더 어울리는 내용들이 취택될 것임을 미려 밝혀 둔다.

38　박종화 외편, 앞의 책, 320면.
39　에르네스트 르낭, 신행선 역, 『민족주의란 무엇인가』, 책세상, 2002, 80면.

3. 유관순, '사실' 혹은 '발명'의 존재론

1) 영웅이 된다는 것, 삶의 죽음 혹은 신화의 탄생

에릭 홉스봄은 산업혁명 이후 창안된 '만들어진 전통'의 세 가지 유형을 이렇게 제시했다. 첫째, 실재하는 것이든 인위적인 것이든 공동체들의 사회 통합이나 소속감을 구축하거나 상징화하는 것들, 둘째, 제도, 지위, 권위 관계를 구축하거나 정당화하는 것들, 셋째, 그 주요 목표가 사회화나 혹은 신념, 가치체계, 행위규범을 주입하는 데 있는 것[40]들이 그것이다. 보통 '만들어진 전통'은 특정 집단이나 공동체의 기원과 역사, 권위와 우월성을 표방하기 위한 공적 제의나 의례, 도덕적 권고, 상징적 가치체계의 재구성 및 재배치와 깊이 연관된다. 새로운 전통 구축의 문법을 정의하라면, "새로운 상황에 처한 낡은 것들을 활용함으로써, 새로운 목적을 위해 낡은 모델을 활용함으로써 가능한"[41] 것 정도가 될 것이다.

현재에 필요한 가치체계와 의례의 문법의 의식적인 창출 과정을 설명하기 위한 개념인 '만들어진 전통'론은 '위인전' 서술이나 '영웅 만들기' 서사에서도 참조의 가치 높은 유용한 지침이 될 수 있다. 대체로 위인이나 영웅은 어릴 적부터 일반인에 비해 남달리 뛰어나고 타의 모범

---

40 에릭 홉스봄, 「전통들을 발명해내기」, 에릭 홉스봄 외, 박지향 외역, 『만들어진 전통』, 휴머니스트, 2004, 33면.
41 위의 책, 26면.

이 될 만한 품성과 자질을 갖춘 자로 묘사되곤 한다.[42] 하지만 이미 완성된 형태의 인간형은 위인과 영웅의 삶을 흠모하고 따르겠다는 모범적 사례가 되기도 하지만 일반인과의 거리감을 조성하는 위화감의 요인으로 작동하기도 한다.

이와 같은 위험 요인을 줄이면서 이미 완성되거나 주어진 영웅성(위인성)을 현실적이고 타당하며 동의 가능한 자질로 표방하기 위한 방법적 담론으로는 무엇이 있을까. 조심스레 거론해본다면, 홉스봄이 말했듯이, 탁월한 전통을 현재의 그것으로 활용하고 전유하거나 해당 전통 속으로 현재를 함입시키는 동일화·지속화의 전략을 첫 손에 꼽아야 하지 않을까.

'만들어진 전통'론을 유관순 '이야기'에 빌려온 까닭은 2000년대 이전까지는 유관순의 애국·애족정신이 '타고난 것'으로 서술된다는 것, 그 이유로 그녀의 심신에 아로새겨진 가문과 혈통의 우수성이 빠짐없이 지목된다는 것 때문이다. 전영택 이래의 작가들이 끌어들인 핏줄과 조상의 위대성은 유학자의 제일 덕목인 충효의식과 애국정신이다. 짧은 지면상 그들이 행한 충효의 구체를 따로 서술하지는 않지만, 현재로 호출되는 조상으로는 『어우야담』의 유몽인과 한말 의병장 유인석이 대표적이다. 이 가문의 논리는 '홍호학교'를 세워 자주독립과 문명개화의 터전을 일구고자 했던 아버지 유중권[43]을 통해 유관순에게 빠짐없이 교

---

42 김기창, 「유관순 전기문(집)의 분석과 새로운 전기문 구상」, 『새국어교육』 66, 한국어
   교육학회, 2003, 307면.
43 3·1만세운동 당시 현장에서 순국하는 유중권이 홍호학교를 세웠다거나 유관순에게
   깊은 신앙심을 심어준 독실한 기독교 신자였다는 주장은 현재로서는 그 사실이 인정되
   지 않는 형편이다. 가난한 소작농이었으며, 조상과 부모에 대한 봉제사를 위해 기독교
   신자로 개종하지 않았다는 것이 사실에 가깝다고 한다. 이에 대해서는 「어린이가 읽는

육되고 전수된다.

하지만 유관순의 가문과 역사, 만세운동 당시의 상황이 지속적으로 수정·보완되는 과정에서 저들은 먼 일가친척일 따름이며, 직계 조상은 "고집스럽고, 타협하지 않은 곧은 성격" 탓에 "권세 있는 자들에게 굽신거리지 않아" 낮은 관직에 머물렀던 유학자라는 사실이 밝혀진다.[44] 물론 비록 가문의 유명인사와의 상관성이 상당히 약화되고는 있지만, 인용 구절은 유관순의 끈질기며 굴복 없는 저항의식의 토대가 직계 조상의 강단진 지조와 올곧은 품성에 있음을 여전히 의식적으로 드러내고 강조한다.

이런 방식의 서술은 위인과 영웅의 자질과 품성이 생래적 본성 못지않게 특정한 가치와 행위 규준을 내면화할 수 있는 우월한 과거(전통)를 참조·인용하는 가운데 새로이 만들어지는 것임[45]을 역설적으로 암시한다. 하지만 나의 판단은 유관순의 특출 난 애국의식과 저항정신이 해방 이후 '새로운 국민국가 만들기'를 염두에 두고 치밀한 계산 아래 잘 '만들어진 전통'의 일부임을 강조하기 위한 것이 아니다. 오히려 나라를 위해 바친 유관순의 열렬한 정신과 실천력을 충분히 존중하되, 유관순 이야기가 민족주의와 국가의식, 반일정신과 애국심에 결속될 때 발생하는 전통의 새로운 약호화 및 공표 담론의 성격을 짚어보기 위한 조치일 따름이다.

'여성-영웅'으로서 유관순은 가문과 핏줄의 서사에 갇혀 있는 한 당

유관순 열사의 전기문에 대한 고찰」, 『유관순 연구』 20, 백석대 유관순연구소, 2015, 40~44면 및 이정은, 앞의 책, 84면.

44 이정은, 위의 책, 73~77면.

45 에릭 홉스붐 외, 박지향 외역, 앞의 책, 20면.

대의 여성과 남성 일반은 뛰어넘을지라도 결국은 과거의 남성-영웅들이 준했던 윤리적 덕목과 가치체계 내부로 다시 소환될 수밖에 없다. 이럴 경우, 유관순의 투쟁과 죽음은 일제에의 저항을 대표하는 행위 모델로 가치화될 수는 있어도 웬만해서는 다음과 같은 문제를 벗어나기 어렵다. 그 숱한 유관순 이야기가 증거하듯이, 허구적이며 강제적인 반복을 통해 선택·구성된 가부장제적 역사와 율법의 승인을 얻을 때야 비로소 유관순의 삶과 죽음은 '한국적인 양식'에 기입되어 누구나 본받아야할 애국열사로 널리 전파되기에 이른다는 사실이 그것이다.

이런 핏줄과 유학정신으로 대표되는 '전통'의 한계는 '유관순 이야기'에서 고향 지평리 일대에 신문명의 세례와 민족의식의 고취를 함께 불러온 교회의 설립 및 애국적 교육운동[46]의 경험과 가치를 다시 한번 숙고케 한다. 이를테면 '순국처녀' 유관순의 정신적·육체적 성숙 및 일제에 맞선 민족의식과 보편적 인류애에의 감염을 불러온 기독정신은 "총이나 칼도 어쩌지 못"하는 "자유, 자유, 하나님께서 주신 우리의 자유"[47]의 가치와 의미를 식민지 조선에 널리 교육하고 전파했던 '이화학당'이 없고서는 불가능했을 것이다. 유관순의 이화학당 수학이 '가문의 전통'보다는 지평리 교회 활동에 훨씬 힘입은 것임은 입학 추천자가 순회전도차 충남 일대를 방문하던 여성 선교사였다는 사실에서도 충분히 인지된다.

실제로 '유관순 이야기'를 시대순으로 배열한다면, 그 기억과 경험을

---

46 이정은, 앞의 책, 95~149면.
47 전영택, 『순국처녀 유관순전』, 수선사, 1948, 9면. 이하 직접 인용 시 본문에 면수를 표시함.

말해줄 이들이 상대적으로 풍부했던 이화학당~투옥 시절에 대한 이야기에 유년기와 순국 관련 이야기가 더해지는 형태로 점차 입체화되어갔다. 그런 의미에서 유관순 전기의 본격적 서술자 전영택이 첫 장을 "조선의 쨘다아크"라 제題하여, 이화학당 재학 시의 3·1만세운동 참여와 좌절을 말한 후 "조선의 애국적 생명"(13면)의 소생을 다짐하며 고향 아우내(병천)로 귀향하는 장면으로 채운 것은 매우 의식적이며 전략적인 선택이 아닐 수 없다.

이화학당 시절은 유관순에게 훨씬 성숙한 영혼으로 하나님의 계시, 자유와 인권을 중시하는 기독교 사상을 내면화하는 한편 서구의 근대적 교육에 대한 수혜 및 공동체 활동을 통해 소명의식과 희생정신을 다져나간 때였다. 귀향한 다음이라면 이화학당의 근대 교육과 신앙 체험에 비춰 어린 시절 보고 들은 가문의 역사와 교회 체험을 뒤돌아보며 새로 가치화할 수 있었을 것이다. 물론 우리는 아쉽게도 그 상황을 유관순의 기록과 고백이 아니라 타인들의 기억과 목소리를 통해 겨우 일부분만 재구하고 있을 따름이다.

1930년대 들어 목사로 활동했던 경력의 전영택이 유관순의 성장사에서 '핏줄'과 가문의 '전통'에 큰 역할을 부여하지 않은 것도 어쩌면 이화학당에서의 교육과 체험을 더욱 중시했기 때문인지도 모른다. 하지만 그는 조선의 '애국적 생명'을 되살릴 이상적 여성상을 동서고금의 순교한 여신도들이 아니라 "신라와 고구려 여자들"(18면)에서 찾았는데 무슨 까닭이었을까.

그것은 아마도 애국의식과 희생정신을 한국 고유의 것으로 확정하여 '새로운 나라 만들기' — 단독정부 수립으로 구체화되던 — 의 윤리적 덕목으로 취하려는 문화정치학적 기획과 깊이 연관되지 않을까. 동시에 시골 태생에 문맹이었음에도 불구하고 신의 은총아래 프랑스 왕국을 구원한 '영웅적 투사'였으나, 결국은 영국 법정에서 이단의 판결을 받고 화형에 처해진 '무구한 희생자(≒순교자)'로 스러져간 잔 다르크[48]와 동일시하기 위한 민족주의적·영웅주의적 국가의식의 발현이었을 가능성 역시 크지 않을까.

이런 방식의 과거와 근대, 한국적인 것과 서구적인 것의 결합, 그에 토대한 열렬한 애국자이자 거룩한 희생자로서의 잔 다르크와 유관순의 일체화는 해방기 이후 남한에서의 일제 잔재의 척결, 친미적 단독정부의 수립, 그 전제 조건으로서 좌파의 인민민주주의론 해소와 금지에 깊이 연관된다는 것이 학계의 대체적 의견이다. 이를테면 "유관순은 민족주의와 기독교(혹은 미국)로 표상되는 서구적 민주주의를 신생 국가의 핵심가치로 제시한 단독정부 수립파가 동원할 수 있는 최적의 정치적 상징이었다"[49]라는 한 연구자의 예리한 평가가 대표적인 경우에 속한다.

우리의 관심은 그러나 해방기의 문화정치학적 상상력과 권력 작용에 포위되어 있는 유관순상(像)에만 머무를 수 없다. 누군가에 대한 전기문(위인전)이 타자의 발화와 기록을 빌린 자서전임에 동의할 수 있다면, 앞서 밝힌 대로 전기문도 '글쓰기의 한 유형'이자 '책읽기의 한 양태'이며, 더욱 결정적으로는 독자 지향의 '계약에 의한 효과'로서 그 내용과 평가에 대한 '역사적 변이'가 가능한 양식임을 충분히 인지해야 한다.

이를 고려할 때, 해방기 유관순 전기문은, 전영택과 조카 유제한의

---

48 성백용, 앞의 글, 154면.
49 정종현, 앞의 글, 166면.

글쓰기를 토대로 동갑내기 유관순의 거룩한 희생에 실례되지 않는 '창
작적인 구상과 전개'에 심혈을 기울인 박화성의 전기소설과 비교의 대
상이 될 수밖에 없다. 이 작업을 통해서 1950년대를 통과한 유관순의
가치화 양상은 물론 거기 스며든, 남한 단독정부 수립의 결과로서 '대
한민국'의 국가적 이념과 민족적 목표도 언뜻 짚어볼 수 있을 것이다.

2) 조선 '잔 다르크'의 양면성, 혹은 해방기 유관순과의 만남

순국열사로서 유관순의 세계적 위상과 가치는 유관순: '한국의 잔 다
르크', 잔 다르크: '프랑스의 유관순'[50]이라는 구도에 압축되어 있다.
두 여성은 외적에 맞선 열렬한 투쟁으로 대중의 애국심을 들끓게 하는
한편 적에게 체포되어 가혹한 고문을 당한 끝에 순국했다는 공통점을
갖는다.

물론 해방기 유관순은 제도적·대중적 선양을 필요로 하는 매우 '낯
선 인물'이었다. 그런 까닭에 그녀를 애도·기념하는 한편 영원불멸의
순국자로 가치화하기 위해서는 어린 여성과 구국의 영웅이라는 두 가
지 조건을 충족하는 모본模本의 발굴 또는 발명이 절실하게 요청되었다.
이 과제에 대해 모윤숙이 다른 누구보다도 일찍이 그리고 뜨겁게 「영원
히 빛나리 조선의 딸 유관순」이라는 시편으로 화답했음은 이미 보았던
바이다. 시인은 유관순의 위상과 가치를 가장 극대화할 수 있는 동일성

---

50 성백용, 앞의 글, 175면.

의 기호로 "짠딱보다도 위대한 조선의 짠딱"이라는 비유법을 끌어들였다. 그럼으로써 특히 식민과 억압의 상황에 처한 국가나 개인들에게는 한국은 물론이고 세계 어디서도 유관순의 애국심과 저항정신이 보편타당한 모델이 될 수 있음을 (무)의식적으로 짚어냈던 것이다.

허나 사실을 말하자면 모윤숙의 상상과 적용은 독창적이기보다는 근대계몽기 이래 조선에 널리 유포된 잔 다르크의 위상과 명성을 참조한 것일 가능성이 크다. 이를테면 민족자강과 자주독립을 강조하면서 잔 다르크를 조선 여성의 이상적 형상으로 처음 끌어들인 장지연의 역사전기소설 『애국부인전』(1907), 이른바 '연애의 시대'로 불리는 1920년대 잔 다르크를 구국의 영웅이 아니라 적장을 사랑하는 비극적 여인으로 그린 이상수의 통속소설 『잔 다르크의 사랑』(1924), 일제 말 대동아공영을 위한 '총력전'의 시대, 제국의 승리를 위해 여성들이 잔 다르크의 '뜨거운 조국애'를 본받아 전쟁에 임해야 함을 강조한 모윤숙의 연설(1942), 이와 반대로 민족해방을 위해 '충의여성' 잔 다르크의 정신을 본받아 '독립운동 선상에 선봉'이 될 것을 촉구한 미국 소재 대한부인회의 논설(1944)이 그렇다.[51]

놀랍게도 서로 상반되는 서사, 곧 투쟁과 사랑, 내선일체와 민족해방 등의 대조적 가치체계가 잔 다르크 이야기에서 해당 작가나 진영의 이념과 목적에 적합한 '잘 만들어진 전통'으로 조작, 동원되고 있는 장면들이 아닐 수 없다. 이때 특히 문제적인 것은 전쟁 동원을 위한 조선 여성 대상의 연설 「반도 지도층 부인의 결전보국決戰報國의 대사자후大獅子吼」

---

51 이상의 예시는 정상우, 「3・1운동의 표상 '유관순'의 발굴」, 『역사와현실』 74, 한국역사연구회, 2009, 243~244면에서 가려 뽑았다.

의 한 꼭지로 발표된 「여성도 전사戰士다」에서 모윤숙이 펼친 주장이다.

만약에 이것을 만류하는 어머니가 있다면 그 어머니는 자기 딸 한 사람의 어머니요, 한 나라의 어머니는 아닙니다. 그만치 전쟁을 방해하는 것 밖에 안됩니다. 옛날 불난서에서는 오루레안의 소녀 하나가 피를 흘려 나라를 구했읍니다. 십자군 전쟁 때에는 나이징겔 한 여자만이 戰線에 나가 功을 나타냈읍니다. 그러나 오늘 우리의 전쟁에는 한 사람의 잔따크, 한 사람의 나이징겔만 가지고는 너머 부족합니다. 여기 안진 여러분이 아니 반도 1,200만 모두가 오루레안 소녀의 뜨거운 조국애에 울어야겠고 반도 1,200만이 죄다 나이징겔의 뜨거운 여성혼을 담아가지고 전쟁마당에 나가야겠읍니다.[52]

이 연설에서 잔 다르크("오루레안의 소녀")와 나이팅게일("나이징겔 한 여자")은 일반적 의미의 '애국여성'과 거리가 멀다. "아들의 생명 남편의 생명 다— 밭이고나서 우리 여성마자 나오라거든 생명을 폭탄으로 바꿔 전쟁마당에 쓸모 있게 던집시다"라는 주장에서 보듯이 '양처현모론'의 군사화된 담론인 '군국의 어머니' 자체이다. 저 주장이 여성의 주체성 확립이나 조선의 독립과 거리가 먼 천황체제에 바쳐지는 맹목적 복종이자 멸사봉공의 형식임은 "저 大英帝國의 여자여 네 이름은 약한자다 하는 표어에서 버서나 강한 여성은 亞細亞로부터라는 새 불멸의 문구를 인류사회에 남겨놓고 갑시다"라는 연설의 마지막 구절에서 분명

---

52 毛允淑, "女性도 戰士다", 朝鮮臨戰報國團 主催, 「半島指導層婦人의 決戰報國의 大獅子吼!!」, 『大東亞』 14-3, 1942, 115面. 이 연설에서는 김활란金活蘭의 "女性의 武裝", 최정희崔貞熙의 "君國의 어머니", 추후의 국회의원 박순천朴順天의 "國防家庭" 외 3인의 지도자급 여성들의 보국연설報國演說이 함께 실렸다.

하게 드러난다.

하지만 이로부터 채 5년이 지나지 않아 모윤숙은 '잔 다르크'를 일제 귀속의 '군국의 어머니'상像에서 분리시켜 "조국의 자유와 독립을 부르 짓다가 / 죽엄 앞에 생명을 던진 한 떨기의 산 꽃! / 짠딱보다도 위대한 조선의 짠딱!"으로 재구성하고 재가치화한다. 이화여전 출신의 유명시 인 모윤숙의 연설은 항간에 떠도는 풍문, 즉 친일에 깊이 연루된 사회지 도자급 이화학당의 교육자나 동창들이 앞장섰다고 알려진 해방기 유관 순의 숭고화 전략을 자연스럽게 환기시킨다.

이를테면 만세운동에 앞장서 투옥된 후 유관순의 감방 투쟁에 여러 조언을 아끼지 않았으나 일제 말 노골적인 친일행위에 가담했던 교사 박인덕과, 역시 3·1만세운동으로 6개월의 옥고를 치렀으나 1940년 황도학회의 회장을 역임하는 등의 친일행위에 나선 전前 이화고녀 교장 신봉조(해방기 이화여중 교장)의 행적이 그것이다. 그들은 한참 뒤의 방송 에서도 고백했거니와 3·1운동 당시 경성감옥에 함께 투옥되었던 제자 유관순을 새롭게 기억·발견함과 동시에, 국가가 주도하는 기념 및 추 모 사업 등에 적극 참여함으로써 유관순의 삶과 죽음을 치밀하게 가치 화[53]하는 절차를 밟는다.[54] 그럼으로써 친일행위로 얼룩진 자신들의 부 정적 과거를 덮는 한편 자신들과 인연 깊은 유관순을 해방된 민족의 여

---

[53] 이를 입증하는 유력한 사례로는 1978년 10월 7일 〈미국의 소리〉 방송에서 진행된 박인 덕과 신봉조의 회고담이 흔히 거론된다. 전문이 필요한 독자는 정상우, 앞의 글, 246~ 247면이나 아현我峴의 블로그 '무운정霧雲亭'(http://erebus4.tistory.com/525)을 참고 하라.

[54] 해방기 '순국처녀유관순기념사업회'의 선양 사업을 중심으로 "유관순의 저항과 죽음을 소환해 기억하고 기념했"던 각종 사업 및 보도에 대해서는 김정인, 앞의 글, 117~123 면에도 잘 정리되어 있다.

성 지도자에 걸맞은 "새로운 도덕적 권위를 부여해 줄 표상"[55]으로 끌어올리기에 이른다.[56]

그것이 친일 청산에 관련되든 단독정부 수립에 연관되든, 특정한 이념과 목적이 유관순의 삶과 죽음을 둘러싸게 되면 해당 영역이 요구하는 정체성 통합과 소속감 구축을 규율하고 추동하는 가치체계와 행위 규범이 필연적으로 동반될 수밖에 없다. 전영택과 모윤숙, 그리고 박화성 공히 '성처녀 잔 다르크'를 '순국처녀 유관순'의 짝으로 내세움으로써 잔 다르크의 삶과 죽음에 새겨진 '프랑스의 수호자이자 민중의 딸'[57]이라는 영광과 명예를 식민지 조선, 아니 한국의 유관순의 것으로 전유했다.[58] 그러나 한국여성사와 관련될 때는 전영택은 '고구려와 신라 여성'에서, 박화성은 "단군의 자손이며 배달의 혼을 가진 우리 대한의 민족"에서 유관순의 민족적 정체성 및 애국심의 기원을 찾고자 했다.

---

55 정상우, 앞의 글, 248면. 이와 달리 임명순은 조선의 잔 다르크를 찾고자 했던 초등학교 『국어』 편수관 박창해, 이 이야기를 듣고 문교부를 찾아간 조카 유제한, 그의 13쪽짜리 짧막한 기록 「순국처녀 유관순전」을 토대로 본격적인 전기문 『순국처녀 유관순전』을 집필한 전영택의 공적이 유관순 붐을 불러일으킨 주요 요인으로 파악한다. 임명순, 「유관순열사가 해방 후에 발굴되는 배경」(『유관순 연구』 19, 백석대 유관순연구소, 2014, 293~295면 참조.

56 유관순과 박인덕의 관계는 윤봉춘 감독의 영화 〈유관순〉(1948) 이후 전면에 부각된다. 이 영화의 시나리오 〈유관순〉에서 박인덕은 만세운동 당시 이화학당에 머물고 있는 '사감 선생님'으로 등장한다. 옥중의 유관순에 대한 구명 운동을 주도하고(#108. 교원실), 만세 전 기숙사에서 노끈으로 묶은 젓가락 뭉치를 들고 학생들의 단합과 협력을 계도하는(#122. 기숙사방) 사표師表적 역할이 그녀의 몫이다. 하지만, 박화성의 『타오르는 별』에서는 사실에 즉한 형상, 곧 3·1만세운동으로 체포되어 서대문 경성감옥에 수감된 피의자로 등장하여 감방투쟁을 진행하는 유관순에게 여러 조언을 아끼지 않는 교사의 모습으로 그려진다.

57 성백용, 앞의 글, 111면.

58 전영택과 모윤숙의 열띤 호명과 달리 해방기 위인전의 홍수 속에서도 '잔 다르크' 관련 번역물은 보이지 않는다는 사실도 흥미로운 요소 가운데 하나이다. 허혜선, 앞의 글, 14~16면, '〈표 1〉 1945년~1948년 간행된 위인전 목록' 참조.

이 지점, 전기문을 둘러싼 저자와 독자의 글쓰기−읽기의 계약 및 이를 둘러싼 역사적·심리적 변이가 생성되고 발현하는 바로 그곳임을 유의하자. 사실 '유관순 이야기'에서 잔 다르크와의 비교나 동일화는 3·1만세운동 거사 정도까지 이뤄진다. 하지만 잔 다르크의 투옥과 종교재판, 그 과정에서의 육체적·심리적 고문과 폭행, 적국의 화형 선고와 집행에 따른 고통스럽되 거룩한 순교는 만세 현장에서 체포된 후 벌어진 유관순의 삶과 죽음을 먼저 밟아갔다는 인상을 줄 정도로 유사하다. 이를 염두에 두면서 자연인으로서 애국자인 유관순의 맨얼굴과 일련의 '영웅 만들기' 과정을 통해 일제 : 죽여도 괜찮지만 애도의 대상으로 승화해서는 안 되는 '벌거벗은 생명'에서 한국 : '순국처녀' '열사'로 이상화되는 유관순의 성화聖化된 신체를 함께 좇아 보기로 한다.

4. '유관순 이야기'의 규약 혹은 동일성 협약의 몇몇 장면

1) 투사 유관순의 탄생, 애국의 혈통과 잔 다르크와 기독교의 결합

전영택의 『순국처녀 유관순전』은 언뜻 말한 대로 첫 장을 '조선의 짠 다아크' 명명하여 열었다. 제목은 이야기를 압축하는 동시에 핵심적 주제를 알리는 역할을 하므로 전영택의 의도와 목표는 처음부터 분명했던 것이다. 과연 작가는 유관순이 이화학당에 입학한 후 매일 밤 홀로 일어나 "강당으로 가서 울면서 울면서, 나라를 위하여 간절이 기도하기를 그치지 아니하"며 "어린 몸이나마 나라에 바친 몸으로 신 앞에 서약을" 한 결과 마침내 "조선의 짠다아크로 우리 역사를 빛"(9~10면)내게 되었다고, '순국처녀'로서의 운명을 처음부터 결론지었다.

> 캄캄한 밤중에 산 한 가운데 불빛을 받아 환하게 나타난 그의 얼굴은, 옛날 오백 년 전에, 다 기울어져 가는 조국 불란서를 구하려고 십자가를 들고, 백마를 타고 올레안성을 향하여 용감히 떠나는 짠타아크의 거룩하고 용감스러운 그 자세가 완연하였다.
> 이상한 광채가 유난히 빛나는 그 얼굴, 눈물이 어리고, 슬픔과 히망이 뒤섞이어 깜박이는 두 눈, 꼭 담은 입은 진실로 천사요, 사람은 아니었다.
>
> ―전영택, 「산 위의 성녀(聖女)」, 53면

유관순과 잔 다르크의 일체화가 가장 아름답고 극적으로 드러나는 장면이다. 작가는 잔 다르크의 전투나 종교재판에 대비되는 만세운동이나 옥중투쟁을 제시하지 않는다. 오히려 "산 위의 성녀"니 "꼭 담음 입은 진실로 천사요" 등에서 보듯이, 신과 하나 되는 성현聖顯, Hierophany 체험, 바꿔 말해 잔 다르크처럼 목숨 바쳐 조국을 구하라는 신의 명령을 받드는 장면을 입체화한다. 그럼으로써 "이상한 광채가 유난히 빛나는" 유관순의 자기를 버리는 싸움과 죽음이 "거룩하고 용감스러운" 일대 사건으로 영웅화·신격화될 것임을 예고한달까.[59] 이런 방식의

---

[59] 전영택은 결말에서 "조선의 혼으로 세계의 자랑거리인 현대의 짠다아크 유관순의 시체는, 왜 경찰의 감시하에, 몇몇 동무가 뒤를 따르는 쓸쓸한 행상으로, 이태원 공동묘지에

유관순 성화聖化는 작가의 말처럼 무엇보다 정치와 사상의 주체로 서 있지 못하던 "우리 여성들과 여학생들"(3면)에게 "다만 관순의 빛나는 생애를 아는 데까지 전하여 건국정신建國精神을 힘 있게 이르키고저"(4면) 종교적 상상력과 영성 체험, 그리고 국가의식을 총합하여 만들어낸 숭고한 장면에 해당된다.

물론 어떤 면에서는 유관순의 성화된 이미지는 일제 말 '군국의 어머니'의 담론을 은밀히 참조하거나 거꾸로 조형하는 방식으로 조선 여성의 정치적·이념적 동원을 합리화하기 위한 '프로파간다'의 기호로 읽히기도 한다. 유관순과 잔 다르크의 동일화가 호국護國과 희생을 공통분모로 하는 국가주의와 종교주의가 강력하게 결합한 탈식민주의 담론의 일종이라는 판단이 가능해지는 지점인 것이다. 더욱 긍정적으로 파악한다면, 잔 다르크가 그랬듯이 성현聖顯 체험의 환영幻影과 예언을 통해[60] 기존의 권력에서 소외된 조선 여성들에게 유관순에 비견되는 자아의 실현 및 새로운 국가 만들기의 주체로 나서기를 바라는 넓은 의미의 정치적 상상력이 발휘되는 현장으로 이해될 수도 있다.

전영택에 비한다면, 박화성의 유관순과 잔 다르크의 동일화 전략과 문법은 훨씬 정교하며 구조적이다. 유관순의 이화학당 시절부터 아우내 장터의 만세운동까지 적재적소에 잔 다르크를 호명, 배치하는 글쓰기가 이를 대변한다. 여기서 발생하는 최대의 효과는 유관순의 삶과 죽음이 종교적 소명의식을 넘어 "약은(잔 다르크―인용자) ▽튼 영웅호걸과

안장하였다"(91면)라고 서술함으로써 전기문 앞뒤를 유관순과 잔 다르크의 동일화로 구조화했다.
60 성백용, 앞의 글, 180면.

이국충의의 녀즈"[61]의 조선적 출현으로 가치화된다는 사실이다.

흥미롭게도 박화성은 유관순과 잔 다르크의 첫 만남을 이화학당 졸업선물로 받은 위인전 『쟌・다크』로부터 출발시킨다. 작가의 의도가 무엇인지는 선물한 이의 의도를 "관순에게 이 '쟌・다크'처럼 나라를 구하는 소녀가 되라고 보내신 거다"[62]라고 파악하는 유관순의 명민함에서 여지없이 짐작된다. 예컨대 잔 다르크의 삶과 죽음을 "열다섯 살에 나라를 위하여 몸을 바치겠다고 결심하고 열일곱 살에 장수가 되어 전쟁에 나가고 열아홉 살에 불에 타서 죽다니!"로 정리하면서, 읽기의 궁극적 감상과 효과를 "그러나 위대한 영웅이었다, 거룩한 희생이었다, 오년동안의 생활이야말로 오천년이 지나도 영원히 영원히 후세에 빛날 것이 아니냐?"(188~189면)로 드러내는 장면을 보라.

하지만 사실에 즉한다면, "'쟌・다크'라고 금자로 박은 자주빛 포제布製의 화려한 책뚜껑이 관순의 눈을 부시게 하였다"(188면)로 재현된 위인전 『쟌・다크』[63]는 유관순의 애국심과 순국의 최후에 개연성을 부여하기 위한 허구적 매개체, 곧 소설적 장치일 따름이다. 잔 다르크를 한국 독서의 장에 처음 등장시킨 장지연의 『애국부인전』은 1912년이면 이미 발매금지도서 목록에 오른 상태이며, 이후에는 기껏해야 신문과 잡지를 통해 간헐적으로 잔 다르크의 사적事跡, 곧 '구국의 영웅소녀'

---

61 숭양산인張志淵, 『愛國婦人傳』, 광학서포, 1907, 39면.
62 이런 생각이 유관순의 종교적 소명의식과 밀접히 연관된다는 사실은 "관순은 기도실에 가서 참으로 대한의 독립을 허락하여 주실 것과 지금이야말로 '쟌・다르크' 같은 용감한 소녀가 되어지이다고 간절하게 빌었다"(220~221면)에서 뚜렷하게 확인된다.
63 유관순은 귀향 시 『쟌・다크』를 가지고 내려가다 일본 헌병의 불심검문에 걸린다. 이 책을 보고 일본 헌병은 "독립 운동한 불란서 기집애"라며 호통 친 후 철저한 수색을 통해 유관순의 가방에서 "태극기 한 장"을 찾아낸 후 그녀를 "부정선인不逞鮮人"으로 낙인 찍는다.

로서의 삶과 죽음이 거론되는 정도이기 때문이다.[64]

> 그 이튿날 새벽에 관순은 혼자 매봉에 올라갔다. '짠·다크'는 '쉐느숲'에
> 서 열심히 기도하여 나라를 구하라는 영감靈感을 받았다 하였으나 자기 역시
> 기도하는 중에서 무한한 용기를 얻고자 함이었다.
> (…중략…)
> 그는 매봉에서 내려 왔다. 만 삼년 전에 부덕과 이뿐이랑 백의공 할아버지
> 의 흉을 내며 짓궂은 장난으로 뛰어 오던 때는 이미 지나간 꿈이었다. 이제
> 는 긴박한 사태를 등에 업고 무시무시한 사명을 맡은 '짠·다크'의 후예 유
> 관순이었다.
>
> ─박화성, 「민족의 분노」·「피 흘리신 자리까지」, 237~239면

인용문은 유관순을 "단군의 자손이며 배달의 혼"으로 정위시키는 결
정적 장면이라 할 만하다. 성처녀聖處女, 곧 종교적 신심과 애국심으로
무장된 순결한 여성 잔 다르크의 세계적 보편성에 불사이군不事二君의
충신 유몽인의 후손이라는 한국적 특수성을 결합한 유관순상이 제시되
는 대목이기 때문이다. 어디 이뿐인가. 박화성은 나이팅게일, 안중근,
박인덕, 김활란을 서사의 고비 고비마다 적절히 불러내어 활용한다. 이
런 장면들은 유관순이 그 누구도 반론할 수 없는 '애국의 표상'이자 대
大─공동체를 위해 소小─개인을 희생하는 진정한 영웅임을 고지하기
위해 전략적으로 채택된 소설적 장치가 아니고 그 무엇이겠는가.

---

64 배정상, 「위암 장지연의 『애국부인전』 연구」, 『현대문학의연구』 30, 한국문학연구학
회, 2006, 90~91면.

이 지점에서 유관순은 신의 계시와 조상의 보호, 그리고 서구와 조선 애국자들의 영향 아래 놓인 가장 완미하며 현대적인 "「짠·다크」의 후예"로 거듭난다. 그리고 마침내 "민족의 원한이 불이 되어 타는 듯, 민족의 희망이 불처럼 피어오르는 듯, 민족의 혼이 불을 뿜으며 앞날의 독립을 예언하는 듯"(309면)한, 3·1만세운동 전야 향토(≒국토)의 딸이자 전사로, 다시 말해 "성스럽고 엄숙한 얼굴"(306면)로 상징화되기에 이른다.

전영택과 박화성의 선배격인 문일평은 「예술의 성직聖職」에서 "예술의 성직聖職은 차라리 작가 개체의 생명을 연장함에 있는 것보다도 시대상을 반영하며, 민족성을 구현함에 있다고 하겠다"[65]라는 주장을 펼쳤다. 이는 작가가 지켜야할 창작의 규준이기도 했지만, 그의 목소리와 실천을 대신하는 인물과 소재에도 적용되는 문법이기도 했다. 문일평의 언설은 시기상 한국전쟁이 막 종료된 시점에 중등학교의 교육 자료로 활용되고 있다. 이것만으로도 벌써 짐작되지만, 「예술의 성직」은 같은 교과서에 실린 「해방의 노래」(김광섭), 「인간 이순신」(이상백), 「언어·문화·민족」(이희승) 등이 지시하듯이 반反일본·자유민주주의에 토대한 새로운 국민국가 창출을 강력하게 욕망하는 문화민족주의적 언설로 수렴되고 있다. 그러니 「예술의 성직」에 따른다면, 유관순이라는 소아小我는 국가-민족적·종교적 대아大我와 하나가 됨으로써 '민족의 원한'을 환기하고 되갚는 동시에 '민족의 희망'으로 떠올라 마땅한 상징적 존재라 하겠다.

---

65 문교부, 『고등국어』 1, 대한교과서, 1954, 9면.

하지만 소문자(개인) 유관순의 대문자(민족-국가) 유관순으로의 전유와 변이는 그 내부에 르네 지라르가 말했던 '요나의 징조'를 함축함과 동시에 은폐하고 있다. 그에 따르면 "요나는 폭풍우 속에 조난당하는 것을 막기 위해 뱃사람들이 바다에 던져 넣은 '집단의 희생물'이라는 것을"[66] 그 자신의 운명을 통해 가리킨다. 유관순의 형상 역시 "하늘이 내린 사람"(237면)이라는 주변의 동의와 칭송에 몇 겹이고 휩싸일수록 개인적 감정과 일상적 삶을 스스로 은폐하고 삭제하는 당위적 인물로 고착된다. 이를테면 아우내 장터에서 만세를 부르다 체포된 상황에서 "불란서의 잔 다르크라는 소녀는 십륙세에 나라도 구했는데 유관순이가 그래 이까짓 일 하나 못한단 말이냐"(335면)라며 일본 헌병에 대드는 모습이 그렇다.

허나 '집단의 희생물'의 요구로서 유관순 관련 '요나의 징조'는 전영택의 『순국처녀 유관순전』이나 박화성의 『타오르는 별』에서는 차라리 건전하며 윤리적이다. 유관순을 '순국지사'로 기리려는 민족의 열망과 국가의 애도를 소설적 맥락과 장치의 치밀한 조형을 통해 수행하고 있기 때문이다. 이 말을 꺼낸 까닭은 국가주의적 욕망이 개인을 하나의 도구로 지정하고 동원할 때 어떻게 폭력화·퇴폐화될 수 있는가를 드러내기 위해서이다.

무슨 말인가 하면, 전영택과 박화성의 소설 사이에는 정광익鄭光益의 『짠딱크와 유관순柳寬順』(豊國文化社, 1954)이 놓여 있다. 이 책은 여러모로 의심스런 면면을 노출하고 있다. 해당 서적은 물론 이곳저곳을 찾아

---

66 르네 지라르, 김진식 역, 『희생양』, 민음사, 1998, 203면.

보아도 저자와 출판사 정보가 쉽게 검출되지 않는다. 더 결정적인 것은 「쨘딱크」의 판본 제시도 없으며, 「유관순」은 전영택의 『순국처녀 유관순전』을 토씨 하나 틀림없이 그대로 전재하고 있다는 사실이다. 심지어 전영택의 「서문」까지 무람없이 참조하는데, "여성 일반에 대한 애국정신 발양에 자資코저함은 물론 다음 세대의 일꾼인 중·고·대 여학생들이 널리 볼 수 있게 하기 위하여 되도록 푸러쓰고 한자를 적게 하는 데 힘썼다"라고 기술하는 장면이 그렇다.

왜 정광익은 글쓰기와 출판의 윤리를 아무렇잖게 무시한 채 쨘딱크와 유관순을 애국·애족의 표본이자 여성 동원의 기제로 활용하는 데 급급했을까. 그 대답은 어렵지 않다. 첫째, 잔 다르크와 유관순을 불의에 항거한 고결한 투사이자 희생자로 가치화함으로써 순교자로서의 신성함을 더욱 드높이기 위한 대아적-민족적 정체성 확립의 책략이다. 둘째, 한국 여성들로 하여금 영웅화된 그녀들을 본받게 하는 한편 그럼으로써 전쟁 상흔 복구 및 새나라 건설에 적극 참여토록 하려는 국가주의적 동원술의 일종이다.

이런 차원이라면 잔 다르크와 유관순 이야기의 의식적인 도용盜用은 비윤리적이거나 퇴행적인 행위로 비난하기 어렵다는 인정과 옹호의 목소리가 흘러나올 수도 있다. 그렇지만 애국과 희생의 국가주의를 앞세울수록 정광익의 『쨘딱크와 유관순』은 "속임수 같은 수단들"로 동원되고 작동하는 "의미의 독재"[67]와 폭력의 장으로 나날이 타락할 수밖에 없다. 이와 같은 끔찍한 상황은 원본의 저자들이 애국심과 저항정신 못

---

67 필립 르쾡, 앞의 책, 343·350면.

지않게 중시했을 그녀들 고유의 '개인적 진실'이나 '내면의 개별적 진실'[68]을 아예 호도하고 가려버린다는 점에서 매우 비인간적이며 악마적인 성격을 면치 못한다.

물론 작품을 그대로 원용했을 뿐 국가주의에 복무하는 내용으로 개작하지는 않았으므로 다행이라는 의견도 존재할 수 있다. 하지만 국가동원의 도구로서 여성에 대한 강조가 서문에서 발설되는 순간 잔 다르크와 유관순, 함께 불린 한국 여성들의 개아個我와 내면은 그 성격이나 종류에 상관없이 '멸사봉공'의 전체주의 속으로 완벽히 회수·봉인된 것이나 다름없다. 정광익, 아니 그의 등 뒤에 음흉하게 서 있는 국가의 잔인한 폭력성과 타락성을 훔쳐 쓰기 자체보다 개인의 도구화와 주변화에서 찾게 되는 까닭이 여기 어디쯤 존재하지 않을까.

2) 유관순의 신체 훼손과 시신의 자리, 죽음의 낭만화 혹은 민족화

일제의 야만적인 잔혹성과 유관순의 경외할 만한 강건함은 체포, 투옥, 죽음의 서사 모두에 등장하는 '신체 훼손' 장면에서 동시에 입증된다. 유관순의 신체는 만세운동의 폭력적 진압, 투옥과 심문 과정에서의 고문, 감방에서의 만세시위에 따른 처벌로 인해 회복불능의 만신창이가 된다. 누군가는 일제의 폭력성과 유관순의 불굴성을 대비하고, 유관순의 영웅적 면모를 더욱 빛내기 위해 작가가 신체 훼손의 현장과 정도

---

68 위의 책, 63면.

를 얼마간 과장·왜곡했을 것으로 짐작할지도 모르겠다. 일견 타당한 의견이나 3·1만세운동을 총칼로 진압한 식민화 이래의 무단통치나 만세운동 진압 및 처벌 관련의 보도 자료나 기록물들을 들춰보면 크게 어긋난 상황 묘사라고 말하기 어렵다는 게 실체적 진실에 부합할 것이다.

진압과 감시와 처벌에 관련된 대다수의 '신체 훼손'은 매우 잔인하며 무자비한 폭력과 도구에 의해 자행되는 것으로 그려진다. 이것은 무엇보다도 고문이나 처벌의 잔혹성과 비인간성을 적나라하게 명시함으로써 권력자의 힘을 한껏 드러내는 한편 구금자의 불안과 고통을 더욱 가중시킨다는 의중이 반영된 조치일 것이다. 드라마나 영화, 또 북한 소식에 곧잘 등장하는 사례지만, 특히 체제 반역자에 대한 고문과 사형은 대개 다수의 참관자나 대중 앞에서 집행되는 형식을 취한다. 이것이 지배 권력의 절대성을 선전하고 강화하기 위한 공포의 효율적 조성과 전파에 깊이 관련된 방편적 행위임은 두 말할 나위 없다.

하지만 피지배자나 희생자의 위치에서 감각되는 혹은 그려지는 신체 훼손의 장면은 힘센 권력의 그것과 사뭇 구별되는 가치와 의미를 지닌다. 첫째, 피지배자의 저항과 대결은 대치와 방어의 선분 - 공간축인 '바리케이드'의 의미를 함축한다. 그러므로 적이나 권력에 의해 훼손된 신체는 아군(피지배자)에게 공격의 대상과 격돌의 위치를 명확하게 지정한다. 둘째, 적에 의해 훼손된 신체는 자유의 절실함을 깨닫고 동포애의 소중함을 부추기는 집단적·제의적 공간으로 상징화되기에 가장 적합한 대상이다. 이에 따라 공동체 구성원의 동의와 참여 아래 훼손된 신체는 "희생(순교-인용자)의 영토로 변하는 숭고한 지역을 창조"하는 민족 -국가의 잠재적·가능적 공간으로 거듭난다. 이 지점에서 모든 유관순

전기문을 "순교자 명단이 기입될 가상적 묘석墓石이"자 "영웅적 행위의 추억을 보존하는 기념물"로 통칭할 수 있는 까닭과 근거가 생겨난다.[69]

①

관순은 이 모양으로 날마다 혹독한 매를 맞는데다가, 식사를 번번히 하지 못하고 굶다 싶이 하므로, 날이 갈수록 몸은 쇠약하여지고, 날마다 당하는 악형과 매는 더욱 심해 갔다. 그가 당한 악형은 왜적이 일절 비밀에 부치므로, 자세이 알 길이 없으나, 악형을 하다 하다 못해 나중에는 그 밥에다 모래와 쇠가루를 넣어 주었다.

—전영택, 「순국처녀의 최후」, 88면

②

그러나 민원숙과 황현숙 등의 소녀들이 진정으로 놀란 것은 관순의 참을성이었다. 관순은 헌병대에서 머리를 잘릴 때 등이 터져서 상처가 났고 그보다도 총대로 얼마나 맞았는지 등뼈가 툭 불거졌다. 젖가슴을 찔려서 옆구리에서부터 등짝까지 관통된 상처가 제법 컸고 거기서는 피와 고름이 흘렀다. 처음에는 피만 흘렀으나 치료를 하지 않기 때문에 악화되었던 것이다.

—박화성, 「태풍에 휩쓸려」, 344면

유관순의 옥사가 체포와 심문, 투옥 과정에 가해진 폭행, 고문, 처벌에서 비롯되었음은 의심할 여지없다. 그러므로 유관순의 신체 훼손에서 강조되는 폭력의 형태와 지점에 오히려 유의해야 한다. 하나, 유관순

---

69 이 단락의 설명과 인용은 알랭 코르뱅 외, 조재룡 외 역,『몸의 역사 2 — 프랑스 대혁명부터 제1차 세계대전까지』, 길, 2017, 245면.

에 대한 일제의 첫 번째 잔인무도한 신체 훼손은 체포 과정에서 칼로 '젖가슴'을 내려친 것이었다.[70] 이에 따른 깊은 상처는 박화성의 글에 보이다시피 유관순의 죽음에 이르는 신체를 구성하는 주된 요소로 작용한다. 둘, 사체 검안 등의 기록에 의해 증빙된 바는 없지만, 유관순의 직접적 사인은 오랜 기간 각종 전기문에서 천안 헌병대로부터의 악랄한 고문과 무자비한 폭행에 따른 '자궁 파열'로 서술되었다. 이후 여러 조사와 증언을 통해 '방광 파열'[71]로 정정되긴 했지만, 이 상처는 정밀한 진단과 판정을 통하지 않고서는 알아낼 수 없는 심각한 내상內傷이라는 점에서 더욱 징후적이며 문제적이다.

이와 관련하여 우리는 "천인공노할 이 악형으로 어린 소녀를 괴롭힌 놈들의 야만적인 폭행"(박화성, 「태풍에 휩쓸려」, 362면)이 여성성을 상징하는 유방과 자궁의 훼손에 집중되도록 그려진 까닭을 묻지 않을 수 없다. 일제는 3·1만세운동을 비롯한 각종 독립운동이나 사회주의 투쟁에 참여한 여성들에 대한 폭력적 진압과 잔인한 고문, 끔찍한 처벌과 감금 행위를 결코 잊지 않았다. 이러한 폭력 행위는 정황상 여성을 승리의 노획물이자 취해 마땅한 성적 사물로 대하는 전쟁터 살인병기들의 그것에 방불한 것이다. 이에 따라 소유와 점유의 대상으로서 여성은 세계와 삶의 주체이기를 거부당한 채 비유컨대 총칼(=남근)의 욕망이 제멋대로 휘둘러지고 분출되는 소외지대로 타자화·변방화될 수밖에 없다.

이때 발생하는 여성 관련 신체 훼손은 여성의 일차적 취약성이 어디

---

70 전영택의 『순국처녀 유관순전』에도 "그래도 부족해서 칼로 젖가슴을 내리쳐서 유방이 상하여 온 몸에 피투성이가 되고 마루바닥에 붉은 피가 흘렀다"(70면)라고 묘사된다.
71 이정은, 앞의 책, 416면. 같이 수감되었던 이신애도 혹독한 고문에 의해 유방이 파열된 것으로 서술된다.

에서 가장 끔찍하게 드러나고, 여성이 남성의 폭력적 욕망에 얼마나 무기력하게 양도되며, 여성의 삶이 남성의 의지적 행위에 의해 어떻게 말살되는가[72]를 매우 사실적이며 상징적인 모형으로 아프게 비춰준다. 이 구도는 여성을 식민지로, 남성을 제국주의로 전환할 지라도 어김없이 성립한다. 이 지점, 여성의 신체 훼손이 '몸'이라는 생물학적 영역에 그치지 않고, 내면성과 여성성의 황폐화, 식민지의 주변화와 사물화, 마침내는 인간적 영혼의 파괴와 박탈을 초래하고야 만다는 군국주의적 현실세계의 폭력적 질서와 구도를 상징적으로 표상한다 하겠다.

유관순의 훼손된 몸은 그러나 해방기 민족과 국가의 목소리로 호명되기 시작한 이래 한 순간도 여성 자체의 그것으로 상상되거나 묘사된 적이 없다 해야 옳을지도 모른다. 잘 알려진 대로 그녀의 시신과 무덤은 일제 당국의 지역개발을 앞세운 묘지 이장 정책에 따라 어디론가 옮겨졌지만 현재까지도 그 장소는 확인되지 않는다. 죽음의 희생과 육체의 상실을 동시에 겪은 유관순이 해방기 들어 여기저기 수소문하거나 광고에서 호소했던 사진 몇 컷으로, 또 누군가 몇몇의 증언으로 제 몸과 정신을 대신하게 된 까닭이다.

하지만 생물학적 육체의 총체적 상실은 위대한 '순국처녀'의 명성과 가치에 걸맞은 더욱 강렬한 '보전 환상'을 불러일으켰다는 점에서 문제적이었다. 이를테면 박계주와 전영택의 글에서 유관순의 시신은 예닐곱 도막으로 끊긴 채 석유궤짝에 담겨 이화학당 측에 인도되는 것으로 그려진다. 이와 달리 박화성의 글에서는 그녀의 옥사 후 다음 날 오빠와 이화

---

72 주디스 버틀러, 양효실 역, 『불확실한 삶—애도와 폭력의 권력들』, 경성대 출판부, 2008, 57면.

학당 측에서 처참한 몰골의 시신을 인수받는 것으로 묘사된다. 그러나 실상을 말하자면, 1920년 9월 28일 사망한 유관순의 시신은 인수 통지서를 받을 사람이 없어 보름가량 가매장된 상태로 방치되었다가 10월 12일에 이르러 이화학당에 인도된다. 그 사이 시신이 상당히 부패되어 장례식 당시 시취屍臭가 진동했다는 것이 최근까지 확인된 정설이다.[73]

그렇지만 애국·애족의 화신 유관순의 시신에 새로운 품위를 더하고 그 모습을 영구화하려는 '보전 환상'의 욕망은 순정미로 가득한 '낭만적 죽음'의 형상을 대대적으로 구조화한다. 인용문에서 유관순은 깨끗하고 아름다우며, 평화롭고 숭고한 얼굴로 이승과 하직하는 "아름답고 로맨틱한 죽음"의 체현자로 등장한다. 바꿔 말해 그녀의 오랜 동족과 새로운 국가권력이 "지나간 삶의 이미지인 시신을 미화美化하도록, 죽음의 아름다움을 연출하도록"[74] 이끄는 집단적 애도와 기념의 대상으로 성화聖化되고 있는 것이다.

①

학교로 돌아와서 비로소 그 시체를 담은 궤짝(석유궤짝—인용자)을 열어보고 모두 놀랐다. 시체는 여러 도막으로 끊겼는데, 온 몸에 한 군데도 성한 데가 없었다. 상처가 가득하였다. 그러나, 그 얼굴에는 평화스럽고, 입술에 웃음을 띤 듯이 고이 잠든 양이 완연하였다.

—전영택, 「순국처녀의 최후」, 90면

---

73 이정은, 앞의 책, 427면.
74 시신을 향한 '보전 환상'과 '낭만적인 죽음' 부여하기에 대해서는 알랭 코르뱅 외, 앞의 책, 262~267면 참조.

②

　　관순의 얼굴은 투명하게 광채가 났다. 감옥에서 몹쓸 병과 상처로 고생하다가 죽었다는 티는 머리칼만큼도 없이 숭고하고 깨끗하고 선연하고 평화로웠다.

　　(죽은 사람의 얼굴이 저렇게 아름다울 수 있는 것일까? 관순은 미인이 아니언만 시체만은 절대의 미인이 아닐 수 없다.)

　　그중에서도 관순의 방 언니인 서은숙은 관순의 후광이 도는 얼굴을 내려다보며 거듭거듭 감탄하였던 것이다. 십사일의 날은 맑고 하늘은 푸르게 높았다.

　　　　　　　　　　　　　　　　　　　　　　— 박화성, 「별들은 탄다」, 389면

　　나라에 몸 바친 '시신의 자리'[75]를 개인적 애도와 추모의 장을 넘어 국가적 현창과 명예의 공간으로 승화시키는 제도와 장치는 근대 국민국가의 핵심적 발명품이다.[76] 이를테면 한국의 독립유공자 선정과 3·1절 제정, 국립묘지 설치와 현충일의 국민적 추념 등을 떠올려 보라. 희생자 개인에 대한 사적 애도와 추모의 감정을 민족-국가라는 종교의 순교자들에 대한 집단적 숭앙과 존경의 염念으로 심화·확장시키게 되면, 국민에게 균질적인 충성심과 예외 없는 희생정신을 높이 끌어올릴 가능성이 상당히 높아진다.

　　인용에 묘사된 숭고하고 평화로운 시신의 형상이 유관순의 최후와 미래로 진작에 예정되어 있었음은 "아무리 무심 무도한 왜적의 칼이라

75　위의 책, 262면의 '시체의 자리'에서 빌려왔다.
76　박진한, 「일본의 러일전쟁 100주년 기념과 네오내셔널리즘」, 전진성 외, 앞의 책, 174면.

도 우리 독립의 혼이요, 화신을 하나님의 허락이 없이 감히 그 생명을 해할 수 있으랴"(74면)에서 뚜렷이 확인된다. 이 '시신의 자리'는 박화성의 말을 재차 인용한다면, '민족의 원한'이 더욱 불타오를수록 '민족의 희망'이 더욱 불처럼 피어오르는(308면) 양가적 장소이다. 하여 유관순의 시신은 현실적인 훼손의 정도가 심각해서 오히려 대중의 마음속에서는 이상적이며 완미한 아름다움이 더욱 커지는 이율배반적인 에로스 최고의 불꽃으로 피어오르게 된다.

하지만 낭만화·심미화된 유관순의 시신은 그런 만큼 문화정치학적·문화민족주의적인 이념과 상상의 광장이자 수렴점으로서의 역할을 벗어날 수 없게 된다. 예컨대 "관순의 시체는 장사하였으나 관순의 거룩한 정신은 이화의 많은 딸들의 피에 흐르고, 삼천만 동포의 피 속에 흘러서 영원히 살고, 영원히 빛나리로다"(90면)나 "저봐! 누나 별이 운다. 누나 별이 벌벌 타고 있네!"(390면)를 보라. 유관순의 뜨거운 피는, 또 불타오르는 별은 생전의 훼손된 몸과 정신의 상처를 더욱 환기하고 자극하는 정치적 환경이나 이념적 상황에 놓일 때 공동체 대중의 피와 별로 더욱 강렬해질 가능성이 높다. 이런 현상은 잠시 뒤 유관순 이야기의 국정교과서 수록을 둘러싼 지배 권력과 민족의식 투철한 국민 사이의 몇 차례 갈등과 화해를 살펴볼 때 또렷이 확인될 것이다.

이제 작가들은 왜 유관순 시신의 심각한 훼손을 자세히 묘사하는 대신 오히려 시신의 상태를 심미화·낭만화하는 방향으로 나아갔는지를 추모와 미화 자체가 아닌 젠더적 상상력과 문법을 통해 짧게나마 엿볼 순서이다. 훼손된 시신의 사실적 혹은 과장적 제시는 국민의 분노와 아픔을 더욱 자극하고 고조시킬 수 있는 회심의 장치일 수 있다. 그렇다면 끔찍한 시신의 심미화와 영원화를 통해서 얻어지는 득의만만한 효과는 무엇일까.

민족-집단-남성의 입장에서 본다면 향토-개인-여성인 유관순은 훼손된 신체와 상실된 죽음(시신)으로 인해 타자와 부재와 결핍의 대상으로 가로놓이기에 이른 것이다. 유관순의 상실과 죽음을 단순히 애도와 추모의 대상으로만 삼는다면 그녀는 결코 민족-집단-(남녀노소의)국민의 자리로 귀환, 다시 말해 주체화될 수 없다. 결국 변두리에 방치된 유관순을 국가와 민족의 광장에 위치시키기 위해서는 '민족-집단-남성'을 초월하는 신화적·영웅적 대상으로 재구성하고 재가치화해야 한다. 이에 대한 문학적 표현과 기호화가 전영택의 '피'이며 박화성의 '별'인 것이다.

남녀노소, 신분과 계급, 지역과 학력 가릴 것 없이 모두가 '대한'의 붉고 뜨거운 피로 흘러 청명한 하늘에 반짝이는 '민족'의 성운 내부로 떠오르는 것. 어쩌면 이 공동의 민족주의적·국가주의적 욕망이야말로 유관순의 정체성을 명백히 여성 중심이던 '순국처녀'에서, 비록 호칭은 '누나'였으나 그것을 뛰어넘은 "우리들의" "민족애의 순수 절정, 조국애의 꽃넋"으로,[77] 마침내는 그런 구분을 다 떨쳐버린 "불꽃같은 삶 영원한 빛"의 '열사'로 변화시켜온 원동력이 아닐까.

---

[77] 유관순의 성화聖化는 여성 자체로서가 아니라 민족과 국가의 가면을 씌우는 방식으로 이루어진 것이다. 그럼으로써 모든 구성원을 계몽하고 이끄는 무성無性의 영웅으로 숭고화되었으나, 그것을 설명하는 중요한 핵심 개념이 "여성에게 있는 것도, 여성이 가질 수 있는 것도 아"(조현준, 『주디스 버틀러, 젠더 트러블』, 커뮤니케이션북스, 2016, 27면)니므로, 유관순은 여전히 그 본성에서 소외된 상태로 놓여 있다고 볼 수 있다. "누나"로 호명하며 유관순의 가치와 의미는 '우리들의 것'으로 공동 소유하고 분배하는 태도를 남성 중심적인 것으로 파악할 수밖에 없는 이유가 여기에 있다.

3) 어린 '국민정신'을 이끄는 '겨레의 별'이 빛나는 방법

글쓰기 가운데 저자와 독자 사이의 계약에 대한 효과와 영향, 이를 위한 각종 이야기와 경험에 대한 역사적 변이가 한층 중요한 분야를 꼽으라면 전기문이나 위인전을 앞장 세워야 할 것이다. 이것들은 허구성과 심미성을 필요조건으로 할지라도 결국은 특히 미성숙한 아동과 청소년에 대한 집단적 계몽과 윤리적 훈육을 충분조건으로 갖추지 못하면 좋은 평가를 받기 어렵기 때문이다.

예컨대 초·중등 국어교육과정에서 요구하는 전기문 주인공의 조건을 보라. "바른 생각과 높은 이상으로 자기실현을 이룩한 경우, 특별한 분야에서 두각을 나타내어 나라와 인류 발전에 공헌하거나 인류애적 사랑을 실천한 경우, 위기에 처한 나라를 구한 경우" 등이 대표적이다.[78] 각 영역의 주체들은 자아의 발견과 추구, 완성으로 지향되는 듯하다. 하지만 결국은 지역과 사회, 민족과 인류 등 공동체의 가치와 윤리 속으로 수렴되고 구조화될 수 있는 자격을 갖출 때만이 위인전(전기문)의 주인공으로 취택될 수 있음을 예시문은 분명하게 보여준다.

유관순이 여학생을 넘어, 성별, 연령, 교육 과정의 구분 없이 학생 전체가 본받아야 할 애국적 표상이자 윤리적 모델로 매일매일 호명되기 시작했음은 아래의 주장들에서 충분히 확인된다.

---

78 정근영, 「초등국어 전기문 연구: 사적고찰을 중심으로」, 한국교원대, 1994, 8~9면.

①

유관순 양에 대한 무모한 일제 만행이야 천추에 씻지 못할 그들의 죄악이라 아니할 수 없다. 이러한 과거를 가슴깊이 깨치어 위선 실지회복으로 선열을 위로하고 나아가서는 과거의 원수를 타도하는 길에 선두로 나서야 할 것을 다시 한번 맹서하여야 할 것이다.[79]

②

농촌소년이나 노동소년이나 학업을 닦는 소년이나 우리들 소년소녀들은 '신라'의 소년화랑도의 정신과 기미년 3·1운동 때에 간악한 일본 군경에게 반항하며 독립만세를 부르며 나라를 위하여 세상을 떠난 유관순 소녀의 정신, 이 애국심을 본받아서 장차 우리가 바라는 훌륭한 나라의 일군이 되기 위하여 굳게 결심하여 주기를 바라는 바입니다.[80]

③

4252년(1919년—인용자)에 일어난 저 유명한 3·1독립운동 당시 우리 학도들이 일제 폭정에 반기를 드는 데 선봉을 서서 항쟁하였으며 그때 일개 여학생으로서 독립운동의 선봉이 되었던 유관순의 투쟁은 우리 학생운동사상 뿐만 아니라 민족독립운동사상에서도 길이 빛날 것이다.[81]

한국전쟁 발발 직전의 1950년 3월부터 이승만 독재정권의 부정부패

---

79 「국토통일의 이정표 위에 선열의 피를 계승하자」, 『경향신문』, 1950.3.1.
80 「한국의 소년 소녀는 항상 애국심을 지니자—어린이날을 맞이하여」, 『경향신문』, 1955.5.5.
81 「선배의 기백과 투지를 계승하자—학생의 날을 맞이하여」, 『경향신문』, 1958.11.4.

가 극에 달한 1958년 11월까지 경향신문에 발표된 사설들이다. 시기를 불문하고 유관순은 일제에 맞서 싸우다 순교한 희생자로 존경받는 한편 학생들의 앞길을 비추는 애국·애족의 표상으로 예시되고 있다. 이곳의 '애국심'은 한국전쟁 후의 '반공주의'와 마찬가지로 '새나라 만들기'에 필요한 핵심적 이념이자 동력으로 간주될 여지가 충분하다. 이 때문에 유관순의 민족의식과 희생정신이 반공정신과 애국심에 단단히 결속됨으로써 국가의 통치이념과 국민교육의 준거를 이루는 주요 분자로 작동하게 되었다는 말이 가능해진다.

하지만 그렇다는 것은 유관순의 애국심이 국가주의적 이념과 정서의 통제 및 조작, 좀 더 자세히 말해 학생을 위시한 국민의 일상적 삶과 윤리적 가치, 개인에 대한 사유와 세계에의 상상력을 효과적으로 제어하는 도구적 방편으로 간교하게 징발되기 시작했음을 암시한다. 이를 입증하는 사례로 한국전쟁 와중에 남·여 중고생을 대상으로 실시된 설문 결과를 참조해 보기로 한다.

300여 명의 학생에게 "존경하는 인물은?"이라는 질문이 주어졌다. 그 결과를 살펴보면, 서양 남성들로 상위권을 휩쓴 예수와 링컨, 맥아더, 톨스토이, 아이젠하워를 빼면, 여성 1위에 전체 3위인 퀴리부인에 이어 유관순이 여성 2위에 전체 9위를 차지했다. 다음으로 여성 : 나이팅게일과 잔 다르크가, 남성 : 베토벤, 아인슈타인, 이광수, 간디, 앙드레 지드, 이순신, 이승만, 김구 등이 뒤를 잇고 있다.[82]

---

82 「젊은 세대들의 시대표정」, 『동아일보』, 1952.12.1. 한영漢榮중학교 남학생 230명과 이화여고 314명이 설문 대상이었으며, ① 존경하는 인물은? ② 장래의 희망은? ③ 사회에 대하여 느끼는 점은? ④ 일상 유의하는 사항은?이라는 4개 질문이 답변 문항으로 제시되었다.

동족상잔의 비극을 통과 중인 시절임을 드러내기라도 하듯이, 불안한 마음을 기댈 수 있는 예수와 여기저기 찢겨진 한국에 대한 실질적 구원자로 신뢰되던 미국 장군이 높은 인기를 누리고 있다. 퀴리부인, 유관순, 나이팅게일, 잔 다르크의 순위가 의외로 높은 까닭은 이화여고 대상의 설문이었다는 점, 게다가 그녀들 자신 학도의용대 등의 주요한 전쟁 자원이기도 했기 때문일 것이다. 아니다, 한 세트처럼 움직이는 여성 위인 셋에 대한 동일시와 존경은, 앞서 몇몇 곳에서 서술한대로, 근대전환기~해방기에 걸친 그녀들에 대한 교육 경험과 학습 효과가 전쟁 상황을 맞이하여 더욱 뜨겁게 발현한 결과라고 보는 편이 더욱 타당한 판단일지도 모른다.

이런 상황을 감안하면, 1948년 2월 초 "3·1운동 당시 독립운동의 선두로서 활약하다가 왜적에게 무참히도 쓰러진 류양의 전기 간행을 준비 중"이라는 기사 아래 전영택의 '전기소설' 『순국처녀 유관순전』과 더불어 소개된 이동원 글, 김용환 그림의 '그림 이야기' 『유관순』(동지사, 1948)[83]은 우리의 관심을 끌기에 충분하다. 이 책은 '그림 이야기'라는 안내대로 매 쪽마다 유관순 이야기를 서술하면서 그것을 압축한 세 컷의 삽화를 그려 넣은 형식을 취하고 있다. '유관순 이야기'를 글과 그림을 통해 널리 알리고 읽히겠다는 뜻과, 글자를 모르는 문맹자들도 그림을 통해 유관순의 업적과 가치를 깨닫게 하겠다는 의지가 동시에 반영된 '유관순전기간행회'의 지혜로운 조치일 것이다.

그렇다면 작가의 이름으로서는 매우 낯선 이동원과 김용환은 누구일

---

83 「유관순 전기 간행」, 『동아일보』, 1948.2.7.

까? 둘의 공동작품인『유관순』이나 신문지상에서도 이들에 대한 구체적 소개가 생략되어 있어 이런저런 탐구와 조사를 빠뜨릴 수 없는 인물들임에 분명하다.

먼저 그림의 김용환金龍煥이다. 만화에 관심 있는 독자라면 유머러스하고 소탈한 옆집 아저씨 같은 이미지로 그려진 '코주부'와, 한국 최초의 단행본 만화『홍길동의 모험』(1945)과 잡지『학원』에 인기리에 연재되었던『코주부 삼국지』(전3권, 1953~1955)를 떠올리면 그 이름이 비교적 쉽게 다가올 것이다. 그는 도쿄제국미술학교 출신으로 삽화, 역사풍속화, 시사만화, 아동만화, 캐릭터 등의 분야에서 한국만화의 기틀을 다진 선구자로 인정된다.『유관순』이 간행된 해방기 당시 그는 "정세에 대한 정확한 판단, 정치적 입장, 전달하고자 하는 메시지의 명료함, 현대적인 그림체 등"으로 성가가 높았다고 한다. 이에 관련된 작품으로는 해방기 미소 양국의 새로운 식민지로 전락하다시피 한 남북한 현실을 매우 사실적으로 묘파한 1947년 작作『삼팔선 블루스』가 손꼽힌다.[84] 독립정신과 애국의식을 널리 전파할 목적으로 1948년 3월 15일 발행된 '그림이야기'『유관순』과 비슷한 시기에 창작되었음을 짐작케 한다.

다음으로 유관순의 삶과 죽음을 하나의 이야기로 꾸미고 펼쳐나간 이동원이다. 김용환은 만화 및 삽화가라는 단서라도 있지만, 이동원은

---

84 일본 유학시 그는 간판 작업과 거리의 초상화가로 생활을 꾸려 나갔다. 이름난 일본 삽화가의 조수로 일하던 중 소년잡지에 응모한 펜화가 채택되어 이후 '키타코지'라는 필명으로 전설적인 명성을 날리게 된다. 1945년 5월 일본의 유명 출판사 고단샤講談社의 직원 신분으로 귀국하여 서울에서 일본의 징병제도를 홍보하는 시국잡지에서 편집 일을 보다가 해방을 맞는다. 이상의 내용과 본문의 설명은 김수기,「우리를 돌아보게 하는 거울, 코주부 김용환」(포털 '다음' 참조) 및「'코주부' 김용환 화백 20주기 '기획전'」,『경향신문』, 2018.10.3 참조.

〈그림 1〉『유관순』(이동원 글, 김용환 그림, 동지사, 1948)

이름 석 자 외에 그 면모와 활동상을 추적할 근거가 전혀 없는 실정이다. 그러나 여러 정보를 조합해 보건대 「고향의 봄」을 작사한 아동문학가 이원수李元壽가 아닐까 한다.[85] 그는, 첫째, 한때 이동원李冬原이라는 필명을 사용했고, 둘째 해방 이후 동시보다 동화를 많이 창작했으며, 셋째, 지금도 널리 읽히는 을지문덕, 장보고, 이순신, 김구에 대한 위인전을 집필했다는 사실 때문이다. 한 가지 소소한 사실을 덧붙인다면, 내가 참조 중인 『유관순』은 국립중앙도서관의 '윤석중문고' 소장품이다. 이원수가 아동문학 분야의 동갑내기(1911년생) 동료 윤석중에게 기증한 것일 가능성이 높은 것으로 여겨진다.

우연찮게 모윤숙이 그랬듯이 이원수와 김용환도 일제 말 체제협력의

---

85 기존의 외형률 중심의 동요에서 벗어나 내재율 중심의 현실참여적인 동시를 쓴 것으로 평가받는 이원수는 일제의 식민 지배에 저항하는 동시 몇 편을 쓴 것으로 알려진다.(인터넷판 『다음백과』) 하지만 1940년대 초반 친일시 5편을 작성한 것으로도 밝혀져 2008년 발행된 민족문제연구소·친일인명사전편찬위원회의 『친일인명사전』에 그 이름이 올랐다.

혐의로부터 자유롭지 못한 상황에서 『유관순』을 쓰고 그리고 한 셈이다. 그런 과오 때문에라도 두 작가에게 '유관순 이야기'는 강제로 떠맡겨진 과제가 아니라 그 현실성과 진정성을 혼신의 힘을 다해 조형해야 할 눈물겨운 텍스트였을지도 모른다. 하지만 새로운 나라 만들기와 아동·학생·국민의 국가관 제고에 기여할 영웅의 탄생 혹은 발명이 절대적으로 필요했던 이승만과 미군정청 중심의 단정파에게 아동문학계와 만화계를 주름잡던 이원수와 김용환은 그들이 바라던 바 이상의 매우 뛰어나고 효율성 높은 선전자였을 것이다. 한국 최상의 정성과 실력으로 간행된 '그림 이야기' 『유관순』은 그들이 소망했던 "정치행위와 광장의 정치가 이루어지는 장소"이자 "이데올로기와 사상의 발신지로도 이용"될 수 있는 "권위의 공간"[86]으로 단숨에 올라설 것이었기 때문이다.

바른대로 말해, 이즈음의 '유관순 이야기'는 박계주의 신문판 이야기, 유제한의 초고, 박인덕과 신봉조의 증언 들이 이렇게 저렇게 뒤엉킨 상태의 것인지라 그 내용의 진실성도 상당히 떨어지며, 왜곡과 오류의 사항도 적지 않다. 아버지 유중권이 흥호학교를 세우느라 일본인 고마도瓜田에게서 빌린 빚을 갚지 못해 매를 맞는다든가, 마을 유지들조차 보조자로 돌린 채 가장 앞장서서 3·1만세운동을 조직하고 주도한다든가, 저항과 불복의 표현으로 재판장 혹은 검사의 얼굴을 향해 걸상을 집어던졌다든가, "도막도막 잘리인 무참한 시체"[87]가 석유궤짝(또는 궐상자)에 담겨 이화학당에 인도되었다든가 하는 것들이 모두 그렇다. 일제

---

86 정호기, 「전쟁상흔의 사회적 치유를 위한 시선의 전환과 공간의 변화—한국에서의 전쟁기념물을 중심으로」, 전진성 외, 앞의 책, 501면.
87 이동원, 『유관순』, 동지사, 1948, 29면.

잔재 청산과 새 나라 건설이 무엇보다 중요한 시기였으므로 일제의 악랄한 탄압과 잔인무도한 식민 통치를 더욱 강조할 필요가 있었을 것이다. 또한 그래야만 목숨을 건 유관순의 투쟁과 장엄한 희생은 훨씬 입체화될 수 있으며, 독자 대중의 유관순에 대한 감동과 국민의식의 각성 역시 한층 커질 수 있었을 것이다.

하지만 전기문이나 위인전의 기본 원칙이자 문법으로서 첫째, 주인공이 살았던 역사적 현실과 시대적 상황을 적확하게 반영해야 하며, 둘째 실재했던 일화나 경험을 기초로 작가의 상상과 표현에 진실을 담아야한다는 사실[88]은 유관순에 대한 '이야기'는 물론 '만화'에 대해서도 많은 것을 뒤돌아보게 한다.

위인이나 영웅을 과도하게 이상화하다 보면 그에 대응하여 적대자의 형상을 지나치게 악마적이거나 퇴폐적으로 그려내는 오류가 심심찮게 벌어진다. 문자적 상상력보다 시각적 이미지에 호소하는 만화나 삽화는 주인공과 적대자의 갈등과 대결, 독자에게 관심과 흥미를 끌만한 인상적이거나 자극적인 장면 등에 초점을 맞추는 경우가 적잖다. 이럴 경우 긍정적이고 감동적인 장면 못지않게 평소라면 또 아이들이라면 피할 법한 잔인하거나 폭력적인 장면도 상당 부분 노출될 수밖에 없다.

애국적이며 영웅적인 활동에 대한 마지막 결과가 폭력적인 진압과 체포, 잔인한 고문과 끔찍한 죽음으로 되돌려지는 상황이라면, 또 그에 대한 묘사가 지나치게 사실적이라면 위인전의 주된 대상인 어린 독자는 어떤 느낌과 감정을 받게 될까. 얼마간 민감하게 반응하자면, 염상섭

---

88 김기창, 앞의 글, 298~299면.

작作「표본실의 청개고리」(1921)의 주인공 김창억이 넉 달의 옥중생활 끝에 부닥치는 "피로, 앙분, 분노, 낙심, 비탄, 미가지未可知의 운명에 대한 공포, 불안"[89] 같은 '인간의 고통'을 간접적으로 체험하게 된다든지 아니면 무심히 비켜가기 어려운 상황에 처하게 될지도 모른다.

이 고통은 1919년 3월 오사카大阪에서 "기교 있는 문자와 위험한 문구"로 기록된 조선독립선언서와 격문을 살포하며 만세운동을 주도하다 일경에 체포되어 5개월여의 투옥 생활을 경험한 염상섭 자신의 것일 가능성이 크다. 저 내면의 쇠약증들은 그러므로 김창억의 정신병적 증후군을 분명히 하려는 소설상의 표현 효과로만 이해할 성질의 것이 아니다. 그보다는 강력한 적대자와 대결 상황에 놓이거나 그들에 의해 피랍된 무기력한 상황에서라면 누구든지 느낄 수밖에 없는 육체적 고통과 정신적 피폐감, 요컨대 위기에 처한 주체의 분열과 파편화 현상에 대한 불안과 공포의 착잡한 고백과 노출로 읽어야 한다.[90]

당대의 사실성과 이야기의 진실성을 포기해가며 작가의 주관적 이념과 정서, 교훈과 전언을 지나치게 부풀리는 일탈의 문법과 왜곡의 서사는 『소년소녀전기전집』 15(계몽사, 1966)의 일편「유관순」에서도 매우 자심한 편이다. 이 책에는 1960년대 중반 당시 일제시대 민족의 독립과 문화의 발전을 위해 몸과 마음을 다 바친 것으로 평가되던 안중근, 한용운, 조만식, 김좌진, 김마리아, 김성수, 방정환, 유관순이 함께 실렸

---

89 염상섭, 「표본실의 청개고리」, 『개벽』, 1921.10, 112면.
90 한수영, 앞의 글, 11~15면. 한수영은 염상섭이 「표본실의 청개고리」와 『삼대』를 통해 '고문과 감옥 체험의 예민한 촉수'를 어떻게 형상화하고 의미화했는가를 '고문 등 정치 폭력 피해자를 돕는 모임KRCT'에서 펴낸 『고문, 인권의 무덤』(한겨레출판, 2004)을 바탕으로 살펴보았다. 유관순 관련 '훼손된 신체'의 육체적 고통과 정신적 외상에 대한 검토는 한수영의 글에서 유효적절한 힌트를 얻었다.

다.[91] 이 책은 태극기를 앞세우고 만세운동을 주도하는 유관순을 표지화로 선택했다. 그녀가 남성 위인들 못지않게, 아니 그 이상으로 나라에서 요청하는 국민의식과 애국심 앙양에 반드시 필요한 영웅적 존재로 가치화되고 있음을 알게 하는 요소라 하겠다.

아동 대상의 전기문 「유관순」은 박화성 자신이 지은 『타오르는 별』의 요약본 성격을 크게 벗어나지 않는다. 따라서 그 목표도 "독립을 외치다 간 무궁화 꽃봉오리"이자 "겨레의 별"[92]인 유관순의 전인성과 영웅성을 집중적으로 표현하고 전달하는 것에 고정될 수밖에 없다. 박화성은 그 묘사의 자세함이나 분량의 차이가 있긴 하여도 『타오르는 별』과 「유관순」에서 특히 인간의 한계를 돌파하며 신성성의 발현에 다가서는 초인성超人性을 영웅성과 위대성의 표지로 삼았다.

유관순의 초인성은 3·1만세운동을 조직하느라 험준한 산악 넘어 위치한 이웃 마을을 방문하는 과정에서 경험하는 여러 사건들에서 주로 발휘된다. 이를테면 아직 어린 여성의 몸으로는 감당하기 힘든 장거리 이동, 사람 그림자 하나 없는 공동묘지 지나가기, 불안과 공포를 최대로 자극하는 여우나 호랑이와의 부딪힘 따위를 '기도의 힘'과 거기서 얻은 '용기'로 무사히 해결하거나 극복하는 장면들이 그렇다.

관순은 찬송가를 부르며 기도하는 마음으로 걸음을 옮겨 고개를 올라갔다. 관순이 땀을 뻘뻘 흘리면서 마루턱에 올라섰을 때 외딴 길에서 범이 나

---

91 계몽사판 『소년소녀전기전집』 시리즈가 국가 주도의 독서 장려 및 국민의식 제고 활동의 일환이었음은 현모양처론의 충실한 수행자로 기능했던 '한국여성단체협의회'가 선정한 양서 60권에 전집 15권 모두가 포함되어 있는 모습에서 어렵잖게 확인된다.
92 박화성, 「유관순」, 박종화 외편, 『소년소녀전기전집』 15, 계몽사, 1966, 319~320면.

〈그림 2〉 호랑이와 마주 친 유관순.(박화성, 「유관순」)

왔던 것이다.

그러나 관순은 큰 불덩이 같은 두 눈을 바라보며 원수를 노리는 마음으로 마주 버티고 서서 움직이지 않았다.

관순은 기도의 힘으로 용기를 얻어 그 범을 물리치고 기어이 재를 내려와 재 너머 동리인 무들이에 왔을 때 사람들은 모두 깜짝 놀랐다.

"어이구, 저런 변 좀 봐! 어린 처자가 범을……"

그들은 벌린 입을 다물 수 없도록 놀라서 관순을 이인異人(재주가 신통하고 비범한 사람)이라고 칭송하기에 바빴다.

ㅡ박화성, 「유관순」, 345면

『타오르는 별』에서 호랑이와 만나는 장면은 극적 긴장감과 유관순의 침착한 성정, 그리고 어떤 어려움에도 쉽게 굴하지 않는 용기를 입체적으로 드러내기 위해 상당히 길고도 생동감 넘치는 모습으로 그려진다. 이때 호랑이는 "나라의 원수! 민족의 원수"(272면)로 지칭되는 것에서 보듯이 잔인무도한 일제와 동일시되어 반드시 물리치고 이겨내야 할 적대자로 설정된다. 하지만 「유관순」에서 이 부분은 "원수를 노리는 마음" 정도로 간략하게 순화되어 표현된다. 이 정도로도 아이들에게는 일제에 대한 적개심을 충분히 전달할 할 수 있다는 판단에 따른 약술이 아닐까 한다.

하지만 적대자 호랑이와의 대결에서 얻어지는 성과는 거의 다를 바 없이 유사하다. 『타오르는 별』에서 유관순은 이웃 사람들에게 "하늘이 내린 사람"(273면)과 "이인"(274면)으로 칭송된다면, 아버지 유중권에게 "우리 관순이처럼 범도 물리치는 영웅"(276면)으로 인정받는다. 「유관순」에서 이를 대치하는 장면을 찾으라면, 인용문의 마지막 3행을 가리키는 것으로 충분하다. 박화성은 소년소녀 대상의 전기임을 감안하여 상황을 자세하게 묘사하거나 서술하기보다 '이인異人'이라는 어려운 한자어에 대한 친절한 뜻풀이로 이웃사람들의 감탄과 칭송을 압축적으로 제시하고 있다.

당연한 지적이지만, 유관순이 호랑이를 만나는 뜻밖의 사건은 그녀의 영웅됨을 부각시키기 위해 일부러 만들어낸 허구적 서사일 따름이다. 어느 누구도 쉽사리 동의하지 않을 법한 호랑이≒일제를 등장시켜 팽팽한 대결과 서늘한 승리의 이야기를 만들어낸 까닭은 다시 인용컨대 "단군의 자손이며 배달의 혼을 가진 우리 대한의 민족"(382면)을 환유적으로 가치화하기 위한 국가주의적 욕망의 발로 때문인 것이다.

아무려나 호랑이를 제압한 유관순의 초인적 능력에 대한 사실성과 신뢰감을 더욱 끌어올리기 위해 여러 이웃들과 부친까지 등장시켰음을 왜 모르겠는가. 하지만 애초에 부재한 사실을 주어진 현실로 날조하게 되면 다음과 같은 문제점을 피할 수 없게 된다. 역사현실의 자리에 있어야 할 유관순이 일반인들이 근접하기 어려운 신화적 존재로 남겨지게 되어 결국은 "온몸으로 한 시대를 살다 간 생생한 개성"[93]으로 거듭나지 못한다는 사실이 그것이다.

5. '국정國定' 교과서에 호명된 유관순의 빛과 그림자

1) 『국어』의 '유관순 이야기', '가치'와 '사실'의 사이

파시스트 히틀러가 대중을 파고드는 탁월한 전략가이자 선동가였음은 "독일사 가운데 위대한 다수의 이름 속에서 가장 위대한 자를 선택하고 청소년에게 그것이 흔들리지 않는 국민정서의 기둥이 되도록 지속적으로 가르쳐야한다"[94]라는 '국민교육'의 궁극적 목표에 대한 정확한 판단과 실천에서 잘 드러난다. 그 목적과 성격에서 나찌와는 정반대편에 서 있다 해야 할 해방기의 '순국처녀유관순기념사업회' 역시 '위

---

93 성백용, 앞의 글, 129면.
94 강옥초, 앞의 글. 26면.

대한 자'로서 유관순의 발명과 성화를 통한 '국민교육'에 열정적이었다. 문화예술 분야만 해도, 전기문 간행과 연극·영화 상영, 각종 사진 수집과 동상 및 기념비 건립, '유관순 이야기'의『국어』『음악』교과서 수록 등이 해방 공간을 빼곡하게 수놓았으니 말이다.

그 일환으로서 국정 교과서를 살펴볼 차례인데, 특정한 위인을 소개하거나 그의 생애 전반을 다룬 전기문을 수록할 경우, 장르의 문법으로 합의된 원칙은 한결 조심스럽게 준용되어야 한다. 세속적 이념과 욕망을 앞세운 자들에 의해 조형되는 어떤 위인의 지나친 신화화는 그 개인의 사실적 면면은 물론 역사현실 속의 객관적 위치와 역할마저 허구화할 가능성이 높기 때문이다.

전기문에는 인물이 살았던 당대의 현실에 대해 설명하는 내용과 인물의 생애 및 그에 대한 평가가 담겨 있다. (…중략…) 전기문은 인물의 위대함에 대해 외경의 느낌을 갖게 하는 면이 있지만, 위대함의 이면에 꿈꾸면서도 갈등하고 의연하면서도 고통스러워하는 인간적인 면모가 있음에 주목하게 한다. 이러한 이해 및 평가와 함께 인물의 삶에 비추어 자신의 삶을 성찰하는 계기가 되고 삶에 대한 원대한 전망을 가질 수 있도록 이끈다.[95]

이 약속은 교과서 수록 '유관순 이야기'의 역사를 기록하고 변모 양상을 밝힐 때 명료한 기준점으로 작용한다는 점에서 각별히 기억해 두어야 한다. 여기서 강조되는 전기문의 핵심 조건을 뽑자면, 존재의 복잡

---

95 교육과학기술부,『초·중학교 국어과 교육과정 해설』, 교육인적자원부, 2007, 120면.

다단한 심리와 감정에 넓고 깊게 반응하는 인간적 면모를 충실히 갖출 것, 그럼으로써 독자에 대한 호소력을 발휘함과 동시에 독자들의 삶에 대한 성찰의 거울과 미래지향적인 희망의 원리로 작용할 것 정도가 될 것이다. 물론 이것은 전기문에 관련된 준칙이라는 점에서 시와 그림과 음악에서는 일정한 변주를 겪을 수밖에 없다. 이들 장르에서는 삶의 행적을 밝히는 구체적 서사나 이미 결정된 교훈의 평면적인 전달보다는 예리하고도 풍부한 이미지나 독자의 공감대를 이끌만한 정서의 발현이 훨씬 중요하게 여겨지기 때문이다.

이와 같은 전기문과 여타 장르의 특수성에 유의하면서 '유관순 이야기'가 국정 교과서에 어떻게 수록되고 어떤 형식으로 변주되는가를 우선 주목해보자. 또 그 과정에서 국가권력이나 독자대중의 입장과 가치가 어떻게 반영되거나 서로 갈등하는지를 살펴보는 것도 주의 깊게 천착해볼 과제의 하나이다.

국정 교과서에 처음 수록된 유관순 관련 텍스트는 박계주의 전기문 「순국의 소녀」이다. 소략한 이 글은 1948년 1월 20일 문교부가 펴낸 『중등 국어』1(조선교학도서주식회사)에 실렸다. 간행일로 치면 같은 해 3월 발행된 전영택의 『순국처녀 유관순전』과 이동원 글·김용환 그림의 『유관순』을 앞선다. 이 점, '유관순 이야기'의 교과서 수록과 그를 통한 학생, 나아가 국민의 애국·애족의식의 고양이 '순국처녀유관순기념사업회'로 대표되는 단정파 세력이 서둘러 추구하던 눈앞의 목표였음을 능히 짐작케 한다.

간도 용정 출신에 『순애보』로 이름을 널리 알린, 바꿔 말해 대중적인 흥미 위주의 신문연재 소설 작가로 이해되는 박계주가 유관순 전기를 집필했고 그것이 중학교 1학년용 『국어』 교과서에 실렸다니 어딘가 부자연스러운 데가 없잖다. 그러나 다음과 같은 상황을 참조하면 「순국의 소녀」의 교과서 수록이야말로 한 발 뒤늦은 사태일 수 있다. 교과서에 수록되며 제목이 중학생의 연령과 감각에 어울리게 수정된 「순국의 소녀」는 당시 유행처럼 사용되던 「순국의 처녀」가 원제原題였다. 이 작품은 교과서 출간에 1년여 앞선 1947년 2월 28일 자 『경향신문』에 벌써 전재되어 독자들의 관심과 흥미를 적잖이 모았던 것으로 판단된다. 그렇지 않고서는 유관순의 삶과 죽음, 저항과 투쟁의 면면이 충분히 검증되지 않은 이야기를 미래의 국민들로 커나갈 중학교 1학년 학생들의 교육 자료로 즉각 꺼내들기 어려웠을 것이다. 실제로 박계주는 이야기의 사실성과 진정성에 대한 염려가 있었는지, 「순국의 처녀」 말미에 "필자 부기＝유관순 양의 오빠가 당시 배재培材 삼학년생이라고 전문傳聞하였는데 생존해 계시면 신문사로 연락취해 주기 바란다"라는 간곡한 부탁 문구를 첨부해 두고 있다.

　「순국의 처녀」를 교과서에 수록하는 작업이 '잘 기획된 사건'의 일종이었음은 박계주, 신봉조, 박윤석, 최흥국, 김규택 등이 유가족의 협력을 얻어 '유관순전기간행회'[96]를 조직했다는 신문기사를 참고하는 것으로도 충분하다. 이 모임의 핵심 멤버가 박계주라는 사실은 첫째, '유관순 이야기'의 최초 작성자는 그 자신이라는 것, 둘째, 그러므로 유관순 관련의 모든 저작들은 「순국의 처녀」를 참조해야 한다는 것, 셋째, 유관순에 대한 새로운 텍스트가 발간되지 않은 이상 교과서에 수록될

---

96 「유관순 전기 간행」, 『조선일보』, 1948.2.4.

'유관순 이야기'는 「순국의 처녀」일 수밖에 없다는 것 등을 두루두루 암시한다.

동일한 내용이지만 「순국의 처녀」가 이후의 '전기소설'과 '그림 이야기'의 모본으로 작동했다면, 「순국의 소녀」는 이후 『국어』 교과서에 수록되는 유관순 전기의 나침반 역할을 하게 되므로, 박계주에 의해 처음 정리된 주요한 '이야기소素' 몇몇을 기술해둔다.

① 시작 : 감방에서 만세운동을 주도하는 유관순과 일제 간수의 죽창, 갈쿠리, 밧줄 등을 동원한 폭력적 진압

② 출생과 성장 : 논산論山의 한 농가 출생, 이화고녀 1년생으로 만세운동 참여, 휴교령에 따른 논산 귀향

③ 민족해방투쟁 : "오루레안의 소녀 짠·따크"처럼 구국救國의 소명을 받기 위해 하느님에게 밤을 밝혀 사흘간 기도, "자기 동무들을 이끌고 논산 거리로 태극기를 뿌리며 독립만세 고창高唱", 시민들의 적극적 동조와 참여

④ 체포와 조사 : 주모자 색출을 위한 유관순 고문, 주모자 자처에 따른 폭력적 고문 가중, 협박의 수단으로 부모님 총살[97]과 고향의 가옥 방화

⑤ 재판 회부와 투옥 : 서울고등법원 상고 7년형 언도, 서대문감옥 입감, 옥중 투쟁과 그에 따른 악형과 고문

⑥ 죽음과 장례 : 소녀의 육체를 여섯 토막으로 꺾어서 석유궤짝에 담아둠, 상황을 파악한 이화고녀에 의한 시신 인수, 정동예배당에서 경관 입회하에 장례식 거행, 이마 위에는 흰 꽃을 장식하고 가슴에는 성서를 한 권 올려둠

---

[97] 유관순의 부모는 만세운동 현장에서 유관순이 총검에 찔리는 모습을 보고 헌병에게 저항하다 총검에 찔려 사망한 것으로 현재는 정리되어 있다. 이정은, 앞의 책, 337~345면.

「순국의 소녀」에서는 학생용 텍스트임을 감안하여 몇몇 사실을 새롭게 확인하여 수정하는 한편 유관순의 기개와 저항정신을 더욱 강렬한 모습으로 보충했다. 또한 유관순의 설득과 주도로 만세운동에 동참한 시민들의 애국·애족의식을 보강하여 드러냄으로써 3·1만세운동의 가치와 진정성을 한껏 드높였다.

이를테면 ②에서는 먼저 잘못 알려진 고향 '논산'을 '충청남도 천안군 동면 용두리'로 올바르게 수정했다. 다음으로 "독실한 예수교인"임을 밝혀 하느님과 잔 다르크와의 연관성을 강화했다. 마지막으로 서울의 만세운동 당시 악랄한 일본 군경과의 "피투성이의 충돌"로 인해 조선 동포 다수가 "총칼에 쓰러지는 처참한 비극"이 발생했음도 새로 추가했다.

③에서는 태극기를 만들고 고향 일대에서 만세운동을 조직하는 유관순의 "열렬한 의기"와 그에 대한 이웃 사람들의 감복과 칭송을 더했다. 또한 만세운동에 대해 "조국애의 정열의 폭발" "조국에 바치는 피 끓는 부르짖음"이라고 명시함으로써 학생들의 애국의식 고양이라는 교육 지침과 목표를 뚜렷이 새겨두었다.

⑤에서는 일본 재판관에게 "독립 만세" 운동에 대한 심판을 받을 수 없다는 재판 불복 행위와 그에 따른 항의 표시로서 의자를 빼내 들어 검사에게 집어던지는 장면을 더했다.[98]

이상의 수정·보완된 내용이 박계주가 신문에서 찾았던 오빠 유관옥

---

[98] 전영택·이동원·박화성의 글(『타오르는 별』)에서는 걸상(의자)을 집어던지는 것으로 묘사되나 박화성의 「유관순」에서는 책상을 집어던지는 것으로 더욱 과장되게 그려진다. 이 장면은 '유관순 이야기'에 끼어들어간 허구적 사건을 대표하는 항목으로 알려진다.

(우석)의 도움을 받은 것인지는 불확실하다. 오히려 그보다는 전영택과 박화성의 전기소설에 공통적으로 등장하는 조카 유제한의 기록을 참고했을 가능성이 훨씬 높다. 또한 공교롭게도 새로이 수정·보완된 사항들은 「순국의 소녀」에 대한 '익힘' 문제로 제시된 항목들과 밀접하게 관련되어 있다. "ㄱ. 기미년 삼월 일일은 어떠한 날이었는가? ㄴ. 유관순이는 고향에 돌아와서 어찌하였는가? ㄷ. 법정에 선 그의 태도는 어떠하였는가? ㄹ. 유관순의 죽음에 대하여 어떻게 생각하는가?"가 그것들이다.

이 질문들은 유관순의 매우 의식적이며 열정적인 애국심과 저항정신을 구체적 사건 속에 녹여낼 수 있는 종류의 것들이다. 그러므로 이에 근거한다면 그녀의 죽음과 희생은 식민지 소녀의 불우이기는커녕, 신에 의해 예정된 "조선의 혼으로 세계의 자랑거리인 현대의 짠다아크"(전영택, 「순국처녀의 최후」, 91면)로 거듭나는 영원하고도 영광스런 재생으로의 던져짐인 것이다.

'유관순 이야기' 가운데 가장 정확성이 떨어지는 박계주의 「순국의 처녀」와 「순국의 소녀」를 장황하게 예시하고 비교한 까닭이 없지 않다. 전기문의 기초 "인물이 살았던 당대의 현실에 대해 설명하는 내용과 인물의 생애 및 그에 대한 평가"가 어떤 식으로 구성되고 변화되는가를 동일한 전기문을 통해서 가장 먼저 살펴보기 위한 조치였다.

'유관순 이야기'는 '미군정기' 이래 현재까지, 중등 과정에서는 점차 사라지는 추세지만, 초등 과정에서는 한 꼭지씩이라도 전기문 형식으로 계속 실리며 새로 밝혀진 내용을 중심으로 수정·보완을 거듭 해오고 있는 형편이다.[99] 그 구체적인 내용에 대해서는 김기창의 선행연구를 참고하는 것으로 갈음해도 되겠다. 다만 유관순 이야기를 널리 전파하는 한편 그것의 사실성 강화를 위해 던져진 과거의 유의미한 문제제기를 살펴보는 순서는 그냥 지나칠 수는 없겠다. 이 과정에 '유관순 이야기'가 고전적 위상과 미학적 지위를 획득해 가는 비밀열쇠가 숨겨져 있기 때문이다.

박계주의 「순국의 소녀」는 교육 자료로서의 존속 기간이 길지 못했다. 한국전쟁을 전후해서는 일종의 참고자료로 읽히며 후속 텍스트들에 유관순 이야기의 바톤을 넘겨주었다. 예컨대 『중등 국어』 3-1(문교부, 1952)에 실린 「순국소녀유관순추념사」(『중학 국어』 2-1, 1956에도 수록)를 제외하면, 유관순 이야기는 객관성에 중심을 두는 전기문 형식의 글들이 초등 3~5학년 『국어』에 계속하여 실렸다. 이 텍스트들은 초등학교 대상이니만큼 그녀의 삶과 죽음 전반을 기술하기보다 3·1만세운동 당시의 시위 장면, 옥중 투쟁과 고문 상황, 일제에 의한 죽임 등 극적인 장면의 입체적 묘사에 초점이 맞춰졌다. 이런 경향성은 그러나 사건의 현장은 3·1만세운동 당시에 밀착해 있지만, 그 시공간이 교과서가 쓰이는 시기마다의 국가 이념과 교육 목표를 선전·선동하는 기호와 담론에 의해 지배된다는 점에서 적잖이 문제적이다.

어린 여학생 유관순 누나가 목숨을 바친 것도 이 때입니다. 유관순 누나는 마을 사람들의 앞장을 서서 만세를 부르다가, 옥에 갇혀서 몹쓸 매를 맞으면서도, "대한 독립 만세!"를 외쳤던 것입니다. 유관순 누나의 만세 소리는

---

99 초·중등 『국어』 교과서에 실린 유관순 전기문에 대해서는 김기창, 「유관순 관련 제재 국어 교과서 수록 연구」, 『새국어교육』 89, 한국국어교육학회, 2011 및 「교과서에 수록된 유관순 전기문」, 『유관순 연구』 17, 백석대 유관순연구소, 2012 참조.

곧 옥중에 퍼져서, 갇힌 사람들의 용기를 북돋우어 주었습니다. 모두가

"자유가 아니면 죽음을 달라!"

"대한 독립 만세!"

이 두 마디를 부르면서 일본의 어떠한 총칼과 위협도 무서워하지 않고 버티었던 것입니다.

— 「유관순」(『초등 국어』 3-2, 문교부, 1952, 87면)

사실에 충실하게 만세 현장을 재현한 것처럼 보인다. 하지만 "태극기를 들고 "대한 민국 만세!"를 외쳤"(85면)다는 표현이나 "자유가 아니면 죽음을 달라!"라는 문구는 명백한 실수라기보다 당대 이승만 정권의 정치적·이념적 (무)의식이 은밀하고도 공공연하게 반영된 결과물로 보아야 옳다. '대한민국'은 몰라도 자유의 가치를 죽음 이상의 것으로 절대화한 패트릭 헨리의 저 명구는 영국에 맞선 미국 독립전쟁과 깊이 연관되어 있다는 점에서 일종의 비유적 선언처럼 들릴 수도 있다.

하지만 '대한민국'이든 '자유'든 해당 문구들은 한국전쟁 와중에 새로운 '국민국가'의 척도로 제시되었다는 점에서 그 의미가 간단치 않다. 이것들은 1950년 벽두에 이범석 총리가 "그의 혁명투쟁을 통하여 체험하신 민족의 부활과 조국의 광복을 찾기 위한 이론과 실천의 양면을 체계화한 철리적 민주원론"[100]으로 극찬했던 이승만의 '일민주의一民主義'와 어딘가 모르게 상통하고 부합한다는 느낌을 준다.

아니나 다를까 1952년 문교부는 『중등 국어』 1-1(합동도서주식회사)

---

[100] 이범석, 「일민주의 실천은 자발적 국민운동에 기대」, 『자유신문』, 1950.1.29.

을 펴내면서, 민족대표 33인 가운데 한 명인 권동진의 「5. 삼일 운동의 회고」 바로 뒤에 이승만의 통치이념을 설명하는 「6. 일민주의—民主義」를 보란 듯이 실었다. 서두의 "우리나라의 사상과 동양 및 서양의 모든 사상을 고르고 합쳐서, 세계의 온 인류와 우리 민족이 가장 행복스럽게 살 수 있는 길을 가르치신 크고 또 새로운 사상입니다"라는 대목을 보자. 이 구절은 1959년 『초등 국어』 6-2에 실린 「12. 삼일 정신」[101]의 "우리는 평화적 수단으로 우리 민족의 자주自主 독립獨立을 부르짖으며, 세계 평화平和와 정의正義 인도人道를 위하여, 함께 일어나 거룩한 민족 운동을 전개하였다"라는 기술과 별반 차이가 없다.

이 점, '유관순 이야기'와 짝을 이뤄 교과서에 수록되곤 하던 「삼일 정신」류의 논설과 「삼월의 하늘」[102]류의 생활문, 심지어 그 어렵고 숱한 한자어와 고어투 문장 때문에 읽기가 고통스럽던 숭고한 문장의 「기미독립선언문」[103]에 대해 다음과 같은 부정적 인상을 낳는 주요한 까닭일 수 있다. 해당 문장들이 3·1만세운동 당시의 '사실성'과 '현장성'을 빌미로 각 정권의 '통치이념'과 '국민정신'을 지시하는 체제 협력의 슬로건으로 남조濫造되어 학생들에게 강제된 것은 아닌가하는 의심과 회의를 더한다는 사실이 그것이다.

---

101 유사한 형식의 글로는 문교부, 「삼일 운동」, 『국어』 6-2, 대한문교서적주식회사, 1953; 백낙준, 「삼일 정신론」, 문교부, 『고등 국어』 2, 대한교과서주식회사, 1956 등이 있다.
102 앞부분에 동요 〈유관순〉을 실어놓고 이 노래를 부르는 국민학교 3학년 창호에게 대학교 다니는 누나가 3·1만세운동과 유관순의 가치와 의미를 확인하는 대화체 형식의 글이다. 문교부, 『초등 국어』 3-1, 국정교과서, 1966, 4~8면 참조.
103 문교부, 『고등 국어』 3-2, 일한도서출판사, 1952, 1~8면. 「기미독립선언문」은 2011년 개정 검인정 『국어』 교과서가 등장하기 전까지는 국정 『국어』 교과서에 꾸준히 실렸다.

2) 가치화된 '유관순', '동일화'와 '거리화'의 사이

유관순에 대한 기억과 환기를 가장 대중적으로 이끌고 이어온 문학과 예술 텍스트를 꼽으라면 박두진의 시 「3월 1일의 하늘」과 강소천 작사·나운영 작곡의 동요 〈유관순〉을 들어야 하지 않을까. 물론 3·1만세운동을 민족적·국가적 차원의 기념일로 확정하여 그 정신과 가치를 연면히 이어나갈 것을 다짐하는 의식가요 〈삼일절 노래〉가 정인보 작사·박태현 작곡으로 1946년 발표되었음도 잊지 말아야 할 것이다. 그러나 강소천의 동요와 박두진의 시는 일상과 교육 현장에서 노래되곤 했으며, 특히 「3월 1일의 하늘」은 현대시 평가의 주요 대상으로 골머리를 썩이기도 했다는 점에서 3·1절에나 불리는 의식가요를 압도하는바 있다.

노래와 시는 정서와 가치의 표현에 초점을 맞추는 장르들이므로, 이성과 사실(현실)을 중시하는 산문 장르와는 그 결과 문양이 여러모로 다를 수밖에 없다. 따라서 박두진과 강소천의 텍스트 읽기와 분석 역시 등장인물과 사건의 구체성보다는 유관순의 가치화방법과 내용에 맞춰질 필요가 있다. 시와 노래에 표현된 정서와 가치는 특정 이미지나 기호에 의탁할 때야 비로소 내면과 감각의 영토에 흘러든다. 하지만 그 비유와 상징의 힘 때문에 시적 정서와 기호적 가치는 함부로 지워지거나 잃어버릴 수 없는 실재로 현실과 허구의 시공간을 동시에 넘나들게 된다. 유관순 관련 시와 노래의 동일화 현장을 서둘러 그러나 신중히 탐사해봐야 할 까닭이 말미암는 지점이다.

유관순 누나는 저 오를레앙 잔다르크의 살아서의 영예榮譽,

죽어서의 신비神秘도 곁들이지 않은,

수수하고 다정한, 우리들의 누나,

흰 옷 입은 소녀의 불멸不滅의 순수純粹,

아, 그 생명혼生命魂의 고갱이의 아름다운 불길의,

영웅英雄도 신神도 공주公主도 아니었던,

그대로의 우리 마음, 그대로의 우리 핏줄,

일체一切의 불의不義와 일체의 악惡을 치는,

민족애民族愛의 순수 절정絶頂, 조국애祖國愛의 꽃넋이다.

—박두진, 「3월 1일의 하늘」 부분

학생이나 독자들은 이곳저곳에서 유관순의 삶과 죽음에 대한 많은 정보를 획득한 상황이므로 사건과 인물의 구체성을 따로 밝힐 필요는 없다. 짙푸른 '3월 1일의 하늘'에 높이 솟아 흐르는 유관순의 영혼에 깊이 서려 있는 진정한 가치와 덕목을 드러내는 일이 시인의 몫으로 남겨지는 까닭이다.

인용부의 매력이라면, 유관순을 우리의 '마음'과 '핏줄'로 흐르게 함으로써 그녀의 민족애와 조국애를 우리들(국민) 보편의 것으로 돌려준다는 것, 그럼으로써 그녀는 다시 그것들을 앞서 또 영원히 선취한 '범속한 영웅'으로 거듭난다는 사실이다. 이에 따라 '불멸의 순수'와 '생명혼'으로 대표되는 추상적 가치는 현실상의 '불의'와 '악'을 타파하는 참여와 실천의 윤리로 생동하게 된다. 물론 가장 득의만만한 효과라면, 무엇보다도 순수와 생명혼, 민족애와 조국애가 특정 권력이나 공동체에 하릴없이 복속될 부정적 편향을 끊어낼 가능성이 높아진다는 것이다. 그럼으로써 유관순 후예들이 언제 어디서 어떤 상황에 처하든지 자신들의 진정한 역사와 정체성을 신중하게 찾아나가며, 미래에 대한 해맑은 상상과 더 나은 삶의 기획에 열정적으로 참여하는 원동력을 제공하게 된다.

> 삼월 하늘 가만히 우럴어보며,
> 유관순 누나를 생각합니다.
> 옥 속에 갇혀서도 만세 부르다,
> 푸른 하늘 그리며 숨이 졌대요.
>
> 삼월 하늘 가만히 우럴어보며,
> 유관순 누나를 불러 봅니다.
> 지금도 그 목소리 들릴 듯하여,
> 푸른 하늘 우럴어 불러 봅니다.
>
> ─〈19. 유관순〉(문교부, 『음악』 4, 대한문교서적주식회사, 1953)

유관순을 거국적으로 찬양하는 최초의 노래는 1947년 11월 '유관순과 21열사 행적비' 개막행사에서 후배 이화여중 학생들이 제창한 총3절의 등사본 악보 〈유관순의 노래〉(김재인 시, 박은용 작곡)이다. 1절을 예시하면, "어두운 온 누리에 빛을 뿌리며 이 땅에 태양같이 피여 올라 한 떨기 무궁화로 향기로 우리 이 나라 젊은 딸의 마음씨외다"이다. 2절의 "역사의 그 땅 조국에 단심丹心으로 바친 청춘은 이 나라 자유전自由殿 횃불이였네"라는 구절은 '순국처녀유관순기념사업회'를 비롯한 단정파의 이념이나 추모의 목적에 한 치의 어긋남도 없이 부합하는 내용이다.

의식 행사용이 아닌 최초의 교과서 수록본은 1948년 서울국민음악연구회에서 간행한 『중학 음악교본 제3권』에 실린 총3절의 〈유관순〉이다. 1절을 예시하자면, "폭풍에 흩어진 백합 한 송이 / 구진 비에 깨어진 참혹한 등잔 / 꽃은 떨리고 등은 꺼져도 / 구름 위에 째양한(쨍한? —인용자) 정신은 태양 / 만세에 빛나는 순국의 단심"이다. 작사가 임학수[104]와 작곡가 안기영[105]이 각각 한국전쟁과 해방기에 월북한 탓에 금지곡으로 지정되면서 더 이상 부를 수도 들을 수도 없는 노래가 되어버렸다.[106] 언뜻 엿보더라도 이 노래도 유관순의 가열 찬 투쟁과 모진 고통을 균형감 있게 잘 버무려 생생하면서도 장중한 음률이 흘러넘치도록 제작되었다는 느낌을 갖게 한다.[107] 해방기 유관순에 대한 기록과 추모를 거의 남기지 않은 좌파의 노래이며, 그에 걸맞게 단정파와 달리 "자주와 독립"을 강조했다는 점 등이 고유한 특색으로 기록될 수 있겠다.

---

104 임학수도 '조선문인협회' 발기인과 간사를 지내며 전선 위문에 참가하는 등 일제 말기 체제협력 행위에 연루되었다. 이로 인해 친일반민족행위진상규명위원회가 발표한 친일반민족행위 705인 명단에도 포함되었다. 해방 후 고려대 교수를 지냈으며, 월북해서는 김일성종합대학 교수로 근무하며 영문학 번역 및 평론 작업에 몰두했다.

105 미국에서 성악 전공 후 귀국하여 1928년부터 이화여전에서 가르쳤으며, 해방 후 조선음악가동맹 부위원장을 역임하며 사회주의 혁명에 나선 해방 전사들을 찬양하는 혁명가 등을 창작한 것으로 알려진다.

106 〈유관순의 노래〉와 〈유관순〉의 발굴과 소개에 대해서는 신준봉, 「유관순 노래, 더 오래된 두 곡 있었네」, 『중앙일보』 2014년 2월 26일 자를 참조했다.

107 임학수 작사의 〈유관순〉 2절과 3절을 보라. "2. 기미해 삼월 일일 삼천리 곳곳 / 횃불을 번득이며 목에 피 뿜어 / 자주와 독립을 외오치던 날 / 장할 사 학창의 선두에 서서 / 붉은 혼 불어녀은 조선의 딸" "3. 원수의 모진 매에 창자 꿰지고 / 가슴을 물어뜯는 어둔 감방에 / 숨은 끊이어 속절없는 생 / 굳이 닫친 입술에 해가 돋는다 / 아, 지고도 피었는 유관순님".

이런 점을 고려하면, 1953년 발행의 4학년 『음악』에 실린 '유관순'은 아동용이라 그런지 가사는 상당히 평범하며, 현재도 쉽게 청취할 수 있는 곡조도 의외로 밝은 느낌이다. 한국전쟁 와중인 1952년 청소년의 뜨거운 애국심과 건전한 국가관을 고취하기 위해 문교부 편수국의 의뢰로 만들어졌다는 창작의 소이연과 어딘지 어긋나는 감각이랄까. 이 지점에서 창작의 취지와 실제 곡조의 기이한 균열은 동요 〈유관순〉 속 화자인 아동들의 간곡한 애도와 그리움을 전쟁의 현실, 나아가 이후의 새로운 국가 건설에 적극적으로 동원하려는 도구적·폭력적 국가주의에 의해 발생한 것인지도 모른다는 짐작이 생겨난다.

사실을 말하건대, 동요 〈유관순〉에 강소천 작사·나운영 작곡의 명패는 1989년 발간된 『음악』 3 교과서부터 붙여지기 시작한다. 그 까닭은 비교적 단순한데, 이때서야 비로소 『음악』 교과서에 창작자를 밝히는 제도적 관행이 비롯되기 때문이다. 이와 관련된 다음 논의로 넘어가기 전에 한 가지 덧붙여 둘 사항이 있다. 앞서 거론한 산문 「유관순」(『국어』 3-2, 1952)과 「삼월의 하늘」(『국어』 3-1, 1966)에는 동요 〈유관순〉의 근원 텍스트로 보이는 동시가 서두 격으로 제시되어 있다. 텍스트 내용이 반복되는 감이 없지 않지만 역사적 기록과 장르의 대비 두 가지를 함께 취한다는 뜻으로 인용해보기로 한다.

나는 지금
파아란 삼월 하늘을 우럴어보며,
유관순 누나를 생각합니다.

독립 만세 외치다 외치다,

옥 속에서 숨이 지며,

안타깝게 그려 보던 저 하늘을…….

지금도 저 파란 하늘을 우러러보면,

그날에 부르짖던 소리들이

마악 들려오는 듯합니다.

— 만세! 만세!

— 대한 독립 만세!

—「유관순」(『초등 국어』 3-2, 문교부, 1952, 83면)

    이 동시를 통해 세 가지 사실이 확인된다. 첫째, 강소천은 제 이름을 자기 스스로든 지배 권력에 의해서든 남몰래 감춘 채 『국어』와 『음악』 교과서를 통해 유관순에 대한 애도와 숭모의 정을 어린이의 마음과 목소리로 노래했다는 사실이다. 민주화 운동의 과실이 조금씩이나마 수확되기 시작하는 1990년대 다 되어서야 자신 나름의 애국주의로 울울한 유관순 찬가를 권력의 이익에 복무시켰던 이승만~군사독재 정권으로부터 돌려받게 된 셈이다. 둘째, 나는 이 글 맨 앞자리에서 '누나' 호명의 기원을 옛 경험에 의거, 박두진의 시에서 찾았다. 그러나 글을 다 써가는 지금에서야 옛 교과서를 읽는 과정에서 놓쳐버린 강소천의 누나 부르는 목소리를, 〈유관순〉을 옮겨 적으며 다시 듣게 되었다. 어른들은 1950년대에도 유관순을 여전히 '순국처녀'로 불러댔지만, 소년소녀들은『국어』와『음악』책을 번갈아 펼쳐가며 '누나'로서의 그녀를 그리워했던 것이다. 셋째, 강소천 동시에 울려 퍼진 '누나'의 뒤늦은 발견은 가부장적 권력이 여전히 문제시되는 한국의 현실에서 유관순을 향한 오랜 동안의 성차性差 혹은 성별 정치의 확산에 국정 교과서가 남다른 역할을 수행해 왔음을 다시 한번 확인케 한다.

이제 소년소녀 대상의 교과서와 관련된 특성 하나를 더 살펴보기로 한다. 아동 대상의 위인전이나 전기문, 그리고 교과서에서는 글의 내용이나 주제의 이해를 돕고 그것을 이미지화하여 기억할 수 있도록 하는 삽화나 판 등이 중요한 역할을 한다. 이는 초등용『국어』와『음악』, 박화성의「유관순」에서도 예외가 아니다. 그러면 이들 텍스트에 공통되는 삽화를 꼽는다면 무엇이 될까.『국어』와『음악』은 공히 맨 앞에 선 유관순을 중심으로 태극기를 들고 만세를 부르며 거침없이 행진하는 아우내 장터의 군중들을 삽화로 내세웠다. 이 삽화를 문자 기호로 치환한다면 "유관순 누나도 크게 불렀고, 온 나라 사람도 크게 부르짖었으니까요"가 될 것이며, 따라서 삽화의 궁극적 의미화는 "유관순 누나는 참 훌륭했대요", "그래, 나라를 무척 사랑했단다!"로 귀결될 것이었다.[108]

이런 모습은 교사나 부모에 의한 계몽과 교화의 정도가 어떤 연령대보다 높은 아동들의 영혼과 감각, 기억과 다짐을 오랫동안 장악하는 데 큰 역할을 했을 것임에 틀림없다. 그 결과 구체적인 이야기 못지않게 순간의 감격적 장면과 현장의 뜨거운 정서를 움켜쥔 한 장의 삽화는 아직은 어린 소년소녀와 그들이 성장한 존재로서 국민들의 애국의식의 전

---

108 문교부,「1. 삼월의 하늘」,『초등 국어』3-1, 국정교과서, 1966, 7면.

〈그림 3〉 횃불 든 유관순(박화성, 　　〈그림 4〉 만세 부르는 유관순(『음악』 4, 문교부, 1953)
「유관순」, 1966.

　면적 확장은 물론 유관순을 성별과 연령을 초월한 신성한 민족적·세
계적 위인으로 숭고화·영웅화하는 근본 동력으로 끊임없이 작동되기
에 이른다.

　　함께 예시한 '횃불을 든 유관순'(〈그림 3〉)은 '태극기를 들고 군중을
이끄는 유관순'(〈그림 4〉)과 더불어 그녀에 대한 추모와 기억, 위훈과 자
랑을 대표하는 이미지이다. 이를 입증하는 사례로 전국의 유관순 동상
이 대체로 두 형상을 취하여 만들어졌다는 것을 들어야할 것이다. 헌데
사실을 말하면, 박화성의 「유관순」에 실린 저 삽화는 아우내 장터의 만

세운동을 알리기 위해 고향 뒷산 매봉산에 올라 횃불을 올리는 모습을 그린 것이다. 하지만 특정 시공간의 이 형상은, '횃불'에 부여된 관습적 상징, 곧 어둠을 밝히고 세상을 비춤으로써 혁명적 변혁이나 자유의 도래를 도모하고 이끈다는 광의적 의미와 만나면서 민족적이며 세계적인 차원의 보편적 이미지로 확장·심화되기에 이른다.

이상에서 살펴본 사항들은 횃불과 태극기를 든 유관순을 영국과의 백년전쟁 당시 한 손엔 칼을 한 손엔 흰색 깃발을 들고 프랑스 병사를 이끄는 잔 다르크를 숭고하게 묘사한 쥘 르느뵈의 「오를레앙성 포위전」(1890)과 프랑스 7월 혁명 당시 '민중을 이끄는 여신'을 장엄하게 음영한 들라크루아의 동명의 작품(1830)을 나란히 세워놓는 것으로도 충분한 설득력을 가진다.

6. 유관순이라는 기호가 말하는 것—결론을 대신하여

논의의 편폭이 애초에 생각했던 것보다 많이 넓어지고 길어졌다. 마지막에서라도 말의 반복을 피하고 정리의 효율성을 높인다는 뜻으로 '유관순 이야기'를 둘러싸고 벌어졌던 흥미로운 사건 두 가지를 들어본다. 이것은 결론부의 역할 중 하나인 새로운 논점의 제기나 문제적 상황의 환기에도 적합한 '과거지사' 아닌 '현재의 사태'일 수 있다는 점에서 여전히 주목에 값한다 하겠다.

아동 대상의 전기문이나 위인전에서 가장 피해야 할 것 가운데 하나가 현실에 부합하지 않는 지나친 영웅화, 곧 초인성의 과잉 및 특정 권력의 국가상이 필요로 하는 정신과 이념의 주입 경향이다. 이를 무시함으로써 벌어지는 문제점과 약점은 학계의 연구보고를 통해 우려할만한 현상으로 종종 비판되었다. 예컨대 1978년 한 연구팀은 국민학교 9개 과목 77권과 국민교육헌장독본 3권 등 모두 80권에 등장하는 위인들의 형상과 지향하는 가치 등에 대해 조사했다.[109]

여기에 따르면 유관순은 신사임당과 더불어 유이한 여성 위인으로, 또 이순신 9회에 이어 3회로 최다 등장 2위를 차지하는 민족적 영웅으로 선택되고 있다. 이 통계는 한국에서 선호되는 위인상 또는 바람직한 인물상을 포함해 그 과정에서 문제시되는 부정적 측면 몇 가지를 압축적으로 보여준다. 기사에 제시된 내용을 중심으로 초등과정 교과서의 인물 형상이 가진 문제점을 살펴보면 다음과 같다.

첫째, 교과서의 인물들은 어릴 때부터 선량·비범·훌륭하여 어른이 된 후 위인이 되었다는 천편일률적인 성장담의 주인공인 경우가 많다. 이것은 특출 난 성장담을 뒷받침하는 완전하며 초인적인 인간상을 부각시키는 주요 요인으로 작용하여 아동들의 자율적 인격 형성에 오히려 방해가 될 수 있다는 점에서 문제적이며 부정적이다.

둘째, 조사에 따르면 교과서 등장 남녀 비율은 79명 대 10명이며 순위도 남성이 압도적으로 높다. 정체성과 가치관 형성의 기초를 이루는 유소년 과정부터 남성 우위의 가치관과 태도, 바꿔 말해 가부장적 이념

---

109 「부산교대 이종호 교수팀 연구보고─국교 교과서 인물묘사 저항감 유발 우려」, 『경향신문』, 1978.3.23.

과 남성 중심의 국가의식이 암암리에 주입될 수 있는 부정적 상황이 조성되고 있는 형국인 것이다. 현재에도 중요한 사회갈등으로 자리 잡은 성차와 성별 정치의 폭력성과 비민주성이 아동 대상의 위인전의 인물 형상을 통해 심화, 확산되고 있음을 또 다시 확인하게 된다.

셋째, 교과서 수록 위인들은 구국의 영웅이거나 충효지인忠孝之人인 경우가 많다. 이들은 개인을 희생한 멸사봉공의 태도, 특히 죽음을 두려워하지 않는 '애국효도'를 삶의 윤리로 받아들인 비범한 존재들로 흔히 표상된다. 이것은 아동들에게 이른바 '죽음의 화신'만이 구국의 최종지표이자 영웅적 신성화의 기본조건으로 가치화될 수 있다는 식의 오도된 국가주의적 생사관을 강제할 수 있다는 점에서 폭력적이며 비인간적이다. 이와 같은 상황이라면, 애국·애족의 다양한 형식과 내용은 심신을 바친 '죽음' 아래로 서열화될 수밖에 없으며, 죽음을 각오하지 않은 애국의 실천은 그 가치가 소소할 수밖에 없다는 편향된 국가관이 만연하게 된다.

국정이든 검인정이든 초·중등교 교과서는 국가가 주도하여 편찬하는 의무교육 과정의 교수·학습 자료이다. 그러므로 시대나 정권에 따른 교육 방법과 목표의 차이는 있을 수 있어도, 국가와 국민을 운명공동체로 상정하고 이를 토대로 국민 누구나가 동의할 수 있는 국가관이나 국민의식을 구현하는 통치의 문법은 대동소이할 수밖에 없다. 교과서의 위인들이 최상의, 그래서 더욱 천편일률적인 애국자상으로 그려지고 가치화되며, 이 집필 원칙에 맞춘 교육 지침아래 교수·학습되는 까닭이 여기에 있다.

하지만 국가 주도와 책임 아래의 교과서 편찬은 그렇기 때문에 또 국가의 어떤 필요나 이익과 관련하여 '사실事實'을 빙자한 '사실史實'에 대한 일정한 수정과 보완, 심지어는 꽤나 의도적인 굴절이나 왜곡을 종종 초래하는 경우도 생겨난다. 국내에서 현재도 논쟁 중인 유관순의 위상과 가치를 둘러싼 몇몇 문제들, 이를테면 『국어』와 『한국사』와 『음악』 교과서 수록과 분량 문제, 3등급에 불과한 서훈의 격상 문제 등도 이와 무관치 않은 것들이다. 그러나 이와 같은 제도를 둘러싼 서로의 차이는 얼마간 있을지언정, 우리 현실에서 유관순의 열렬한 저항과 안타까운 희생, 그 근본이 된 고결한 애국·애족정신을 곁눈질로 보거나 폄하하는 시선을 찾아보기란 여간 어렵지 않다. 죽음으로 귀결된 그녀의 애국심과 저항정신은 모두의 존경과 추모의 정을 끌어 모을 수 있을 만큼 위대하다는 것이 국민 일반의 인식인 것이다.

하지만 여기서 아직도 예외인 분야나 현상이 존재하니, 제국주의의 식민지 지배를 둘러싼 한·일 양국의 외교적 갈등이 폭발하거나 그와 반대로 서로의 의심스런 협조 상황이 발생하는 경우가 그것이다. 해방 이후 이와 관련된 교과서 수정과 보완 문제가 신문에 기사화될 정도로 떠들썩한 분란을 야기한 사건으로는 두 가지 사례를 들어야 할 듯하다.

1965년 7월 제반 신문에는 정부의 '국민학교' 교과서 개정에 반대하는 신문사 자신과 취재에 응한 국민들의 목소리가 크게 울려 퍼지고 있다. 제목 "교과서에도 스며드는 '친일 무드'" "문교부와 친일 '무드'"[110] 등이 시사하듯이, 주로 일본 관련 내용을 피해자인 한국의 관점에서 감정적으로 다뤄온 태도를 지양할 것, 이를 위해 더욱 객관적이며 불편부

---

110 차례로 『동아일보』, 1965.7.15; 『경향신문』, 1965.7.16.

당한 사실事實의 보고와 기록에 집중할 것이라는 한국 정부의 입장을 비판하는 내용이 골자이다.

여기서도 "순국열녀 유관순양의 이야기"는 '왜구의 침입', '임진왜란', '3·1운동', '광주학생사건' 등과 더불어 주요한 수정의 대상으로 등장하고 있다. 수정 반대의 목소리를 들어보면, 시인 박목월은 "만일 국교관계가 정상화된다면 국정교과서에서 '왜놈'과 같은 표현은 고쳐져야 할 것"이라면서도, "유관순에 대한 것은 대일감정에서라기보다 애국적인 '심볼'로 가르쳐야 하기 때문"에, 또 "일본의 과거의 침략적인 근성 같은 것은 엄연한 사실史實"이기 때문에 더욱 적극적으로 교육되어야 한다고 주장한다.[111] 이보다 교과서와 국민 교육의 보편성을 강조하는 입장으로 교과서 수정을 반대하는 목소리로는 "(교과서의-인용자) 그 내용은 민주시민을 양성하고 그들에게 애국심을 고취하는 정권 이전, 외교협정 이전의 것이 되지 않으면 안 된다"[112]라는 주장이 보인다.

일본 관련 교과서 개편과 수정안이 제기된 까닭은 '국교 관계'니 '외교협정'에 보이듯이 1965년 단행된 '한·일국교정상화' 때문이다. 양국의 외교관계를 정상화하는 마당이니 서로에게 불편한 과거지사는 되도록 괄호 치고 미래지향적인 태도로 협력 관계를 구축해나가자는 뜻에서 교과서 개편 문제가 제기된 것이다. 특히 『국어』와 『국사』 등은 아동과 국민의 국가관 및 민족공동체의식의 형성과 구축에 핵심적 역할을 담당하므로 개편안의 가운데 자리를 차지할 수밖에 없었던 것이다.

하지만 한일국교정상화가 단순히 외교관계 개선을 통한 근린 우호의

---

111 「각계는 이렇게 본다 : 국민학교 교과서-파문 던진 개편 문제」, 『경향신문』, 1965.7.17.
112 「사설-문교부와 친일 '무드'」, 『경향신문』, 1965.7.16.

증진을 목적한 것이 아님은 그 기본이 된 '한일기본조약'에서 뚜렷하게 드러난다. 그 핵심을 이루는 '재산 및 청구권에 관한 문제의 해결 및 경제협력에 관한 협정'에서 보듯이, 박정희 정권의 '위로부터의 산업화'에 필요한 자본의 축적과 운용을 해결하기 위한 방편으로 선택된 것이다. 이 협정을 위시한 국교 정상화는 당시의 신문의 보도를 보자면 일제의 한국 침략과 애국선열의 항일투쟁사를 축소하는 것 정도로 문제시되었다. 실제로 교과서 재편과 수정은 이들 문제에 집중되기도 했다.

그런데 현재 한일의 갈등과 대립의 축을 이루는 위안부 여성 및 징용 노동자 문제를 생각하면 해당 협정의 문제성은 꽤나 달라질 수밖에 없다. 인간의 존엄성과 기초인권의 보장은 뒤로 미뤄두고 가난한 국민들의 생활환경 개선과 향상, 그 물적 토대로서 국가경제개발을 앞세워 자본의 축적을 정당화하는 도구적 방편으로 활용했다는 부도덕성과 그에 따른 피지배 계층의 지속적인 소외 문제를 무슨 이유로든 지나칠 수 없다는 것이 그것이다.

유관순의 교과서 수록 문제와 관련해서는 1982년 잇달아 발생한 일련의 사건이 모두 인상적이다. 우선 3월에는 그간 국민학교 『국어』 3-1에 실렸던 '1. 새살림' 단원의 '「(1) 삼월의 하늘」'이 빠지고 새봄을 노래한 「즐거운 봄」이 실렸다. 전국에서는 교육 주체인 교사와 학부모, 학생들에 대한 알림 없이 교과서 수정을 단행한 문교부에 대한 항의가 빗발쳤다. 이에 대해 문교부는 초등 『음악』 3의 〈유관순〉과 『고등학교 국어』 I의 「삼월의 하늘」(박두진)을 들어 유관순에 대한 추모와 기억이 충분하여 「삼월의 하늘」을 뺐다는 변명을 내놓았다.[113] 결국 국민들과 국회의 격렬한 항의 끝에 문교부는 8월 들어 "국민학교 4, 5학년 국어 교과서의 첫 단원에 유관순의 숭고한 희생정신을 기리는 단원을 내년부터 집어넣어 사용하도록"[114] 방침을 바꾸게 된다. 그 결과 1983년 『국어』 4-1에 첫 단원 '1. 훌륭한 분들' 아래 「(1) 유관순」이 다시 실린 이래 이후에도 큰 단원명만 몇 차례 바뀐 채 학생들에게 계속 읽히게 되었다.[115]

더욱 결정적인 사건은 같은 해 8월 광복절 발생하는데, 일본의 식민 지배와 통치 관련 교과서 왜곡이 그것이다. 국회에서는 일본측에 왜곡된 내용을 즉각 시정할 것을 요구하는 한편 정부에게도 단교斷交를 불사할 각오로 강경 대처할 것을 주문했다. 일제의 역사 왜곡이라면, 식민지 조선에 대한 폭력적 지배와 전방위적 착취를 부인하는 한편 선진적인 식민주의 정책을 통해 조선을 문명과 발전의 땅으로 개변시켰다는 식민지 근대화론에 대한 강변이 손꼽힌다. 그러나 3·1만세운동과 유관순의 실례는 천황체제 일제가 펼친 폭력과 죽음의 통치술을 대변하는 핵심적 사건의 하나임을 우리는 모르지 않는다. 이 점, 당시에도 전두환 군사정권으로부터 "민족적 대의명분을 손상시켜가면서 경제적·정치적인 이익을 얻을 생각은 추호도 없다"[116]는 답변을 얻어내는 가장 강

---

113 어느 동료교수에게 왜 유관순 전기를 뺐을까하고 물어 보았다. 광주민주화항쟁을 진압하며 등장한 전두환 군사정권에게는 유관순을 늘 따라다니는 저항, 순국, 열사 등의 표지가 부담스러웠을 것이며, 더군다나 정권 등장과 더불어 학생운동이 더욱 강렬해지던 터라 기선 제압의 의미도 있었을 것이라는 답을 해주었다. 동의할 만한 견해로 보여 소개한다.

114 「문교부 내년부터 국민교 「柳寬順(유관순)」 단원 부활」, 『경향신문』 1982년 8월 6일자.

115 이와 비슷한 사태가 또 한 번 발생한다. '2007 개정 교육과정'으로 초등학교 국어 교과서에서 또 다시 빠지게 될 위기에 처했던 유관순 전기문은 국민과 유관순열사기념사업회 등의 강력한 항의로 2011년부터 『국어』 5-1에 주시경이, 『국어』 5-2에 유관순이 실리는 방식으로 다시 살아남았다.

116 「일 교과서 왜곡 즉각 시정 촉구」, 『경향신문』, 1982.8.5.

력한 근거의 하나로 작용한다.

결국 같은 해 11월 문교부는 『국사』 교과서에서 근현대사 비중을 강화하고 국민학교 『국어』 3-1에서 제외되었던 「유관순」을 『국어』 4-1 첫 단원에 다시 싣겠다는 대응 방침을 재차 천명하게 된다. 물론 그 핵심적 지표는 국가주의적 역사관 및 예술관에서 한 치도 벗어나지 않는다. 이는 "초중고 과정에서 국민교육의 강화를 위해 주체적인 민족사관과 민족사적 정통성을 이룩할 수 있도록 기술"(『국사』)하겠으며, "국어를 통해 애국심을 고취하는 하는 것은 음악교과를 통한 교육 못지않게 중요하다는 여론"을 존중하겠다는 개편 방침과 내용에서 가감할 것도 없이 뚜렷하게 확인된다.

지금까지 살펴온 전기소설과 그림 이야기, 위인전과 전기문, 시와 노래, 삽화와 사진, 또 참조 사항으로서의 연극·영화에서 유관순은 주어진 사실을 훌쩍 뛰어넘은 상징적 가치로, 또 허튼 기호투성이의 영웅이 아니라 과거−현재−미래를 신중하게 비춰 볼 수 있는 '잘 만들어진 전통'으로 성장해왔음을 뜨겁고도 차가운 빛으로 낱낱이 영사하고 있는 중이다.

하지만 그녀를 독립적인 개아가 아닌 전 세대를 아우르는 민족적 표상으로 재현하려는 국가주의적 전략과 욕망은 천편일률적인 애국심과 희생정신으로 몇 겹 휩싸인 '국민적 신화'로서의 유관순을 여전히 내려놓지 못하고 있다. 그녀의 위상과 가치는 전혀 훼손됨 없도록 주의하면서 '인간 유관순'의 치밀한 조형과 폭넓은 소통의 접점 및 채널들을 발견하거나 발명해내는 것이 이후 유관순 전기의 목표점 가운데 하나가 되어야 할 이유이다.

그러나 국민국가가 주도하고 관리하는 문학예술과 교과서에서 유관순이 자유로워져 우리 곁의 다정한 이웃으로 귀환하여 '순국처녀'와 '누나'와 '열사'를 시대와 상황에 따라 바꿔 선택하거나 버릴 일도 없이 진정한 영면에 들 그날은 힘과 이권의 국경선이 자명한 세계적 현실에서는 매우 요원할 수밖에 없는 실정이다. 그러니 뻔한 답이지만, 유관순을 응시하고 표현하는 우리의 눈과 귀와 손이 더욱 바지런하고 날카로워질 때야 비로소 그녀 본래의 영혼과 신체도 우리 쪽을 잠시라도 돌아보게 될 것이라는 결론을 내려두기로 한다.

부록

러시아 체코슬로바키아 군단의 신문
『체코슬로바키아 데니크(체코슬로바키아 일보)』를 통해 본
한국 뉴스(1919~1920) ǀ **즈덴카 크뢰슬로바 / 양문규 역**

러시아 체코슬로바키아 군단의 신문
『체코슬로바키아 데니크(체코슬로바키아 일보)』를
통해 본 한국 뉴스(1919~1920)

즈덴카 크뢰슬로바/양문규 역

역자 해제

즈덴카 크뢰슬로바Zdenka Klöslová(1935~)는 체코의 한국학자로 그간 체코와 관련된 한국문학과 역사에 대한 주목할 만한 연구들을 해왔다. 문학 분야에서 대표적 논문으로 「김우진과 카렐 차페크」(1992)는 우리나라 신극의 개척자 김우진이, 로봇이란 말을 만든 체코의 대표적 극작가 카렐 차페크를 어떻게 수용하고 있는지를 밝히고 있다. 「체코와 『대하』」(1997)는 김남천의 『대하』가 해방 직후 어떠한 배경 아래 체코어로 번역·수용되는지를 밝힌다. 역사 분야에서 「러시아의 체코슬로바키아군단과 한국 독립운동」(2002), 「한국 독립투쟁에 들어간 체코무기」(2003) 등은 체코 및 러시아 측 자료와 한국의 독립운동 연구사를 교차·검토하면서 체코가 일제 하 만주, 러시아와 중국 등지에서 전개된 한국의 독립운동 및 상해임시정부와 어떠한 역사적 인연을 맺는지를 추적한다.

여기 번역·소개하고자 하는 「러시아 체코슬로바키아 군단의 신문 『체코슬로바키아 데니크』를 통해 본 한국 뉴스(1919∼1920)」(미리암 뢰벤슈타이노바·블라디미르 글럼브 편, 『한국의 이미지』, 프라하 카렐대학교 철학대학, 2013, 143∼148·156∼157면)는, 러시아 체코슬로바키아 군단이 발행한 신문 『체코슬로바키아 데니크』에 한국의 3·1운동이 어떻게 보도됐는지를 국내 역사연구와 비교·검토하여 논의하고 있다. 그녀의 이전 논문들의 주요한 주제가 체코슬로바키아 군단과 우리 독립운동의 관계를 밝히는 것이었기에, 이 글도 그러한 연구의 연장선상에서 씌어졌다. 역자는 역사학자가 아니라서 이 논문의 가치를 제대로 평가하기는 어려우나, 3·1운동 전후의 사건 경과에 대한 체코인 내지 체코슬로바키아 군단의 지속적인 관심이 흥미로워 이를 소개한다.

참고로 러시아의 체코슬로바키아 군단은 제1차 세계대전 당시 오스트리아–헝가리 군대의 소속으로 러시아 전장에 참전하여, 포로가 되거나 탈영한 체코와 슬로바키아 출신들로 조직된 군대다. 체코슬로바키아 군단은 결성된 이후 러시아 편에 서서 독일, 그리고 오스트리아–헝가리와 대항해 싸웠지만, 소비에트혁명 이후 러시아에 적색 정권이 들어서면서 이와 갈등 관계에 들어간다. 이들은 서유럽 전선에 참전하기 위해 시베리아를 횡단하여 블라디보스토크를 통해 미국을 경유해 유럽으로 가고자 하는데 이러한 과정에서 우리 독립군 부대와 접촉을 갖는다.

1919년 3월 1일

1919년 한국은 3월 1일의 운동에서 절정에 달했던 반일저항을 크게 전개하기 시작했다. 『체코슬로바키아 일보』에는 이에 대한 기사가 많지 않고 설사 있다 하더라도 특별한 논평 없이 "각종 뉴스" 섹션에만 보도되고 있다. 그럼에도 『체코슬로바키아 일보』에 가장 많이 다뤄진 주제의 보도는 바로 3·1운동이었다.

독립운동과 관련한 최초의 보도는 1919년 3월 1일 이전의 기간으로 거슬러 올라간다. 이 보도들은 당연하게도 1918년 1월 윌슨 대통령의 14개조, 그리고 제1차 세계 대전 이후 민족자결주의에 따른 약소국가의 증가하는 요구, 그리고 1919년 1월 18일 시작된 파리강화회의와 관련된 것들이다. 이러한 모든 것들이 한국내외 저항운동을 전개하는 모든 운동가들의 관심을 불러일으켰고 동시에 일본 당국의 우려를 불러일으켰다. 일본은 행정적 조치를 통해 한국의 민족자결의 요구를 막으려고 했다. 1919년 2월 14일 자[1] 『체코슬로바키아 일보』는, '저팬 크로니클Japan Chronicle'에서 발행된 1919년 1월 28일 자 일본 경찰본부의 회보를 다음과 같이 인용하고 있다. "일부 약소국가들이 자결권에 기초한 독립운동을 일으키려고 하고 있으며 그러한 운동이 이미 한국에도 있다." 회보는 "이러한 운동에 관한 언론보도는 한국인의 마음속에 독립하려는 욕구를 자극할 수 있고 한국에서 질서를 유지하는데 심

---

[1] 『ČSD』, 1919.2.14. p.4. 이하 『체코슬로바키아 일보』는 『ČSD』라 함(역자 주).

각한 위험을 초래할 수 있을 것"임을 경고했다. 회보는 또한 "한국 총영
사는 비슷한 보고들의 발행을 금지해야 한다"고 공표했다. 이 회보는
일본에서도 이와 유사한 뉴스 발행 금지를 정당화하고자 했다. 그러한
뉴스는 "한국인들에게 분노를 불러일으킬 수 있고 일본 당국에 불편을
초래할 수 있다." 따라서 경찰당국은 신문에 "이와 유사한 것들을 보도
할 때 매우 신중할 것"을 요구한다.

　1919년 2월8일, 일본 당국의 우려는 사실로 나타났다. 1919년 1월
22일 고종 황제(63세, 1863~1907)가 사망한 후 일어난 불안한 상황 속
에서 도쿄의 한국 유학생들은 「독립선언서」를 인쇄하여 일본 정부, 장
관, 그리고 국회의원, 외교관, 신문과 잡지 편집인에게 전달한다.[2]

　『ČSD』는 이 사건을 다음과 같이 보도한다. "도쿄로부터 온 소식에
의하면, 2월 8일 도쿄에서 한국의 한 단체가 「독립선언서」를 인쇄했고,
동시에 일본의회에 한국의 자결권에 대한 주장과 함께 독립 탄원서를
제출했다고 한다."[3] 또한 한국에도 2월 중 「독립선언서」을 반포하기 위
한 기독교 지도자 및 천도교, 불교 단체들의 준비가 비밀리에 이뤄졌다.
파고다 공원에서 3월 1일에 선언문을 읽은 후 평화로운 행진이 이뤄졌
으나, 이들은 일본 군인들에 의해 공격당했고, 같은 날 다른 도시에서도
비폭력 시위가 벌어졌다. 이것이 한국 역사상 가장 큰 민족운동이었던
3·1운동의 시작이었다.[4]

　로이터 통신에 따르면 "한국인들은 대규모의 시위를 갖고 한국의 독

2　Istoriya Korei, 『조선 역사』 2, Moskva : Nauka, 1974, p.39.
3　「한국의 독립을 위해서」, 『ČSD』, 1919.2.26, p.4.
4　이기백, E. W. Wagner with E. J. Schultz 역, 『한국사신론』, 일조각, 1988, p.344; Isto-
　riya Korei, op. cit., p.341.

립을 요구했다", "시위대가 전 한국 황제의 시신이 있는 궁궐의 후원으로 갔다"는 흥미로운 내용의 기사는 오늘날 전해지지는 않는다. "경찰과 헌병대가 폭동을 방지하기 위한 조치를 취했다"는 말은 일반론적인 이야기이기는 하지만, 시위 첫날에는 일본인들이 아직 가혹한 행위를 취하지 않고 있던 건 사실이다.[5]

그러나 일본은 조만간 한국 전역에서 시위를 진압하는 데 상당한 무력이 필요해지게 되며 따라서 당시 일본은 아무르Amur 철도에서 러시아 적군과의 싸움에서 큰 손실을 입고 있어도 거기에 충분한 헌병대를 보낼 수 없었다. 그 이유는 일본이 한국과 자국에서도 헌병대가 필요했기 때문이다.[6] 한국 쪽에 맞춘 보도는 아닐지라도 폭동이 발발한 후 처음 10일 동안 억압이 어느 정도였는지 얘기해보는 것은 가능한 일이다.

이미 다음 보도는 "한국인의 자결주의 운동 발생"과 운동 지도자들의 요구, 즉 "한국인들이 정치에 더 큰 참여를 해야 되는 것에 대한 요구"를 언급하고 있다.[7] 같은 보도는 또한 "동양의 아일랜드인들"라고 불리는 한국인의 비현실적 구호들을 비난하는 불특정의 "중립적 언론"의 견해를 되풀이하는데, 이는 한국인들이 일본과의 싸움에 희망이 없음을 시사한다. 일본 뉴스를 인용해 "일본정부는 조선과 대만, 뤼순 등의 보호령에서 개혁을 서두를 것이다"라는 내용도 보인다. 그러나 이는 때 이른 메시지로 보인다. 하라 다카시原敬(1856~1921) 총리를 수반으로 하는 일본정부가 3·1운동을 적절치 못하게 탄압했다고 시인한 것은 6월이

5　「한국의 폭동」, 『ČSD』, 1919.3.18, p.4.
6　「아무르 철도로 파견된 일본 헌병대」, 『ČSD』, 1919.3.22, p.4.
7　『ČSD』, 1919.3.23, p.4.

나 되어서였기 때문이다.[8] 이 보도는 다시 고종 장례식에 눈을 돌려 "장례식에 대개 2만 명 정도가 참가했다"고 말한다.

운동이 일어난 약 3주 후, 『ČSD』는 조선총독 하세가와 요시미치長谷川好道(1850~1924)가 성명서에서 발표한 "한국 내 운동"에 대한 일본의 입장을 실었다.[9] 성명서에 따르면 "역사적으로 볼 때 한국 국민들은 스스로 문명화될 수 없고 정치적으로나 경제적으로 발전될 수 없음을 보여주기" 때문에 "한국은 일본의 지배하에 놓일 수밖에 없음"을 말한다. 그리고 "한국은 이웃 열강의 영향에 놓일 운명에 처할 수밖에 없으며, 일본 정부하에서 전반적인 성공을 이룰 수 있다"고 말하고 있다. 동시에 성명은 "국익을 존중할 것"을 선언한다. 이 기사는 봉기 중의 체포건수에 대해 최초로 언급한다. 주장하는 바로는 체포된 명수는 1,000명이었는데, 그중 이미 600명은 석방됐고 나머지는 수사 중인 것으로 알려졌다. 그러나 운동 초기 경찰과의 유혈 충돌로 생긴 부상자와 사망자 숫자는 숨기고 있기 때문에 이 숫자는 틀린 것이다.[10]

"한국은 일본의 보호국으로 남아 있을 것이다"[11]라고 하는, 다음 날 『ČSD』의 기사 제목은 블라디보스토크 쪽의 러시아 편집부든 『ČSD』 편집부가 여러 정보를 사용해 내린 결론으로 볼 수 있다. 이 기사는 한국에서 일어난 사건에 대한 뒤늦은 모습을 제공한다. "서울의 파업은 중단되고, 교통도 복구되고, 가게들은 다시 열려 서울의 질서는 회복됐

---

8 Eckert, Carter J. 외. 『한국의 역사』. 프라하 : Nakladatelstvi Lidové noviny, 2009, p.203.
9 「일본과 한국의 독립운동」. 『ČSD』, 1919.3.28. p.4.
10 Istoriya Korei, op. cit., pp.43~44.
11 「한국은 일본의 보호국으로 남아 있을 것이다」, 『ČSD』,1919.3.29. p.4.

다." 또 『ČSD』의 같은 기사에 따르면 "아마도 미국인"인 듯싶은 서울에 있는 이름을 밝히지 않는 한 "유명한 선교사"의 입을 빌려, 일본이 받아들일 만한 견해, 즉 "폭동은 한국에 해만 끼칠 수 있다"는 이야기를 반복한다. 이 선교사는 또한 파리강화회의에 한국문제를 제출하는 것에 회의적이고 "한국은 태평양 내 미국 식민지인 하와이 섬 같은 것으로 볼 필요가 있다"고 하는 견해를 갖는다. 중국 신문인 *Journal de Pekin*의 소식통을 인용, 일본 하라 총리가 일본 보호국(대만, 한국, 뤼순)에서 시행코자하는 행정개혁에 관한 보고서와 한국의 군사행정을 민간행정으로 대체코자 한다는 소식을 전하고 있다.

4월에는 경기도 화성의 제암리 교회에서 잔혹한 학살 사건이 일어났다. 1919년 4월 15일에 제암리 교회에 수십 명의 남자들, 기독교인들, 천도교 신자들을 몰아넣은 후 불을 질러 태워버렸으며 다른 교회, 학교 및 집을 태워버렸음에도 4월 중 『ČSD』는 3·1운동의 과정과 그 진압에 관한 어떠한 뉴스도 전하지 않는다.[12]

『ČSD』는 1919년 3월 1일부터 4월 1일까지 사망한 전체 숫자 데이터를 싣는다. 3,750명이 살해당하고 4,600명이 부상으로 사망했고, 많은 한국인이 감옥서 죽은 것으로 추정되는데 2만 명이 넘는 사람이 체포되었다.[13] 별도의 의견과 설명이 없는 이 보고서는 그 자체로 의미 있고 중요한 것이다. "이미 10년 전 한국을 병합하려는 일본의 첫 번째 시도에서 제2대 조선총독을 지낸 하세가와의 개입"에 관한 정보도 있다. "당시 하세가와의 지휘로 14,000명 이상의 한국인이 살해됐다"는 정보가

---

12 이기백, op. cit., p.344; Istoriya Korei, op. cit., p.48.
13 「한국의 최종 폭동 피해」, 『ČSD』, 1919.5.7, p.3.

덧붙여졌지만 이 데이터는 확인할 수 없다. 끊임없이 한국 내 독립운동에 대한 강력한 억압이 이뤄졌음은 하세가와의 요구로 "일본에서 6,000명의 새로운 병력이 파견됐다"[14]는 사실로 입증된다. 5월에는 "혁명적 잡지가 인쇄된" 서울에 있는 비밀 인쇄소의 탐지에 관한 5주 정도 늦은 보도가 나왔다. 이 보도에 의하면 "모든 인쇄공들이 군법 재판에 서게 됐다". 그 인쇄소는 독립선언서 2만 부가 인쇄된 천도교 단체의 인쇄소였는지 모른다.[15] 여기에 또한 한국 내 운동을 진압하기 위하여 테러를 사용한 정보와 함께 2,000명의 한국 노동자가 체포되고 그중 천 명 이상이 법정에 서게 됐다는 도쿄 로이터 통신 지국의 첫 번째 정보가 나왔다.

1919년 6월 '한국의 반역죄 공판'이 열려, 서울법원은 선동혐의로 기소된 815명 중 221명을 상대로 이 중 10명에게만 징역형을 선고한다. 이 보고서에는 3월 1일부터 5월 25일까지 체포 된 자들의 숫자에 관한 최신 정보를 담고 있는데 이 숫자는 9,015명에 달하며 그중 2,572명이 종교 단체에 속해있는 것으로 돼있다. 이 데이터의 정확성은 의심된다.[16] 1919년에 많은 사람들이 체포되고 사망하고 부상을 당하는 대규모 시위들은 반일 운동을 표명하고 있다. 그와 같은 시위들은 1919년 8월 29일 '국치일'이라 부르는 날에도 있었다.[17]

일본의 한국 독립운동에 대한 경계심은 독립운동 지도자들과 볼셰비키 선전가들 간의 긴밀한 접촉에 관한 뉴스, 일본인들이 한국의 자치주의자들의 평판을 훼손하는 일본인들의 많은 문서들에서 볼 수 있다.[18]

---

14 「한국에서」, 『ČSD』, 1919.5.13, p.4.
15 Istoriya Korei, op. cit., p.41.
16 「한국 반역죄 공판」, 『ČSD』, 1919.7.19, p.4.
17 『ČSD』, 1919.9.18.

문화정치 개혁

　3·1운동 발발 직후, 특히 잔인한 탄압 이후 일본은 최근 선출된 하라 총리의 지도력하에 억압적인 방식이 지배하는 정책을 완화할 목적으로 조선의 행정 개혁을 고려하기 시작했다. 이러한 부분적인 자유화 개혁을 "문화정치"라고 한다.[19] 이미 1919년 3월 23일에 『ČSD』는 "일본 정부가 한국과 대만과 뤼순에서 행정 개혁을 서두르고 있다"[20]는 일본 신문에서의 정보를 실었으며 또한 "한국의 민간정치가 무단정치를 대신할 것이다"라고 하는 중국 신문 *Journal de Pekin*에 발표된 정보를 실었다.[21]

　한국의 독립운동 억압에 대한 일본의 태도 변화는 일본 내각회의가 "조선 행정의 근본적인 개혁을 실시하라"는 일본 내각회의의 결정에 관한 보도에서 보인다. 이 결정은 "단순한 보복만으로는 아무 것도 개선되지 않고 달성될 수 없다"는 사실에 의해 정당화된다.[22] 따라서 1919년 8월 일본 정부는 조선총독부 관제 개정을 승인했다.[23] 이는 일본 천황이 조선총독부와 일본의 관계를 규제하는 칙령을 발표했다는 『ČSD』의 뉴스와 일치하는 것으로 보인다.[24]

　이 개혁의 중요한 단계로 3·1운동을 진압하는 데 잔인한 방법을 사

---

18 『ČSD』, 1919.9.18, p.4.
19 Eckert, Carter J. 외, op.cit., p.205.
20 『ČSD』, 1919.3.23.
21 『ČSD』, 1919.3.29, p.4.
22 「한국인들에 대한 일본정책의 변화」, 『ČSD』, 1919.4.24, p.4.
23 Eckert, Carter J. 외, op.cit., p.203.
24 『ČSD』, 1919.9.3, 부록 p.4; 「일본천황령」, 1919.8.20; Istoriya Korei, op.cit., p.56.

용해서 비판받은 하세가와[25]를 대신해, 새로운 총독으로 사이토 마코토斎藤実(1858~1936)를 임명하는 것이었다. 그가 임명됐다는 보도는 한국인들이 자신들에게 유익할 개혁을 기대하고 있음을 언급한다.[26]

1920년 9월 2일 새 총독이 서울에 부임하자마자 미수로 끝난 암살 사건이 일어났다. 『ČSD』의 보도에 따르면 "폭탄공격으로 몇 명의 고위 인사와 수십 명의 관중이 다쳤다. 총독은 무사했다".[27] 1920년 3월 암살범은 사형선고를 받는다.[28]

『ČSD』는 1920년 4월 1일부터 적용하기로 돼있던 조선총독의 "채찍형(태형–역자) 폐지 명령"에 대해 보도했다.[29] 이 보도는 태형 폐지 명령이 1919년 가을부터 착수된 개혁과 관련이 있다고 설명하지 않는다. 사실 경미한 범죄에 대한 이 태형의 폐지는 정치 분야에서 두드러진 양보였다. 그러나 유럽에서는 태형이 잘 알려지지 않아서 이 보도는 무언가 이국적인 느낌을 준다.[30]

한국의 역사학자들은 "사이토 총독은 테러와 강압을 온건한 정책으로 대체하려는 의도가 있었음을 인정한다. 이는 협조적인 한국인을 조종할 수 있는 방법을 모색한 것을 의미한다".[31] 이를 달성하기 위해 일본인들은 일본군 사령부 대표와 한국인 협회 대표들이 참석한 "일·한 연회"와 비슷한 것도 운용했다. 이 자리에서 오다기지 장군은 "현재 일

---

25 하세가와 요시미치는 1916년 이후 두 번째로 조선총독을 지냈다.
26 『ČSD』, 1919.9.3, p.4.
27 『ČSD』, 1919.9.18, p4. 암살은 강우규(1855~1920)에 의해 이루어졌으며 폭탄으로 30명의 일본 경찰이 죽었다.
28 『ČSD』, 1920.3.13, p.4.
29 『ČSD』, 1920.4.25, p.4.
30 Eckert, Carter J. 외, op.cit., p.204.
31 Ibid., p.204.

본의 목표는 일본군 사령부의 후원 아래 한국인의 삶을 개선하기 위한 협력을 개발하는 것"[32]이라고 강조했다.

한국에 대한 기사를 쓴 『ČSD』 언론인, 스타니슬라브 코바르즈

『ČSD』는 1919년 12월 13일에 「일본에서 쓴 편지. 한국.」이라고 하는 기사를 싣는다. 이 글을 쓴 체코의 언론인 스타니슬라브 코바르즈 Stanislav Kovář(1889~?)는 『ČSD』가 생긴 후 한국에 관한 기사를 썼던 최초의 기자다. 코바르즈는 1914년 러시아 전선에서 포로가 됐다가, 1917년 체코슬로바키아 군단의 자원봉사자로 들어가 체코슬로바키아 국민회의의 러시아 지부 선전부에서 근무했다. 그는 1918년 『ČSD』의 일본 통신원 조수로 일본에 파견되고,(중앙군사보관소, 프라하) 1919년 9월 이후 체코슬로바키아 공화국의 대리공사의 비서관으로 일한다.(외무부 기록보관소, 프라하)

체코슬로바키아 군단이 서유럽 전선에서 연합국(주로 프랑스)과 함께 독일에 대항하고자 블라디보스토크에서 유럽으로 이동하기 위해 대기하고 있을 때, 군단 소속의 몇 사람들이 여러 이유로 일본에 간다. 그들

---

32 「일본이 한국인들을 장악하려는 방식」, 『ČSD』, 1920.5.18, p.4.

중 하나가 『ČSD』의 편집자로 일한 스타니슬라브 코바르즈다. 코바르 즈는 병에서 회복된 후 일본으로 갔다가, 이곳에서 『ČSD』 통신원의 보 조원으로 극동 문제들에 관한 글을 썼다.

상기 기사는 1910년 한국이 병합된 이후 한국의 역사와 상황에 초점 을 맞추고 있다. 오늘의 관점에서 봐도 이 기사는 한국역사의 개요를 잘 기술하고 있다.

저자는 특히 중국, 러시아, 일본이 한국을 두고 벌인 경쟁을, "1895 년과 1905년 일본이 중국과 러시아의 전쟁에서 승리한 이후, 한국은 마치 일본의 무릎에 잘 익은 배처럼 떨어졌음"을 강조한다. 저자는 한 국이 독립을 상실한 이후 일본정부 정책과 관련돼 "경제적 측면에서 일 본 식민사업의 역량은 아주 성공적이었다"고 말한다. 아마 이것이 당시 에는 가장 널리 일반적으로 알려진 평가였을 것이다.

그러나 저자는 한편으론 일본인들 정책의 반대 측면, 즉 헌병통치, 검열, 경찰 스파이, 문화적 탄압 등을 지적했다. 반드시 지적되어야만 하는 것은 저자가 체코의 언론인으로서는 최초로 1919년 한국의 주요 한 사건의 정보를 제공했다는 점이다. 그 해는 한국이 "반日본의 폭 풍"으로 다시 한번 세계의 주목을 끌었던 해다. 저자는 폭동의 참가자 들이 "약소국을 위한 윌슨의 신조"를 언급하고 있음을 적었고, 그러나 그 폭동은 심각했고 유혈진압을 당했음을 강조하고 있다.

또 다른 중요한 사건으로는 총독 암살 기도였다. 저자는 그럼에도 총 독은 여전히 한국에서 개혁을 추진해나갈 것을 약속했다고 부연하고 있다. 저자는 당시 상황을 요약하기를 "한국은 겉으로는 평온한 채 기 다리고 있는 상태"라고 봤다.

　새 천 년이 시작된 지도 벌써 몇 해가 지났다. 식민지와 분단국가로 지낸 20세기 한국 역사의 와중에서 근대 민족국가 수립과 민족 문화 정립에 애써온 우리 한국학계는 세계사 속의 근대 한국을 학술적으로 미처 정리하지 못한 채 세계화와 지방화라는 또 다른 과제를 안게 되었다. 국가보다 개인, 지방, 동아시아가 새로운 한국학의 주요 대상이 된 작금의 현실에서 우리가 겪어온 근대성을 다시 한번 정리하고 21세기에 맞는 새로운 모습으로 탈바꿈시키는 것은 어느 과제보다 앞서 우리 학계가 정리해야 할 숙제이다. 20세기 초 전근대 한국학을 재구성하지 못한 채 맞은 지난 세기 조선학·한국학이 겪은 어려움을 상기해 보면, 새로운 세기를 맞아 한국 역사의 근대성을 정리하는 일의 시급성은 아무리 강조해도 지나치지 않다.

　우리 근대한국학연구소는 오랜 전통이 있는 연세대학교 조선학·한국학 연구 전통을 원주에서 창조적으로 계승하고자 하는 목표에서 설립되었다. 1928년 위당·동암·용재가 조선 유학과 마르크스주의, 그리고 서학이라는 상이한 학문적 기반에도 불구하고 조선학·한국학 정립을 목표로 힘을 합친 전통은 매우 중요한 경험이었다. 이에 외솔과 한결이 힘을 더함으로써 그 내포가 풍부해졌음은 두말할 나위가 없다. 연세대학교 원주캠퍼스에서 20년의 역사를 지닌 매지학술연구소를 모체로 삼아, 여러 학자들이 힘을 합쳐 근대한국학연구소를 탄생시킨 것은 이러한 선배학자들의 노력을 교훈으로 삼은 것이다.

이에 우리 연구소는 한국의 근대성을 밝히는 것을 주 과제로 삼고자 한다. 문학 부문에서는 개항을 전후로 한 근대 계몽기 문학의 특성을 밝히는 데 주력할 것이다. 역사 부문에서는 새로운 사회경제사를 재확립하고 지역학 활성화를 위한 원주학 연구에 경진할 것이다. 철학 부문에서는 근대 학문의 체계화를 이끌고 사회과학 분야에서는 학제 간 연구를 활성화시키며 근대성 연구에 역량을 축적해 온 국내외 학자들과 학술 교류를 추진할 것이다. 이러한 연구들은 일방성보다는 상호 이해와 소통을 중시하는 통합적인 결과물의 산출로 이어질 것이다.

근대한국학총서는 이런 연구 결과물을 집약적으로 정리하기 위해 마련한 총서이다. 여러 한국학 연구 분야 가운데 우리 연구소가 맡아야 할 특성화된 분야의 기초자료를 수집·출판하고 연구성과를 기획·발간할 수 있다면, 우리 시대 연구자들뿐만 아니라 학문 후속세대들에게도 편리함과 유용함을 줄 수 있을 것이다. 새롭게 시작한 근대한국학총서가 맡은 바 역할을 충분히 할 수 있도록 주변의 관심과 협조를 기대하는 바이다.

2003년 12월 3일
연세대학교 원주캠퍼스 근대한국학연구소